문학사 연구와 문학 교육

문학사 연구와 문학 교육

인쇄 2012년 8월 25일 | 발행 2012년 9월 1일

지은이 · 정호웅
펴낸이 · 한봉숙
펴낸곳 · 푸른사상사
주간 · 맹문재 | 편집 · 지순이 | 마케팅 · 박강태

등록   제2-2876호
주소   서울시 중구 초동 42번지 아시아미디어타워 502호
대표전화   02) 2268-8706~7 | 팩시밀리 02) 2268-8708
이메일   prun21c@yahoo.co.kr / prun21c@hanmail.net
홈페이지   www.prun21c.com

ISBN 978-89-5640-940-5 93810
  값 25,000원

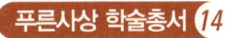
푸른사상 학술총서 14

문학사 연구와
문학 교육

정호웅

푸른사상
PRUNSASANG

한국 현대문학 연구자로서 꽤 많은 글을 써 왔다. 돌아보면 내 관심은 1)소설 속 등장인물의 성격, 2)소설작품들의 문학사적 관계, 3)사회역사적 배경과 소설작품의 관계 등에 놓여 있었다. 이 책의 1부에 실린 세 편의 글은 1)과 2)와 관련된 것들이고, 2부에 실린 세 편의 글은 3)과 관련된 것들이고, 3부에 실린 네 편의 글은 이 모두와 관련된 것들이다.

이 가운데 몇 논문은 우리 현대소설사의 체계를 다시 구성하고자 하는 저자의 의욕이 낳은 것들이다. 「일제 말 소설의 창작방법」은 이광수, 이효석, 김남천 등 중요 작가들의 창작방법 검토를 통해 일제 말기 소설의 지도를 작성해 보고자 하는 시도인데 이를 딛고 더 나아가면 창작방법을 벼리 삼아 우리 현대소설사의 체계를 구성하는 일이 가능해질 것이다. 불교 설화와 우리 현대소설의 상호텍스트적 관련 양상을 살핀 논문인데, 더 나아가면 구비문학을 포함한 고전문학과 현대문학의 상호텍스트적 관련 양상을 벼리로 한 현대소설사의 체계 구성이 가능해질 것이다. 「한국 소설 속의 자기처벌자」는 우리 현대소설 곳곳에 나오는 '자기처벌자'라는 개성적인 인물 성격의 특성과 그 소설 내 기능을 살핀 논문이다. 죄의식 때문에 자신을 처벌하는 이들 자기처벌자는 우리 현대소설의 윤리성이 어떠한지를 잘 보여준다. 이 논문을 딛고 더 나아가면 인물 성격을 벼리로 한 현대소설사의 체계화 작업이 가능할 것이다.

1987년 영남대학교 사범대학 국어교육과에 부임한 이래 홍익대학교 사범대학 국어교육과 교수로 있는 지금까지 사범대학 교수로서, 중등학교 국어 교사가 되고자 공부하는 학생들을 가르쳐 왔다. 어언 25년 세월이다. 그 사이에 중등학교 국어과 교과서 개발에도 참여하여 중학교 국어, 고등학교 국어, 고등학교 문학 교과서 등의 집필진에 이름을 올리기도 하였다. 국어 교육, 문학 교육에 관한 정식 교육을 받은 적도 없고, 제대로 된 훈련을 받은 적도 없는 사람이 사범대학 교수로서, 국어과 교과서의 집필자로서 가르치고 책을 짓고 하였으니 민망하기 짝이 없는 일이다. 여기에 생각이 미치면 늘 그렇듯 얼굴이 화끈 달아오른다. 여러모로 부족하지만 나름대로는 애써 노력하여 부족한 부분을 메우고자 하였다. 4부에 실린 글들은 그 노력의 과정에서 얻은 것들이다.

많은 분의 도움, 가르침에 힘입어 여기에 이르렀다. 고마운 분들을 생각하며 자세를 바로잡는다.

2012년 초여름
정호웅

제2부 한국 현대소설과 공간

제3부 염상섭과 박완서

제4부 문학 교육의 현장

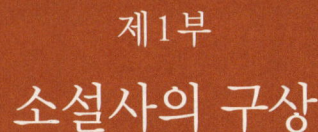

제1부

소설사의 구상

일제 말 소설의 창작방법

1. 머리말

1938년 10월, 파죽지세로 중국 대륙 깊숙이 진군하던 일본군이 마침
내 무한 삼진을 점령했다. 조선 문학인들은 큰 충격을 받았고, 떼 지어
일본의 동양 경영에 적극적으로 협력하는 길로 우르르 달려갔다.[1] 시간
이 지남에 따라, 새 시대의 도래를 어쩔 수 없는 현실로 받아들이지 않
을 수 없는 처지에 놓였음을 인정하고 고백하는 말이 소설 속 인물들의
입에서 자연스럽게 흘러나오게 되었다. 주저 없이 '운명'[2]을 말하며

---

1 그 과정에 대해서는 김재용, 「일제 말 문학계의 양극화: 협력과 비협력의 저항」, 김재용
  외, 『친일문학의 내적 논리』(역락, 2003) 참조.
2 이석훈, 「夜-고요한 폭풍 2부」, 『국민문학』(1942. 6), 195쪽. "지금 우리에게는 죽는 것
  도 사는 것도 일본이라는 커다란 생명체의 운명 속에 들어 있다. 그것은 삼천 년이라는
  너무나도 오랜 시험의 결론이다. 이 엄숙한 운명의 연대성에 눈감는 자는 너무나 무책

'한 점의 회의'도 '한 순간의 망설임'도 없이 '태양을 향해 똑바로 전진'[3]할 것을 다짐하고 요구하였다. 바야흐로 국민문학의 시대가 도래하였다.

새로운 시대를 맞아 국가 정책을 무조건적으로 받아들이고 맹종하는 분위기가 지배하게 되면서 소설은 타락한다. 권력의 나팔수가 되어 지배 이데올로기를, 지배 정책을 소리쳐 알리는 홍보물이 되고 마는 것이다. 모두가 그런 것은 물론 아니다. 그런 가운데서도 정치적 홍보물이기를 거부하고 우리 소설의 새로운 지평을 연 작품들이 많지는 않지만 캄캄 어둠 속에서 솟아오르기도 했다.

이 글에서 필자는 이광수, 이효석, 한설야, 김사량 등을 중심으로 이 시기 소설의 특성을 보여주는 것으로 판단되는 창작방법의 몇몇 경우를 살피고자 한다. 이 시기 소설 전체를 아우르는 유형화를 염두에 두었지만, 아직은 충분하지 않다. 시론적인 글일 따름이다.

2. 이광수의 경우: 순수 기호화의 창작방법

이광수라는 이름은 오랜 세월이 흘러도 「무명」(1939. 2)의 작가'로 기록되고 기억될 것임에 틀림없다는 게 내 생각이다. 정치 구호와도 같은 소설들이 범람하기 시작하는 때에 그는 온갖 욕망으로 혼란스럽고 더러운 인간 내면을 불자의 마음, 연민의 눈으로 치밀하게 그려낸 갈등

임하고 게으르고 비열하다. 스스로 좋아서 어두운 운명에 떨어지는 자들이다."
3 이석훈, 「고요한 폭풍 3부」, 『녹기』(1942. 12), 김재용 외 역, 『식민주의와 협력』(역락, 2003), 101쪽 재인용.

과 혼돈 그리고 오탁의 소설 「무명」을 내놓았다.

김사량의 빼어난 번역으로 일본에 소개되어 제1회 '조선예술상'
(1940. 4)을 받기도 한 이 작품의 본래 제목은 '박복한 무리들'[4]이다. 동
우회 사건으로 감옥에 들었을 때의 직접 체험을 바탕으로 쓴 것으로, 그
박복한 무리들 곧 잡범들의 '심리묘사'가 뛰어나, "감옥 속의 인간성을
「무명」만큼 탁월하게 통찰하여 그린 작품은 우리 문학 속에서는 여태껏
없었다."[5]라고 높게 평가되어온 작품이다.

「무명」은 서술자와 '윤'과의 만남으로 시작하여, 보석으로 나간 '윤'
이 죽었다는 소식을 서술자가 듣는 것으로 끝난다. '박복한 무리들' 가
운데서도 '윤'이 중심인물로서 서술자와 마주 서 있는 존재임을 이로써
알 수 있다. 말하자면 「무명」의 주인공은 '윤'이다. 그는 토지 사기 사건
에 연루되어 구속된 중년 사내이다. 토지 사기에 필요한 위조문서에 사
용할 도장을 파준 것이 죄목이다. 그는 탐욕스럽기 그지없고, 다른 사람
에 대한 배려의 마음은 조금도 없는, 철저하게 자기중심적인 비정한이
다. 말마다 '악담'인데 서술자는 그것을 두고 "윤의 말은 마디마디 이상
하게 사람의 신경을 자극하였다."[6]라고 말한다. 그가 이 같은 성격의
소유자가 된 것은 타고난 본성 때문일 수도, 후천적인 요인 때문일 수도
있을 것이다. 어쩌면 그 모두가 함께 작용하여 이처럼 고약한 인간을 만
들어내었는지도 모른다. 그러나 작가는 이런 것들은 돌아보지 않았다.
감옥에 갇혀 바깥세계로부터 격리되었다는 사실, 병 때문에 죽을지도

---

4 박계주 외, 『춘원 이광수』, 삼중당, 1962, 515쪽.
5 김윤식, 『이광수와 그의 시대 2』, 솔, 1999, 281쪽.
6 이광수, 「무명」, 『문장』(1939. 2), 7쪽.

모른다는 생각이 강박하여 이처럼 남을 괴롭히는 언행을 일삼게 한다는데 주목하여 그를 관찰하고 그려내었다. 격리의 공포, 죽음의 두려움에 짓눌려 몸부림치는 인물이란 우리 소설에서는 처음 등장하는 것이니, 이것만으로도 이 작품의 의의는 크다.

격리의 공포, 죽음의 공포에 갇힌 인물에 주목했다는 것은 드디어 우리 소설이 인간 일반이 공유하고 있는 특성을 문제 삼는 단계로 나아왔음을 보여주는 것이다. 비로소 토대 규정론, 사회역사적 반영론에서 벗어나게 된 것이니 이 점에서 「무명」의 소설사적 의의는 대단히 크다.

그러나 이것만이 아니다. '윤'의 성격을 이루는 요소 가운데 또 하나 중요한 게 있다. 남보다 우위에 서고자 하는 관계 우위의 욕망이 그것인데, 그를 다른 잡범들과 끊임없이 갈등하는 문제아로 만든 숨은 요인이다.

> 그러나 윤의 이 말은 내게 하는 말이 아니요, 여태까지 한방에 있던 '민'더러 들으라는 말인 줄 나는 알았다. 왜 그러고 하면 경찰서 유치장에 있을 때에도 첫날은 지금 이 말과 같이 뽐내더니마는 형사실에 들어가서 두어 시간 겪을 것을 겪고 두 어깨가 축 늘어져서 나오던 날 저녁에, 그는 이 일이 성사되는 날에는 육천 원 보수를 받기도 언약이 있었던 것이며, 정작 성사된 뒤에는 현가와 임가는 윤이 새긴 도장은 잘되지를 아니하여서 쓰질 못하고, 서울서 다시 도장을 새겨서 썼노라고 하며 돈 삼십 원을 주고 하룻밤 술을 먹이고 창기 집에 재워주고 하였다는 말을 이를 갈면서 고백하였다. 생각건대는 병감에 같이 있는 민 씨에게는 자기가 무죄하다는 말밖에 아니하였던 것이, 불의에 내가 들어오매 그 뒷수습을 하느라고 예방선으로 이런 소리를 하는 것이라고 나는 생각하고 또 한 번 웃음을 억제하였다.[7]

---

7 같은 책, 4쪽.

자신의 거짓말이 들통 날까 봐 '예방선'으로 한 말이라 하였지만, 작품을 자세히 읽으면 그가 그런 거짓말을 한 것이 '민'보다 우위에 서고자 하는 욕망 때문이라는 것을 알 수 있다. '민'을 괴롭히는 그의 언행 모두가 이 같은 욕망에서 비롯되는 것이라는 점도 분명히 알 수 있으니, 요컨대 그를 그이게 하는 요소의 하나는 관계 우위의 욕망이다.

  사람 사이의 관계를 규정하는 요소의 하나인 승인욕망과 등을 맞대고 있는 관계 우위의 욕망에 이끌린 인물의 언행을 치밀하게 그려냄으로써 「무명」은 이전의 우리 소설에서는 없었던 새로운 지평을 열었다. 격리의 공포, 죽음의 공포에 짓눌린 인물에 주목했다는 점과 함께 인간관계의 안쪽을 깊이 살피는 세계를 열었다는 사실은 대단히 중요하다. 드디어 한국 소설이 '인간 탐구'란 이름에 어울리는 차원으로 올라서게 된 것이다.

  그런 「무명」의 작가 이광수는 '새로운 시대'를 맞아 온갖 욕망으로 혼란스럽고 더러운 인간의 '탐구'로부터 등 돌리고 진선미를 체현하고 있는 완전무결한 인간을 내세워 일본정신을 찬양하는 국책 홍보물 제작자로 돌변한다. 180도의 방향전환이니 그야말로 완전 전향이다.

  두루 알듯이, '새로운 시대'를 맞아 누구보다 앞서 국책문학 건설의 부름에 응한 사람은 이광수이다. 이광수의 연보를 펼치면, 시, 수필, 평론, 소설 등 온갖 장르에 걸쳐 국책문학 건설에 매진한 이광수의 전력투구, 선구자 의식을 따라 전개된 고투의 행로가 주르르 펼쳐진다. 소설로는 「가가와 교장」(1943. 10), 「병사가 될 수 있다」(1943. 11), 「대동아」(1943. 12) 등이 비장한 표정을 짓고 우뚝 서 있다. 이광수는 '행자'의 마음가짐으로 '일본정신'[8]을 닦는 수행의 길을 걸으며, "일본은 지금

---

8 이광수, 「행자」, 『문학계』(1941. 3), 80쪽.

올바름을 구하고 있는 것, 파사현정(破邪顯正)의 가을입니다."[9]라는 말에 뚜렷한, 일본인 교육자의 교육관을 통해 '올바름(正)'이라 명명된 일본정신을 찬미하는 「가가와 교장」, 조선인도 황군이 될 수 있음에 감동하는 내용의 「병사가 될 수 있다」, 진실과 성의의 일본정신이 다른 나라 다른 민족의 마음을 얻는다는 내용의 「대동아」 등을 썼다. 이 가운데 특히 「병사가 될 수 있다」는 죽은 맏아들을 내세워 내선일체사상을 찬양함으로써 국책에 동조하는 이광수의 적극적 태도가 극적인 차원에 이르렀음을 보여주었다.

이광수는 죽은 맏아들의 혼을 불러내어 찬양대에 세우는 놀라운 일조차 서슴지 않음으로써 국책과 조금의 모순도 지니지 않은 한몸을 이루었음을 만천하에 선언하였다. 이른바 정치의 미학화가 완전무결한 수준에서 구현된 순간이고 장면이라 할 것이다.

이광수의 국책소설은 지배 이데올로기의 근본인 일본정신이 아무런 결점도 지니지 않은, 진선미의 권화라는 믿음 위에 서 있는 것이라는 섬에서 철저하다. 조금의 회의도 어떤 비판도 들이지 않는 무갈등의 세계, 순수의 세계가 이에 떠올랐다.[10] 그 무갈등, 순수의 세계는 단 하나의 함의만을 품고 있어 극도로 투명한 기호이니 해석이란 이 앞에서 아무런 의미도 지닐 수 없다. 받아들일 것이냐 거부할 것이냐, 양자택일을 요구하는 소설은 정치 구호와 동질적이다.[11]

---

9 이광수, 「가가와 교장」, 『국민문학』(1943. 10), 18쪽.
10 물론 이 시기, 일본과의 관계에서 이광수의 정신이 철저한 '친일' 또는 '종일(從日)'에 이르러 '무갈등, 순수' 차원에 있었다고 할 수는 없다. 이광수의 복잡한 심리 안쪽에 대해서는 김윤식, 『일제말기 한국작가의 일본어 글쓰기론』(서울대 출판부, 2003) 참고.
11 국책에 순응할 것을 강요하는 정치성의 미학이 폭력적으로 군림하는 소설창작의 공간

3. 이효석, 유진오, 한설야의 경우: 추상적 관념화의 창작방법

이 시기 이효석의 작품 생산력은 놀랍다. 1차 『이효석전집』(창미사, 1983)에는 빠져 있던 일본어 소설과 산문 등을 발굴하여 보완한 2차 『이효석전집』(창미사, 2003)의 끝에 실려 있는 '연보'를 보면, 1938년 9월에서 사망한 1942년 5월까지, 장편 3편을 포함하여 소설 25편, 산문 68편을 썼다. 게다가 6권의 소설집(장편소설 2권 포함)까지 내었다. 필경(筆耕) 15년을 넘어서는 시기였던 만큼 작가로서의 생산력이 절정에 이르렀다는 것이 요인의 하나일 것이다. 그러나 이것만으로는 미흡하다. 이광수 등의 국책문학가들의 작품이 지면을 독점하다시피 했던 시대 상황, 국책문학의 길로 나아가길 거부하고 거의 절필하다시피 했던 김남천의 경우 등을 생각하면 정말 이해하기 어려운 기현상이기 때문이다. 이효석 특유의 창작방법에서 그 답을 찾을 수 있다는 것이 내 생각이다.

이효석 소설을 일관하는 몇 가지 특성이 있다. 요체는 낭만성이다.

1. 그의 소설은 겉으로 보아 화려하지만 그 다루는 대상은 대체로 현실세계를 지배하는 갖가지 권력에 의해 상처 입은 소외된 인물들의 외롭고 남루한 삶이다.
2. 그런 대상을 다룸에 있어 이효석은 그 대상의 현실을 깊이 추구해 들

은 때로 희비극을 낳기도 한다. 최정희의 「야국초」(『국민문학』, 1942. 11)는 두 개의 이야기가 유기적으로 결합되지 못했기 때문에 구성의 파탄에 이르고 만 작품이다. 이는 남자와의 관계를 다루는 중심 이야기 속으로 국가 정책을 홍보하는 이야기가 폭력적으로 개입함으로써 생겨난 것이다. 우스꽝스러우면서도 슬픈 시대극의 한 장면이 아닐 수 없다.

어가지 않고 갑작스럽게 성의 신비나 자연의 아름다움 또는 생명력을 찬미하는 쪽으로 비약한다.

3. 이효석 소설은 대부분의 경우 해피엔딩으로 끝난다.

4. 이효석 소설 속 주인공은 대체로 자신의 의지로써 생을 열고자 하는 강한 주체성의 소유자이다.[12]

예컨대 이효석 문학을 대표하는 「메밀꽃 필 무렵」의 경우, 주인공 허 생원의 불구적인 존재성, 남루하고 외롭고 고통스러운 현실을 중심에 놓은 작품이면서도 그것들을 깊이 추구하지 않고 지난날의 인연을 다시 이어 행복해질 수 있다는 것을 암시하는 해피엔딩으로 빗겨나고 말았다. 소설 전개를 해피엔딩으로 이끄는 소설 내 주된 구성소는 허 생원의 삶의 태도인데 그의 비천한 처지를 생각하면 어색하다 싶을 정도로 강한 자기확신에 바탕을 둔 것이다.

> 옛 처녀나 만나면 같이나 살까… 난 거꾸러질 때까지 이 길 걷고 <u>지 달 볼 테야</u>.[13] (밑줄-인용자)

그가 '저 달 볼 테야'라고 하여 달밤의 아름다움과 합일된 마음을 드러내는 순간, 그를 괴롭히는 고된 노동과 가난의 현실은 뒷전으로 물러서고 만다. 그 자리에 아름다운 자연과 자기확신의 주체가 지니고 있는 신념과 의지가 대신 우뚝 솟는다. 허 생원을 지배하는 아름다운 자연 그리고 아름다운 자연과의 합일이란 추상적 관념은 남루한 현실 저 너머에 빛나는 것으로 꿈 또는 희망의 영역에 속한다는 점에서 낭만적 사랑

---

12 정호웅, 「이효석론」, 대한민국 예술원, 『예술원보』, 2003, 89쪽.

13 이효석, 「메밀꽃 필 무렵」, 『이효석전집 2』, 창미사, 1983, 94쪽.

의 관념, 진실의 관념 등과 동질적이다. 현실 저 너머에 빛나는 추상적 관념을 좇는 것이 낭만성을 이루는 중심요소의 하나임은 모두가 아는 것이니 이것만으로도 이효석 문학의 핵심 특성이 낭만성임을 알 수 있다. 여기에 그치지 않는다. 「메밀꽃 필 무렵」에서 확인할 수 있듯, 이효석 문학의 중심에는 낭만성을 이루는 또 하나의 요소인 강한 주체성의 주인공이 우뚝 서 있으니 이효석 문학의 낭만성은 더욱 뚜렷해진다.

이처럼 강한 주체성을 지닌 주인공의 신념과 의지로써 그가 놓여 있는 남루와 고통의 현실을 뒷전으로 밀어내고 그것을 넘어 추상적 관념의 실현을 향해 나아가게 그리는 이효석의 창작방법은 1938년을 넘어서며 더욱 뚜렷해진다. '완전한 사랑' 이라 표현된 낭만적 사랑, 자연의 이치를 따르는 성[14], 절대의 아름다움 등이 거의 절대적 성격을 지닌 것으로 설정되어 주인공을 비롯한 작중인물은 물론 작품 전체를 압도적으로 지배하게 된다. 여기서는 낭만적 사랑에 대해서만 검토해 보기로 한다.

(ㄱ) 겨울날로서는 드물게 푸른 하늘을 내다보면서 부부는 창에 의지해서 행복의 포화 상태에 있었다. 지금 그들에게 더 필요한 것이 또 무엇일 것인가.
"가이 없는 푸른 하늘."
행복도 무한하고, 불행도 무한한—무한한 인생같이도 가이 없는 창공을 바라보며 나아자는 자기 한 몸이 푸르게 물드는 듯도 한 착각을 느꼈다.
(중략)
눈을 꾹 감고 입을 아 벌리고 푸른 하늘을 우러러 향하고 있는 일마의 얼

---

14 '푸른 집의 혼탁한 열정' 이란 말로써 '색욕에 눈먼 퇴폐의 사랑, 동성애 · 양성애' 등을 다룬 「분녀」가 '자연의 이치를 따르는 성' 을 중심에 놓은 대표적인 작품이다. 이 작품에서 작가는 이런 사랑 또한 자연의 이치를 따르는 것이라는 점에서 '정상' 이며 '아름다운' 것이라 보았다. 아마도 우리 문학에서 정상의 사랑(성)/비정상의 사랑(성)이라는 이분법에서 벗어난 최초의 경우가 아닌가 한다. 정호웅, 앞의 글 참조.

굴에 떨어진 것은 부드러운 촉감과 따뜻한 체온이었다. ―푸른 하늘에서 떨어진 것은 나아자의 몸과 사랑이었던 것이다. 창공의 선물로 그에 지남이 어디 있으랴. 일마는 내 몸의 행복을 새삼스럽게 느끼며 아내의 힘에 응하는 것이었다.[15)

(ㄴ) "묻지 않아도 될 일이죠―당신은 완전해요. 무엇을 가져와도 바꿀 수는 없어요. 사람이 오랜 시간을 두고 선택하고 사랑하는 것은 완전 이외의 아무것도 아닌 거예요."[16)

사랑은 '그에 지남이' 없는 최고의 선물이고, 사랑의 대상은 '완전'의 존재이어야 한다. 이성간 사랑과 사랑의 대상만이 그러한 것은 물론 아닐 터, 「푸른 집」의 서술자는 "사람이 오랜 시간을 두고 선택하고 사랑하는 것은 완전 이외의 아무것도 아닌 거"라고 단정하여, '완전'한 것을 얻고자 하고 이루고자 하는 낭만적 지향을 뚜렷하게 드러내놓았다.

이효석의 인물들이 얻고자 하는 사랑과 사랑의 대상이 이처럼 절대의 의미를 갖는 것이기에 사랑과 관련된 현실 내 요소들, 예컨대 신분, 재산 등은 이 가운데 절대로 끼어들 수 없다. 국적이며 민족 등도 마찬가지, 절대로 개입할 수 없으니, 조선인과 일본인의 결혼을 다룬 「푸른 탑」의 한 인물이 "사랑에는 관념도 구분도 없다. 그것들을 넘어서 두 사람 사이의 영감이라고 할까, 신비라고 할까, 그런 것이 모든 것을 결정해 버린다."[17)라고 말하는 데서 이를 확인할 수 있다. 다만 완전의 사랑만이 문제되는 절대 순수의 세계가 저 혼돈의 시대 위로 솟아오른 것이다.

---

15 이효석, 『벽공무한』, 창미사, 1983, 346~347쪽.
16 이효석, 『푸른 탑』, 창미사, 2003, 421쪽.
17 같은 책, 412쪽.

이처럼 절대의 의미를 갖는 추상적 관념을 향해 이효석 소설의 주인 공들은 그 관념을 좇아 다만 앞만 보고 내달린다. 그들은 그 관념에 갇혀 그 관념이 되어 버렸다. 그들은 극성(劇性)의 존재이다.

중얼거리는 그의 모양을 그때 지나가다가 눈에 여겨본 사람이 있다면, 그를 머리가 돈 것이라고는 생각지 않았을까.
"이걸 내놓을 판이라면, 차라리 내 목숨을 넘겨주고 말지. 밭이구 계집이구 어디 문제가 되느냐"
녹슨 벽록(碧綠)의 고색은 혼연히 어스름 속에 녹아들고, 금빛 칼자루가 달빛을 받아 은은히 빛났다. 정녕 욱은 머리가 돌았는지도 모를 일이었다.
여전히 칼을 휘두르고 있는 팔뚝에는 더욱 더 기운이 차고, 얼굴은 상기하고 눈은 형형하게 빛나고 있었다.[18]

이효석 인물의 극적 존재성은 그들이 추구하는 절대 차원의 추상적 관념과 결합하여 이효석 문학세계를 현실로부터 격리한다. 1920, 30년대 조선 사회에 살고 있는 천일마이고 안영민이라는 현실의 존재들이지만 그들은 또한 현실 밖의 존재들이다. 그들의 이 같은 비현실성은 우연성[19], 인물의 비범성[20] 등의 요소로 인해 더욱 강화된다. 이 시기 이효석 문학은 현실 너머에 솟아오른 비현실의 성채였다.

절대 차원의 추상적 관념을 좇는 극성의 존재성을 지닌 인물들의 행

---

18 이효석, 「은은한 빛」, 『이효석전집 3』, 창미사, 1983, 89쪽. 조선의 옛 유물이 지닌 아름다움은 조선인, 일본인 등의 민족 구분 저편에 놓인 절대의 것이다. 아름답기 때문에 거기 몰두하고 집착하는 것이다.
19 우연성이 서사 전개의 한 원리로 설정되어 있는 대표적인 작품은 『벽공무한』이다.
20 대표적인 인물은 「푸른 탑」의 주인공 안영민이다. 그는 경성제국대학 영문과의 역사상 최고의 수재로 설정되어 있다.

로를 따라 서사를 전개하는 이효석의 창작방법은 하얼빈의 우수 속에서 떠오른 약소민족의 현실을 인식하는 데서 생기는 비애(「하얼빈」), 쭉정이만이 쭉정이를 구할 수 있다는 '쭉정이의 사상'(『벽공무한』) 등 실제 현실이 만들어낸 현실적 감정과 상념들을 휩쓸어 서사 전개의 중심에서 내몬다.

> 사회의 최하층에 묻혀서 광명도 희망도 가지지 못하는 고달픈 인생인 것이다. 혈족의 차이도 피의 빛깔도 쭉정이라는 사실과는 아무 관계가 없다. 혈족의 단결이 쭉정이를 구해 주지는 못하는 것이요, 쭉정이는 쭉정이끼리만 피와 피부를 넘어 피차를 생각하고 구원하고 합할 수 있는 것이다.[21]

이효석의 창작방법은 이처럼 강력한 힘을 발휘하여 중심에 놓인 것들을 제외하고는 모조리 휩쓸어 내몰고 외줄기로 내달린다. 그 창작방법이 지어올린 이효석 문학이란 성채는 그러므로 단성성의 세계일 수밖에 없다.

어느 시대, 어느 사회에서나 그렇듯, 독자의 호응이 높은 소설은 거의 언제나 단성성의 작품이다. 이 시기 이효석의 소설(글)이 많이 발표될 수 있었던 이유의 하나는 이것일 터이다. 물론 이것만은 아닐 것이다. 이효석 문학의 비현실성이 그것인데, 아무리 세밀한 정치적 검열망이라 하더라도 붙잡을 수 없는 것이기 때문이다.

이효석이 특유의 창작방법으로 구축한 이 개성의 세계는 강한 것에 강한 것으로 맞서는 방법을 보여준 것으로 이해할 수도 있다. 조선과 대만의 식민 지배를 넘어 동아시아 경영으로 나아갔으며 마침내는 서구와

---

21 이효석, 『벽공무한』, 앞의 책, 260쪽.

의 전쟁으로 치달았던 일본이란 나라의 힘, 일본 자본주의의 거대하고 강력한 지배력에 맞설 수 있는 방법의 하나는 그런 힘이 지배하는 현실 너머에 존재하는, 절대의 의미를 지니는 것을 내세우는 것이다. 그 무엇보다도 아름답고 완전하여 절대적인 것이라면 현실을 지배하는 어떤 이데올로기, 자본, 세력과도 맞설 수 있다, 그것은 불패의 힘을 지녔다.[22]

현실 너머에 존재하는, 절대의 의미를 지니는 추상적 관념으로써 현실을 지배하는 힘에 맞서는 이효석류는 그 힘과 자신을 일치시키고 그 힘의 절대 무오류성, 완전성을 예찬하고 따르는 이광수류와 정반대이다. 마찬가지로 이효석류는 그 힘에 맞서 자신을 파괴하고야 멈추는 분노를 문제삼는 경향의 정반대쪽에 놓여 있다. 유진오의 일본어 소설 「夏」(『文藝』, 1940)의 주인공은 "열탕과도 같은, 무어라 그 동기를 설명할 수 없는, 불가해한 격정－다만 한 방에 정을 죽이고 말리라는 두려울 정도의 증오"[23]에 떠밀려 자신이 속해 있는 작은 사회를 지배하는 절대의 권력자에게 맞서 '진라(眞裸)의 사투(死鬪)'[24]를 벌이지만 마침내는 무참하게 살해당하고 만다. 초기 신경향파 문학을 대표하는 최서해의 주인공이 다시 등장하였다고 할 것이다.

현실 너머에 존재하는, 절대의 의미를 지니는 추상적 관념으로써 현실을 지배하는 힘에 맞서는 인물의 행로를 중심에 놓는 이효석의 창작

---

22 이경훈은 "비유컨대 결국 『벽공무한』은 만철의 노선(路線) 위에 있다."(이경훈, 「하르빈의 푸른 하늘:『벽공무한』과 대동아공영」, 김철 외, 『한국문학과 파시즘』(삼인, 2001), 230쪽)이라 하여, 『벽공무한』에 담긴 작가 이효석의 의식이 일본의 대동아공영권론에 갇혀 있다고 보았다. 이 작품에는 그렇게 볼 수 있는 측면도 있지만, 그 깊은 곳에서는 그렇지 않다는 게 내 의견이다.
23 유진오, 「夏」, 『文藝』(1940. 7), 85쪽.
24 같은 책, 86쪽.

방법 옆자리에는 한설야의 일본어 장편 『大陸』(『국민신보』, 1939)의 창작방법이 자리해 있다.

이 작품의 중심인물들인 일본과 만주의 청춘남녀들을 이끄는 것은 자기희생의 이타적 정신, 약한 존재를 위하는 마음, 아름다움, 민족과 나라를 넘어서는 사랑 등이다. 모두가 고귀한 가치를 지닌 것들임은 물론인데 그것들을 통섭하는 더 큰 가치가 그 위에 펄럭이고 있으니 "대륙에 불기 시작한 가장 아름다운 무엇"[25]이다. 오족협화의 왕도낙토를 세우고자 하는 꿈이다.

> 당신이 제게 보여준 마음속에서 저는 사랑만 보았을까요? 저는 대륙의 아름다운 더 큰마음을 볼 수 있었답니다. 당신의 그 기개가 대륙의 운명을 시사하는 영광이 될 것을 평생 잊지 않을 겁니다. 이건으로 된 겁니다. 저희들의 사랑은 완성된 거나 마찬가지입니다. 우리 사랑의 미완성은 더 큰 뭔가에 의해 완성될 날이 있으리라 믿습니다. 저는 어떤 경우에도 대륙의 운명을 지켜보고 있을 겁니다. 그리고 거기에서 히로시를 볼 겁니다. 그러니 히로시. 저는 히로시와 헤어진 것이 아닙니다.[26]

전 생애를 건 사랑보다 더 우위에 있는 것, 헤어진 두 연인을 언제나 함께 있다 느끼게 하고 그것으로써 그들 미완의 사랑을 완성에 이르게 하는 것이니 그야말로 절대의 가치를 지닌 것이 아닐 수 없다. '가장 아름다운'이란 최상의 수식어를 거느려 조금도 모자라지 않는 그 오족협화의 왕도낙토란 유토피아적 꿈을 만주의 드넓은 하늘에 걸어놓고 『대륙』의 인물들은 전심전력을 다하여 짓쳐 달린다.

---

25 김재용 외 편역, 『식민주의와 비협력의 저항』, 역락, 2003, 128쪽.
26 같은 책, 102쪽.

'마음속의 깃발을 펄럭이며' '역경에 맞서 그것을 이겨내면서 바르게 나아가' [27), '대륙을 밝히는 등대' [28)가 되고자 하는 그들 청춘남녀는 절대의 가치를 추구하고 있다는 점, 그 절대의 가치와 자신을 일치시켜 일로매진하는 낭만적 주체라는 점에서 이효석의 인물들과 동질의 존재들이다. 그러나 똑같지는 않은데, 이 다른 점이 이효석과 한설야의 문학을 가른다.

한설야의 인물들은 현실 속에서, 현실을 지배하는 힘들과 정면으로 맞서서 싸우는 존재들이라는 점에서 그렇지 않은 이효석의 인물들과 구별된다. 현실을 지배하는 힘들을 부정하고 그것에 맞선다는 점에서는 같지만, 그 싸움의 자리와 싸움의 방식은 달랐던 것이다.

현실을 지배하는 힘과 직접 맞서지 않고 현실 너머 빛나는 추상적 관념을 좇는 인물의 행로를 문제 삼는 이효석의 창작방법은 현실을 지배하는 힘과 직접 맞서 싸우는 인물의 행로를 그리는 한설야의 창작방법에 비해 현실 법칙의 구속을 덜 받는다. 훨씬 더 자유로운 상상이 가능하고, 훨씬 더 순수하고 투명할 수 있으며, 현실 왜곡의 위험으로부터 훨씬 더 멀리 떨어져 있다. 무엇보다도 문제는 현실 왜곡의 위험성이다.

한설야의 인물들은 그들이 지향하는 것들과 정반대의 속성을 지니고 있어 그들의 행로를 가로막는 현실 속 여러 요소들에 맞서 조금도 물러서지 않는다. 그들의 머릿속에 그들이 패배하거나 실패할 것이라는 생각은 한 점도 들어설 수 없다. 부자간의 윤리도, 지인들과의 의리도, 집안의 체면도, 종족의 다름도 그들을 가로막지 못한다. 조선의 식민지화

---

27 한설야, 『대륙』, 같은 책, 139~140쪽.
28 같은 책, 167쪽.

를 넘어 만주 경영에 나아갔으며 바야흐로 서구와의 전쟁을 감행한 일
본의 군사력도, 일본 자본주의의 막강한 힘도 마찬가지다. 그들은 출발
시점부터 이미 승리자이며 언제나 승리자이다. 도저한 자기확신과 낙관
의 존재들이다. 이 도저한 자기확신과 낙관은 그러나 다른 한편 현실 왜
곡의 다른 얼굴이다. 실제 현실에서 한설야의 인물들은 출발 때는 승리
자였겠지만 그들의 여로 어느 지점에서부터는 패배자의 자리로 내려앉
을 수밖에 없었을 것이며, 그들의 자기확신 그들의 낙관도 어느 때부터
는 자기조정에 내몰리지 않을 수 없었을 것이다.[29]

한설야는 엄혹한 현실 법칙을 무시하면서까지 자신의 인물들로 하여
금 꿈을 좇아 끝까지 나아가게 하였다. '식민주의와 자민족중심주의'[30]
가 지배하는 야만의 현실을 넘어서고자 하는 비원 때문이었으리라.

---

29 한설야의 일본어 소설 「血」의 주인공은 작품의 마지막 부분에서 "괜찮다. 평생 괴로움
   과 싸워야 할 운명을 타고났으니 어쩔 수 없겠지. 그러나 나의 괴로움이라는 것은 반
   드시 외부에서 주어진 것이 아니라 내 피 속에 있는 것이 아닐까?"(『국민문학』, 1942.
   1, 190쪽)라고 독백한다. 괴로움의 원천으로 그가 지목한 '피'는 무엇을 가리키는 것
   일까? 조선인의 피, 곧 민족성을 가리키는 것이라는 해석이 일반적이지만 내 생각은
   다르다. 자세히 읽으면 자신이 뜻을 둔 것이면 일이든 사람이든 전념하여 옆을 돌아보
   지 않고 나아가는 우직한 기질을 가리키고 있음을 알 수 있다. 이 작품의 중심내용이
   조선 남성과 일본 여성의 슬픈 사랑이기 때문에 '피'를 민족성을 가리키는 것으로 읽
   는 경우가 많았던 게 아닌가 한다. 주인공이 말한 '피'를 이처럼 기질로 읽는다면,
   「血」의 주인공 또한 『대륙』의 청춘남녀들과 통한다고 하겠다.
30 그 꿈을 만들어낸 바탕이며, 그 꿈의 실현을 가능하게 하는 요소가 '종족 간, 국가 간
   의 무차별'이라는 점에서 이 같은 꿈의 실현을 향해 나아가는 인물들의 행로를 그린
   『대륙』이 '식민주의와 자민족중심주의'를 넘어서고자 하는 주제의식을 지닌 작품이라
   볼 수도 있다.(김재용, 「'대륙'과 우회적 글쓰기」, 『협력과 저항』, 소명출판, 2004, 238
   쪽). 『대륙』의 인물들이 꿈꾸는 오족협화의 왕도낙토가 일본의 만주 경영 이데올로기
   인 오족협화의 왕도낙토와는 다른 것임은 물론이다. 하나는 순수한 꿈이고 하나는 정
   치적 이데올로기이기 때문이다. 한설야의 인물들을 이끄는 오족협화의 왕도낙토 건설

4. 김사량의 경우: 상징화의 창작방법

이 시기 우리 소설계의 또 다른 개성적인 창작방법 하나를 김사량의 문학에서 만날 수 있다. 더 이상 물러날 수 없는 지경에까지 떠밀린 약자, 또는 강대한 외부의 힘에 휩쓸려 모든 것을 잃고 마는 약자를 상징으로 제시함으로써 현실을 증언하고 현실에 맞서고자 하는 방법이다.

그 약자는 현실 가운데 얼마든지 실재할 수 있는 구체적 개별자이지만 그 대부분이 절대적인 성격을 갖는 슬픔, 고통, 비굴 등 인간의 감정과 삶의 태도를 표상하는 것이라는 점에서 일종의 상징이다. 물론 그런 것과 무관한 순수 상징도 있다. 이 경우 그는 다만 무력한 '약자'로서 소설 속에 설정되었다. 「토성랑」(1936, 1940)이 대표적이다.

어느 산골 토호의 종으로 평생을 살아온 원삼이란 중늙은이가 주인공이다. 주인집이 망하는 바람에 평양으로 흘러들어 대동강 제방 아래 토막촌에 자리 잡았다. 아직은 그런대로 부릴 만한 건강한 육신 말고는 아무것도 가진 것이 없는 사내가 비록 변두리이긴 하지만 급속하게 변화하는 대도시 공간에 속하게 된 것이다. 아무것도 모르니 속수무책으로 그 변화의 물결에 휩쓸릴 수밖에 없다. 『제방』 2호(1936)에 실린 원작에서는 이 점이 강조되었다. 국제철로 공사 때문에 그의 삶터는 철거되고,[31]

이란 이념은 일본의 만주 경영 이데올로기인 오족협화의 왕도낙토 건설과 대립, 투쟁하는 관계이다. 『대륙』을 '식민주의와 자민족중심주의'에 대한 비판이라 보는 김재용 식의 해석이 가능한 이유는 이것이다.

31 약자를 짓밟는 근대화의 폭력성 또는 외부 폭력에 의한 약자의 파멸을 다루고 있는 작품에는 이 밖에도 「윤주사」(1937, 1942), 「箕子林」(『문예수도』(1940. 6)), 「ムルオリ島」(『국민문학』(1942. 1)) 등이 있다. 「윤주사」의 작품사에 대해서는 김재용, 곽형덕 편역, 『김사량, 작품과 연구 1』(역락, 2008), 97쪽 참조.

기차 운행을 방해하려던 그는 기차에 깔려 처참하게 죽기에 이른다는 게 원작의 결말이다. 『문예수도』(1940. 2)에 발표된 개작[32]에서는 결말이 달라진다. 토막촌을 덮친 대동강 물에 휩쓸려 토막촌은 물론이고 주인공도 격류 속으로 사라지고 말았다는 것이다.

결말이 달라지는 등 변화가 있었지만 원작 「토성랑」과 개작 「토성랑」의 핵심은 동일하다. 외부의 강대한 힘이 덮쳐 무력한 약자를 파괴해버렸다는 것이다.

> 영감으로 보이는 물체가 이미 몇 간 앞을 떠내려가고 있었다. 여자는 소리를 지르면서 물가를 따라 달린다. 병길은 동동 발을 그리며 물살에 발을 적시고 달려갔다. 영감은 산에 살던 사람이라 물을 모른다. 아직 물가에서 얼마 떨어져 있지 않았기에 때로 발을 땅바닥으로 뻗으며 일어서려고 허우적허우적 댄다. 뭐라고 외치려고 하는 것도 같다. 원삼은 으, 으, 으 하는 비명을 올렸다. 그 바람에 물을 벌컥벌컥 마셨음이 틀림없다. 그러나 분명히 몇 마딘가는 들려왔다.
>
> "아주…머니…도…망…치시라…요…요."[33]

그 무서운 폭력에 맞설 수 없음은 물론이다. 벗어날 수도 없다. '약자'의 순수 상징인 주인공은 성난 대동강의 격류 속으로 사라지고 "황금 달빛을 받고는 악마의 춤을 덩실거리며 펼쳐 보"이는 '물살'[34]만이 세차게 흐를 뿐이다.

---

32 「토성랑」의 작품사에 대해서는 김재용, 곽형덕 편역, 『김사량, 작품과 연구 1』(역락, 2008), 55쪽 참조.

33 김사량, 「토성랑」(개작), 95쪽.

34 같은 책, 96쪽.

강대한 외부의 힘에 휩쓸려 모든 것을 잃고 마는 순수 상징으로서의 약자를 통해 현실을 증언하고 현실에 맞서고자 하는 「토성랑」의 창작방법은 이후 더 이상 물러날 수 없는 지경에까지 떠밀린, 슬픔과 고통과 비굴 등 인간 감정과 태도를 상징하는 약자를 통해 현실을 증언하고 맞서는 창작방법으로 바뀐다. 「草深し」(『문예』, 1940. 7), 「天馬」(『문예춘추』, 1940. 6), 「鄕愁」 등에서 이를 확인할 수 있다.

대표작은 「鄕愁」(『문예춘추』, 1941. 7)이다. 제목 '향수'가 드러내듯 이 작품은 고향을 잃어버린 이들의 돌아갈 수 없는 고향에 대한 그리움을 다룬 소설이다. 그들은 왜 고향에 돌아갈 수 없는가? 저마다의 사연이 있다. 먼저, 예전의 독립투사 윤장산. 3·1운동 직후 중국으로 망명하여 "시베리아, 연해주, 북만주, 동만주 등지를 떠돌아다니면서 이주 동포들의 지도 조직"35)하는 데 젊음을 바친 이 불굴의 투사가 시대의 격랑을 못 이겨 표류하게 되었다. 감옥에 갇힌 부하의 아내와 간통하는 등 방황하다가 마침내는 죽음으로써만 그곳에서 벗어날 수 있는 비참의 바닥에 굴러 떨어지고 말았다. 다음, 윤장산을 모시고 '사상운동'의 험로를 걸었던 옥상렬. 그는 전향하여 북경을 점령한 일본의 특무기관에서 일하고 있다. 자신의 전향이 '사고방식의 전진'36)이라 애써 강변하긴 하지만 '전향의 고통'37)을 못 이겨 괴로워하는 인물이다. 아마도 그 괴로움과 관련되어 있는 것일 터인데, 그는 고향으로 돌아가는 것이 '불가능'하다고 생각한다.

---

35 같은 책, 149쪽.
36 이경훈 편역, 『한국 근대 일본어 소설선』, 역락, 2007, 38쪽.
37 같은 책, 35쪽.

사실 나도 맹렬한 향수를 가지고 있습니다. 어떻게 변했을까, 한 번 고향에 돌아가 보고 싶습니다. 하지만 그건 평생 나에게는 불가능한 일입니다….[38]

윤장산과 옥상렬에 대한 더 이상의 추구가 없어 이 정도밖에 알 수 없지만, 그들을 고향에 돌아갈 수 없는 고향상실자로 만든 가장 큰 요인이 사상의 변화라는 것은 분명하다. 김사량은 '사상의 변화'라는 재제를, 이처럼 고향으로 돌아가는 것을 불가능하다 여기는, 완전한 고향상실자라는 극적 성격의 인물을 통해 다루었다. 이 완전한 고향상실자는 곧 절대적 슬픔, 절대적 고통의 상징일 터인데 상징으로써 현실을 증언하고 현실에 맞서는 김사량 창작방법의 특성을 들여다볼 수 있다.

「향수」에서 김사량의 이 같은 창작방법을 가장 뚜렷이 보여주는 인물은 서술자의 누이인 이가야이다. 그녀는 남편의 사상 변화와 외도, 외아들의 일본군 통역 자원[39] 등이 준 충격과 생활난을 견디지 못해 아편밀매상이 되고 말았다. 게다가 그녀 자신이 아편중독에 빠졌으니 "고뇌와 죄악에 찬 비참한 생활"[40], 막다른 곳에까지 내몰린 셈이다. 당연하게도 그녀는 고향으로 돌아갈 수 없다. 이 완전한 고향상실자를 두고 그녀를 찾아 먼 길을 온 동생인 서술자는 "누나를 만난 순간, 이미 누나를 잃

---

38 같은 책, 58쪽.
39 그가 일본군에 자원입대한 이유는 분명하지 않다. "오직 우리를 위해서 가는 것이냐, 그렇지 않으면 벌써 네 안에 우리들의 사고방식과는 다른 사상이 싹트고 있는 것이냐"라는 어머니의 물음에 '둘 다'(같은 책, 32쪽)라고 답하는데, 질문이 모호한 만큼 그 답에 담긴 것이 무엇인지는 분명하지 않다. 이 소설에는 이처럼 모호한 부분이 많은데, 단편이라는 제약, 검열을 비롯한 여러 감시의 눈길에 대한 의식 등을 그 요인으로 생각해볼 수 있겠다.
40 같은 책, 37쪽.

어버린 듯한 기분이 들었다."[41]라고 말한다.

이 완전한 고향상실자에게 남은 것은 단 하나, 그녀가 받드는 신의 '은혜'에 대한 믿음뿐이다. 그러나 그녀가 그 신의 가르침을 지키지 못했기 때문에 그 믿음은 언제라도 끊어질 수 있는, 대단히 허약한 것이다. 그녀는 그 허약하기 짝이 없는 가느다란 믿음 줄 하나를 붙들고 '고뇌와 죄악에 찬 비참한 생활'을 간신히 견디고 있지만, 언제라도 그 줄을 놓치고 최악의 비참 속으로 굴러 떨어질 수 있다.

> "나보고 굶어죽으라는 거니?" 그녀는 더욱 경련을 일으키며 소리쳤다.
> "굶어죽는 것보다 더 나쁜 일일지도 몰라요, 이건…. 우선 누나의 하느님이 용서하지 않을 겁니다."
> "무슨 말을 하는 거야." 하고 귀청을 찢는 듯한 목소리를 내면서 가야가 벌떡 몸을 일으켜 돌아보았다. 엉망으로 흐트러진 머리카락 사이로 핏빛 두 눈이 현을 꼼짝 못하게 했다.[42]

'하느님'이 용서하지 않는다는 사실을 인정하면 그녀는 최악의 비참 속으로 수직 낙하, 떨어져 내릴 수밖에 없다. 위기의 순간이다. 그녀는 고함소리와 '핏빛 두 눈'으로 동생의 말길을 막음으로써 간신히 그런 사실을 인정할 뻔한 순간을 벗어날 수 있었다. 이 장면에서 더 이상 물러날 수 없는 지경에까지 떠밀린 약자, 또는 강대한 외부의 힘에 휩쓸려 모든 것을 잃고 마는 약자를 제시함으로써 현실을 증언하고 현실에 맞서고자 하는 김사량의 창작방법이 가장 뚜렷이 그 실체를 드러내었다.

「향수」에 나오는 완전한 고향상실자들은 참혹한 슬픔과 고통의 상징

---

41 같은 책, 26쪽.
42 같은 책, 59~60쪽.

이다. 특히 주인공 이가야가 더욱 그러함은 물론이다.[43] 이들을 바라보는 서술자의 눈길은 연민으로 가득 차 있다. 그들의 변절, 윤리적 죄악조차 부정과 단죄의 대상이 아니라 이해와 연민의 대상이라는 게 서술자를 비롯한 소설 속 인물들의 숨은 생각이다. 이에 이르면 우리는 김사량의 개성적인 창작방법이 개개인의 윤리를 문제 삼고자 한 것이 아니라는 것을 또렷이 알 수 있다. 그들을 억압하고 강박하여 참혹한 슬픔과 고통의 상징으로 못 박은 외부 현실의 폭력성을 문제 삼고자 한 것이다.

「향수」 등은 대상에 대한 연민의 마음이 만들어낸 작품이다. 대상에 대한 연민의 마음을 거둘 때 김사량의 창작방법은 날선 풍자의 세계를 낳는다. 「天馬」가 그것이다. 「天馬」의 주인공 현룡은 속속들이 부정적인 존재성을 지닌 인물로 비굴의 상징이다. 당연하게도 서술자로부터 시종일관 날선 비판을 받는다. 가여울 정도이다.[44] 그런데 자세히 읽으면 우리는 현룡이 「향수」의 인물들과 마찬가지로 '약자'로서 막다른 지경에까지 내몰려 있는 존재임을 알 수 있다. 그를 바라보는 연민의 눈길이 소설 속에 들어 있지 않을 뿐, 그 또한 김사량 창작방법의 산물이며 없어서는 곤란한 실현 요소라는 점에서 다른 소설 속 인물들과 동일한 인물이다. 창작방법의 관점에서 보면 「천마」는 「향수」의 쌍둥이 형제이다.[45]

---

43 가족을 부양하기 위해 식민지 통치 권력 아래 들어 온갖 수모를 감수하는 「草深し」의 옛 스승 또한 정도는 덜하지만 슬픔과 고통의 상징이다.

44 현룡을 '순교자'라 해석하는 연구자들도 있지만, '희생자'라고 보는 게 보다 근리하다.

45 「천마」의 엉터리 소설가 현룡은 자신의 무능을 감추고, 문단 권력자의 눈에 들기 위해 거짓말을 일삼고, 모욕을 감수하며 비굴하게 살아가는 인물이다. 한마디로 자의식이 전혀 없는 인물인데, 이 철저성이 그를 상징이 되게 한다. 이석훈의 「고요한 폭풍」에도 권력에 빌붙어 문학판에서의 입지를 다져보고자 하는 무능한 소설가(박태민)가 등

5. 맺음말

지금까지 우리는 이광수, 이효석, 김사량을 중심으로 일제 말기 우리 소설의 창작방법에 대해 살폈다.

이광수의 창작방법은 '일본정신' '내선일체의 이념' 등을 전적으로 받아들여 그것에 철저한 인물의 일로매진하는 행로를 그린다. 비판은 물론이고, 회의도 망설임도 없다. 정책 홍보물의 글쓰기 방법과 똑같은 창작방법이라 하겠는데 그것이 만들어낸 순수한 단성성의 세계는 정치의 미학화를 도모하는 문학이 어떤 경계에까지 이를 수 있는가를 보여주는 좋은 예이다. 이광수의 문학은 「무명」에서 이룬, 혼란과 오탁의 인간 내면을 탐구하는 창작방법을 버리고 새로운 창작방법을 택해 나아감으로써 정치 홍보물로 타락하였다.

이효석의 창작방법은 '완전한 사랑'이라 표현된 낭만적 사랑, 자연의 이치를 따르는 성, 절대의 아름다움 등 현실 너머에 빛나는 추상적 관념을 좇아 나아가는, 그 관념과 하나 된 극성의 인물들의 행로를 그린다. 절대의 의미를 갖는 것으로써 현실을 지배하는 막강한 힘에 맞서는 방법일 수 있다는 점에서 이효석의 이 같은 창작방법의 의의를 인정할 수 있다. 그러나 이 창작방법은 현실로부터의 벗어남을 기본 전제로 삼기 때문에 현실 관련성이 매우 약하다는 문제점을 지니고 있다. 현실 내 존재인 인간에 대한 탐구, 인간관계의 탐구를 비롯한 소설적 탐구라 이름

장한다. 그는 자신의 무능, 열등감, 은밀한 욕망 등을 "빛의 종자를 뿌리는 선택 받은 사람" '양심' '봉공' '진실' '운명' 등 정책 홍보의 문구로써 가리려 하는데, 이 자의식 때문에 그는 어느 쪽에도 철저할 수 없다. 현룡과 박태민의 존재성이 근본적으로 다른 만큼, 두 소설의 성격도 근본적으로 다를 수밖에 없다.

붙일 수 있는 '탐구'의 가능성을 원천 봉쇄하는 불모의 창작방법이기도 한 것이다. 현실 관련성이 약하기에 현실을 지배하는 힘과 직접 부딪치는 것을 피할 수 있는 불패의 창작방법이지만, 한편으로는 추상적 관념과 하나 되어 그것을 추구하는 데서 솟아나는 행복감을 반복해 예찬하는 불모의 창작방법이기도 하다는 점에서 의의와 한계를 함께 지닌 창작방법이라 할 수 있다.

김사량의 창작방법은 절대의 의미를 지니는 슬픔, 고통, 비굴 등 인간의 감정과 삶의 태도를 표상하는 상징적 인물을 내세워 그들을 그런 감정과 태도에 가두어 그 자체가 되게 한 현실의 폭력성을 증언하고 그것에 맞서고자 하는 작가의식의 소산이다. 이 같은 창작방법으로 김사량은 식민주의와 정면으로 맞서는 문학을 세울 수 있었다. 김사량 문학이 이 시기 한국 소설을 대표하는 것으로 긍정적인 평가를 받아온 주요인은 이것이다. 그러나 이 창작방법은 그것이 표상하는 것 자체에 집중하여 그 밖의 것들은 배제하는 상징의 속성 때문에 스스로를 단순화하는 문제점을 지니고 있다. 김사량 소설에 등장하는 상징적 인물들의 내면이 대단히 단순하다는 것이 그 뚜렷한 증거이다.

이광수, 이효석, 김사량 등 이 시기를 대표하는 작가들의 문학에서 공통적으로 확인할 수 있는 단성성이야말로 이 시기 한국 소설의 핵심 특성이다. 그 반대쪽에 회의와 주저, 반성의 세계를 일군 김남천이 외롭게 서 있다.

한국 현대소설과 불교 설화

• • •

주제별 수용 양상을 중심으로

1. 머리말

한국 현대소설 가운데에는 불교 설화에 근거한 작품이 많다. 몇 가지 분류방법을 생각해볼 수 있다. 불경에 들어 있는 불교 설화에 근거한 것인가, 아닌가가 한 기준이 될 수 있다. 불경에 들어 있는 설화는 엄청나게 많아 그 대강을 파악하기도 벅차다. 불경 소재 설화에 근거하여 창작된 많은 소설이 있음에도 불구하고 그 양상을 살피는 연구가 영성한 가장 큰 이유는 이것이다. 앞으로의 연구 과제라 할 것인 바, 이 논문에서도 한국 현대소설에서의 불경 소재 설화의 수용 양상에 대해서는 다루지 않는다. 따라서 이 논문에서의 '불교 설화' 란, 한반도에서 생산된 불교 설화를 가리킨다.

불교 설화와 한국 현대소설의 관계에 따라 불교 설화의 구조와 주제를 그대로 살린 이야기(이광수의 「꿈」, 김동리의 「원왕생가」), 불교 설화의 재해석을 통해 만들어낸 새로운 구조와 주제의 이야기(강경애의 『인간문제』, 김남일의 「조금은 특별한 풍경」), 불교 설화 속 화소(話素) 또는 구성소(構成素) 한두 개를 빌려와 만든 이야기(신경숙의 「부석사」) 등의 분류가 가능하다.

다른 한편, 소설 속 불교 설화의 성격에 따라 나눌 수도 있다. 근거한 설화가 단일한 경우, 여러 개의 설화를 재구성한 경우, 작가가 필요에 따라 창작한 경우[1] 등이다. 한국 현대소설에 등장하는 불교 설화는 대부분 첫 번째 경우에 해당하지만, 두 번째와 세 번째 경우에 해당하는 것들도 적지 않은데, 조정래의 『태백산맥』에 나오는 화엄사 각황전 조성 설화는 두 번째 경우에, 같은 작가의 『대장경』에 나오는 재조대장경 조성 설화의 대부분은 세 번째 경우에 해당한다.

아직 기록되지 않은 것과 이미 기록된 것으로도 나눌 수 있는데, 현대소설 속 불교 설화는 기록되어 널리 알려진 것이 대부분이다. 채록한 구비 설화를 체계적으로 정리하여 간행하는 작업이 어느 정도 마무리되었기 때문에 이런 현상은 더욱 뚜렷해질 것임에 틀림없다.

소설 속 불교 설화가 지니고 있는 의미에 따른 분류도 가능하다. 이 분류는 현대소설이 불교 설화의 어떤 측면들에 주목했는가를 명료하게 드러내주는 것이라는 점에서 불교 설화와 현대소설이 맺고 있는 관계의 핵심을 이해하는 데 가장 효과적이다. 이 논문에서는 이 분류방법을 따라, 한국 현대소설에서의 불교 설화 수용 양상을 살핀다. 신심과 예술혼, 혁명적 정치성, 사랑 등이 그것이다. 여러 가지 점에서 자기제한적

---

1 작가가 창작한 경우가 기존 불교 설화의 수용 양상을 살펴 드러내고자 하는 이 논문의 목적에서 벗어나는 것임은 물론이다. 논지 전개의 필요에 따라 언급되었을 뿐이다.

인 연구이지만, 불경 소재 설화를 포함한 불교 설화 일반과 한국 현대소설의 관계를 살피는 연구로 나아가기 위해 발판 하나를 마련하는 것이라는 데서 의의를 찾고자 한다.

2. 신심(信心)과 예술혼(藝術魂)

불교 설화는 일반적으로 부처님과 불법에 대한 굳은 믿음을 밑자락에 깔고 있다. 이 점에서 불교 설화는 신심의 이야기라 말할 수도 있을 것이다.[2] 그렇긴 하지만, 부처님과 불법에 대한 굳은 믿음을 중심내용으로 삼고, 그 믿음의 예찬을 주제로 설정한 불교 설화는 그렇지 않은 다른 불교 설화와는 구별되어야 할 것이다. 나는 이것을 특히 '신심의 불교 설화'라 부르고자 한다.

신심의 불교 설화를 끌어들인 현대소설에서 이 믿음 자체를 문제 삼은 경우는 발견되지 않는다. 불교 설화에 근거한 현대소설은 예외 없이 불교적 신심에 대한 전적인 긍정을 전제한다고 말할 수 있다.

수많은 신심 이야기 가운데에서 현대소설 작가들이 특히 큰 관심을 보인 것은 신심과 예술혼이 결합된 경우이다.[3] 무영탑 조성 설화를 비

---

2 '재물이나 여색을 탐하다가 제자인 상좌에게 혼이 나거나 그 업보로 죽은 후 축생으로 태어난다는 내용'(김용덕, 「불교 설화의 상징체계 연구」, 『비교민속학』 15집, 비교민속학회, 1998, 360쪽)의 파계승 설화는 그 같은 탐욕을 경계하는 교훈을 지닌 것이니 마찬가지로 참된 믿음을 문제 삼는 신심 이야기이다. 박상란은 정치권력과 결탁하여 악행을 저지르는 신돈 등의 요승(妖僧)과 완력으로 타자를 유린하는 완승(腕僧)을 합한 개념으로 요승을 설정하고 있는데, 이들 요승의 이야기들도 마찬가지로 참된 믿음을 문제 삼는 신심 이야기이다(박상란, 「조선시대 문헌 소재 불교 설화의 양상과 의미」, 『불교학보』 43집, 동국대 불교문화연구원, 2005).

3 1-김동리의 「願往生歌」(1977)는 『삼국유사』 '感通' 장에 실려 있는 '광덕과 엄장' 설

롯해, 지극한 신심과 예술혼이 뒷받치지 않으면 불가능한 조탑(造塔) 또는 건물 조성과 관련된 설화들이다. 현진건의 『무영탑』, 조정래의 『태백산맥』 등이 이 같은 설화를 끌어들인 경우이다.

그는 제 핏줄 가운데 제 것 아닌 무서운 힘이 용솟음함을 느끼었다.

오래간만에 참으로 오래간만에 어마어마한 신흥(神興)이 저를 찾아온 줄 그의 넋은 벌써 깨달은 것이다.

이 흥이 오기를 얼마나 바랐던고, 기다리었던고, 이 〈흥〉이란 한없이 곱고 한없이 사납고 철석같이 미쁘다가 바람같이 변한다. 너르자면 왼 누리에 차고 잘자면 겨자알도 오히려 크다. 활달할 적엔 양양한 바다에 봄바람

화를 소설화한 것이다. 설화의 내용을 더하거나 빼서 현실성을 높였다는 점에서는 차이를 보이지만, 몸의 욕망을 철저하게 통어하여 정토에 왕생하고자 하는 신라인의 신심(아미타사상)을 중심에 놓은 것이라는 점에서 동일하다. 소설 「원왕생가」와 원효의 정토사상의 관계에 대한 것은 방민화(「김동리의 「원왕생가(願往生歌)」에 나타난 원효의 정토사상(淨土思想) 연구」, 『문학과 종교』 11권 2호, 한국문학과종교학회, 2006)를 참조. 조정래, 「내 영혼 속의 만해와 철운」, 『누구나 홀로 선 나무』, 문학동네, 2002.

2—이광수는 불교 설화에 근거한 소설을 여러 편 썼다. 조신몽 설화에 근거한 「꿈」, 이차돈 설화에 근거한 「이차돈의 사」, 원효와 관련된 여러 설화를 적극적으로 활용한 「원효대사」 등이다. 이들 작품은 그 원천 설화의 주제에 충실하여, 인간 욕망의 덧없음, 불교 수용을 위해 목숨을 바치는 지극한 신심, 정토사상 등을 주제로 삼고 있다. 한편 창작이니 만큼 불교 설화에는 없는 것들이 끼어들게 되는 것은 당연한데, 가장 두드러지는 것은 「이차돈의 사」와 「원효대사」에 특히 분명한, 비범한 능력과 뛰어난 외모를 지닌 주인공이 여왕을 비롯한 뭇 여성들의 절대적인 사모 대상으로 설정되어 있다는 점이다. 새로운 이광수론은 여기서 시작될 수 있다는 게 내 생각이다.

3—한편 이강옥(「『삼국유사』 출가 득도담 및 출가 성불담의 초세속 지향 양상」, 『고전문학연구』 30집, 고전문학회, 2006)에 의하면, '노힐부득 달달박박' 등에서 알 수 있듯이, 『삼국유사』에 실린 설화들은 "세속 지향에 대한 반성보다는 초세속 지향에 대한 반성을 더 강조하고자" 한 것이라 한다. 이 같은 해석을 따라 더 나아간다면 불교 설화의 한복판에 자리한 신심의 안쪽을 더 깊게 살피는 소설이 가능할 것이다. 이와 관련하여, 지금까지의 한국 현대소설에서의 성취는 아직은 평가의 대상이 될 만한 정도에 이르지는 못하였다.

이 널놓고 까다롭자면 시기하는 지어미도 물러앉을 지경이다. 그리고 갖은 조화를 다 가진 듯 고대 여기 있는가 하면 까마득하게 사라지고, 분명히 손 아귀에 들었거니 하다가 돌아서면 간 곳을 찾을 길 없다. 어느 때는 푸드득 나는 새 나래에서 그대로 뚝 떨어져서 품속으로 기어들고 어느 때엔 발부리에 밟히는 조약돌에서도 불쑥 그 안타까운 모양을 나타낸다.[4]

석가탑과 다보탑 조성을 책임 진 아사달의 '신흥(神興)'을 그린 부분이다. 『무영탑』 곳곳에는 이 같은 신흥에 들려 석가탑 조성에 몰두하는 아사달의 모습이 나온다. 이 작품을 석가탑 조성 과정을 그린 소설이라 읽는다면, 이 신흥은 구성의 핵에 해당하는 요소라 말할 수 있다.

안에서 용솟음쳐 오르는 '제 것 아닌 무서운 힘'인 그 신흥은 새로운 아름다움을 만들어내는 예술창작을 가능하게 하는 것인 '창조의 열정과 기쁨'을 가리키는 것일 터인데, 이 신흥에 들린 아사달은 그러므로 예술가이다. 아사달이 이런저런 마음 속 번민이며 현실적 장애를 물리치고 넘어 뒤도 옆도 돌아보지 않고 3년이라는 긴 세월 석가탑 조성에 매진할 수 있었던 주된 요인이 바로 이것이다.

이 신흥과 함께 아사달을 이끌고 뒤밀어 아름다운 예술작품 석가탑 조성을 가능하게 한 것은 '탑 쌓는 대공에 바친 몸이요, 마음'[5]이다. 부처님을 위하는 거룩한 일에 바친 몸이니 조금의 흐트러짐도 스스로 용납할 수 없다는 지극한 신심이 외롭고 힘든 세월을 견디게 하였다.

슬픈 이야기인 무영탑 설화의 가운데 놓인 아사달의 신심에 예술가 아사달의 예술혼이란 새로운 화소(話素)가 더해져 전혀 다른 이야기가

---

4 현진건, 『무영탑』, 동아출판사, 1996, 94~95쪽.
5 같은 책, 45쪽.

만들어진 것이다.

『태백산맥』에 나오는 화엄사 각황전 조성 설화는 근원 설화를 확인할
수 없다. 한 사람의 힘으로 법당을 완성한다는 것과 새가 등장한다는 점
에서 통하는 내소사 대웅보전 조성 설화, 새(여기서는 참새)가 등장한다
는 점에서 같은 「영험 있는 탱화와 신승 사명대사」 설화(『東野彙輯』 소
재), 학이 등장한다는 점에서 같은 「절을 도색하는 학」(『한국구비문학대
계』, 6-10) 등 여러 불교 설화를 참고하여 재구성한 설화일 가능성이
높다.[6] 『태백산맥』에 나오는 각황전 조성 설화의 초점은 『무영탑』에 나
오는 석가탑 조성 설화와 마찬가지로 신심과 예술혼인데, 신심이 보다
강조되어 있다는 점에서는 조금 다르다.

> 각황전을 이루어낸 그 어느 이름 모를 목수의 금강석같이 견고한 신심과
> 원력 앞에 삭발승의 부끄러움이 새롭게 도지는 탓일 것이었다. 열아홉 나이
> 에 불사에 참예한 그 목수가 각황전을 다 짓고 났을 때는 일흔아홉이 되어
> 있었다 한다. 실로 육십 년의 세월이 흘러간 깃이고, 그는 그동안 각황전 언
> 저리를 한 번도 벗어난 일이 없었다. (중략) 놀란 대중들이 밖으로 나와 보
> 니 한 마리의 백학이 현란한 빛을 뿜으며 각황전 위를 너훌너훌 날고 있었
> 다. 그 백학은 각황전 위를 세 번 돌고는 홀연히 어디론가 사라졌다. 그 목
> 수를 어찌 기술자라고만 부를 수 있을 것인가. 각황전이 어찌 솜씨로만 이
> 룩되었다고 할 수 있을 것인가. 솜씨 뛰어난 기술자였을 뿐이라면 그 목수
> 가 어찌 육십 년의 세월을 견디고 참아낼 수 있었을 것인가. 매시(每時)가
> 차가운 인내로 채워졌음이고, 하루하루가 뜨거운 신심으로 타올라 마침내
> 시공계(時空界)를 초월하는 경지에 들어 육십 년 세월이 하루같이 된 것이
> 아닐 것인가. 인간의 시간으로 그 육십 년을 하루로 초월한, 청정한 영혼이
> 빚어낸 그 솜씨는 또 어떠했으랴. 이미 범상을 벗어난 그 솜씨로 빚어낸 것

---

6 한국정신문화연구원 어문학연구실, 『한국구비문학대계』, 한국정신문화연구원, 1980.

이기에 각황전은 저리도 빼어나고 신비로운 불전이 된 것인가.[7]

　그 목수는 기술만 빼어난 한갓 장인이 아니었다는 것, 비상한 신심과 원력으로 시공계를 초월하는 경지에 들었기에 60년 긴 세월 각황전 조성에 매달릴 수 있었고, '범상을 벗어난 솜씨'를 부릴 수 있었다는 것 등이 요점이다. 범상을 벗어난 솜씨란 곧 예술가의 창조력을 가리키는 것이고, 평생을 각황전 조성에 매달렸음을 곧 예술 창작의 몰아성(沒我性)과 관련된 것이니, 신심과 예술혼이 이 설화의 요점이라 하겠다.[8]

　각황전 조성 목수와 같은 굳은 신념을 지닌 예술가형 인물은 조정래 문학 중심에 서 있는 신념과 지조의 인물들과 동류이다.[9]

3. 혁명적 정치성(革命的 政治性)[10]

1920~1930년대, 1970~1980년대 우리 문학을 지배한 것 가운데 하나

7　조정래, 『태백산맥 2』, 한길사, 1986, 240~241쪽.
8　조정래는 불교 예술 장인들이 갖고 있는 이 같은 '예술가성'에 관심이 많은 작가이다. 재조대장경 조성 과정을 그린 장편 『대장경』에는 이런 예술가가 무더기로 등장하는데 그 대표적인 인물은 판각한 대장경을 모실 판당을 짓는 목수 근필이다. 그의 판당 짓기를 두고 서술자는 "하긴 건축도 예(藝)가 분명한 이상 극치의 아름다움에 도달하려 할 때 그 목수의 육신은 이미 없는 거나 다름없는 것이다."(237쪽)라고 하여, '육신'의 경계를 벗어나 몰아의 지경에 이른 예술혼에 대해 말하고 있다.
9　이에 대해서는 정호웅, 『한국의 역사소설』(역락, 2006)에 실린, 조정래의 소설에 대한 세 편의 글 참조.
10　혁명적 정치의식이라 하지 않고 혁명적 정치성이라 한 것은, 정치의식이라고 해도 무방할 만큼 제화된, 뚜렷한 의식이 명료하게 드러나 있는 경우도 있지만 그렇지 않은 경우도 있기 때문이다. 정치의식보다는 덜 명료하고, 더 폭넓은 정시성이란 용어를 사용하면 체계화된, 뚜렷한 의식뿐만 아니라 그렇지 않은 것까지도 아우를 수 있다.

가 혁명적 정치성의 상상력임은 두루 아는 대로이다. 그 상상력이 불교 설화를 만나 빚어낸 작품들이 여럿 있는데 대표적인 것은 강경애의 『인 간문제』, 송기숙의 『녹두장군』이다.

3.1. 사회구조적 모순의 혁파 지향

장편 『인간문제』의 첫머리에는 황해도 용연 마을에 전해오는 원소(怨 沼) 전설이 소개되어 있는데 다음 인용 부분에 중심내용이 담겨 있다.

> 그런데 마침 몇 해를 거푸 흉년이 들어서 이 동네 사람들이 모두 굶어 죽 게 되었을 때 그들은 하루에도 몇 번씩 장자 첨지에게 애걸을 하였다. 그러 나 첨지는 들은 체도 하지 않고 오히려 그들을 나무라고 문간에도 들이지 않았다는 것이다.
> 그러므로 그들은 하는 수 없이 몰래 작당을 하여 가지고 밤중에 장자 첨 지네 집을 습격하여 쌀과 살진 짐승들을 끌어냈다는 것이다.
> 이런 일이 있은 후 며칠 만에 장자 첨지는 관가에 고소장을 들여 이 근처 농민들을 모두 잡아가게 하였다. 그래서 무수한 악형을 하고 혹은 죽이고 그나마는 멀리 쫓아 버렸다는 것이다.
> 아버지 어머니 혹은 아들 딸을 잃어버린 이 동네 노인이며 어린것들은 목 이 터지도록 아버지 어머니를 부르며 혹은 아들과 딸을 찾으며 장자 첨지네 마당가를 떠나지 않고 울었다는 것이다.
> 그래서 울고 울고 또 울어서 그 눈물이 고이고 고이고 고이어서 마침내는 장자 첨지네 고래잔등 같은 기와집이 하룻밤 새에 큰 못으로 변하였다는 것 이다. 그 못이 즉 내려다보이는 저 푸른 못이다.[11]

전국적으로 분포되어 있는 장자못 전설의 변형임을 한눈에 알아볼 수

---

11 강경애, 『인간문제-한국 소설문학대계 1』, 동아출판사, 1996, 12쪽.

있다. 중이 등장하지 않는다는 것, 금기를 어겨 돌이 되는 며느리가 등장하지 않는다는 것, 대신에 농민들의 처절한 궁핍 현실과 장자 첨지에 대한 농민들의 항거가 부각되어 있으며, 관과 결탁하여 농민들을 억압하는 장자 첨지의 폭력성과 그로 인한 희생자들의 원한이 강조되어 있다는 것 등이 이 이야기의 특성이다.

작가는 장자못 전설에 담겨 있는 비과학적인 요소들을 들어내고 그 자리에 사회구조적 모순에서 비롯된 궁핍의 현실을 혁파하고자 하는 혁명적 정치의식을 담고자 하였음을 잘 알 수 있다.

강경애는 최서해와 함께 만주 공간이 낳은 혁명적 정치성의 문학을 대표하는 작가이다. 강경애의 간도 소재 문학은 일제의 폭력적인 지배의 실상과 조선인의 참혹한 현실을 핍진하게 증언하고 있다는 점, 특히 무장투쟁을 그린 「소금」(1934)과 간도공산당 사건으로 사형 당한 항일 혁명운동가의 가족을 다룬 「어둠」(1937)이 보여주듯 비타협적 투쟁노선 위에 선 것이라는 점 등에서 안수길이 대표하는 간도문학 일반의 성격과는 구별되는 특수성을 지닌 것이었다.[12] 강경애 문학의 그 같은 혁명적 정치성이 조선의 농촌 현실, 불교 설화인 장자못 전설과 만나 저처럼 처절한 '원소(怨沼)' 상징을 낳았던 것이다.

3.2. 과거 단절과 미래 지향

송기숙의 대하소설 『녹두장군』도 『인간문제』와 마찬가지로 혁명적 정치성의 서사이다. 여기에는 과거와 결별하고 이상세계 건설을 향해 불

---

12 정호웅, 「한국 현대소설과 만주 공간」, 『문학교육학』 7호, 한국문학교육학회, 2001.

화살처럼 나아가는 인물들이 무더기로 등장한다. "세상이 바로잡힐 때까지는 부모도 친척도 다 잊어버리고 살자고 성까지 갈아치"운 그들은 과거와 결별함으로써 전혀 다른 존재로 새로 태어난 신생의 존재들로서 미래에 속한다.

혁명적 정치의식으로 무장하고 과거와 결별하고 다만 미래의 한 지점을 향해 내달리는 이들의 존재성은 작중인물인 승려 지허의 장자못 전설 해석과 만나 더욱 뚜렷이 그 실체를 드러낸다.

> 그 며느리처럼 새 세상, 동학에서 말하는 선천의 세상에서 후천의 새 세상으로 넘어가는 길목에서는 선천의 세상 즉 그 시아버지가 주장하던 세상에 대한 인정이나 인연이나 정분 같은 것을 칼로 베듯 끊어버리라는 소릴세. 팔 베어버리고 달아난다는 소리가 있잖은가? 손을 잡으면 제 팔이라도 베어버리고 달아나거라. 그때는 선천 세상과 맺어진 온갖 끈을 인정사정 두지 말고 잘라버리라는 소리여. 앞으로 후천의 새 세상이 온다, 오는데 그때는 뒤를 돌아보지 말라. 만약 돌아봤다가는 그 며느리처럼 저 바위 꼴이 되어 천년 만년 한을 남길 것이다. 바로 이 소리네. 시부모건 친부모건 남편이건 자식이건 자기하고 함께 새 세상으로 가는 사람이 아니면 인정사정 두지 말고 연을 끊어버리고 새 세상으로 가라는 것일세.[13]

장자못 전설이 후천 개벽을 꿈꾸는 동학사상과 결합해 이처럼 단호하고 과격한 혁명의 사상을 낳았다. 뒤돌아봄은 허용되지 않는다는 것, 과거는 단절의 대상이라는 것, 새 세상 건설을 향한 일로매진 나아감만이 있을 뿐이라는 혁명적 정치의식이 서슬 푸르다.

---

13 송기숙, 『녹두장군 3』, 창작과 비평사, 1994, 295쪽.

3.3. 자비의 마음, 평등의 의식

『녹두장군』과 함께 80년대 대하소설의 시대를 선도했던 조정래의 『태백산맥』에서도 우리는 혁명적 정치성을 담고 있는 불교 설화를 만난다. 선암사 부주지 법일이 주인공이다. 그는 해방을 맞아 선암사 소유의 땅을 경작자인 농민들에게 무상으로 나눠주어야 한다고 주장했다가 좌익으로 몰려 재판을 받고 있는 중이다. "절집이 몇백 년에 걸쳐서 지주 노릇을 해온 것만도 부끄러운 죄업을 쌓은 것이니 이제부터라도 사답의 소유권을 소작인에게 넘겨주고 부처님의 가르침을 바르게 따르고 실행하자"[14]는 것이 그의 주장이었다.

소유의 탐욕을 경계하고, 뭇 생명을 동등하게 대하고, 생명 지닌 존재의 상처와 슬픔을 연민하고 자비심을 가지라는 부처님의 가르침은 때로 특수한 사회역사적 상황 속에서는 혁명적인 정치성과 통하게 되는데 법일의 경우가 바로 그러하였다.

작가에 의하면 법일의 모델은 선운사 부주지였던 법명 철운(鐵雲), 속명 조종현이다. 시조시인이었고 만해가 이끌었던 만당(卍黨)의 재무부장으로 불교 유신과 조선 독립을 실천행으로 걸었으며, 해방을 맞아 선암사 앞에 '절은 사회에 봉사해야 한다' '모든 사답은 소작인들에게 무상분배하여야 한다' '승려들은 자질향상을 위해 공부에 매진해야 한다' 란 세 가지 현수막을 내걸고 절집 혁신에 앞장섰으며, 만년에는 관음종 종정을 지내기도 한, 남다른 생을 살았던 인물이다.[15]

그러니까 작가는 실존인물 철운의 이야기를 소설 속에 담음으로써 사

---

14 조정래, 『태백산맥 3』, 한길사, 1986, 52쪽.
15 조정래, 「내 영혼 속의 만해와 철운」, 『누구나 홀로 선 나무』, 문학동네, 2002 참조.

람들의 기억 속에 남아 있거나 입에서 입으로 전해졌던 현대 불교 설화 하나를 정리하고 기록하는 일에 나선 셈이다. 작가의 정리와 기록은 철두철미 사실만을 담고 있는 순객관적인 성격의 것이라 하기는 어려우니 한편으로는 창작 작업이기도 할 터이다. 그 설화의 주인공과 육친관계에 있는, 그러므로 그 설화의 등장인물이기도 한 사람에 의한 설화의 정리와 기록(창조)이라는 대단히 희귀한 일이 『태백산맥』을 통해 이루어졌던 것이다.

4. 사랑의 몇 양상

불교 설화에 기대어 사랑을 탐구하는 현대소설은 적지 않다. 여기서는 한무숙의 「돌」, 김동리의 「저승새」, 신경숙의 「부석사」, 김남일의 「조금은 특별한 풍경」을 살펴 저마다 다른 사랑의 양상을 살피기로 한다.

4.1. 뒤돌아볼 수밖에 없기에 실패하는 사랑

「돌」은 장자못 전설에 기대어 사랑의 형식 하나를 다룬 작품이다. 설화 연구의 선구인 장덕순 선생으로부터 '옛날의 전설을 기묘할 정도로 현대에 되살린 좋은 작품' '옛날의 신비를 현대적 신비로 잘 조화시킨 작품'[16]이란 평가를 받은 바 있다.

한국전쟁을 거치며 '절망에 필요한 정열'[17]까지 상실하고 '이미 인간으로서 실격'[18] 지경에 이른 한 사나이가 인연의 여인을 만나 사랑을

---

16 장덕순, 『한국설화문학연구』, 박이정, 1995, 294쪽.
17 한무숙, 「돌」, 『감정이 있는 심연 − 한무숙 문학전집 6』, 을유문화사, 1992, 106쪽.
18 같은 책, 107쪽.

시작하면서 갱생한다. '어느 한구석에 재워 두었던 무엇이 포시시 머리를 드는 것 같은' 느낌에 '즐거움과 놀라움'을 맛보며 '확실히 나에게는 하나의 계절이 열리고 있었던 것'[19]이라는 벅찬 감격과 함께 진행되는 다시 태어남이다. 이제 그는 그를 향해 걸어오는 여인을 맞아들이기만 하면 지금까지와는 전혀 다른 새로운 존재로 신생해서 새로운 삶을 살아갈 수 있다. 그런데 그를 향해 걸어오던 여인이 갑자기 걸음을 멈추고 장자못 전설의 여인처럼 돌로 변해버리고 말, 위기의 순간이 닥쳐왔다. 작품은 여기서 끝난다. 그녀는 뒤돌아봄으로써 그 위기의 순간을 넘기지 못하고 돌로 굳어버리게 될 것인가, 아니면 뒤돌아보지 않고 곧장 그에게로 걸어와 사랑의 결실을 거둘 것인가?

　　금시 한 줄기 할 것 같던 날씨는 어느새 개고 기울어져 가는 해를 역광으로 받아 이미 옆에 서 있는 '돌'과 진배없이 '실루엣'만 보이고 있었으나 나는 그녀가 그 자리를 떠날 때까지 머물 양으로, 길섶에 주저앉았다. 그러니까, 건너편의 '실루엣'이 하나가 되어 버리는 것이었다. 무슨 내기나 하듯 건너편에서도 영란이 돌에 기대앉은 모양이었다.
　　그러나 그 순간, 나에겐 그런 영란의 태도가 귀엽다는 생각보다 무엇이라고 형용할 수 없는 상념이 자꾸만 머리를 드는 것이었다-웬지는 몰라도 그녀는 절대로 나에게로 오지 않을 것이라는 상념이-그것은 거의 확신이었다.[20]

'나'는 그녀가 뒤돌아봄으로써 돌로 굳어버릴 것이라 '확신'하지만 그것은 그의 머릿속 상상일 뿐이다. 뒤돌아본다면 돌로 굳어 그녀는 나에게로 오지 못한다. '나'의 상상이 적중하는 셈이다. 뒤돌아보지 않는

19 같은 책, 112쪽.
20 같은 책, 129쪽.

다면 나와의 사랑은 이루어진다. '나'의 상상은 어긋나는 것이다.

작품을 자세히 읽으면 그녀가 뒤돌아봄으로써 돌로 굳어버릴 가능성이 높다는 게 암시되어 있음을 알 수 있는데, 그녀의 한 마디, "선도 악과 같이 벌을 받은 거군요"[21]가 그것이다.

그녀는 장자못 전설을 '악인뿐만 아니라 선인도 함께 벌을 받는다는 내용'의 이야기로 이해했다. 선인인, 전설 속의 며느리는 뒤돌아보지 말라는 금기를 어겼기 때문에 악인들과 함께 벌을 받았는데, 그녀가 금기를 어기게 된 것은 뒤돌아보지 않을 수 없는 상황 속에 있었기 때문이다. 가족의 인연으로 묶인 사람들이, 그들과의 생활이, 그 모두를 포함한 그녀의 과거가 들어 있는 시공간과 칼로 자르듯 결별하고 앞으로 걸어갈 수는 없었던 것이다. 그러므로 그녀가 악인들과 함께 벌을 받게 된 것은 그녀의 책임이라기보다는 그 시공간의 구속력 때문이라고 이해하는 것이 온당하다. 장자못 전설은 그 시공간으로부터 벗어나는 것은 거의 불가능하다는 진실을 담고 있는 이야기로 읽힌다.

「돌」의 여주인공 영란은 장자못 전설의 며느리와는 달리 뒤돌아보지 않고 새로운 삶을 향해 나아가고자 굳게 마음먹었지만, 앞의 암시로 미루어 실패할 가능성이 높다. 작품에서는 그 구체적인 이유를 찾을 수 없지만, 그녀는 뒤돌아보지 않을 수 없는 상황 속에 들어 있기 때문일 것이다.

이에 이르면 우리는, 「돌」이 장자못 전설의 핵심 구조와 동일한 구조를 지닌 작품임을 알 수 있다. 장자못 전설의 핵심 구조를 그대로 빌려옴으로써 이 작품은 '뒤돌아볼 수밖에 없기 때문에 실패하는(할) 사랑'

---

21 같은 책, 129쪽.

을 효과적으로 그려낼 수 있었다.[22]

4.2. 절대의 사랑

김동리 문학의 중심에는 주체성을 지키기 위해 생사를 건 싸움에 나아간 강한 주체가 우뚝 서 있다. 자신됨의 보지를 위해 생사를 건 자기와의 싸움에 온힘을 쏟고 있으니 애당초 중심부를 장악한 이념이며 도덕률 등에 구속받지 않는다. 그들은 외로운 자유인이다. 김동리 소설에 자주 나오는 근친상간적 남녀관계, 성의 공유, 모든 구속을 넘어선 자리에 놓여 있는 절대의 사랑은 이 같은 주체의 존재성을 잘 보여주는 것들이다.[23]

「저승새」는 이 가운데 절대의 사랑을 다룬 작품이다. 맺지 못한 사랑 때문에 자살한 여인과 불문에 든 수행자임에도 평생 그 여인을 잊지 못하는 사내의 정념을 '저승새'를 매개로 그렸다.

그녀는 정둔 남자를 두고 다른 남자와 결혼하였다. '시집 가서 죽어버릴란다'[24] 한 마디를 남기고 시집간 여인은 다짐대로 아들 하나를 낳고는 자살하였다. 그들의 사랑을 방해한 모든 존재에 대한 무서운 복수라 하겠는데, 그것을 가능하게 한 것은 그녀의 몸과 마음을 점령한 절대의 사랑이었다. 절망하여 죽음 직전까지 갔다가 살아난 남자는 사문이 되어 속세를 등졌다. 모든 인연을 끊고 부처님 앞에 엎드렸지만 그녀를 향

---

22 그녀가 뒤돌아볼 수밖에 없었던 구체적 이유를 문제 삼는 쪽으로 나아갔다면, 남녀의 결합을 방해하는 현실을 탐구하는 전혀 다른 성격의 작품이 되었을 것이다.

23 정호웅, 「강한 주체, 근본의 문학」, 곽상순 외, 『김동리 문학의 원점과 그 변주』, 계간 문예, 2006 참조.

24 김동리, 「저승새」, 『김동리 전집 4』, 민음사, 1995, 33쪽.

한 사랑은 버리지 못했다. 일 년에 한 번 나타나는 '저승새'를 그가 죽은 그녀의 현신이라 생각하는 것은 그 같은 사랑 때문이다.

> 이 새가 나타나던 첫해에는 스님의 얼굴이 눈물로 젖었었다고, 어떤 스님이 슬쩍 비친 일도 있었다. 또 어느 해에는, 다그르르르—하는 소리를 듣자 스님은 자기도 모르게 낮은 목소리로, 〈오, 남이〉 하고 불렀다는 것이다. 스님의 귀엔 다그르르르— 소리가 어느 사람의 목소리로 들리는 모양이라고들 하였다. 그와 동시에 스님의 얼굴은 환희로 넘치고, 두 눈에는 눈물까지 흥건히 괴었다는 것이다.[25]

불문에 든 지 40년 가까운 세월이 흘러 높은 법력을 가졌지만 그 남자는 평생 그 사랑에서 벗어나지 못하였다. 그들의 사랑은 인간세상의 이런저런 구속은 물론이고, 집착을 경계하는 부처의 높은 말씀도, 저 무서운 파괴력의 시간도, 이승과 저승을 가르는 캄캄 어둠조차도 어쩌지 못한, 시간 초월적, 도덕률 초월적인 성격의 것이라 하겠다.

「저승새」는 전체 내용이 하나의 불교 설화라 할 수 있는데, 이것과 비슷한 내용의 설화를 정리되어 있는 구비 설화, 문헌 설화에서는 찾을 수 없다. 지금으로선, 죽은 사람이 짐승으로 다시 태어나 옛 인연을 찾아온다는 설화를 변용한 것이거나, 아니면 작가가 만들어낸 창작 설화로 볼 수밖에 없다.

우리의 논의와 관련하여 중요한 것은, 이 작품 속에 담긴, 불교 설화를 통해 제시되는 사랑의 형식이다. 그 무엇도 가로막지 못하고 해치지 못하는 시간 초월적, 도덕률 초월적인 절대의 사랑이 그것이다.

---

25 같은 책, 27쪽.

4.3. 부석(浮石)의 사랑

신경숙의 「부석사」는 부석사의 '부석(浮石)' 설화를 끌어들여 사랑의 형식 하나를 드러내고자 한 작품이다. 남녀 주인공은 다 같이 쓰라린 실연의 경험을 가진 사람들이다. 상대를 사랑하는 순정하고 성실한 마음과, 오랜 시간 함께 엮어온 아름다운 기억의 꽃다발을 무참하게 짓밟고 떠나간 상대방 여자와 남자의 행위는 가혹한 배신행위였다. 배신당한 두 사람의 상처는 크고 깊어 까마득한 어둠의 골짜기와도 같다. 그들은 그 골짜기 위로 솟아오른 깎아지른 절벽 위에 서서 위태롭다.

언제 절벽 아래 어둠의 골짜기로 추락할지 모르는 위기상황을 간신히 견디며 살아가는 그들이 만나 조금씩 가까워지는 과정을 따라 전개되던 작품 마지막에 느닷없이 '부석' 이미지가 떠올랐다.

> 어깨가 내려앉는 듯한 피로에 점령되어 그는 점점 잠속으로 빠져들어간다. 그녀는 보온통을 기울여 종이컵에 커피를 따른다. 부석사의 포개져 있는 두 개의 돌은 닿지 않고 떠있는 것일까. 커피를 들지 않은 한 손으로 자꾸만 자신의 얼굴을 쓸어내리고 있다. 그녀는 문득 잠든 그와 자신이 부석처럼 느껴진다.[26]

『삼국사기』, 『삼국유사』, 『송고승전』 등의 「의상전」에는 부석사 창건 설화가 들어 있는데, 의상과 그를 사랑한 선묘가 중심인물이다. 의상을 사랑한 선묘가 한 번은 용이 되어, 또 한 번은 부석이 되어 의상이 위기에서 벗어날 수 있도록 도왔다는 것이 중심내용이다. 그녀가 부석이 되

---

26 신경숙, 「부석사」, 신경숙 외, 『부석사』, 문학사상사, 2001, 72쪽.

어 의상을 도왔다는 것은, '전통사상에 젖어든 사람들'의 방해를 넘어 부석사에 '근본도량(根本道場)'을 이루고 화엄사상을 펼치게 된 것을 의미하는 것[27]이라는 게 일반적인 해석이다.

신경숙의 「부석사」는 이 같은 내용의 부석 설화 전체가 아니라 한 부분, 곧 부석사에 남아 있는 부석이 그 부석이라는 것만을 끌어들였다. 그 부석은 아래 위 두 돌 사이에 틈이 있어 윗돌이 공중에 떠 있다는 것이 그것이다. 두 돌이 분리되어 윗돌이 떠 있다는 것은 물론 실제와 다르니 '부석(浮石)'이라는 이름에서 생겨난 이미지라 보는 게 자연스러울 것이다.

그 이미지를 끌어들여 이 작품은 조금씩 가까워지고 있는 두 남녀가 그 부석처럼, 그러나 아직은 메워지지 않는 틈을 사이하고 떨어져 있음을 말하고자 하였다. 저마다 깊은 배신의 상처를 안고, 그 상처의 골짜기 위로 솟은 절벽 위에 위태롭게 서 있는 두 남녀는 지금 이렇게, 이미지로서의 부석이 그러하듯, '실과 바늘이 드나들 만큼'[28]만의 거리를 두고 떨어져 있다. 붙어 있는 것도 아니고 떨어져 있는 것도 아닌 상태에 놓여 있는 것인데, 이것을 두고 또 하나의 사랑의 형식이라 할 수 있겠다.

4.4. 욕망 통어와 속죄의 사랑

머뭇거리거나 에돌지 않는 외줄기 강한 의지의 세계를 일구어온 김남일이 강화도 전등사의 대웅전 조성 설화를 만나 새로운 경계를 열었다. 「조금은 특별한 풍경」(『내일을 여는 작가』, 2004. 봄)은 애욕, 인간관계,

---

27 한국불교연구원, 『부석사』, 일지사, 1993, 20쪽.
28 같은 책, 33쪽.

그리고 자신의 존재 형식 지키기라는 세 가지 무거운 주제를 짧은 단편 안에 빼어난 솜씨로 엮어낸 좋은 작품이다. 무엇보다도 「조금은 특별한 풍경」은 사찰 창건 설화에 기대면서도 그것에 갇히지 않음으로써 새로운 세계의 창조에 나아간 작품이라는 점에서 여기서의 논의대상이 될 만하다.

> 그때 그 밤, 나부상을 조각하던 도편수의 심정이 과연 무엇이었겠는지… 업을 지었으니 벌을 받으라는 뜻으로 그리했다는 설이 지배적이었다. 천 년 만 년 무거운 지붕을 이고 뉘우치라는 복수. 그러나 그건 또 부처님에게 바치는, 사랑했던 여인을 대신해 속죄를 비는 간절한 기구이지 않았을까. 아니, 그건 어쩌면 인연에 대해 너무 가볍게 생각했던 자신에 대한 속죄일지도 몰랐다.[29]

인천 쪽 바다를 내려다보고 선 강화도 전등사의 대웅전 네 기둥 위에는 나부상(裸婦像)[30]이 하나씩 온몸으로 처마를 떠받치고 있다. 설화는 배반을 견디지 못한 도편수의 원망이 그렇게 표현되었다고 전한다. "천 년 만 년 무거운 지붕을 이고 뉘우치라는 복수의 마음"이 담겨 있다는 해석이다. 아마 그럴 것이다. 인간이란 그렇게 단순한 존재이니까, 불타오르는 노여움의 바다 그 지옥의 마음 움직임을 다스리지 못해 그 도편수는 자신을 배반하고 다른 남자를 따라 간 여인을 그 형벌의 자리에 앉혔을 것이다.

---

29 김남일, 「조금은 특별한 풍경」, 『작가』(2004. 봄), 97쪽.
30 보는 눈에 따라서는 '원숭이상'으로 보이기도 한다. "내가 1990년 여름에 전등사에 가보니까 그 조각은 나체여인이 아니라 원숭이였다."(최래옥, 「한국 불교 설화의 양상」, 『한국문화연구』 3, 경희대 민속학연구소, 2000, 338쪽).

다른 마음자리에 서면 다른 해석이 생겨난다. 주인공은 그것을 '속죄' 하는 마음의 표현이라 생각했다. 사랑했던 여인의 죄를 대신 비는 속죄일 수도, 인연이란 가볍게 대해서는 안 되는 엄중한 것이라는 사실을 몰랐던 자신의 미숙함과 경박함에 대한 속죄일 수도 있다는 해석이다. 그렇다면 이른바 그 나부상의 주인공은 그 여인이 아니라 도편수 자신이다. 나부상이라 했지만 이 경우 그것은 원숭이상이라 보는 것이 자연스럽다. 도편수 스스로 앞으로 펼쳐질 영겁의 세월, 무거운 지붕을 머리에 이고 견뎌야 하는 고행 속으로 걸어 들어간 것이므로 나부상일 수는 없겠기 때문이다.

이 작품의 맥락에 비추어 볼 때 주인공의 해석은 두 번째 속죄, 곧 자신의 잘못에 대한 죄 갚음 쪽에 가깝다. 그는 자신의 사랑을, 그 어렵고 귀중하여 무거운 사랑의 인연을 깊이 이해하지 못했고 당연하게도 가볍게 대하는 잘못을 저질렀다는 뒤늦은 깨달음에 덜미 잡혀 회한의 밤길을 헤매고 있는 중이기 때문이다. "내가 그들에게 한 일이 결국 업이었다. 이제 얼마나 무거운 처마를 떠받치게 될 것인지,"[31] 깊은 한탄하는 주인공은 이미 그 원숭이가 되어 무거운 처마를 떠받치고 영겁의 세월을 견뎌야 하는 속죄의 고행길을 걷기 시작하였다.

인연의 엄중함에 대한 깨달음으로 해서 이 작품은 처자를 거느린 남자와 아내 아닌 다른 여자 사이의 연애를 다룬 천편일률의 불륜소설을 넘어 인간관계의 근본을 응시하는 깊이를 확보하였다.

한편 전등사 대웅전의 나부상에 대한 주인공의 상상 속에는 애욕이 시뻘건 알몸채로 꿈틀대고 있는데 속죄니 인연의 엄중함이니 하는 관념

---

31 「조금은 특별한 풍경」, 같은 책, 104쪽.

적 사유가 미칠 수 없고 가로막을 수 없는 사랑의 한 속성에 대한 작가의 깊은 통찰이 이를 보게 만들었다. 사랑했던 여인의 몸에 대한 기억이 전부인 애욕의 세계를 정시하고 있는 그대로 그려내는 것은 말처럼 쉬운 일이 아니다. 모든 관념의 구속을 벗어버릴 수 있는 용기와 솔직함이 뒷받침돼야 비로소 가능한 경계이기 때문이다.

> 도편수는 눈을 감은 채 몸이 기억하는 대로 손을 움직였다. 그 순간에는 오직 그것만이 진실이었다.[32]

「조금은 특별한 풍경」에서 내가 주목하는 또 하나는 "한 발짝이라도 더는 무너지지 않아야" 하는 어떤 지점이 있다는 사실의 발견이다.

> "솔직히… 너무 완전한 풍경을 기대하지 마세요. 인생이란 게 그저 조금은 특별한 풍경만으로도 만족하며 살아가는 거 아니겠어요? 허 참, 자꾸 내가 내 이야길 하는 것 같지?"
> 그 말이 가슴을 아프게 파고들었다. 조금은 특별한 풍경…. 나도 모르게 고개를 끄덕거렸다. 최소한 여기서 한 발짝이라도 더는 무너지지 않아야 한다. 그래야 그나마의 풍경으로라도 남을 수 있을 것이었다. 나머지는…시간의 몫이었다.[33]

그나마 지켜야 될 그 풍경이란 그 풍경을 구성하는 사람들의 존재성일 것이고, 그들 사이에 성립하는 관계의 내용일 것이다. 그 풍경 지키기는 그러므로 그 같은 존재성과 관계의 내용에 대한 존중이며, 존중을

---

32 같은 책, 98쪽.
33 같은 책, 103쪽.

위해 반드시 수반되어야 하는 자기 욕망의 통어와 같은 의미를 갖는다. 이에 이르러 욕망을 통어함으로써 비로소 지킬 수 있는 사랑의 형식 하나가 뚜렷이 떠올랐다.

욕망 통어를 통해 안간힘으로 지켜야 할 것이 어디 남녀가 만나 이루는 사랑의 풍경에만 해당하는 것이겠는가. 인간 삶을 이루는 모든 것이 그 풍경일 것이니, 이에 더 이상 무너지지 않으려는 주인공의 모습은 사람살이의 근본 형식을 깊이 성찰하는 성숙한 시야를 통해 새롭게 발견된 것이라 하겠다.

5. 맺음말

한국 현대소설 가운데에는 주제를 보다 효과적으로 드러내기 위해 불교 설화를 끌어들인 경우가 많다. 그 과정에서 작가들은 불교 설화에 담긴 의미를 그대로 수용하기도 하고 불교 설화를 새롭게 해석하기도 하였다. 대부분의 경우 기존 불교 설화의 내용과 구조를 그대로 따랐지만 여러 가지 설화를 엮어 새로운 내용과 구조의 설화를 만들어 내기도 하였다.

한국 현대소설에서의 불교 설화 수용은 몇 가지 두드러진 주제와 관련되어 있음을 알 수 있었다. 이 논문에서 주목한 것은 신심과 예술혼, 혁명적 정치성, 사랑의 세 가지이다. 『무영탑』, 『대장경』, 『태백산맥』 등에 나오는 불교 설화는 신심과 예술혼이 하나라는 전제 위에 놓여 있는 것들인데, 이 같은 불교 설화에 근거함으로써 이들 소설은 새로운 것의 창조에 나아간 예술혼의 행로를 효과적으로 그릴 수 있었다. 『인간문제』, 『녹두장군』, 『태백산맥』 등에 나오는 불교 설화는 과거와 단절하고 새로운 미래를 향해 내달리는 지향성을 담고 있는 것으로 해석될 수 있는 것들인데, 불교 설화를 새롭게 해석함으로써 이들 소설은 혁명적 정치성을 효과적으로 담아낼 수 있었다. 「돌」, 「저승새」, 「부석사」, 「조금은 특별한 풍경」 등은 사랑이 중요화소인 불교 설화를 끌어들임으로써 저마다 독특한 사랑의 양상을 효과적으로 그릴 수 있었다.

몇 경우를 살폈지만, 우리는 불교 설화를 끌어들임으로써 한국 현대소설이 더욱 풍성해질 수 있었다는 것은 충분히 확인할 수 있었다. 이 논문의 의의 하나는 이것이다.

불교 설화에 근거한 현대소설은 우리가 이 글에서 다룬 것들 말고도 많을 것이다. 널리 찾아 대상작품이 많아지면 보다 일반성 높은 분류가 가능해질 것인데 차후의 과제로 삼고자 한다.

문헌에 기록된 불교 설화만 해도 그 수가 엄청나 미처 다 검토하지 못했는데, 이 분야 연구 성과를 참고하여 계속해서 검토하고자 한다. 더 나아간다면 불교 설화와 현대소설 사이의 다양한 관계 형식을 체계적으로 파악하는 게 가능하리라 기대한다.

한국 소설 속의 자기처벌자

1. 한국 현대소설과 자기처벌자

한국 현대소설에는 많지는 않지만 자기처벌자라 이름 붙일 수 있는 독특한 인물 성격이 등장한다. 자신이 악한 존재 또는 허위의 존재임을, 지금까지의 삶이 온통 악 또는 허위에 지배당해 왔음을 깨우치고, 자신과 자신의 지난 삶을 송두리째 부정하는 인물이다.

이들 자기처벌자는 자신을 파괴(자결)하거나, 인간 이하의 자리 또는 고독과 침묵의 세계 또는 고향상실자의 자리로 추방하는, 또는 이 같은 파괴·추방을 실행에 옮기지는 않지만 그 파괴·추방이 자신에게 주어진 유일한 선택임을 인식하고 그 파괴·추방의 길로 나아가고자 하는 인물이다.

그런데 여기서 우리가 다루고자 하는 자기처벌자는, 마찬가지로 파괴·추방의 길로 나아가지만 모욕감, 패배감 등의 이유 때문에 그 길을 택하는 인물과는 구별되어야 한다. 예를 들면 『심문』의 현혁은 자신을 인간 이하의 자리로 추방하는 존재이지만 자기처벌자는 아니다. 그로 하여금 스스로를 희생하여 자신을 지키고 부양해온 애인 여옥의 순정을 배신하고 사랑의 경쟁자인 김명일에게 여옥을 팔겠다고 말하게 한 것은 '모욕감'이었다. 그는 '자굴의 심리'[1] 곧 스스로를 굴욕의 구렁텅이에 밀어 넣음으로써 상처 입은 자존심을 지키고자 하는 역설적인 기괴 심리에 이끌려 돈을 받고 여옥을 사랑의 경쟁자에게 넘기는 인간 이하의 자리로 자진하여 내려앉았다. 그 내려앉기는 곧 비참의 극한으로 스스로를 추방하기이다. 이처럼 비참의 극한으로 스스로를 추방하기는 인간 이하의 자리로 추방하는 것이라는 점에서 자기처벌자의 그것과 같지만 그런 행위가 모욕감에 기인하는 것이라는 점에서 그것과는 무관한 자기처벌자의 자기처벌과는 전혀 다르다.

여기서 문제 삼는 자기처벌자는 자기 자신을 처벌하는 존재라는 점에서 프로이트 정신분석학에서의 '도덕적 마조히즘'[2]과 가깝다. 그러나 도덕적 마조히즘이 '무의식적 죄의식'[3]과 깊이 관련된 것임에 반해 자기처벌자는 의식적 죄의식과 깊이 관련되어 있다는 점에서 크게 다르다. 우리 소설 속의 자기처벌자는 자신의 죄와 악을 명료하게 의식하고 있으며, 죄와 악의 존재인 자신을 처벌해야 한다는 것과 처벌 과정 또한 분명하게 의식하고 있는 존재이다.

---

* 이 논문은 홍익대학교 교수연구년기간(2010~2011) 중 연구되었음.

1 김윤식, 정호웅 공저, 『한국 소설사』, 문학동네, 2011, 326쪽.
2 지그문트 프로이트 저, 박찬부 옮김, 『쾌락원칙을 넘어서(프로이트 전집 14)』, 열린책들, 1997, 180쪽.
3 같은 책, 181쪽.

자기처벌자는 우리 현대소설 가운데 특히 역사소설에 많이 등장한다. 이 글에서는 역사소설을 중심으로 한국 현대소설에 등장하는 자기처벌자를 몇 유형으로 나누어 그 특성을 밝히고자 한다. 우리 현대소설에 등장하는 자기처벌자는 두 가지로 나눌 수 있다. 자기파괴의 자기처벌자, 자기추방의 자기처벌자의 두 유형이다.

2. 자기파괴의 자기처벌자

자기파괴의 자기처벌자는 자신이 악한 존재 또는 허위의 존재임을, 지금까지의 삶이 온통 악 또는 허위에 지배당해 왔음을 깨우치고, 자기파괴를 욕망하거나 감행하는 인물이다. 김동리의 「두꺼비」(1939), 최인훈의 『광장』(1960), 김원일의 장편 『늘푸른 소나무』(개작, 2002), 김연수의 장편 『밤은 노래한다』에서 이런 인물을 만날 수 있다.

단편 「두꺼비」의 한복판에는 섬뜩한 이미지 하나가 놓여 있다. '검은 수레바퀴, 붉은 피, 결핵균, 불개미떼 같이 까만 두꺼비 새끼들'로 이루어진 이미지이다.

> 그의 머릿속에 왕래하는 것은 정희도, 그의 삼촌도, 누이동생도 아무도 아니요, 눈에 보이지도 않는 어떤 검은 수레바퀴였다. 수레바퀴에는 문득 붉은 피가 묻어 돌아갔다. 그 피에서는 결핵균을 가득 가진 두꺼비 새끼들이 무수히 준동하고 있었다.[4]

구렁이에게 잡아먹힌 두꺼비의 새끼들이 구렁이의 몸을 헤치고 나온

---

4 김동리, 「두꺼비」, 『조광』(1939. 8), 356쪽.

다는 설화[5]를 변용한 것이다. 본래의 이야기에는 없는 검은 수레바퀴, 결핵균, 붉은 피를 더 집어넣음으로써 소설 「두꺼비」의 이 이미지는 훨씬 더 섬뜩하고 강렬한 성격을 갖게 되었다. 급속도로 증식하며 숙주의 영양분을 그것이 고갈될 때까지 먹어치우는 결핵균의 무시무시한 파괴성, 모든 것을 깔아뭉개며 덮쳐오는 수레바퀴의 압도적인 폭력성이 섬뜩하다. 죽음과 파괴를 상징하는 검은색과 붉은색이 어울려 더욱 섬뜩하게 되었음은 물론이다.

두꺼비 설화는 구렁이에 비해 작고 힘이 모자란 약자인 두꺼비가 자신을 죽여 복수한다는 내용으로 그 핵심은 '복수심'이다. 소설 「두꺼비」의 두꺼비 이미지에 담긴 핵심은 이와는 달리 피해자의 복수가 아니라, 용납할 수 없는 부정적 대상에 대한 절대적 부정의식이다. 그 부정의 대상 가운데 하나는 민족주의에서 황도사상으로 전향하면서 그것을 '소승적 견지에서 활달한 대승적 이상으로 전향'[6]한 것이라 미화하는 전향자의 '번듯한 위선'[7]이다. 과거에는 열렬한 민족주의자였으나 일본의 대륙 침략전쟁에 적극적으로 협력하는 친일파로 전향하면서 그 전향을 '인류의 행복', '전 인류의 구원'을 지향했던 석가모니와 그리스도의 '대승적 이상'[8]과 관련짓는 주인공의 삼촌이 바로 그 전향자이다.

부정의 대상 가운데 다른 하나는 바로 자기 자신이다. 주인공은 거금을 들여 정희라는 여성을 매음굴에서 구해냈는데 그렇게 하도록 자신을

---

5 성기열 편, 『한국구비문학대계1-8』(경기도 인천시, 옹진군 편), 한국정신문화연구원, 1984, 486쪽.
6 「두꺼비」, 앞의 책, 349쪽.
7 같은 책, 350쪽.
8 같은 책, 346쪽.

이끈 '자기의 센티멘털리즘'과 '박애주의'가 한갓 '허영과 위선'에 지나지 않으며, 그런 센티멘털리즘과 박애주의가 삼촌의 이른바 대승주의와 다른 것이 아니라는 사실을 정시하고 자신에 대한 '증오와 경멸'[9], '알뜰히 저주하고 모질게 확대해 보고 싶'은 마음에 사로잡히게 되는 것이다.

> 종우는 삼촌에 대한 멸시와 반발을 무슨 악마와 같은 뱃장으로 한번 향락해 보리라 하였다. 삼촌이 가진 상식—그 허영과 위선에 찬 상식이 어느덧 자기 자신의 일면임에 틀림없다면(그는 그것을 부인하지 못했다.) 무슨 방법으로든지 그것을 알뜰히 저주하고 모지게 학대해 보고 싶었다.[10]

평범한 작가라면 자신을 죽임으로써 부정적 대상을 완전히 파괴한다는 두꺼비 설화를 타자에 대한 절대의 적의를 드러내는 매개로 사용하는 데 멈추었을 것이다. 김동리는 더 나아가 그것을 자신에 대한 절대의 적의를 드러내는 매개로 사용하였다.

「두꺼비」의 주인공 종우가 소유한 강렬한 자기부정의 의식은 곧 자기파괴의 의식이니 그는 자기파괴의 자기처벌자이다. 그가 이처럼 과격한 자기부정의 의식, 자기파괴의 의식을 갖게 된 것은 앞에서도 보았듯이 자신의 박애주의가 삼촌의 이른바 대승주의와 마찬가지로 한갓 '허영과 위선'에 지나지 않는 것이라는 사실을 알았기 때문이다. 그렇다면 이런 질문이 나올 수밖에 없다. 그의 박애주의가 삼촌의 대승주의와 마찬가지로 한갓 '허영과 위선'에 지나지 않는 이유는 무엇인가? 박애주의와

---

9 같은 책, 350쪽.
10 같은 책, 353~354쪽.

대승주의가 개개인의 개성과 주체성을 억압하는 폭력성을 지니고 있다는 사실을 알면서도 그것들이 최고의 가치를 지니는 것인 양 따르기 때문이라는 것이 이 질문의 답이라는 게 내 생각이다.

민족주의를 기준으로 할 때 삼촌의 대승주의는 식민 지배국인 일본의 지배 이데올로기인 황도사상을 가리킨다. 그러나 개개인의 개성과 주체성을 강조하는 개인주의를 기준으로 할 때 그 대승주의는 개개인의 개성과 주체성을 억압하고 무화하는 폭력인 전체주의를 뜻한다. 김동리는 근대적 개인주의자로서, 그 같은 개인주의를 억압하는 폭력인 전체주의를 택해 나아간 대승주의자와 박애주의자를 비판하고자 했던 것이다. 「두꺼비」의 주인공이 절대의 자기부정의식을 지닌 자기처벌자로 설정된 것은 그 같은 작가의식의 산물이다.[11]

「두꺼비」의 주인공 종우의 자기처벌은 대승주의 또는 박애주의에 대한 부정이지 그 부정을 통해 다른 주의로의 나아감 또는 다른 존재로의 전이와는 전혀 무관하다. 그는 자신의 부정적 존재성을 부정함으로써 '긍정의 대상'으로 신생하고자 한 것이 아니라, '부정의 대상'인 자신을 처벌하고자 하는 것이다.[12]

---

11 우리의 이 같은 해석은 김동리 문학의 핵심 특성이 강한 주체의 주체성 보지라는 다음 의견과 통한다. "김동리 문학의 가장 두드러진 특성은 어려운 상황 속에 들었지만 끝끝내 자신을 지켜내는 강한 주체가 그 세계의 중심에 우뚝 서 있다는 점이다. (중략) 그는 〈소외된/슷로를 소외시킨〉 존재이다. 그는 또한 세계의 억압에 눌려 자신을 실현할 수 있는 가능성을 크게 제약당한 존재이다. 그럼에도 불구하고 그 강한 주체는 조금도 흔들리지 않으며 한 발짝도 물러서지 않는다."(정호웅, 「강한 주체, 근본의 문학」, 곽상순 외, 『김동리 문학의 원점과 그 변주』, 계간문예, 2006, 175쪽).

12 김동리는 해방공간의 격랑 속에서 「두꺼비」의 속편인 「윤회설」(1946)을 썼다. "그러나 그 죽은 능구렁이의 뼈마디마다 생겨난 그 수많은 두꺼비의 새끼들은, 그 형제들은, 또 서로 싸우고 서로 미워하기 시작했다고, 생각하였다."(「윤회설」, 『한국 소설문학대

최인훈의 장편 『광장』의 주인공 이명준 또한 자기파괴의 자기처벌자이다. 『광장』(『새벽』지 게재본을 보완한 정향사본, 1961)에는, 여러 번의 개작을 거치면서 불분명해지고 말았지만, 자기처벌자가 등장한다. 주인공 이명준이다. 이명준은 자신이 언제나 옳다고 믿는 자기확신의 인물이며, 그런 인물이 으레 그러하듯 자기중심적인 인물이다.[13] 그가 자신에 대한 점검 · 반성 · 조정의 필요성을 느끼지 않는다는 것, 패배를 패배로 인식하지 않는다는 것은 이와 관련된 것이다. 이처럼 철저한 자기확신의 인물, 자기중심적인 인물이 자살한다는 것은 무엇인가?

> 그는 자신이 엄청난 배반을 하고 있었다는 생각이 들었다. 제3국으로? 그녀들을 버리고 새로운 성격을 선택하기 위하여? 그 더럽혀진 땅에 그녀들을 묻어 놓고, 나 혼자? 실패한 광구를 버리고 새 굴을 뚫는다? 인간은 불굴의 생활욕을 가져야 한다? 아니다, 아니지. 인간에게 중요한 건 한 가지뿐. 인간은 정직해야지. 초라한 내 청춘에 〈신〉도 〈사상〉도 주지 않던 〈기쁨〉을 준 그녀들에게 정직해야지. 거울 속에 비친 그는 활짝 웃고 있었다.[14]

남과 북을 모두 거부하고 중립국을 향해 가던 이명준은 느닷없이 배신자의식에 사로잡혔다. 자신이 사랑했던 두 여인에게 엄청난 배신행위

<hr />

계 26』, 동아출판사, 1995, 320~321쪽)라는 구절에서 알 수 있듯이 해방공간의 이념대립을 다룬 작품이다. 「두꺼비」와 마찬가지로 두꺼비 설화 위에 서 있지만 자기처벌자를 중심에 놓은 「두꺼비」와는 전혀 다른 작품임을 알 수 있다. 「윤회설」에 대해서는 김윤식의 「'두꺼비' 3부작의 내력」(『해방공간 문단의 내면 풍경』, 민음사, 1996)을 참고할 만하다.

13 이에 대한 자세한 분석은 정호웅, 「'광장' 론－자기처벌의 행로」, 『시학과 언어학』 1호, 시학과 언어학회, 2001 참고.

14 같은 책, 213~214쪽.

를 저지르고 있다는 생각이 떠오른 것이다. 이 배신자의식은 철저한 자기확신, 자기중심주의에 갇혀 있었던 자신에 대한 근본 부정이다. 이처럼 자신을 근본 부정하고 자기파괴를 감행하는 그는 자기처벌자이다.

김원일의 장편 『늘푸른 소나무』에 등장하는 자기처벌자는 주인공인 석주율이다. 석주율의 자기처벌은 이름을 버리고 자신을 무화하여 스스로 '무명(無名)'의 존재가 되기도 하는 등 근본적인 차원의 것이다.

> 그는 누구와 만나기도, 말을 나누기도 싫었다. 아니, 이승의 삶을 체념한 상태라 사바세계 수라장으로부터 떠나고 싶은 마음뿐이었다. 그러므로 누구를 만나 남기고 싶은 말도, 누구를 원망할 마음도 없었다. 기쁨도 노여움도 잦아진 상태에서, 이승에서 지은 죄의 업력(業力)만 새기고 새겼다. 백팔배, 천 배, 삼천 배로써 참회가 부족하면 저승에 들어 지옥불에 떨어져서도 참회의 번뇌를 계속해야 한다는 각성으로 질긴 목숨줄을 잇고 있었다.[15]

결혼을 약속한 남자가 있는 처녀에게 음욕을 품었다는 것, 그런 자신의 죄를 고백하고 참회해야 마땅할 텐데 그러하지 않았으며 오히려 '이기심'과 '공명심'에 갇혀 죄의 삶을 살고 있다는 것, 일본 경찰의 가혹하기 짝이 없는 죽음의 고문에서 놓여나기 위해 지켜야 할 비밀을 털어놓고 싶은 유혹에 이끌렸던 것 등이 그를 저처럼 가혹한 자기처벌로 이끌었다. 죽음의 어둠 속에 몸을 던짐으로써 죄인인 자신을 처벌하고자 하는 이 준열한 정신이 걷는 길은 우리 소설사에서는 유례를 찾을 수 없는 '내성 그 자체가 곧 소설을 이루는 작품'[16]을 낳았다.

김연수의 장편 『밤은 노래한다』에 나오는 자기처벌자는 특이하다. 그

---

15 김원일, 『늘푸른 소나무 (중)』, 이레, 2002, 100쪽.
16 정호웅, 「자기 완성의 길」, 『한국의 역사소설』, 역락, 2006, 207쪽.

는 경성고등공업학교를 나와 남만주철도주식회사에 취직한 측량기사이다. 돈화와 도문을 연결하는 돈도선 철로 공사에 투입되었다가 사랑, 배신, 헌신, 죽음 등으로 점철된 우여곡절의 혼돈 속을 걷는데 그의 행로가 이 소설의 중심축이 된다. 그는 사랑하는 여인을 잃고 깊은 절망 속에서 허우적거리다 죽기로 결심하는데 '도저히 용서할 수 없다는 것. 무엇보다도 나 자신을' 이 가장 큰 이유이다.[17] 그런데 그가 자신을 도저히 용서할 수 없었던 이유가 자못 특이하다. 무지와 착각에 빠져 있었다는 것이 그 이유이다.

> 내가 아는 건 어쨌든 박길룡은 유격구로 도주했고, 이정희는 자살했으며, 나카지마는 정보 유출의 혐의를 받고 헌병대로 끌려갔다는 사실뿐이었다. 그리고 그 모든 과정을 오직 나만이 모르고 있었다는 것. 누군가 나를 기소한다면, 바로 아무것도 모른 채 그게 **핵복***이라고 믿었다는 사실 때문에 기소하리라는 것.[18] (*행복 – 인용자 주)

인간은 때로 무지와 착각에 빠졌다는 것을 악 또는 죄라 생각하기도 하는 존재임을 이 자기처벌자는 보여준다. 우리 문학에서 이 측면을 다룬 작품은, 내가 알기에는 없었다. 『밤은 노래한다』가 특별한 이유 가운데 하나이다.

3. 자기추방의 자기처벌자

자기처벌자의 또 한 유형은 자기추방의 자기처벌자이다. 자신이 악한

---

17 김연수, 『밤은 노래한다』, 문학과 지성사, 2008, 87쪽.
18 같은 책, 85쪽.

존재 또는 허위의 존재임을, 지금까지의 삶이 온통 악 또는 허위에 지배당해 왔음을 깨우치고, 1)자신을 인간 이하의 자리로 추방하여 인간 이하의 삶을 자진하여 사는 인물, 2)고독과 침묵의 세계 속에 자신을 추방하여 그곳에 스스로 갇히는 인물, 3)고향 밖으로 자신을 추방하여 스스로 고향상실자가 되기를 선택하는 인물 등이 여기에 해당한다. 김원일의 장편 『바람과 강』(1985), 김연수의 장편 『밤은 노래한다』(2009) 등에서는 1)에 해당하는 자기처벌자를, 현기영의 단편 「마지막 테우리」(1994)와 김원일의 장편 『전갈』에서는 2)에 해당하는 자기처벌자를, 김사량의 중편 「향수」(1941)와 최인훈의 장편 『태풍』에서는 3)에 해당하는 자기처벌자를 각각 만날 수 있다.

3.1. 인간 이하의 자리로 자기추방하는 자기처벌자

『바람과 강』의 자기처벌자는 이인태이다. 한때는 독립군 전사였으나 배신하여 많은 사람들을 죽음의 길로 내몰았던 과거를 지닌 인물이다. '개돼지로 살아라'[19]라는 저주를 뒤집어쓴 것은 당연한데, 스스로 나아가 그 저주 속에 갇혔다. 그는 평생을 개돼지로 살고자 하였고 그렇게 살았다. 다음은 그가 자기처벌자가 되기로 결심한 순간 그의 내면이 어떠했는지를 보여주는 부분이다.

이인태는 죽을힘을 다해 모질을 쓰며 엉금엉금 기기 시작했다. 그는 몇 됫박 흘린 피만큼 눈물을 쏟으며, 흙고물 바른 채 꿈틀거리는 지렁이처럼 기고 또 기어 마을을 빠져나왔다. 그래, 이제는 개돼지로 살 수밖에 없어.

---

19 김원일, 『바람과 강』, 강, 2009, 306쪽.

죽지 않고 명을 붙였으니 얼마를 살든 앞으로는 그렇게 살 팔자야. 스스로
목숨 끊지 못한다면 그는 개돼지처럼 살기로 그때 마음먹었다.[20]

자신을 용서할 수 없는 그에게 '개돼지처럼 살기'는 '스스로 목숨 끊
기'와 동가이다. 모두가 인간 이하의 자리로 스스로를 추방하는 의식의
소산이기 때문이다. 그런 그에게 자신의 모든 행위는 자기처벌의 의미를
갖는다. 섹스도 마찬가지이다. 그는 "나는 여자하고 그 짓을 할 때도 보
통 사람하고 다르니라. 귀까지 잘린 쓸개빠진 더러운 놈, 니한테는 이 짓
이 딱 제격이니까 개처럼 실컷 이 짓이나 하거라. 하여 내가 내 스스로
를 비양거려 가며 더욱 기를 써서 그 짓에 온갖 정성을 쏟아붓지러."[21]
라고 말하는 것이다. 죄의 기억과 그것에서 생겨난 죄의식이 작용하여
그를 이처럼 철저한 자기부정, 자기처벌의 존재로 만들었다.

김연수의 장편 『밤은 노래한다』는 "1930년대 초반 동만주(東滿洲)의 항
일유격근거지에서 벌어진 '민생단 사건'을 배경으로 한 소설"[22] 이다.
민생단 사건에서 500명 이상의 항일혁명가가 희생되었는데 일본 토벌대
의 공격에 의해 희생된 숫자보다 "혁명조직 내에서 서로가 서로를 의심
해서 죽고 죽인 숫자가 더 많았다"[23]고 한다. 『밤은 노래한다』에 등장하
는, 거룩한 이념이 이끄는 험로를 걸어 나아간 청년들 가운데 상당수는
이 사건의 소용돌이에 휩쓸려 원통하게 죽는다. 물론 죽지 않는 사람도

---

20 같은 책, 같은 쪽.
21 김원일, 『바람과 강』, 문학과 지성사, 1986, 73쪽.
22 한홍구, 해설 「그 긴 밤, 우리는 부르지 못한 노래, 밤이 부른 노래」, 김연수, 『밤은 노
   래한다』, 문학과 지성사, 2008, 326쪽.
23 같은 책, 같은 쪽.

있다. 이 작품의 마지막까지 살아남는 최도식이 그 가운데 하나다. 최도식은 용정의 동흥중학교 학생으로 혁명 조직에 가담한 1927년 이래 혁명 투쟁의 가파른 길을 뒤도 옆도 보지 않고 치달았다. 최도식을 두고, 용정의 일본 총영사관 경찰서 조사반의 사토 나카토시(佐藤永敏) 경부는 조선공산당 만주총국 ML계 당원으로서 "1930년 5월 30일 폭동이 일어났을 때, 방화를 비롯한 파괴행위를 주도해 아주 죄질이 무거웠던 극렬 분자"라고 말한다. 그런 그가 경찰 보조원으로서 그 사토 경부의 아래에서 일하게 되었다. 누가 보아도 변절이고 전향이다. 그런데 사정은 그렇게 간단하지 않다. 그가 정말 변절한 전향자인지 아닌지 모호한 것이다.

> (ㄱ) 취조 과정에서 내사 동무를 팔고 필정 놀음을 했지비. 더는 인간의 낯을 하고 다닐 수가 없어서리 개만도 못한 보조원 일을 자청했던 것이지.[24]

> (ㄴ) 단순 가담자도 6개월, 1년씩 형을 살았단 말이야. 그런데 발전소 방화를 지휘한 저 녀석이 4개월 만에 풀려나니까 아, 이거 수상하다, 조직이 이런 의심을 품기 시작한 거지. 밀정이 됐다, 주구(走狗)다, 이러면서 다들 만나주지 않고, 만났다 하더라도 의심만 하니까 사람이 돌아버리지. 혹시 내가 고문 과정에서 주구가 되겠다고 말한 것은 아닐까? 그런 생각이 들게 되는 거야. 그렇게 한 6개월 외따로 떨어져서 지냈을까? 어느 날, 정기적으로 자신을 찾아와 서로 쓸데없는 얘기만 나누다가 돌아가는 우리 조선인 형사에게 최상이 총영사관에서 일하고 싶다고 했다더군.[25]

---

24 김연수, 『밤은 노래한다』, 문학과 지성사, 2008, 93쪽.
25 같은 책, 65쪽.

(ㄷ) 그거야 하즉 공산주의에 심취하지 않은 연행자들을 구슬릴 때, 사토가 항상 내뱉는 거짓말에 불과하우. 내사 공산주의를 잘 알지비. 스스로 변절하지 않는다믄 어떤 공산주의자들도 세계관을 바꾸지는 않으오. 왜냐하면 공산주의자들은 진짜 세계가 어떤 것인지 한번쯤은 겪험해본 사람들이기 때문입지. 내사 스스로 변절했스꼬마.[26]

(ㄹ) 그건 댁네 때문이었습지. 이정희가 댁네에게 죄다 덤터기를 씌우고 그날 박길룡을 따라 유격구로 들어갔으믄 아무 일이 없었겠스꼬마. 긴데 그리하지 않겠노라고 버텼습지. 내가 찾아갔을 때는 이미 약을 먹고 죽어가고 있있소.[27]

(ㄱ)에서 최도식은 자신이 '동무를 팔고 밀정 노릇을 했'다는 것을 고백했다. 그는 취조 과정의 고통을 못 이겨 배신하고 변절했다고 고백한 것이다. 그런데 (ㄴ)을 보면 그 배신과 변절이 그의 자의에 의한 것이 아니라 상황에 의한 것이었다. (ㄱ)과 (ㄴ)을 종합하면, 그가 배신하고 변절한 것은 사실인데, 자의에 의한 것일 수도 있고 상황에 의한 것일 수도 있다고 정리할 수 있다. 그런데 (ㄷ)에서 최도식은 사토가 한 말인 (ㄴ)을 완전 부정한다. 최도식의 말을 믿는다면, 그는 자의로 배신한 전향자이다. 그러나 (ㄹ)을 보면 (ㄱ), (ㄴ), (ㄷ) 그 어느 것도 믿을 수 없다. 그의 전향은 속임수였고, 그는 일본 영사관 경찰 보조원의 가면을 쓰고 암약해온, 혁명 조직의 정보원이었다고 (ㄹ)은 말하고 있기 때문이다.

(ㄱ), (ㄴ)을 보면 최도식은 '동무를 팔고 밀정 노릇을 했'다는 죄의식에 덜미 잡혀 "더는 인간의 낯을 하고 다닐 수가 없어서리 개만도 못한

---

26 같은 책, 94쪽.
27 같은 책, 316쪽.

보조원 일을 자청했던" 인물이니, 앞에서 살핀 『바람과 강』의 주인공 최도식과 같은 유형의 자기처벌자이다. 그러나 지금까지의 검토에서 드러났듯이 그것이 사실인지 아닌지는 알 수 없다. 진실은 여전히 밤안개 속에 들어 있어 보일 듯 보이지 않는다.

"모든 건 다시 흐릿해졌다. 이로써 내가 아는 세계가 진짜 내가 경험한 세계가 맞는 것인지 확인할 길이 없어졌다."[28]라고 주인공은 말하는데 과연 그렇다. 모든 건 흐릿하고 모호하다.

김연수의 소설집 『나는 유령작가입니다』에 실려 있는 아홉 편의 작품을 하나로 꿰는 주제어는 '뿌넝쉬(不能說)'이다. 진실은 알 수 없으며, 더구나 말로 표현하는 것은 애당초 가능하지 않다는 것이다.[29] 김연수는 그 알 수 없으며 말로 표현할 수 없는 진실을 찾아 말로써 표현하고자 하는 문학을 해온 작가이다. 그 힘겨운 나아옴의 한 지점에서 솟아오른 『밤은 노래한다』에 등장하는 이 특이한 자기처벌자는 '악과 죄/선'의 경계가 과연 존재하는지, 존재한다면 과연 확인 가능한 것인지에 대해 근본적인 질문을 하게 이끈다.

3.2. 고독과 침묵의 세계로 자기추방하는 자기처벌자

자기추방의 자기처벌자 가운데 하나는 고독과 침묵의 세계 속에 자신을 추방하여 그곳에 스스로 갇히는 인물이다. 현기영의 「마지막 테우리」의 주인공 고순만, 황순원의 장편 『나무들 비탈에 서다』(1960)에 나

---

28 같은 책, 95쪽.
29 정호웅, 「표현할 수 없는 것을 표현하고자−김연수의 『나는 유령작가입니다』」, 『대산문화』(2005. 겨울), 대산문화재단, 87쪽.

오는 '한 군인', 김원일의 장편 『전갈』의 주인공 강치무가 여기에 해당
한다.

「마지막 테우리」의 주인공 고순만은 살날이 얼마 남지 않은 여든 가
까운 상노인이다. 4·3 이후 그는 중산간 초원에 스스로를 가두고 "마치
다른 나라 백성"인 것처럼 여기며 살아왔다. 그는 자신을 고독과 침묵의
세계로 추방하였던 것이다. 그가 스스로를 고독과 침묵의 세계로 추방
한 것은 죄의식 때문이다. 제주 섬을 온통 피로 물들인 토벌대의 총칼
위협에 떠밀려 세 목숨을 죽게 하였던 것이다. 따지고 보면 그곳에 사람
이 들어 있으리라 생각하여 그가 그 세 사람이 들어 있는 동굴을 지목했
던 것이 아니니 그들의 죽음이 그 때문이라고 할 수는 없다. 그러나 그
는 그것을 자신의 죄라 생각하여 '배신'[30]의 죄의식에 사로잡혔고 마침
내는 자신을 추방하여 이곳 초원에 가두었다. 철저한 윤리의식의 소유
자인 것인데 그 윤리의식이 그를 스스로를 유폐한 자기처벌자가 되게
하였다.

『나무들 비탈에 서다』에 나오는 한 군인도 같은 유형의 자기처벌자이
다. 그는 전장에서 저지른 죄에 덜미 잡혀 스스로를 평생의 고통 속에
가두었다.

> 이 군인이 전에 어느 산촌에서 한 처녀를 능욕한 일이 있었습니다. 그리
> 구는 그러한 사실이 탄로 나지 않게끔 그 처녀를 죽여 버리기까지 했지요.
> 그 사람이 그처럼 흉한 부상을 입고 자결을 하려구 할 때, 퍼뜩 지나간 그
> 일이 머리에 떠오른 것이에요. 그러자 자기는 그렇게 쉽게 죽어서는 안 될
> 인간이라는 생각이 들었답니다. 목숨이 끊어지는 날까지 괴로움을 맛봐야

---

30 현기영, 「마지막 테우리」, 『순이삼촌』, 동아출판사, 1996, 491쪽.

만 한다는 생각이었지요.[31]

『전갈』(2007)의 주인공 강치무도 같은 유형의 자기처벌자이다. 강치
무는 조국 독립을 위해 만주 벌판을 누볐던 투사였으나 살기 위해 변절,
동료들을 배신하여 비명에 죽게 하였다. 그리고는 저 악명 높은 관동군
731부대의 경비원으로 구차한 목숨을 이어 살아남았다. 살아남았지만
그는 그 배신과 변절의 죄의식에서 한 발짝도 벗어나지 않았다. 반벙어
리가 되어 스스로를 고독과 침묵의 감옥 속에 유폐했던 것이다. 그 유폐
는, 그 세계와의 단절은 자기처벌이었다.[32]

3.3. 고향상실자가 되기를 택하는 자기처벌자

자기처벌자 가운데 스스로 고향상실자가 되기를 택한 사람들도 있다.
김사량의 「향수」에 나오는 몇 인물, 최인훈의 장편 『태풍』의 주인공 오
토메나크가 그들이다.

「향수」에는 이 같은 고향상실자가 여럿 나온다. 서술자의 누나인 가
야, 그녀의 남편인 윤장산, 윤장산의 동지였던 옥상렬이 대표적이다. 윤
장산은 3 · 1운동 직후 중국으로 망명하여 "북만주를 중심으로 동분서주
하며 활약했던 평판 높은 망명 정객"[33]으로 "시베리아, 연해주, 북만주,
동만주 등지를 떠돌아다니면서 이주 동포들의 지도 조직"[34]에 전념했

---

31 황순원, 『나무들 비탈에 서다─황순원 전집 7』, 문학과 지성사, 1997, 161쪽.
32 『전갈』의 자기처벌자에 대해서는 정호웅, 「다시 읽는 김원일 문학」, 『한국예술총집 문
   학편 Ⅵ (韓國藝術總集 文學篇 Ⅵ)』, 대한민국예술원, 2009 참조.
33 김재용, 곽형덕 역, 『김사량, 작품과 연구 1』, 역락, 2008, 148쪽.
34 같은 책, 149쪽.

던 역전의 투사이다. 그런 그가 투쟁의 전장에서 물러나 북경성내를 떠돌게 되었는데 그 이유는 분명하지 않다. 그를 따라 함께 투쟁 험로를 걸었던 다른 등장인물의 말을 통해 그의 그 같은 현실이 전해질 뿐, 그 자신의 생각을 담고 있는 육성은 작품 속에 들어 있지 않기 때문에 독자는 다만 그의 그 같은 방황이 죄의식 때문일 것이라 짐작할 수 있을 뿐이다.

> 선생님은 음식도 드시지 못하고 낡은 옷을 입으신 채 북경성내를 방황하고 계시지. 나는 한 번 선생님을 마을 밖 빈민촌에서 뵌 적이 있네. 그때 나는 울며 매달리면서, 선생님 아무쪼록 나와 함께 가 주세요. 아시겠습니까. 나는 그렇게 말했다네. 더 나빠지기 전에 자수하시라고….[35]

윤장산의 동지였지만 이제는 전향하여 특무기관에서 일하고 있는 옥상렬의 말이다. 그는 윤장산의 자학을 불륜, "세계정세가 시시각각으로 변해 가서 동아의 상황도 점점 더 복잡하게 되어 감에도 불구하고"[36] 결단하여 그 변화를 따르지 못하고 방황하는 '사상상의 파탄'[37] 때문이라 말하는데, 소설 어디에도 이와 관련된 윤장산의 생각을 알 수 있는 내용이 없기에 옥상렬의 진단이 정확한지는 알 수 없다.

가야의 경우도 마찬가지다. 윤장산의 배신과 좌절에 깊이 충격 받은데다가 생존을 위해 아편 밀매굴을 운영하는 처지에 놓여, 자신의 이념이 용납하지 않는, 중국 인민의 피를 빨아 사는 존재가 되었다는 죄의식이 그녀를 고향상실자가 되게 만든 요인인 것으로 보인다. 그러나 이는

---

35 같은 책, 168쪽.
36 같은 책, 167쪽.
37 같은 책, 168쪽.

추측일 뿐, 그녀가 무엇 때문에 고향상실자가 되었는지 정확하게 알 수 있는 것은 작품 어디에서도 찾을 수 없다.[38] 우리의 논의와 관련하여 초점은 윤장산과 가야가 아니라 옥상렬이다.

옥상렬은 자신의 전향을 '사고방식'의 전진이라 애써 합리화하려 하지만 '전향의 고통'[39]을 완전히 숨기지는 못한다. 그 고통은 그가 자신의 전향을 죄라고 여기기 때문에 생겨난 것이다. 그가 고향을 간절히 그리워하지만 그것이 평생 불가능하다고 토로하는 것은 이 때문이다.

> 사실 나도 맹렬한 향수를 가지고 있습니다. 어떻게 변했을까, 한번 고향에 돌아가 보고 싶습니다. 하지만 그건 평생 나에게는 불가능한 일입니다….[40]

이 작품의 핵이다. 그는 '맹렬한 향수', '한번 고향에 돌아가 보고 싶'은 간절한 바람에도 불구하고 "하지만 그건 평생 나에게는 불가능한 일입니다…."라고 단정 지어 말하는데 '맹렬' '한번' '평생' '불가능' 등 과격한 어사들이 맞부딪쳐 내는 굉음과 섬광이 어지러운 이 진술의 중심에 놓인 것은 깊고 큰 고향상실의식이다. 그가 고향상실자가 되고 만 것은 '전향의 고통'이란 그의 말과 관련지으면 그가 고향(고국)을 배반한 죄인이라는 죄의식에 덜미 잡혔기 때문임을 미루어 짐작할 수 있다. 이 작품의 제목이 그의 말 속에 나오는 '맹렬한 향수'에서 비롯된 것임을 생각할 때 그가 사실은 이 작품의 참주제를 안고 있는 인물임을 알

---

38 그녀는 하느님과 연결된 밧줄을 놓치면 생존 자체가 불가능한 절망의 구렁텅이에 떨어질 극도로 비참한 정신 상황에 놓여 있다. 이에 대해서는 정호웅, 「일제 말 소설의 창작방법」, 『현대소설연구』 43호, 한국현대소설학회, 2010 참조.

39 같은 책, 167쪽.

40 같은 책, 187~188쪽.

수 있는데 그 주제는 바로 자기처벌의 의식인 것이다. 김사량은 중심인물이 아니라 부차적인 인물을 통해 작품의 참주제를 다루는 특수한 구성 방식을 시도하였는데 그가 범상한 작가가 아니라는 것을 보여주는 증거의 하나이다.

고향상실자의 삶을 택한 또 하나 자기처벌자는 최인훈의 『태풍』에 나오는 오토메나크이다. 일본의 대학에서 일본의 고전문학을 전공하던 조선 청년 오토메나크(김씨 성을 가진 한국인들이 창씨개명 때 많이 택했던 일본식 성인 가네모토(金本, Kanemoto)를 뒤집어 놓은 것. 이 작품에 등장하는 인물들은 하나같이 이처럼 뒤집혀진 성 또는 이름을 부여 받고 있다.)는 천황의 명을 좇아 죽는 것이 황국신민의 도리라는 믿음을 좇아 태평양전쟁에 나아갔는데 그 어느 지점에서 자신의 죄를 깨닫고 스스로 고향상실자가 됨으로써 자신을 처벌한다. 그는 해방된 고국에 돌아가는 것을 포기하고 스스로 고향상실자가 되었다. 그는 고향이 부여했고 길러낸 자신의 정체성을 담고 있는 기호인 이름을 버리는데[41] 이로써 그의 고향상실은 절대적인 차원의 것으로 완성되었다.

그렇다면 그를 자기처벌자가 되게 만든 그가 깨달은 죄는 무엇인가? 놀랍게도 그 핵심은 '한 시대가 보여 주는 징조의 껍질을 뚫어볼 힘이 없었다는 것'[42]이다.

> 마지막으로 그 자신의 책임이 있었다. 한 시대가 보여주는 징조의 껍질을 뚫어 볼 힘이 없었다는 책임이다. 그의 세계가 깨어진 것도 그 자신의 힘에 의해서가 아니었다. 그를 오늘날과 같은 사람으로 키워온, 바로 그 손이 전

---

41 최인훈, 『태풍―최인훈 전집 5』, 문학과 지성사, 2009, 492~493쪽 참조.
42 같은 책, 76쪽.

혀 뜻밖에 그 껍질의 안쪽을 보여줬던 것이다. 갑자기 변한 그 목소리가 장난이 아님을 즉각 알아차렸다. 그들은 같은 족속이었기 때문에 서로의 참과 거짓을 알 수 있었다. 청년은 스물 몇 해의 시간을 갑자기 빼앗긴 사람과 같았다. 이런 남자가 유리창에 어려 있었다. 자기가 산 시간을 모두 잃어버린 이 남자는 유령과 같았다.[43]

오토메나크의 자기처벌은 '반민족 친일사상/반일 민족주의'의 이분법과 무관한 것은 아니다. 황도사상이라는 지배 이데올로기에 세뇌당해 그것이 만들어낸 대동아공영권론, 동조동근설 등의 논리에서부터 귀축영미(鬼畜英美), 총후보국(銃後報國) 등의 구호에 이르기까지 그 모든 것을 한 점 의심 없이 믿고 따랐던 자신에 대한 부정의식이 그를 자기처벌자가 되게 한 이유의 하나이다.[44]

그러나 핵심은 위의 인용에서 보듯 '한 시대가 보여 주는 징조의 껍질을 뚫어볼 힘이 없었다는 것'이다. 오토메나크를 완전한 고향상실자가 되도록 이끈 핵심 이유가 이것이라니 놀랍다. 이것이 그렇게도 큰 죄인가? 사람에 따라서는, 어떤 장(場)에서는 그럴 수도 있다. 모든 것을 알고 설명하고자 하는 의욕에 가득 차 있는 지식인을 중심에 놓고 그의 지적 탐구와 성장의 행로를 소설의 구성축으로 삼는 최인훈 문학의 장에서는 그렇다. 오토메나크라는 특이한 자기처벌자는 죄에 대한 우리의 눈을 열어 새로운 것을 보게 함과 동시에 최인훈 문학의 독특한 개성을 확인시켜 준다.

---

43 같은 책, 78~79쪽.
44 이에 대한 자세한 검토는 정호웅, 「존재 전이의 서사―최인훈의 『태풍』」, 『태풍』, 문학과 지성사, 2009 참조.

4. 자기처벌자와 소설 형식

우리 소설, 특히 역사소설의 바탕에는 윤리적 이분법이 놓여 있다. 모든 것을 '선/악', '진실/허위' 등의 윤리적 이분법으로 척도하고 평가하는 경향성이 우리 소설을 지배해 왔다. 그 같은 윤리적 이분법은 '진보/보수', '친일/반일', '민족/반민족' 등의 하위 이분법을 무수하게 낳으면서 경우에 따라 그 겉모습은 다르지만 계속해서 우리 소설을 근본적으로 규정하였다.[45]

이 같은 윤리적 이분법이 낳은 소설의 내적 형식은 계몽의 형식이다. '계몽자/피계몽자'의 두 대립항이 구성하는 계몽의 형식은 긍정성의 존재인 계몽자가 부정성의 존재인 피계몽자를 계몽하여, 피계몽자를 긍정성의 존재로 만든다는 내용을 핵심으로 하는 틀이다. 이 틀 속에서 피계몽자는 '부정성의 항'에서 '긍정성의 항'으로 존재 전이한다.

지금까지 우리는 여러 유형의 자기처벌자를 살폈다. 자신의 삶이 온통 악에 지배당해 왔음을 깨우치고, 그러므로 자신이 악과 죄의 존재임을 통절하게 자각하고, 자신을 송두리째 부정하여 자기파괴 또는 자기추방을 택하는 이들 자기처벌자 계몽자의 계몽에 의해 '부정성의 항'에서 '긍정성의 항'으로 존재 전이하는 계몽의 형식 속 인물들과는 다르다. 먼저, 그는 부정성의 항, 긍정성의 항 어디에도 속하지 않는다. 그는 그 이분법의 밖에 서 있다. 그는 '부정성의 항'에 속하는 자신을 부정하고 '부정성의 항'에도 '긍정성의 항'에도 속하지 않는 그 밖으로 스스로를 추방한다. 그 밖은, 경우에 따라서는 존재가 완전 소멸된 죽음의 세

---

45 정호웅, 「한국 역사소설의 미학적 특성」, 『한국의 역사소설』, 역락, 2006 참조.

계이기도 하고, 경우에 따라서는 인간 이하의 세계 또는 고독과 침묵의 세계 또는 고향상실자의 세계이다.

우리가 살핀 우리 소설 속 자기처벌자들은 그 누구도 자신이 지은 죄와 자신 속에 깃들인 악성을 다른 사람의 탓이나 상황의 탓으로 돌리지 않고 자신이 그 모든 것을 짊어지고자 한다. 한 마디 변명의 말도 그들에게서 들을 수 없는 것은 이 때문이다. 또한 그들은 그 죄와 악의 벌을 죽음에 이르기까지 조금도 회피하지 않고 감수한다. 그들은 죽음의 세계, 개돼지와 같은 삶의 세계, 고독과 침묵의 세계, 고향상실자의 세계가 죄인이고 악인인 그들이 살아야 마땅한 세계라는 것을 아는 윤리의식의 소유자들이다.

자기처벌자가 중심에 놓여 있는 소설세계는 강렬하다. 부정성의 존재인 자신을 근본적으로 부정하는 윤리의식이 만들고 이끄는 세계이기 때문이다. '부정성의 항'에서 '긍정성의 항'으로의 변화가 핵심내용인 계몽의 형식에서 그 변화는 대부분의 경우, '부정성의 항'에 대한 '반성'을 바탕으로 이루어진다. 이와는 달리 자기처벌자를 중심에 놓은 소설은 '반성'이 아니라 자기파괴, 자기추방을 내용으로 하는 '부정'을 문제삼는다. 종이 다른 것이다.

자기처벌자는 우리 소설의 인물 성격과 형식에 대한 새로운 논의 지평을 열어 준다. 앞으로의 과제로 삼고자 한다.

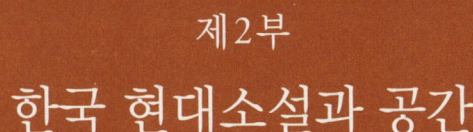

제2부

한국 현대소설과 공간

한국 현대소설과 만주 공간

1. 머리말

1930년대 중반 이후 '만주 문단'이 형성되었다. 동인지 『북향』(1936)을 비롯한 지면을 통한 만주 거주 문인들의 활동이 없었던 것은 아니지만 만주 문단의 형성에 결정적인 역할을 한 것은 만주에서 발행되던 조선어 신문인 『만몽일보』와 『간도일보』를 관동군 홍보처에서 통합하여 만든 『만선일보』(新京 소재)였다. 여기에는 많은 조선 문인이 관계했는데 고문 최남선, 편집국장 염상섭, 사회부장 겸 학예부장 박팔양, 기자 안수길 등이었다.[1] 이들을 중심으로 『만선일보』학예면이 크게 활기를 띠게 되었음은 자연스럽다. 강경애, 현경준, 박영준, 박계주, 손소희, 유치환, 함형수, 김조규, 김달진 등 우리 문학사에 이름을 남긴 문인들이

---

1 김윤식, 「만선일보 편집국장」, 『염상섭 연구』, 서울대 출판부, 1987 참조.

이곳을 중심무대로 활발한 작품활동을 펼쳤던 것이다.[2] 그리하여 『재만 수필선』(1939), 『재만시인집』(1941), 『싹트는 대지』(1941), 『재만조선시 인집』(1942) 등의 작품집이 간행될 수 있었다. 어려운 상황 속에서 일구 어진 만주 문단에 대한 재만 작가 현경준의 증언이 있는데 발표지면의 부족 등 어려운 형편을 뚫고 만주 문단을 건설하려 애써온 재만 문인들 의 지나온 과정과 자신들의 문학에 대한 긍지와 경성 문단에 대한 대결 의식이 뚜렷하다.

> 『민성보(民聲報)』 시대로부터 『북향(北鄕)』에 이르기까지 조선 유민(流民) 들의 가지각색 희비극을 노래하고 또는 노래하려고 애쓴 그 작품들 속에서 우리는 역력히 금일의 상징을 엿볼 수가 있다.
> 그리고 그 밖에도 수없는 〈생활의 노래〉들이 발표기관의 결핍이라든지 환경의 부자유로 말미암아 어둠 속에서 헤매다가 그냥 어둠 속으로 사라진 것을 생각할 때 우리는 다시금 긴 한숨을 뽑지 않을 수가 없다.
> 이러한 것을 털끝만큼도 모르면서 "간도에도 조선 문학이란 것이 있었던 가" 하며 자기야말로 가장 위대한 작가인 것처럼 자처하는 그들을 볼 때 우 리는 말할 수 없는 비애를 느낀다.[3]

『만선일보』를 비롯한 만주 소재의 지면을 중심으로 펼쳐진 재만 문인 들의 '이민문학'[4]이 이처럼 나름의 긍지 위에 전개되고 있었던 한편으

---

2 오양호 교수에 의하면 만주에서 생활했던 문인은 30여 명에 이른다고 한다. 오양호 교 수가 들고 있는 사람은 최남선, 안수길, 박계주, 염상섭, 박영준, 박팔양, 신영철, 김달 진, 윤영춘, 박귀송, 모윤숙, 손소희, 이갑기, 고재기, 윤금숙, 송지영, 이석훈, 이주복, 현경준, 김국진, 강경애, 유치환, 김진수, 이주홍, 최기정, 이철호, 최무, 이덕성, 이학 성 등 모두 30명이다.(오양호, 『한국문학과 간도』, 문예출판사, 1988, 46쪽) 이 밖에도 신형철, 김창걸, 신서야, 한찬숙, 황건 등의 이름을 들 수 있다.
3 현경준, 「문학풍토기」, 『인문평론』(1940. 7), 81쪽.
4 이는 오양호 교수의 용어이다. 오양호, 「이민문학론」, 앞의 책 참조.

로 경성 문단에서의 만주 공간에 대한 관심이 점점 높아짐을 따라 만주를 배경으로 한 작품이 속출하게 된다. 그 맨 앞자리에 1920년대 중반의 최서해 문학이 있음은 두루 아는 사실이거니와 최서해를 이어 이광수, 이효석, 이기영, 최명익 등의 만주 소재 작품이 해방 전에 발표되었으며, 허준, 안수길, 박경리 등의 만주 소재 작품이 해방 이후 발표됨으로써 만주는 한국 현대소설 속의 중요 공간으로 자리잡았다.

한국 문학과 만주의 관계를 다룬 연구자들은 많다. 오양호, 채훈, 김윤식, 조규익 등의 업적을 그 대표적인 것으로 들 수 있을 것이다. 선학들의 연구 성과를 길잡이로 하여 한국 소설 속 만주 공간의 의미가 무엇인지를 이 글에서 살펴보고자 한다.

2. 생존의 터전으로서의 만주 공간과 생존의 논리

만주에 삶의 근거를 두고 살고 있었던 작가들에게 만주 공간은 다른 그 무엇보다 앞서는 생존의 터전이다. 두고 온 고향에 대한 그리움도 조국 독립의 꿈도, 오족협화의 이념도 왕도낙토 건설의 화려한 깃발도 이 앞에 서는 한갓 추상적 기호일 뿐이다. 안수길, 강경애로 대표되는 재만 작가들의 해방 전 작품에서 만주가 갖는 가장 핵심적인 의미는 이것이다.

> 벼! 벼! 벼를 이 넓은 토지에 꽉 차게 심고 북돋우면 그만이다. 그것만이 일념이었다. 그 외의 것은 돌아볼 가치가 없었다. 원주민들과의 충돌 그런 것도 벼를 북돋우려는 일념 앞에는 아이 장난이었다. 오직 벼! 벼 앞에는 아무런 희생도 참도 견딜 수 있었다.[5]

---

5 안수길, 「벼」, 『북원(北原)』, 예문당, 1944, 240쪽.

만주국 건국 2년 전이 배경인 안수길의 중편 「벼」는 두만강을 건너 북간도에 이주한 조선 농민들의 수전 개척의 과정과 일본의 만주 진출을 경계한 중국 측의 조선족 박해 정책에 맞서는 싸움의 양상을 그린 작품이다. 그들에게는 벼와 농사지을 수 있는 토지는 생존의 유일한 근거이니 절대로 포기할 수 없다.[6] 중국 국가권력의 개입에 맞서 벼와 토지를 지키기 위해서는 일본 영사관의 도움이 필수적이니, 이 문제 앞에 일본에 대한 적대의식도 조국 독립의 염원도 들어설 자리가 있을 수 없다.

> 피치 못할 경우라면 학교는 없어져도 괜찮다. 그러나 십여 년간 이룩한 이 고장에서 떠나지 않아서는 안 된다는 것은 학교 문제보다 더 큰 것이었다. 그러므로 학교를 폐쇄하라면 시키는 대로 하고 시일을 천연하여 나까모도를 중간에 넣어 길림영사관에 매봉둔 사정을 진정하여 문제를 정치적으로 해결 짓는 것이 순서라 생각하였다. 이백여 호나 모여 살면서 지금까지 영사관과 연락이 없는 것은 여기에 그럴 듯한 지도자가 없는 까닭이었다. 친수 자신이 우선 그것에 생각이 미치지 못한 것은 결국 본디면 작은 문제인 학교에 열중하기 때문이었다.[7]

재만 조선인들의 벼와 토지에 대한 절대의 집착, 그 밑에 놓여 있는

---

6 「벼」, 「목축기」 등 해방 이전 안수길의 단편들이 하나로 통섭한 것이 장편 『북향보(北鄕譜)』(『만선일보』, 1944. 12. 1~1945. 4)이다. 이 작품의 주제는 '농민도(農民道)'인데 그것은 『북향보』의 중심인물 가운데 하나인 정학도에 의하면 "조선 사람의 만주 개척에 대한 정신적 지주를 도혼(稻魂), 벼의 혼이라 생각하네. 도혼이라는 걸 쉽게 말하자면 벼를, 모포기를 자식같이 생각하는 마음"(『북향보』, 문학출판공사, 1987, 251쪽)을 뜻한다. 만주의 조선 개척민들에게 그 같은 도혼은 '신앙이요 그들의 육체요 생리요 호흡'(『북향보』, 248쪽), 즉 곧 그들 자신인데 이처럼 벼에 절대적인 의미를 부여하게 된 것은 그것이 그들 생존의 유일한 근거이기 때문이다.

7 『북향보』, 287~288쪽.

이처럼 절박한 생존의 몸부림을 앞에 놓고 당시 경성 문단에서 발표된 작품들을 읽으면 그 낙관적 낭만성이 비현실적이라 말할 수 있을 정도로 확연하게 두드러짐을 알 수 있다.

> 몇 달째 꿈속에나 보던 광경이다. 일망무제, 논자리마다 얼음장처럼 새벽 하늘이 으리으리 번뜩인다. 창권은 더 다리에 힘을 줄 수 없어 노인의 시체를 안은 채 쾅 주저앉았다. 그러나 이내 재우쳐 일어났다. 어머니와 아내에게 부축이 되며 두 주먹을 허공에 내저었다. 뭐라고인지 자기도 모를 소리를 악을 써 질렀다. 위쪽에서 위쪽에서 악쓰는 소리들이 달려 내려온다.
>   물은 대간선 언저리를 철버덩철버덩 떨궈 휩쓸면서 두 간통 봇둥이 뿌듯하게 내려쏠린다.
>   논자리마다 넘실넘실 넘친다.
>   아침 햇살과 함께 물은 끝없는 벌판을 번져나간다.[8]

재만 작가 현경준이 "근자에 와서 대륙문학 운운하며 왕성하게 만주로 찾아와서는 수박 껍데기 핥듯 그저 피상적으로 죽 훑어보고는 엉터리없는 거짓 수작을 늘어놓는"다고 경성 문단 작가들이 만주 현실을 다룬 작품들을 일축했던 것은 「농군」 등이 보여주는 이 같은 비현실성에 대한 비판이라 보아 무방할 것이다.

이기영의 장편 『대지의 아들』(1939~1940)에서도 우리는 벼에 대한 재만 조선인들의 절대의 집착을 읽을 수 있으니 이기영은 최고의 농민작가다운 안목을 보였다고 할 것이다. 현경준은 이 작품을 두고 "이씨는 만주를 모른다. 산도 물도 사람도 모른다. 그러한 씨에게 집필을 요구했다는 것은 확실히 조선 문단이 저널리즘에게 유린당하는 것이 아니고

---

8 이태준, 「농군」, 『문장』(1939, 7), 229쪽.

무엇이랴?"[9]라 말하며 아예 평가 자체를 거부하는 태도를 보였다. 그러나 『대지의 아들』은 "예가 어딘 줄 아니? 여긴 만주다!"[10]라는 말 속에 분명한, 당장의 생존이 문제되는 만주의 절박한 현실에 대한 인식과 "그것은 확실히 대지의 아들이다. 고량이나 강낭이와에 비교한다면 쌀은 아들이라도 맏아들 폭이라 할 수 있다"[11]라는 말에서 알 수 있듯 쌀에 대한 재만 조선인들의 절대의 집착에 대한 정확한 이해를 보여주는 작품이다.

만주 문학을 대표하는 작품집 『북원』(1944)의 작가 안수길(安壽吉, 1911~1977)은 1949년부터 작품활동을 재개하여 장편 『북간도』(1967), 『통로』(1969), 『성천강』(1974)으로 대표되는 큰 문학을 쌓아올렸다. 주로 장편에서 역량을 발휘했지만 「제삼인간형」(1953), 「소박한 인상」(1960), 「이라크에서 온 불온문서」(1964), 「효수」(1965), 「삼인행」(1974) 등의 단편에서도 단정한 간결체 문체의 한 전범을 보였다. 이 가운데 우리의 논의와 관련하여 『북간도』를 살피지 않을 수 없다.

『북간도』의 서사를 이끄는 것은 이한복, 최칠성 두 사람으로부터 이어내리는 두 집안이다. 두 집안의 정신은 만주 이주 이전의 고향에서부터 이미 분명하게 나뉘어 있었다. 현실 질서에 타협하거나 굴복하지 않고 맞서는 이한복과 순응하는 최치성의 대립은 만주 이주 이후 더욱 어려워진 상황 속에서, 그 아래 세대로 내려가며 보다 뚜렷해진다. 인용문은 땅 주인인 중국인에 유착한 최삼봉과 그에 맞선 이장손의 대립을 보

---

9 현경준, 앞의 책, 83쪽.
10 이기영, 『대지의 아들』 5회, 『조선일보』(1939. 10. 19).
11 이기영, 『대지의 아들』 152회, 『조선일보』(1940. 5. 28).

여주는데, 그 아래에는 최삼봉을 악으로, 이장손을 선으로 미리 규정해 놓은 작가의 이분법적 윤리관이 확연하다. 두 집안의 정신을 선/악으로 가르는 작가의 이분법적 윤리관은 두 집안을 넘어 『북간도』에 등장하는 모든 인물들의 정신과 삶을 척도하는 근본 기준으로 작동한다.[12]

아마도 어린 나이에 북간도로 이주하여 20년 넘게 어려운 세월을 견뎌야 했던 작가의 체험 때문이었을 것이다. 조심스러운 추측이긴 하지만, 괴뢰국인 만주국을 앞세운 일본의 사실적인 식민 지배 체재가 확고하게 자리 잡았던 1930년대 후반 이후 「목축기」(1943), 「벼」(1941), 『북향보』(1941) 등의 작품을 통해 일본의 만주 지배 질서에 휩쓸려 들었던 과거에 대한 부정의식이 함께 작용했는지도 모른다.[13] 또 이 작품이 쓰였던 1950~1960년대 한국의 지배이데올로기의 하나인 민족주의의 구속을 생각할 수도 있겠다. 어떻든 『북간도』의 서사를 이끄는 핵심 동력은 이 같은 윤리적 이분법이며, 이로 인해 중국(청)과 일본, 러시아(소련)와 만주국과 조선, 몽골 등 여러 민족, 여러 국가의 이해관계와 생존 문제가 뒤얽혀 아수라 혼란 속에 빠져들었던 만주의 현실과 그 속을 떠돌며 힘든 시절을 고통스럽게 견뎌야만 했던 조선인들의 역사를 단순화시키고 말았으며, 재만 조선인들에게 만주 공간이 갖는 절박한 생존의 터전

---

12 정호웅, 「한국 역사소설의 미학적 특질 연구」, 『문학사와 비평』 6집, 국학자료원, 1999 참조.

13 이런 생각에 대한 반대 의견도 제시되어 있다. 오양호는 「벼」, 「새벽」 등이 만주 이주 조선인들의 '고달픈 생활 현장'을 소재로 함으로써 "본국 문학이 조선문인보국회를 중심으로 황도문학을 수립하려던 문학적 현실과는 너무나 상이"한 "당대 한국 문학작품 중에서 가장 강력한 민족의 지향 의지를 형상화한 작품"이며, 「북향보」는 "민족 수난의 역사의식을 바탕으로"한 작품세계를 보였다고 평가하였다.(오양호, 『한국문학과 간도』, 앞의 책. 특히 「이민문학론 1-안수길론」과 「'북향보' 연구」를 참조할 것).

이라는 현실적 의미를 약화시키고 말았다는 사실이 중요하다.

재만 작가들이 생존의 논리를 좇아 만주에 진출한 일본 국가권력의 지배질서와 손잡는 길로 나아간 것은 준엄한 현실 법칙이 실현되는 한 양상이라 볼 수 있을 것이다. 만주를 배경으로 한 유진오의 「신경」을 통해 우리는 이 점을 좀 더 분명하게 확인할 수 있다. 만주국의 수도인 신경(장춘)은 대륙 진출의 교두보로서 정책적으로 개발된 도시이다. 일본 자본과 조선 자본의 적극적인 진출로 급속하게 대도시로 성장해간 신경의 10년 전과 현재를 비교하며 그 변화 뒤에 가로놓여 있는 일본의 가공할 힘을 간파하고 그 앞에 무력한 자신을 확인하는 「신경」의 주인공은 일본의 지배를 당연의 현실로 수용했던 당대 조선인 일반을 대표하는 존재이다. 재만 조선인들의 현실은 그 주인공의 현실보다 더 어려운 것이었으니 그들의 대부분은 일본 국가권력의 지배질서 속에서 생존을 도모하는 길로 걸어가지 않을 수 없었던 것이다.

3. 죽음의 공간과 혁명적 정치성

한국 현대소설 속 만주는 또 다른 한편 토지소유제도의 모순과 민족모순이 겹쳐 있는 중첩된 모순의 공간으로 이주한 조선 농민들을 죽음에 직결된 기아선상에 내몰고 있으며 그 속에서 그 같은 모순 혁파를 위한 지향성을 키우고 날카롭게 벼리는 공간이기도 하다. 최서해, 강경애의 문학 속 만주 공간이 이런 특성을 가장 잘 보여준다.

프로문학(경향문학)은 혁명적 정치성의 문학이다. 프로문학은 당대 한국 사회가 안고 있던 두 가지 주요 모순인 봉건모순과 식민모순을 동시에 넘어서고자 하는 혁명운동의 한 부분으로 존재했으니, 당연히 혁명을 위한 무기로 인식되었다. 운동으로서의 문학 개념, 운동을 위한 수단으로서의 문학 개념이 이 경우처럼 분명했던 적은 우리 문학사에서 달리 찾기 어렵다.

프로소설은 좁게 보아 1920년대 중반에서 KAPF가 해산되는 1935년까지, 넓게 보아 1920년대 중반에서 1948년 무렵까지 펼쳐졌다고 볼 수 있다. 프로소설의 첫 장을 연 작가는 최서해(1901~1932)이다. 함북 성진에서 태어난 최서해의 어린 시절은 거의 알려져 있지 않다. 그러나 1905년 무렵 숙부집에서 기식했으며 1910년에 아버지가 간도로 떠났다는 기록으로 미루어 매우 불안정한 가정환경에서 성장했음을 짐작할 수 있다. 그 또한 1918년 무렵 간도로 건너가 이후 1923년 봄에 귀국하기까지 간도 곳곳을 떠돌며 지냈다. 귀국하기까지의 그 불안정한 환경과 가난 그리고 떠돌이의 삶 체험에서 최서해 초기 문학이 솟아올랐다.

신경향파소설을 대표하는 것으로 평가받는 최서해 초기 문학은 몇 가지 두드러진 특성을 지니고 있다. 첫째, 주인공들은 간도 이민·유랑자·노동자 등 하나같이 하층민이며, 동시에 고립된 인물들이다. 둘째, 그들이 처한 상황은 곧바로 죽음으로 직결될 정도의 극단적인 궁핍상황이다. 셋째, 작품의 대부분은 살인, 방화, 폭행, 호규(號叫) 등 충동적이고 발작적인 행위로 끝난다.[14]

이 같은 특성의 최서해 초기 문학은 당대 현실의 황폐성을 강렬한 감각적 직접성의 차원에서 포착해낸 것으로, 그 소설공간의 협착성을 넘어 당대 현실을 상징적으로 증언한 것이라 평가할 수 있다. 그런데 중요한 것은 그 같은 증언의 안쪽에 싹터 오르고 있는 혁명적 정치성의 싹이다.

14 정호웅, 「초기 경향소설의 성격」, 『한국현대소설사론』, 새미, 1996, 185쪽.

나는 여태까지 세상에 대하여 충실하였다. 어디까지든지 충실하려고 하였다. (중략) 그러나 세상은 우리를 속였다. (중략) 우리는 여태까지 속아 살았다. 포학하고 허위스럽고 요사한 무리를 용납하고 옹호하는 세상인 것을 참으로 몰랐다. (중략) 우리는 우리로서 살아온 것이 아니라 어떤 험악한 제도의 희생자로서 살아왔었다. (중략) 마주에 취하여 자기의 피를 짜받치면서도 깨지 못하는 사람을 그저 볼 수 없다. 허위와 요사와 표독과 게으른 자를 옹호하고 용납하는 이 제도는 더욱 그저 둘 수 없다.[15]

우리 소설에서는 처음 확인되는 '제도'에 대한 인식이며, 제도의 혁파를 지향하는 혁명적 정치의식의 드러냄이다. 기아선상에 놓여 있는 가족을 뒤로하고 승리의 가능성이 보장되어 있지 않은 그 길을 주인공은 결연히 선택하는데 이 점에서 그는 비극적 영웅[16]이다.

만주 공간이 낳은 혁명적 정치성의 문학을 대표하는 또 한 사람의 작가는 강경애이다. 강경애의 간도 소재 문학은 일제의 폭력적인 지배의 실상과 조선인의 참혹한 현실을 핍진하게 증언하고 있다는 점, 특히 무장투쟁을 그린 「소금」(1934)과 간도공산당 사건으로 사형 당한 항일혁명운동가의 가족을 다룬 「어둠」(1937)이 보여주듯 비타협적 투쟁노선 위에 선 것이라는 점 등에서 안수길이 대표하는 간도 문학 일반의 성격과는 구별되는 특수성을 지니고 있다.

강경애 문학의 한복판에는 '산'이 놓여 있다. 그 산은 혁명적 정치성의 보루이다.

---

15 최서해, 「탈출기」, 『조선문단』(1925. 3), 32~33쪽.
16 한국 문학에 등장하는 비극적 영웅에 대해서는 정호웅, 「아리랑론」, 『조정래 문학 연구』(해냄, 1998) 참조.

"아니 어딜 가셔요, 글쎄 말이나 해요."

그의 안타까워 묻던 말에 남편은 묵묵히 앉았다가

"산으로 가우."

남편의 말.

"어느 산?"

"그저 산이라구만 알아두지…."

그 후부터 그는 멀리 바라보이는 산을 유정하게 바라보게 되었으며 누구의 입에서나 산이 어떻다는 말만 들어도 그는 가슴이 뛰곤 하였던 것이다. 산! 남편은 필시 어느 산인지는 모르나 산으로 갔을 것만은 틀림없었고 그래서 죽는 때까지도 산에서 산으로 옮아다니다가 ×에게 붙들리었을 것이라 하였다. 그는 눈을 들었다. 눈송이에 묻혀 잘 보이지 않는 저 산, 꿈같이 아득히 보이는 저 산, 자기네 모자는 남편의 뒤를 따라 저 산으로 갈 곳밖에 없는 듯하였다.[17]

그 산을 마음속에 품고 그 산을 살고자 하며 실제로 살고 있는 사람들은 막다른 절망 속에서 오히려 희망을 볼 수 있는 이들이다. 그 정신의 요체는 혁명적 정치성이다.

다음은 내 차례우. 그때 B 하나가 총 끝에 칼을 끼워 가지고 내 곁으로 왔소. 그때가지도 저가 참날 나를 죽이려는가? 하였수. B는 그 칼을 나의 가슴에 대었수. 비로소 나는 삶의 희망이 아주 탁 끊어졌수. 그때유. 아저머이! 그때라우. 나는 그 절망에서 어떤 힘을 벼락같이 얻었수. 그러자 나의 의식은 명확해졌수. 동시에 내가 누구에게 죽음을 받는다는 것을 똑똑히 알았수. 나는 B를 보았소. 그때 나의 가슴에는 칼이 들여박혔수(밑줄 인용자).[18]

강경애 문학의 밑자리에 시퍼런 이 같은 혁명적 정치성은 "나에게 남

---

17 강경애, 「모자」, 이상경 편, 『강경애 전집』, 소명, 1999, 555~556쪽.

18 강경애, 「유무」, 같은 책, 488~489쪽.

은 것은 오직 돌진뿐"[19], "그는 벌떡 일어났다"[20], "이까짓 눈 속 같은 것은 아무 꺼릴 것이 없다고 부쩍 생각키웠다"[21] 등에서 보듯, 극한상황에 내몰려서도 굴복하지 않는 굴강의 정신으로 구체화된다.

최서해, 강경애 문학이 지닌 이 같은 혁명적 정치성은 그러나 다른 작가들의 작품에서는 찾아보기 어려운 예외적인 것이다. 공산주의 무장투쟁 조직의 일원으로 10여 년을 산에서 지내다 투항한 한 여인을 다룬 박영준의 「밀림의 여인」을 보면 그 예외성을 뚜렷이 확인할 수 있다. 다른 세계, 다른 질서 속에서 살아온 인물이기에 투항 이후 그녀의 생활이 순조로울 수 없다. 사사건건 충돌하게 되고 새로운 세계의 질서를 받아들이기 어려운 그녀는 계속해서 상처 입는다. 다시 산속으로 돌아가고 싶지만 이탈자에 대한 준엄한 처벌이 기다리고 있으니 그럴 수도 없다. 「밀림의 여인」은 이처럼 두 세계 사이에 놓여 찢긴 그녀의 현실을 한 축으로 하고 그런 그녀를 깊이 연민하여 이 세계의 질서 속으로 동화시키고자 노력하는 화자의 고결한 인도주의를 다른 축으로 하여 펼쳐진다. 오랜 노력의 결과 그의 인도주의는 그녀를 이 세계의 질서 속으로 원만하게 동화시킨다. 마침내 그녀는 첩을 둔 부도덕한 아버지, 여자라고 구박했던 부모, 고작 13살밖에 안 된 어린 딸을 쫓아내듯 시집보낸 부모의 집에 대한 강한 적의를 거두고 그곳으로 돌아가기로 결정한다.

> 기차가 떠날 때 순이는 얼굴을 창밖으로 돌리고 눈물을 흘렸다.
> 왜 우는지는 알 수 없다. 허나 배반하던 부모를 찾아가는 자기 마음을 수습하지 못해 우는 것만은 능히 짐작할 수 있었다.

---

19 강경애, 「파금」, 같은 책, 429쪽.
20 강경애, 「소금」, 같은 책, 537쪽.
21 강경애, 「모자」, 같은 책, 558쪽.

남보다 먼저 차에 오르려고 하던 것이나 차안에 들어와서도 가만히 앉아 있지 못하고 차 떠날 시간을 조급히 기다리던 것을 보아 한시바삐 부모를 만나고 싶어 하는 것만은 사실이었으나 기차가 기적을 울리고 움직이기 시작하던 바로 그때가 자기의 운명을 결정하고 생활을 확실히 구별하는 순간이라는 느낌이 없지 않았을 것이다.[22]

작가는 화자의 입을 빌어 그녀의 결단이 '자기의 운명을 결정하고 생활을 확실히 구별' 하는 것이라 하였다. 그녀는 지금까지 받아들일 수 없었던 새로운 세계의 질서 속으로 들어서기로 한 것이다. 물론 이것만은 아니다. 인정할 수 없었던 부모를 찾아가는 기차에 오른다는 마지막 설정 속에는 어떤 이념도 부모를 향하는 자연의 정 앞에서는 무력한 것이라는 전언도 들어 있다. 그러니까 「밀림의 여인」의 주제는 산 속의 세계보다 이 세계가 훨씬 더 나은 세계이며, 이념보다도 더 소중하고 힘 있는 것은 인정이며 자연의 정이라는 것이다.

4. 불평등의 공간과 인간에 대한 탐구

만주국 건국 이후 만주는 일본의 전적인 지배 아래 들었다. 오족협화의 깃발이 내걸렸지만 일본족, 조선족, 만주족, 몽고족 등의 순으로 위계질서가 분명한 민족차별의 현실을 은폐하기 위해 조작된 이데올로기에 지나지 않았다. 그러나 그 이데올로기의 허구에 맞서 싸웠던 사람은 극소수에 지나지 않았고 대부분의 조선인들은 그 깃발을 좇는 삶을 택할 수밖에 없었다. 앞에서 보았듯 대부분의 재만 조선인 작가들의 만주

---

22 박영준, 「밀림의 여인」, 『싹트는 대지』, 앞의 책, 61쪽.

국 건설 이후의 작품들 또한 동궤에 놓여 있었다.

조작된 이데올로기임이 명백함에도 그것을 좇지 않을 수 없는 현실이 만들어낸 것의 하나는 민족 이전의 '인간'에 대한 관심이며, 이것과 등을 맞대고 있는 '세계동포애'의 강조이다. 『싹트는 대지』에 실려 있는 황건의 「제화(祭火)」 속에 다음과 같은 흥미로운 내용이 있다.

> 이러한 눈알이 도는 듯한 번진과 위협 속에 한 정상적이 아닌 정신이 가져야 하는 만래의 변화와 위압을 애정이라는 것과의 관련에 있어 어떻게 규정하고 어떻게 조련하여 그것을 다시 인간성의 순수를 보지하는 입장에 결합시키고 사상(捨象)하여 또 하나 새로운 애정주제와 의의를 발견하고 만들 수 있을까? 따라서 이 관심은 어디까지든 특정한 개인이라든지 종족이라든지 하는 범주를 생각하기 이전에 '인간'이라는 것에까지 올려와야 할 것이겠고 발뿌리는 언제나 역사 이전의 지위에 두어져야 할 것이었다. 어떻게 하면 우리는 그러한 정신의 지하에까지 내려가 그곳에서 그것을 헤치고 피해받는 일 없이 샘물처럼 다시 솟아나오게 하고 솟아나올 수 있을까.[23]

특정한 개인이나 종족이라든지 하는, 사회역사적으로 규정되는 범주 이전의 '인간'이란 명제 앞에 모든 개인 사이, 종족 사이의 차별은 무화된다. 모든 사람은 다만 인간이란 동일 범주 속의 동등한 개체로 존재하는 것이다. 안수길의 「벼」에는 나카모도라는 일본인 세계동포주의자가 등장하는데 그 또한 '역사 이전의 지위'에 놓이는 '인간'의 범주를 세계관의 중심에 놓고 있는 사람일 것이다.

만주라는 특수공간이 낳은, 역사 이전의 존재로서의 인간을 강조하는 이 인간 중심의 사상은 인간 존재의 근본 속성과 현실 질서 밖에 존재하

---

23 황건, 「제화」, 신형철 편, 『싹트는 대지』, 만선일보사출판부, 1941, 279쪽.

는 강한 성격에 대한 탐구와 이어져 있다. 인간 존재의 근본 속성과 그 같은 성격은 민족, 계급 등 사회역사적 요소와는 무관한 것이니 이에 대한 탐구를 통해 그들은 불평등공간 만주에서의 그들의 현실적 조건을 넘어설 수 있었기 때문일 것이다.

만주 개척민의 역사와 그들의 고통스러운 현실을 증언하는 데 주력한 안수길의 해방 이전 북간도 시절의 문학 한편에는 뜻밖에도 그 같은 사회역사적 현실 이전의 인간 본성 또는 현실 질서 밖에 존재하는 강한 성격에 대한 탐구가 자리 잡고 있는 것은 이 점에서 이해할 수 있다.

그 한 예는 「목축기」의 로우송이란 중국인이다. 사오십 년간 돼지 기르기로 살아온 그는 다만 돼지 기르기에만 관심 둘 뿐 세상사에는 태무심하다. 시간도 그를 지나쳐가니 그는 세상의 변화와는 상관없이 언제나 돼지 사육사로서의 오늘을 살 뿐이다. '생리조차 돼지로 화'한 존재인 그는 한 일에 몰두하여 그 일 자체가 돼버린 존재이니 현실에서도 실재하기 어려운 강렬한 성격의 소유자이다. 대상에 전심전력 자신을 던지는 이 인물 성격의 안쪽에는 자신에 대한 절대의 자부심이 자리 잡고 있다. 그가 호랑이에게 귀 한쪽을 물어뜯긴 뒤 '복수귀(復讐鬼)'[24]가 된 것은 이 때문이다.

마침내 복수귀로 떨어진 로우송과 닮은 인물은 또 있다. 「원각촌」의 억쇠가 그인데 그는 의심귀(疑心鬼)이다. 아내에 대한 의심, 아내를 노리는 사내들로 가득 찬 세상에 대한 의심으로 그는 스스로를 세상으로부터 격리시킨 외로운 사람이다. 「벼」의 박 첨지는 애욕에 들려 모든 것을 팽개친 인물이니 로우송, 억쇠와 동류라 하겠다.

---

24 안수길, 「목축기」, 『북원』, 앞의 책, 21쪽.

「차중에서」는 인간의 이기심에 대한 탐구라 할 수 있다. 작가에 의하면 "인간의 이기적인 면이 얼마나 잔인한 것"[25]인가를 파헤치고자 한 작품인데, 이 점에서 이 작품은 최명익의 「장삼이사」(1941)의 선구이다. 「장삼이사」는 전선을 따라 북중국에서 '한 사 오 년' 그 다음엔 대련을 거쳐 지금은 신경에서 '색시 장사'를 하고 있는 사람의 무지막지한 손길에 덜미 잡혀 끌려가는 도망친 색시에 대한 기찻간 속 '장삼이사' 들의 잔인한 언행에 대한 치밀한 관찰 보고서이다. 자기보다 약한 존재에 대한 집단적 따돌림을 통해 만족을 얻는 인간 존재의 가학적인 이기적 본성에 대한 깊은 추구라 할 수 있는데, 어쩌면 안수길의 「차중에서」를 앞에 놓고 쓰여진 작품인지도 모른다.

안수길의 작품뿐이 아니다. 또 하나 이 경우에 해당하는 대표적인 작가는 박계주다. 박계주의 만주 배경 소설 속에도 인간 존재의 근본과 현실 질서 밖 강한 성격의 안쪽을 파헤치려는 작가의 눈빛이 날카롭게 번득이고 있다. 예컨대 단편 「육표(肉票)」(1942)의 경우.

그토록 그는 하는 일 없이 남의 등을 쳐서 먹고, 싸워서 화해하노라 얻어 먹고, 도박장에 따라다니며 개평을 얻어서 먹고, 술집에서는 그가 싸움을 일으키면 손님이 안 올까 겁이 나서 싸움하지 말라고 술을 거저 주니 그 때문에 또 얻어 먹고, 두루 얻어 먹기에 의식주의 걱정이라고는 도무지 없는 그였지만, 그러나 그에게도 역시 남모르는 번민이 있었으니 그것은 영춘옥(永春屋)의 옥녀 때문이었다.[26]

주인공은 "이 작자의 사전에야말로 염치나 체면이나 남이라는 술어가

---

25 안수길, 「차중에서」, 같은 책, 146쪽.
26 박계주, 「육표(肉票)」, 『처녀지(處女地)』, 박문출판사, 1948, 157쪽.

통 없고, '나' 라는 술어 하나만 있는 듯싶었다"고 말해지는 강달규다. 모두가 싫어하고 꺼리지만 아랑곳없다. 그런 천하망종인 그가 옥녀에 대한 정념 안에 꼼짝 못하게 갇혔다. 옥녀를 차지하기 위하여 옥녀의 정부를 사지에 팽개치는 데까지 나아갔으니 그 정념은 이미 현실세계를 지배하는 질서를 넘어섰다고 할 것이다.

만주를 배경으로 한 소설에서의, 이처럼 인간 본성과 현실 질서 밖 강한 성격에 대한 탐구는 그러나 깊이 나아가지는 못했던 것으로 보인다. 그들은 당장의 생존이 문제되는 엄혹한 현실 속에 있었기에 그 같은 현실 이전의 문제를 깊이 추구하기 어려웠기 때문일 것이다.

5. 절망의 공간과 전향지식인의 자기확인

한국 현대소설 속에 등장하는 또 하나의 만주 공간은 낙백한 혁명가들의 비애가 우울하게 드리워져 있는 공간이다. 널리 알려진 최명익의 『심문』(1939)이 대표적이다. 『심문』은 1930년대 심리주의 소설을 대표하는 작품이다. 주요인물 세 사람의 미묘한 심리 통찰이 이 작품의 핵심이다. 그 하나는 현혁이다. 한때는 좌익 이론가로 이름 높았던 인물이나 전향한 후 파락호로 전락, 아편에까지 빠져들고 말았다. 스스로를 철저하게 모욕함으로써 신념을 저버리고 전향한 자신에게 복수한다는, 이른바 '자굴(自屈)의 사상' 27)을 실제 삶으로써 실천한다. 또 한 사람은 여옥이다. 옛 애인 현혁과 '나' 사이에 놓여 갈등하는, 대단히 복잡한 심리의 소유자이다. 이미 생활력을 상실하고 아편중독자로 전락한 현혁과의

---

27 김윤식, 「전향소설의 한국적 양상」, 『한국근대문학사상사』, 한길사, 1984, 301쪽.

생활을 혼자 힘으로 꾸려나가야만 하는 처지이니 현혁은 그녀에게 있어 무거운 짐이다. 더욱이 현혁은 전향함으로써 자존심에 상처를 입어 뒤틀린 심리의 소유자로 변해 버렸기에 더욱 감당하기 어려운 존재이다. 그런 현혁을 껴안고 사는 그녀의 심리세계는 이중적이다. 사랑하는 사람을 혼자 힘으로 책임지고 그의 사랑을 독점하고 있다는 데서 솟아나는 내밀한 자부심과 한편으로는 그의 악마적 지배로부터 벗어나고 싶다는 탈출의 욕망이 뒤섞여 있다. 여기에는 '나'와의 관계에서 생겨난 복잡한 심리가 겹쳐 있다. '나'의 사랑을 갈구했지만 성취하지 못한 데서 비롯된 모욕감과 좌절감, 그럼에도 불구하고 '나'에 대한 사랑을 씻어버리지 못하는 데서 오는 안타까운 집착이 복잡하게 뒤엉켜 있는 것이다. 그녀는 유서에서 현재의 외로움과 미래의 외로움에 대한 공포 때문에 자살한다고 밝히고 있지만, 궁극적인 원인은 이처럼 복잡하게 뒤엉켜 갈피 잡기 어려운 심리의 혼란이라고 하는 것이 더 타당할 것이다.

마지막 다른 하나의 중심인물은 화자인 '나'다. 여옥을 사랑했지만 죽은 아내의 추억이 이를 가로막아 그 사랑은 완전하지 못하다. 여옥과의 완전한 사랑을 가꾸고자 다짐해 보기도 하나 마음대로 되지 않는다. 모욕감을 느낀 여옥은 마침내 그를 떠나 현혁에게 돌아간다. 여옥의 떠남은 아쉽지만 그렇다고 깊은 충격을 받거나 상처를 입지는 않는다. 그는 이처럼 소극적이고 이중적인 심리의 소유자인 것이다. 그는 죽은 여옥의 "한 점의 티나 가느른 한 줄기 주름도 없는"[28] 깨끗하고 맑은 인당과 거기에 겹쳐 떠오르는 아내의 인당에 비치는 그녀들의 '아름다운 심문(心紋)'을 보게 되는데, 그것은 모든 고통과 갈등, 다른 사람의 방종이

---

28 최명익, 「심문」, 『문장』(1939. 6), 49쪽.

나 타락, 폭력까지도 용납하는 그녀들의 넉넉한 포용성을 표상하는 것이다. 그 같은 의미를 지닌 그녀들의 인당과 거기에 비치는 심문에 집착하는 것은 '나'라는 인물이 혼자 힘으로 앞길을 열어갈 수 있는 성숙한 남성성(男性性)의 소유자가 되지 못함을 드러내는 것인데, 그의 소극적이고 이중적인 심리세계의 특성은 이에서 기인한 것이다.

지금까지의 고찰에서 알 수 있듯이 핵심은 낙백한 사회주의자 현혁의, 위악적인 자굴심리로 표현될 수밖에 없는 자존심과 그런 상처 입은 짐승과도 같은 인간을 자기희생을 무릅쓰고 감싸 안는 깊은 연민의 마음이다. 그러니까 『심문』의 세계에서는 지난날의 진보적 운동과 그것을 이끌었던 젊은 열정도, 그 이후 그들의 타락도 내쳐야 할 부정의 대상이 아니라는 것이다. 이 점에서 『심문』은 변절에 대한 자기합리화의 논리와 과거 부정 위에 선 1930년대 후반 1940년대 초의 후일담소설의 한 경향과는 전혀 다른 자리에 서 있는 작품이라고 할 수 있다.

현경준의 「유맹」(1940) 속에서 우리는 『심문』의 현혁과 동류의 인물을 만날 수 있다. 아편의 몽롱한 취기 속에서 '잃어버린 꿈'을 반추하는 지난날의 혁명가 규선이 바로 그다.

> 규선이는 쓸쓸하게 웃은 다음,
> "그건 그러이. 허지만 여보게 명우. 저로서도 알지 못할 건 제 맘일세. 개심 개심 하지만 나한텐 그게 제일 문젤세. 자네는 다행히 잃었던 옛꿈을 다시 찾아서 앞날에 희망을 걸게 되었다지만, 나한테야 뭐가 있단 말인가? 앞날에 대한 아무런 희망도 가지지 못한 나로서는 결국 과거의 꿈밖에야 회상할 것이 무엇이 있단 말인가? 한 포 먹으면 자욱이 흐려드는 머릿속에 그림같이 떠오르는 그 잃어버린 꿈—자네 머릿속에도 그 기억은 잘 남아 있겠지?"
> 명우는 아무 말도 못 하고 창문 쪽으로 고개를 돌린다.
> "만약에 나한테서 그것마저 빼앗어 버린다면, 난 벌써 내 손으루 이 헛껍

데기만 남은 송장을 처치해 버린 지두 오랬겠네. 그러니까 명우 자네두 내 아내 모양으루 부질없는 충고는 일체 말아 주게. 간절히 부탁하네."[29]

규선은 현실 속에서 그 어떤 희망도 찾을 수 없기에 아편을 빌어 과거 속으로 끊임없이 되돌아가고자 하는 인물이다. 현재에 대한 이 과격한 부정의 사상은 재만 조선인들을 지배하고 있는 생존의 논리에 대비되어 음울하게 빛난다. 설자리, 깃들일 곳을 잃어버린 사상의 운명, 그런 사상을 지닌 인물의 완강한 자존심을 뚜렷이 보여주는 작품이다.

고국으로부터 멀리 떨어져 있는 이역이며, 자연환경·정치적 환경을 비롯해 모든 환경이 가혹할 정도로 열악한 만주 공간의 특성은 현혁과 규선 같은 낙백한 진보주의자들의 현실과 적절하게 어울린다. 일망무제의 넓은 만주벌 한가운데 마치 유폐된 듯 고립된 자아를 들여다보며 절규하는 유치환의 절망이 그 같은 만주 공간의 특성과 절묘하게 어울리는 것도 이 점에서 이해할 수 있다.

> 興安嶺 가까운 北邊의
> 이 광막한 벌판 끝에 와서
> 죽어도 뉘우치지 않으려는 마음 위에
> 오늘은 이레째 暗愁의 비 내리고
> 내 망나니에 본받아
> 화툿장을 뒤치고
> 담배를 눌러 꺼도
> 마음은 속으로 끝없이 울리노니
> 아아 이는 다시 나를 過失함이러뇨

29 현경준, 「유맹」, 『인문평론』(1940. 8), 171쪽.

이미 온갖을 저버리고

사람도 나도 접어주지 않으려는 이 자학의 길에

내 열 번 패망의 인생을 버려도 좋으련만

아아 이 悔悟의 앓임을 어디메 號泣할 곳 없어

말없이 자리를 일어나와 문을 열고 서면

나의 탈주할 사념의 하늘도 보이지 않고

정거장도 이백 리 밖

암담한 진창에 갇힌 철벽 같은 절망의 광야![30]

유치환은 "다시는 돌아오지 않"(「의주길」)겠다고 다짐하며 북만주 벌판 속으로 떠났던 사람이다. 그는 "온갖을 저버리고" '자학'과 '회오'의 진창 속에 스스로를 가두고 처벌하고자 했던 것이다. 그 단호한 자기처벌의 의지와 '철벽 같은 절망의 광야'와의 빈틈없는 어울림이 이 시를 뛰어난 작품이도록 하는 한 요인이다.

6. 열린 가능성의 공간과 낭만적 지향성

대하소설 『토지』의 중심무대 가운데 하나는 만주이다. 조준구의 음모에 휘말려 거의 모든 재산을 잃은 최서희가 용정으로 이주함으로써 『토지』의 중심무대가 하동, 진주에서 만주로 옮겨지게 된다. 만주로의 중심무대 이동을 따라 『토지』의 세계는 크게 변화하는데 그 양상이 여기서의 논의 대상이다.

만주로의 이동으로 인해 『토지』의 인물들이 그들을 구속하고 있던 기

---

30 유치환, 「曠野에 와서」, 『인문평론』(1940. 7), 44~45쪽.

존의 가치관, 질서로부터 크게 자유로워졌다는 점이 무엇보다도 앞서 지적되어야 한다. 그들은 전근대적 가치관이 지배하는 질서의 바깥으로 이동함으로써 비로소 근대적인 세계 질서와 만나게 되었다. 근본조차 분명하지 않는 하인 김길상과 최상층 양반 지주 집안 출신이며 상전인 최서희의 결연을 그 대표적인 예로 들 수 있을 것이다.

> 결코 용서하지 않으리. 그 무자비한 감정을 무엇이 풀어놨나. 풀린 것은 그것만이 아니다. 서희는 스스로, 자기 자신마저 질곡에서 풀어버린 것이다. 용정에 쌓아놓은 자기 성으로 돌아간다면 또 어떻게 변할지 알 수 없으나 그 끈질긴 숙원과 원한에 사무친 보복심과 잠들 수 없는 자긍을 내어버린 자유, 무겁고 숨막히는 철갑을 벗어버린 자유다. 사랑할 수 있는 자유, 무겁고 숨막히는 철갑을 벗어버린 자유다. 사랑할 수 있는 자유, 다 버리고 어디든 떠날 수도 있다는 생각, 그러나 바람에 날려가는 나뭇잎같이 왜 슬프고 외로운지, 고아의 느낌이 가슴을 저미는지 서희는 알 수가 없다. 덮어놓고 걷는다.[31]

최서희로 하여금 오래고 굳센 질곡에서 벗어나 김길상을 한 이성으로 바라보게 하고 사랑할 수 있도록 만든 것은 만주라는 새로운 공간이다. 김길상의 경우도 사정은 마찬가지이니 그는 과거로부터 뛰쳐나와 최서희를 한 인간으로 바라보고 사랑할 수 있게 되었다. 위 인용의 마지막 부분, 최서희가 슬픔과 외로움, 고아의 느낌에 사무쳐 덮어놓고 걷는 것은 해방에 따르기 마련인 공허감 때문일 것이다.

열린 가능성의 공간 만주는 부의 축적과 그것에 근거한 복수를 가능하게 한다. 만주 아닌 하동이나 진주 또는 국내의 어느 지역으로 최서희

---

31 박경리, 『토지 4』, 솔, 1994, 406쪽.

가 이동했다면 그 같은 부의 축적은 거의 불가능했을 것이다. 그 경우, 『토지』서사의 기본 골격인 이향(離鄕)-부의 축적-복수-귀향의 구조는 다른 것으로 바뀌었을 것이며, 다른 것으로 바뀌지 않았다 할지라도 그 구체적 양상은 사뭇 다른 것으로 될 수밖에 없었을 것이다. 그러니까 최서희의 만주로의 이동이야말로 이향에서 귀향에 이르는 『토지』의 기본 서사 구조[32]를 가능하게 하는 근본 요인인 것이다.

대하소설 『토지』의 기본 서사 구조를 가능하게 한 것이 만주 공간이라는 사실은 소설에서의 공간 설정이 얼마나 중요한 역할을 수행하는가를 말해준다. 또 하나의 예를 우리는 이효석의 장편 『벽공무한』에서 만날 수 있다.

만주국 수립을 계기로 본격화된 일본과 조선 자본의 만주 진출과 함께 만주 공간의 '열린 가능성으로의 공간'이란 특성은 훨씬 더 확대·강화되었다. 『벽공무한』의 주인공 천일마가 사업차 만주를 향하여 '새로운 마음, 새로운 출발'[33]을 거듭 되뇌는 것은 이것의 반영이다. 이효석 소설 속 인물들에게 만주 공간의 그 열린 가능성은 현실의 속박을 넘어 참된 사랑, '인생의 최고의 감격'을 좇아 '분별과 냉정은 악마의 것'[34]이

---

32 『토지』의 기본 서사 구조는 독법에 따라 이것과는 전혀 다른 것으로 파악될 수 있다. 예컨대, 『토지』를 생명 가진 존재라면 누구나 지닐 수밖에 없는 한의 해소 과정으로 읽는다면 그 때 『토지』의 기본 서사 구조는 '한-해한(解恨)'이 된다. 이렇게 파악했을 때 『토지』의 주제는 '해한을 향한 고투의 과정'이다. 그리고 이 작품에 등장하는 300여 등장인물 모두가 그 같은 해한의 길을 함께 걸어가고 있으니 그들 사이에 높고 낮음, 중심과 주변의 구별은 있을 수 없다. 이렇게 읽는다면 『토지』는 주인공이 없는 소설인 것이다.(정호웅, 「새로운 형식의 창출」, 『한국문학의 근본주의적 상상력』, 프레스 21, 2000).
33 이효석, 『벽공무한』, 『이효석 전집 5』, 창미, 1990, 16쪽.
34 같은 책, 168쪽.

라는 구호를 내세운 열정에의 내맡김, '아름다운 것은 태양과 같이 절대' 35)라는 유미주의적 신념을 좇아 아름다움을 위해 순사36), "열정의 마지막 꽃을 찬란하게 피워보고 사라"37)지고 싶은 꿈 등 낭만적 지향성을 보다 효과적으로 부각시키는 역할을 한다. 만주를 가득 채우고 있는 불행과 누추한 현실조차 그런 낭만적 지향성을 부각시키기 위한 배경으로 소설 속에 끌어들여졌다.

거리에 나서면 태반이 가난한 사람이요, 불쌍한 사람이다. 일마는 특히 여행을 할 때마다 느끼는 것이었으나, 거리거리에는 사람의 씨가 필요 이상으로 많고, 그 대부분이 불행한 편이다. 무엇하자고, 흡사 불개미 떼같이 그렇게 많이 생겨나서 불행 속에서 허덕이고 수물거리는 것일까. 인간은 고귀하기는커녕 미천하기 짝없다. 뭇 동물과 다를 바 없이 흔하고 천하고 누추하다.

물위에 뜬 해꺼운 쭉정이다. (중략) 인간의 대부분은 그 쭉정이다. 어느 도회가 그렇지 않으랴만 할빈은 어디보다도 심한 쭉정이의 도회이다. 거리는 국제적 쭉정이의 진열장이다. 삶에 쫓겨 할 바를 모르고 갈팡질팡 헤매인다. 어제까지 그것을 느끼지 않았던 일마가 아니언만, 오늘 불현듯이 그 사상이 줄기차게 솟았다.38)

앞에서 인용했던 현경준의 입장에서 볼 때 이효석의 이 같은 '쭉정이의 사상'은 절대로 용납할 수 없는 것이었겠지만 이효석에게 생존의 경

---

35 같은 책, 185쪽.
36 아름다움에 대한 절대적 의미 부여는 '악의 아름다움에 대한 애착' (204쪽)도 '선의 아름다움에 대한 애착'과 등가의 것으로 인식하게 한다.
37 같은 책, 209쪽.
38 같은 책, 137쪽.

계선에서 살길을 찾아 허우적거리는 재만 조선인들의 현실은 관심의 대상이 아니었다. 그에게 만주 공간은 다만 열린 가능성의 공간, 그러므로 낭만적 인물들의 삶을 효과적으로 부각시킬 수 있는 공간이었을 뿐이다.

고국으로부터 멀리 떨어져 있는 이역이며, 자연환경·정치적 환경을 비롯해 모든 환경이 가혹할 정도로 열악한 만주 공간은 다른 한편 절대의 사랑과 같은, 강렬한 상징 기호를 실현하는 데 적합한 공간이다. 이광수의 『사랑』이 그 예다.

이 작품의 여주인공 석순옥은 보살행의 실행자이다. 철저한 자기희생의 정신, 절대적 차원의 이타적 사랑의 길을 그녀는 흔들림 없이 걷는다. 그녀의 그런 사랑은 안빈의 말에서 보듯 "나를 완전히 잊고 나를 잊는 줄까지도 완전히 잊고 보살행을 하는" 것이다.

> 예수께서도 그렇게 말씀하시지 아니하였소? 용서하라고. 또 원수를 사랑하라고. 하나님이 해를 악인에게나 선인에게나 꼭 같이 비치시는 것을 배우라고. 그리고 맨 나중에 하늘 위에 계신 너희 하느님 아버지께서 완전하심과 같이 너희도 완전하라고. (중략) 이에 대해서 부처님께서는 무한히 참고 영원히 참으라고 하셨소. 사랑은 참는 것이니까. 그런 사랑이 점점 높은 정도에 올라가면 참는 것마저 없어질 것이요. 모두 자비니까 온통 자비니까, 자비 속에 참는 것은 어디 있소? 참는다는 것이 아직 사랑이 부족한 것이지. 정말 나를 완전히 잊고 나를 잊는 줄까지도 완전히 잊고 보살행을 하는 마당에여 참는다는 생각이 날 까닭이 없지. 그러니까 부처님은 벌써 참는 경계를 넘어섰지.[39]

1930년대 현실에서 예수나 부처와 같은 성인의 말씀을 좇아 절대의

---

39 이광수, 『사랑』, 『이광수 전집 6』, 삼중당, 1971, 240쪽.

사랑을 실현하는 석순옥의 삶을 효과적으로 드러낼 수 있는 공간으로 만주를 앞서는 것을 찾기는 어려울 것이다.

7. 맺음말

한국 현대소설 속 만주 공간은 여러 특성을 지니고 있다. 앞에서 보았듯이 절박한 생존의 공간, 죽음의 공간, 불평등의 공간, 절망의 공간, 열린 가능성의 공간 등이 그것인데, 그 각각은 그 공간의 특성에 규정되는 소설세계를 열었다.

절박한 생존의 공간이었기에 재만 조선인들은 민족이나 계급 등의 추상적 의미항이 미치지 못하는 생존의 논리를 좇아 나아갈 수밖에 없었다. 죽음의 공간이었기에 한편으로는 좌절과 타협을 낳았지만 다른 한편으로는 그것에 맞서 나아가는 혁명적 정치의식을 낳았다. 불평등의 공간이었기에 평등에 대한 지향성이 클 수밖에 없었으니 여기서 사회역사적 현실의 구속으로부터 자유로운 인간 본성과 현실 질서 밖에 존재하는 강한 성격에 대한 탐구가 생겨났다. 사방으로 열려 있지만 어디 한군데 정주를 허용하지 않는 절망의 공간이었기에 낙백한 진보주의자들의 병든 영혼이 누추한 육신과 정신을 부리기에 안성맞춤의 공간이었다. 그 속에서의 자기확인은 병든 영혼의 마지막 자존심 지키기라는 준엄한 의미를 지니는 것이다. 한편 열린 가능성의 공간이기에 만주 공간에는 현실에서 패배한 이들의 낭만적 행보도, 새로운 출발을 꿈꾸는 강한 의지의 적극적인 여로도 활기차게 펼쳐졌다.

지금까지의 문학 교육은 만주 공간을 배경으로 한 현대소설을 크게 주목하지 않았다. 그러나 만주 공간을 배경으로 한 현대소설은 민족의 과거사에 대한 지나쳐서는 안 되는 정보들을 제공한다는 점, 배경 공간의 특성과 인물 성격 및 주제의 관련에 대한 깊은 이해를 가능하게 하는 예라는 점 등에서 보다 주목되어야만 한다.

만주 공간은 특수 공간이었다. 본고에서는 이 특수성을 드러내고자 하였으나 여러 모로 충분치 못하다. 보다 깊은 논의는 앞으로의 과제로 삼고자 한다.

한국 현대소설과 상해

1. 머리말

1876년의 개항 이후 한국인의 국외 이주가 본격화되었는데, 대표적인 이주지의 하나는 상해였다. 1910년대 초에 벌써 소규모의 동포사회가 상해에 구성되었다는 주장도 있긴 하지만, 이 시기 상해 거주 한인은 몇 십 명에 지나지 않았다.[1] 상해 한국인의 역사를 연구한 손과지 교수에 의하면 한국인의 상해 이주는 크게 네 시기로 나눌 수 있다고 한다. 한일합방에서 3·1운동까지, 3·1운동 직후부터 1920년대 초까지, 1920년대 중반에서 1920년대 말까지, 1930년부터 해방 때까지[2]의 네 시기인데, 그 각각은 "애국계몽운동에 적극적으로 참가하였던 인사들과 독립

---

1 손과지, 『상해한인사회사』, 한울, 2001, 18쪽.
2 같은 책, 52쪽.

사상을 품은 청년지식인"[3] "애국자와 유지인사"[4] "상해에서 독립운동에 종사하는 한인의 가족이나 상해에 정착한 한인의 가족"[5] "생계나 경제적 이익을 추구하는 일반 한인과 친일 한인"[6] 등이 이주자의 중심이었다. 1910년대 초 50명에 불과했던 상해 거주 한인의 수는 1925년에 이르러 795명으로 크게 늘었고, 1932년에는 마침내 천 명을 돌파하였으며, 중일전쟁이 한창이던 1938년에는 3138명으로 비약하였다.[7]

상해 거주 한인은 상해대한인민단, 상해거류민단 등의 교민단체와, 1919년 4월 13일 수립된 대한민국임시정부, "민족주의 계열, 공산주의 계열, 무정부주의계열, 연합정당이나 단체" 등 정당 성격을 갖춘 단체, 의열단이 대표하는 비밀결사[8] 등의 조직을 중심으로 민족공동체를 이룸으로써, 제국주의 열강이 각축하는 특수 공간 상해에서의 입지를 허약하긴 하지만 확보할 수 있었다.

이처럼 한국인의 주요 국외 거주지 가운데 하나로서 많은 한국인이 살았으며, 탈식민지 탈봉건의 정치적·이념적 운동이 적극적으로 펼쳐졌던 상해가 우리 소설의 주요한 무대의 하나가 된 것은 자연스럽다. 상해를 중심무대로 한 수많은 소설이 우리 소설사의 곳간에 쌓여 있는 것이다.

여기에는 직접 상해를 체험한 작가들이 적지 않았다는 사실도 한 요인으로 작용하였다. 『만선일보』를 중심으로 한 "만주 문단"이 형성될 정

3 같은 책, 53쪽.
4 같은 책, 55쪽.
5 같은 책, 57쪽.
6 같은 책, 58쪽.
7 같은 책, 58쪽, 표 1~6 참조.
8 같은 책, 제3장 참조.

도였던 만주에 비한다면, 작가의 수가 적었고, 작가들의 지명도가 낮고 문학적 역량이 크게 떨어져 만주 거주 작가들과 나란히 놓을 수 없을 정도였고, 게다가 작가들을 결집시킬 수 있는 중심적인 발표지면이 없었기 때문에 '상해 문단'이 형성될 정도는 아니었다. 그럼에도 불구하고 주요섭, 최상덕(독견), 김광주, 심훈, 이광수 등이 상해에 거주하며 작품 활동을 펼침으로써 상해라는 특수 공간이 우리 소설사 속에 자리잡게 되었던 것이다. 물론 상해에 거주한 적은 없지만 상해를 중심무대로 한 작품을 쓴 작가도 있는데, 『흑풍』의 한용운과 「상해의 추억」을 쓴 유진오가 대표적인 경우이다.

상해는 해방 후에도 계속해서 우리 소설의 관심 대상이 되어 많은 작품의 중심무대가 되었다. 역사에 대한 관심이 상해를 불러낸 것인데, 이병주의 「변명」, 조정래의 『아리랑』, 이원규의 『약산 김원봉』[9], 공선옥의 「상하이에 두고 온 사람들」 등이 이에 해당하는 작품들이다.

한국 작가가 창작한 상해를 무대로 한 소설의 대부분은 국내 지면에 발표되었다. 『독립신문』에 발표된 「피눈물」(其月, 1919. 9), 「여학생일기」 (心園女史, 1919. 9~10), 「이순화」(孤松, 1922. 9~10), 한국 국민청년단(김 구가 주도하던 한국 국민당의 청년 조직)의 기관지 『한청(韓青)』에 발표된 「눈 오는 국경의 밤」(無之, 1937. 2)과 「K대위」(孤竹, 1937. 7), 『新東方』에 발표된 김산의 백화문소설 「기괴적무기(奇怪的武器)」(1930. 4)[10] 등 상해

---

9 소설가 이원규가 지은 이 작품은 "소설체로 된 인물 평전"이라 볼 수도 있고, 사실과 허구를 결합한 이른바 팩션(faction)으로 볼 수도 있다. 어느 경우든 소설적 상상력이 개입하여 이루어진 "소설체" 작품이므로 여기서 함께 다룬다.

10 이들 작품에 대한 자세한 서지사항은 표언복, 「일제하 상해 지역 소설연구」, 『어문연구』 41, 어문연구학회, 2003 참조.

지역에서 간행된 신문과 잡지 등에 실린 작품도 물론 있었지만, 그 수는 이처럼 많지 않았다.

이 글에서는 상해라는 특수공간을 무대로 한 우리 현대소설(여기서는 상해 소설이라 부르겠다)들의 특성이 어떠한가를 밝혀 드러내고자 한다. 필자는 「한국 현대소설과 만주 공간」이란 논문에서 우리 현대소설 속 만주 공간을 무대로 한 작품들의 특성을 살핀 바 있는데[11], 이 논문은 그 짝으로 기획되었다.

2. 가상공간으로서의 상해

한국 작가가 창작한 상해 소설의 두드러진 특징 하나는, 소설의 중심 무대인 상해 공간이 당대 한국 사회를 대신하는 공간으로 설정된 경우가 많다는 사실이다. 이 경우, 고유명을 지닌 상해의 거리가 등장하고, 상해에서 살고 있는 사람들의 실제 삶이 구체적으로 그려져 있긴 하지만 그것은 한갓 겉모습에 지나지 않는다. 작가의 눈은 실재로서의 상해라는 공간, 실재로서의 상해 거주민의 현실을 바라보는 것이 아니라, 그것들을 통해 그것들과 동질태인 또는 동질태라고 인식한 한국 사회와 한국인들의 현실을 바라본다.

이 같은 작가의 눈에 포착되어 소설 속에 들어온 상해 공간과 상해에 거주하는 중국인은 실제의 상해, 실제의 중국인이라는 사회역사적 구체성을 잃고, 한국 사회와 한국인을 대신하는 가상의 공간, 가상의 존재가 된다.

---

11 정호웅, 「한국 현대소설과 만주공간」, 『문학교육학』 7호, 한국문학교육학회, 2001.

주요섭의 작품들이 대표적인 경우이다. 주요섭은 1920년 형 주요한을 좇아 상해로 건너와 소주 안성중학교, 상해 호강대학교 중학부를 거쳐 호강대학교 영문학과를 졸업(1927)하였다. 일본 유학파가 대부분이었던 시대에 드물었던 중국 유학파를 대표하는 인물이다. 주요섭은 오랜 상해 체험에 근거하여 상해 하층민들의 현실을 다룬 작품을 여럿 남겼다. 지금까지의 문학사에서 "신경향파적"이라 평가하였던[12] 「인력거꾼」 (1925. 4)과 「살인」(1925. 6)이 그것들이다.

「인력거꾼」의 주인공은 아찡, 8년간 인력거를 끌다가 죽었다. 평균적으로 인력거꾼 생활 9년이면 죽는다는 통계가 말해주듯 과도한 중노동이 주요인인 것은 물론이다. 그는 감당할 수 없는 무거운 짐을 싣고 8년을 하루같이 바로 눈앞에 입 벌리고 있는 죽음을 향해 달리고 또 달렸던 것인데, 서술자는 주관 개입을 철저히 통어하며 아찡의 죽음에 이르는 남루한 고통의 삶을 객관적으로 묘사하였다.

> 밤 새로 두 시에야 자리에 누웠던 아찡이 아직 날이 채 밝기도 전에 조름 오는 눈을 부비면서 일어났다. 자리라는 것이 곳 되는대로 얼거리해 놓은 막살이 속에 누더기와 짚을 섞어서 깔아놓은 도야지 우리 같은 자리이었다. 그 속에서 아직도 도야지같이 뚱뚱한 동거자가 흥흥거리며 자고 있는 것을 깨어 일으켜 가지고 아찡이는 코를 흥 하고 풀어 문턱에 때려누이면서 찌그러진 문을 열고 밖으로 나왔다.[13]

---

12 김윤식 외, 『한국 소설사』, 문학동네, 2000, 제3장 참조.
13 주요섭, 「인력거꾼」, 『개벽』(1925. 6), 8쪽. 김호웅은 이 같은 상해 하층민의 현실에 대한 객관적 묘사가 "작품의 리얼리티를 기하는 데 일조(一助)한 것만은 사실이지만 이와 동시에 작가의 문화적인 우위를 넌지시 암시하고 있으며 조선 국내 독자들의 이국적인 정취에 대한 오리엔탈리즘적 욕구를 만족시켜 주는 기능을 한다."(김호웅, 「1920~30년대 한국문학과 상해」, 『현대문학의 연구』 23집, 한국문학연구학회, 2004,

「인력거꾼」에 그려진 상해 인력거꾼의 비참한 현실은 "죽음에 맞닿아 있는 처참한 궁핍의 현실"이라는 점에서, 1920년대 초중반 떠올라 우리 소설사의 흐름을 새로운 방향으로 이끌었던 신경향파 소설의 그것과 동질적이다.

양자 사이의 동질성은 이에 그치지 않는다. 그 현실은 구조적 모순에서 비롯된 것이라는 것이며 그 같은 모순 구조에서 벗어난다는 것은 거의 불가능하다는 인식 위에 서 있다는 점에서 이 작품과 국내에서 생산된 신경향파 소설은 동질적이다.

> 그날 오후 두 시에 사람들은 그 뚱뚱이가 역시 아무 일도 없다는 듯이 인력거에 손님을 태우고 에드워드로로 기운차게 나가는 것을 볼 수가 있었다. 물론 그가 아까 순사부장과 의사의 회화(영어로 하기 때문에)를 알아들을 수 없어서 그에게는 다행이었다. 5년이나 6년 후에 아찡의 뒤를 따르게 될 것을 모르므로 뚱뚱이는 흐르는 땀을 씻으면서 껑충껑충 아스팔트 매끈한 길을 홀로 달아나는 것이었다.[14]

그들이 그들을 가두고 있는 모순의 구조에서 벗어난다는 것은 거의

22쪽)라고 지적하였다. 이 작품을 읽은 당대 국내 독자들이 이국적인 정취를 맛보게 되었을 것임은 당연하다. 그러나 독자들의 "오리엔탈리즘적 욕구를 만족시켜주는 기능"을 하였다든가, "작가의 문화적인 우위를 넌지시 암시하고" 있다는 지적은 조금 과장된 해석으로 보인다. 이 작품의 근저에 놓인 것은, 당대 한국의 하층민들의 비참한 현실을 사실적으로 그림으로써 그 같은 현실을 널리 알리고 그 타파를 위한 정치적 실천을 선동했던 신경향파문학의 그것과 마찬가지로, 죽음의 현실을 살고 있는 하층민들에 대한 깊은 연민이다. 나는 이 작품의 어디에서도 김호웅 교수가 지적한 바, "오리엔탈리즘적 욕구를 만족시켜주는 기능"을 하는 부분이나, "작가의 문화적인 우위를 넌지시 암시하고" 있는 부분을 찾을 수 없다.

14 주요섭, 「인력거꾼」, 『개벽』(1925. 6), 19쪽. 원문을 현재의 어문 규정에 맞게 고쳤음. 이하 원문 인용은 모두 이와 같이 고침.

불가능하다. 아무런 저항도 하지 못하고 세상 밖으로 추방되고만 「인력거꾼」의 아찡은 말할 것도 없고, 매춘부[野鷄] 아찡의 비참한 현실을 그리고 있는 주요섭의 「살인」과 최서해의 만주 소설 그리고 이기영의 초기 소설 등의 서사 전개 마지막 부분에 공통적으로 나오는 "살인, 방화, 폭행, 호규" 등의 발작적이고 충동적인 대응으로써도 그것으로부터 벗어날 수 없다.

주요섭에게 인력거꾼이 고된 노동에 시달리며 죽음을 향해 달려가고 있는 상해 공간은 마찬가지로 한국의 하층민들이 그 같은 현실을 살고 있는 한국 사회와 동일한 공간으로 인식되었다. 상해의 인력거꾼과 마찬가지로 그 한국인들이 그것으로부터 벗어날 가능성은 거의 없으니 상해는 곧 한국 사회와 동질 공간으로 인식될 수밖에 없었다.

한국 사회를 대리하는 공간이므로 상해 공간의 실재에서 벗어나도 무방하다. 한국 사회와 동질적인 것만이 중요하지 상해 공간의 실제 현실은 중요하지 않다. 한국 사회를 대신하는 그 상해 공간은 그러므로 실제의 공간이지만 다른 한편 가상의 공간이기도 하다.

주요한의 경우, 오랜 상해 생활을 통해 상해 공간을 잘 알고 있었고, 하층민의 비참한 현실을 사실적으로 묘사하는 국내 신경향파 소설의 창작방법을 따르고 있었기 때문에 「인력거꾼」, 「살인」 등에서 실제의 상해를 그렸다. 실제의 상해이긴 하지만, 한국 사회의 대리공간이라는 점은 엄연하니 그것은 그럼에도 불구하고 가상공간일 수밖에 없었다.

소설 속 상해 공간의 이 같은 가상성은 상해를 직접 체험하지 않은 작가들, 체험했다 하더라도 그 안을 속속들이 겪어보지 못한 작가들이 상해를 한국 사회의 대리공간으로 설정한 소설에서 더욱 뚜렷해진다. 한용운의 장편 『흑풍』이 대표적이다.

한용운의 장편 『흑풍』15)도 상해를 한국 사회와 동일한 공간으로 인식하게 이끄는 정신의 산물이다. 소주의 서호 근처 농촌에서 시작하여 상해, 광주, 홍콩 등 중국 중남부로 무대를 넓히며 전개되는 소설이기에 상해를 중심무대로 설정한 작품들과는 다르지만, 그 중심에 상해가 놓여 있다는 점, 이들 공간이 주요섭 소설의 상해 공간과 마찬가지로 한국 사회를 대리하는 공간이라는 점 등에서 한편으로는 다르지 않다.

이 작품에 그려진 중국의 농촌, 도시 현실은 지명만 가린다면 당대 한국의 농촌 도시 현실과 전혀 구별할 수 없다. 소설이 문제 삼은 것이 "중국"의 현실이 아니라 그것이 대리하는 "한국"의 현실이기 때문이다. 가난한 농민들은 "지주-소작인"의 수탈/착취 구조 아래 신음하고 있고, 그 같은 현실에서 벗어나고자 도시로 나왔으나 일자리를 구할 수조차 없으니 다시 돌아갈 수밖에 없다. 그들을 지배하는 수탈/착취의 구조를 벗어날 가능성은 어디에도 존재하지 않는다. 그렇다고 그 현실을 받아들일 수는 없는 것이니 주인공은 골짜기에 빠진 셈이다. 어떻게 해야 할 것인가? 한용운은 골짜기에 빠진 주인공을 통해 마찬가지로 골짜기에 빠져 헤매고 있던 당대 한국인들에게 나아갈 방향을 제시하고자 하였다. 가난한 사람들의 피눈물로 움직이는 수탈/착취 구조의 부도덕한 수혜자들에 대한 단호한 징치(어떤 죄의식도 개입되지 않아 가차 없는 살인)의 실천이 그것이다.

그 실천의 의식은 "국가와 민족을 위한 혁명에 순사하는 것이 지상

---

15 우연한 만남, 기이한 인연, 주인공의 영웅성 등 고전소설과 흡사한 요소를 많이 품고 있어, 이런 작품이 1930년대 후반에 『조선일보』에 장기간 연재될 수 있었다는 사실이 놀라울 정도이다.

선"이란 관념으로 나아간다. 작가는 이 지상선의 관념을 강조하기 위해 기괴한 사랑론을 만들어 내었다. 주인공의 아내는 주저하는 남편으로 하여금 그 혁명의 길에 나아가도록 만들기 위해 자기가 죽어야 한다고 생각하여 마침내 자살하는데, "차라리 자기가 죽어서라도 국가를 이롭게 하고, 남편을 명예스럽게 하는 것이 진정한 사랑이라고" 생각하였기 때문이다.

> 당신은 당신 개인의 소유가 아니고 적어도 우리 나라 사억 인의 소유입니다. 당신이 가고 안 가는 것을 당신을 기준으로 하여서는 안 됩니다. 당신은 마땅히 국가와 민족으로 영고휴척(榮枯休戚)을 같이해야 할 것이고, 그보다도 그것을 위해 앞잡이로 싸우지 않으면 안 될 것입니다. 그러므로 당신을 위하여 죽는 것은 실로 나의 존재를 빛내고 영광스럽게 하는 것입니다. 당신은 나의 죽음을 조금도 슬퍼하지 마셔요. 그리고 곧 일터로 나가셔요. 죽음으로 당신을 사랑하는 것이니 당신은 나라를 위하여 일하는 것으로 나에게 갚아 주세요.[16]

수탈과 착취의 구조를 혁파하고 새로운 세상을 열기 위해서는 부도덕한 수혜자를 가차 없이 징치하는 일에 떨쳐나서야 한다는 실천의 관념, "국가와 민족을 위한 혁명 운동에 나서는 것이 지상선"이라는 관념이 지배하는 세계이니 이처럼 괴기한 사랑론도 자연스럽게 들어설 수 있었다.

당연하게도 이 소설의 배경인 중국은 실제의 중국과 달라도 아무런 문제도 되지 않는다. 당대 한국인들을 향해, 당대 한국의 바람직한 변화를 위해서는 이 같은 관념이 무엇보다 중요하다는 것을 말하기 위해 이

---

16 한용운, 『흑풍』, 『조선일보』(1936. 2. 4).

소설을 쓴 것이기 때문에 그러하다. 그 배경의 현실성 여부는 문제되지 않는, 가상공간 위에 구축된 기묘한 관념소설이 이에 탄생하였다.[17]

3. 중국에 대한 대타자의식[18]의 결여

상해 공간을 한국 사회와 동일한 공간으로 인식하는 사유방식은 엄연한 타자인 중국인과 중국 문화의 타자성을 바로 보지 못하게 만든다. 상해를 무대로 한 한국 현대소설에서 타자로서의 중국에 대한 의식을 드러낸 경우는 거의 찾을 수 없다.

상해 하층민의 남루한 현실은 곧 한국 하층민들의 남루한 현실과 동일시되었고, 하층민의 희생 위에서 부와 안락을 누리는 상층 부르주아지들의 현실은 그대로 한국 부르주아지의 현실과 동일시되었다.

물론 예외가 없는 것은 아니다. 안화산(安火山)의 「상해의 교훈」(1933)에는 상해의 인력거꾼들에게 걸려들어 가진 것을 모두 빼앗기는 한 청년의 체험이 나온다. 중국 공산당과 손잡고 장개석의 국민정부와 맞서 싸우는 공산주의 계열의 조직에 든 그 청년을, 같은 편이어야 할 인력거꾼들이 덮친 것이다. 아이러니가 아닐 수 없다. 이 아이러니는 강도로 돌변하여 그 청년을 타격한 상해의 인력거꾼들이 한국 사회의 하층민들과 동일시될 수 없는 타자라는 사실을 말해 준다. 이 점에서 이 작품의

---

17 상해대파업 전후의 상해를 무대로, 반자본 혁명세력의 성장과 자본가의 몰락 과정을 그리고 있는 중국 작가 矛盾의 장편 『子夜』와 같은 깊이와 크기의 작품을 한국 작가들이 써낼 수 없었던 가장 큰 이유는 이것이다. 그들에게 상해는 한국 현실을 대신하는 가상공간이었기에 그 자체에 대한 탐구의 필요성이 크지 않았던 것이다.

18 대타자의식이란 타자에 대한 주체의 의식, 곧 우월의식이나 죄의식 등을 가리키는 말이다.

제목 "상해의 교훈"은 상해의 하층민들을 한국의 하층민과 동일시하고, 나아가 상해 공간을 한국 사회의 대리 공간으로 인식하는 사람들에게 주는 교훈이라 읽을 수 있다.

상해를 중심무대로 설정한 한국 현대소설에서 중국인과 중국 문화에 대한 대타자의식을 드러낸 예는 더 이상 찾을 수 없다. 이 점은 외국 작가들의 작품과 확연하게 구별되는 것으로 우리 소설만의 한 특징이라 할 수 있다. 영국과 일본 작가의 작품 두 편을 통해 좀 더 자세히 검토해 보도록 하겠다.

아편전쟁을 통해 수천 년 중화의 자부심을 무너뜨리고 중국의 문호를 열도록 강제했던 영국의 작가 크리스토퍼 뉴(Christopher New)의 장편 『버려진 자들의 천국 상해』(1985)를 구성하는 요소 가운데 하나는 대타자의식이다. 그 대타자의식은 중국인과 중국 문화를 야만적이라 생각하는 우월의 의식과, 제국주의 국가의 백성으로서 자신 또한 가해자라는 자기인식에서 생겨나는 죄의식 두 개로 나누어진다. 소설에 등장하는 대부분의 영국인들은 죄인들의 참수형 장면을 즐기며 "영국은 1930년인지 몰라도 여기는 아직 중세야"[19]라고 말한다. 그들의 의식 속에는 중국인을 인간 이하의 존재로 여기는 생각이 깃들어 있다. 그 가운데 한 사람은 "자네는 놈들을 인간이라 생각하나?"[20]라면서 너무나 당연한 진실이 아니냐는 투로 그런 생각을 직접적으로 드러내기조차 한다. 이와는 반대로 거지들을 보며 "양심의 가책"[21]을 느끼고 인력거를 고용할

19 크리스토퍼 뉴 저, 이경민 옮김, 『버려진 자들의 천국 상해 1』, 삼성서적, 1994, 28쪽.
20 같은 책, 220쪽.
21 같은 책, 23쪽.

때마다 "곤혹감과 그리고 굴욕이라 해도 좋을 감정"[22]에 사로잡히며, "분노할 줄 아는 주체적인 존재"로서의 중국인을 발견하고 자기 내부의 우월의식을 반성[23]하는 인물도 등장한다. 주인공 덴튼이 그러한데, 이로 미루어 작품의 초점은 명백히 죄의식에 놓여 있다고 할 수 있겠다.

『버려진 자들의 천국 상해』의 중심에 놓여 있는 이 같은 죄의식과 자기반성의 대타자의식은 일본 작가 요코미쓰 리이치(橫光利一)의 장편 『상하이(上海)』(1931)에서는 분명히 드러나지 않는다. 그렇다고 『버려진 자들의 천국 상해』에서 분명한 우월의식이 뚜렷이 드러나 있는 것도 아니다. 작품에 등장하는 상해 거주 일본인들은 중국인 노동자들의 대파업, 일본인에 대한 중국인들의 살의에 가까운 적의, 상해 대파업으로 인해 직면하게 된 언제 죽을지 알 수 없는 공포와 굶주림의 막다른 상황 등에도 불구하고, 우월의식은 물론이고 중국인들의 적의에 맞서는 대타의식으로서의 적의조차 갖지 않는다.

이 작품의 주인공이라 할 수 있는 산키[參木]라는 전직 은행원은 중국인들의 일본과 일본인에 대한 적의를 인정하고 그 적의에 베여 살해되고 싶어 하는 인물이다. 그 적의의 인정과 살해되고자 하는 욕망의 안에는 분명하지는 않지만 죄의식이 깃들여 있다고 보아도 무방할 것이다. 중국에 대한 죄의식을 지니고 있기는 하지만, 그렇다고 가해자인 모국

---

22 같은 책, 75쪽. 주인공이 느끼는 "굴욕에 가까운 감정"은 죄의식에서 생겨난 것일 터이다.

23 예를 들면 이런 문장. "남자는 마치 분노 때문에 화석이 되어 버린 듯이 보였다. 덴튼은 부끄럽고 면목 없는 생각이 들었다. 다른 사람이 아닌 그 자신이 그 여자를 쏘고, 그리고 그런 상태에서 인간을 인간으로서 생각지 않는 태도로 그 남자를 무시한 것 같은 느낌이 들었던 것이다." (같은 책, 220쪽).

일본을 부정하지는 못한다. 그는 "지금 죽는다면 중국인에게 살해당하는 편이 좋아. 일본인이 한 명이라도 살해당하면 일본은 외교적으로 그만큼 강해진다고 생각했지. 난 애국자니까 어차피 죽는다면 나라를 위해서 죽으려고 생각했"[24]다고 말하기조차 한다.

이처럼 중국에 대한 죄의식과 모국을 사랑하는 마음을 함께 품고 있기에 나아갈 방향을 정할 수 없다. 그가 죽음의 충동에 사로잡혀 끊임없이 자살을 꿈꾸는 가장 큰 요인은 이것이다. 다음 인용문은 산키의 이같은 의식 상태를 상징하는 것으로 읽힌다.

> 주위를 둘러보니, 배설물로 인해 물컹대는 평평한 면이 자신의 목가지 적시고 있었다. 그는 일어나려고 했다. 그러나 그럼 일어나서 뭘 할 것인가를 생각했다. 이제까지 살아온 과거의 무거운 공기의 띠가 반점을 군데군데 드러내면서 스쳐 지나갔다. (중략) 그러자 그는 자신의 몸이 마치 비중을 재듯이, 배설물 속에 푹 빠져 있다는 걸 깨닫고 씁쓸한 웃음을 지었다.[25]

그는 폭동을 일으킨 중국인들에게 떠밀려, 황포강 위에 떠 있는 분뇨처리 배의 분뇨통 속에 빠졌다. 그럼에도 그에게는 자신을 떠민 중국인들에 대한 원망의 마음도 적의도 없다. 느닷없이 어둠 속에서 그에게 다가온 이 상황은 "일어나서 뭘 할 것인가" 생각하지만 사실은 그 무엇을 찾을 수 없는 자신의 현실(중국에 대한 죄의식과 모국에 대한 사랑 두 모순적인 것이 구성하는 착종된 의식에서 비롯된)을 새삼 확인하게 만드는 소설적 장치이며, 동시에 그 같은 현실을 상징하는 것이다.

영국 작가와 일본 작가 두 사람의 장편 하나씩을 검토해 보았는데, 두

---

24 요코미쓰 리이치 저, 김옥희 옮김, 『상하이』, 소화, 1999, 265쪽.
25 같은 책, 314~315쪽.

작품을 구성하는 핵심 요소가 제국주의 침략 국가인 영국과 일본의 대중국 관계에 의해 규정되는 대타자의식임을 확인할 수 있었다. 앞에서도 말했듯이 한국 작가들의 상해 소설 속에서는 이것들과 비슷한 대타자의식은 거의 찾을 수 없다. 동일시의 의식이 대타자의식 자체를 봉쇄했던 것이다.

동일시의 의식이 지배하는 한국 작가의 상해 소설에 뚜렷한 것은 날선 적의가 특징인 서양에 대한 대타자의식이다. 특히 김광주의 작품 곳곳에서 이를 확인할 수 있다. 김광주가 쓴 상해 소설의 인물들에게 상해는 "지옥같은 놈의 곳"[26]이고 "인종들의 싸움터"[27]이며 "허영의 도시" "죄악의 거리"[28]이다. 인종들의 싸움터이지만 한국인과 중국인은 약자이고 패자이다. "이때나 그때나 "상해는 나를 위해 생겼오" 하는 듯이 이 반드러운 거리 양옆으로 코 큰 서방님 눈 파란 아가씨들이 이렇다는 일도 없건만 어디서 금방에 큰 수나 나는 것처럼 활갯짓을 하고"[29] 다니는, 서양인들이 지배자로 군림하는 공간이다. 코스모폴리탄의 도시[30]로 알려져 있지만 기실은 제국주의적 지배/피지배의 공간인 것이다. 한국 작가들의 상해 소설에는 "청복 입은 사람과 개는 들어오지 말라"[31] 또는 "개나 지나인은 들어오지 말라"[32] 등 그 표현은 다르지만, 황포강

---

26 김광주, 「북평서 온 영감」, 『신동아』(1935. 2), 204쪽.
27 같은 책, 207쪽.
28 김광주, 「상해와 그 여자」, 『조선일보』(1932. 4. 3).
29 같은 책, 같은 쪽.
30 김광주의 단편 「포도의 우울(鋪道의 憂鬱)」에는 "티룸 코스모폴리탄"이란 찻집이 나온다. 『신동아』(1934. 2), 178쪽.
31 안화산, 「상해의 교훈」, 앞의 책, 115쪽.
32 조벽암, 「불멸의 노래」, 『조선일보』(1934. 10. 27).

가 공동공원 정문에 붙어 있던 간판을 보고 분노하는 망명객이 자주 등
장하는데 이 또한 서양에 대한 적대적인 대타자의식을 보여주는 것이라
하겠다.[33]

이 같은 대타자의식은 제국주의 열강에게 치외법권의 조계지를 제공
하는 등 반식민 상태에 놓였던 상해 공간을 동일시한 데서 생겨난 것임
은 물론이다. 그렇다면 그것은 요코미쓰 리이치의 『상하이』에 뚜렷한
반서양주의와는 무관한 것인가?

『상하이』에는 중국인과 중국 문화에 대한 우월의식이 없는 대신 서양
에 대한 적대의식은 뚜렷하다. 작중인물 야마구치를 통해 논리적 언어
로 개진된, 아시아를 서양의 침략과 지배로부터 구하기 위해서는 "일본
의 군국주의"를 인정해야 한다는 아시아주의론과 작품 곳곳에 드러나
있는 상해 거주 서양인들에 대한 적의에 찬 대결의 의식과 합쳐져 반서
양주의의 담론을 구성하는 데까지 나아간다.[34]

---

33 이와 함께 "양풍(洋風)"에 대한 적대의식도 보인다. 『동방의 애인』의 중심인물 박진이
애인의 만돌린을 부순다든지 「남경로의 창공」의 주인공이 양풍에 빠진 여동생을 호되
게 꾸짖는다든지 하는 것이 이에 해당한다. 양풍에 대한 적대의식은 서양을 제국주의
침략자로 인식하는 데서 생겨난 것인데 소박한 반서양주의라 하지 않을 수 없다. 이와
관련하여, 1930년대 중국 작가들이 서구 문화를 열성적으로 수용한 것은 "식민지 모
방"이 아니라 "중국적 코스모폴리터즘의 표현"(493쪽)으로서 "중국인으로서 자신의
정체성에 대한 충분한 믿음에 기초"하고 있는 바, 이 시기 중국 작가들에게 "근대성은
민족주의를 위해 봉사하는 것"(488쪽)이었다는 리어우판의 견해를 참고할 수 있다. 물
론 특유의 중화주의가 들어 있을 수 있다는 것을 염두에 두어야한 한다.(리어우판 저,
장동천 외 역, 『상하이 모던』, 고려대 출판부, 2006).

34 요코미쓰는 이후 일본의 군국주의를 적극적으로 옹호하는 입장으로 나아가 장편 『여
수(旅愁)』 등을 씀으로써 패전 후 거센 비난을 받기도 하였다(김옥희, 「요코미쓰 리이
츠의 문학과 "상하이"」, 요코미쓰 리이치, 앞의 책, 13쪽). 『상하이』 이후 요코미쓰의
이 같은 전환을 두고 리어우판은 "일본의 새로운 민족주의자들의 눈에, "최초의 유럽

지금으로서는 한국 작가들의 상해 소설과 『상하이』속 서양에 대한 적대적인 대타자의식은 무관하다고 말할 수밖에 없다. 한국 작가들의 상해 소설은 모두가 강렬한 반일의식의 소산이기 때문에 그러하다.

4. 혁명적 정치성과 낭만적 사랑

주요한의 작품들과 한용운의 『흑풍』은 모두가 혁명적 정치의식 위에 서 있는 소설들이다. 상해 하층민의 비참한 현실을 세밀하게 묘사하는 주요섭의 소설들은 그 같은 현실을 혁파하고자 하는 혁명적 정치의식의 산물이다. 주인공의 여로가 수탈과 착취의 구조를 혁파하고자 하는 혁명적 정치의식에 견인되어 펼쳐지고 있으며, 서사의 막바지에 이르러 그의 앞에 놓인 새 길이 중국 공산당과 함께 하는 혁명의 길이라는 사실로 미루어 『흑풍』의 바탕에 놓인 것 또한 혁명적 정치의식이라 할 수 있다.

상해를 중심무대로 하는 한국 현대소설 가운데 이처럼 혁명적 정치의식을 중심에 놓은 작품이 대단히 많다. 심훈의 『동방의 애인』(1930), 유진오의 「상해의 기억」(1931), 조벽암의 「불멸의 노래」 등은 해방 이전의 작품들이고, 조정래의 『아리랑』(1994)과 이원규의 『약산 김원봉』(2005), 그리고 공선옥의 「상하이에 두고 온 사람들」(2007) 등은 최근의 작품들이다.

「상해의 기억」은 장개석이 이끄는 국민정부에 의한 공산주의자 탄압이 대대적으로 행해지던 1920년대 말 또는 1930년대 초를 배경으로 삼

과 동아시아간의 전쟁"된 5 · 30 사건은 전혀 다른 의미를 갖는다. 그것은 일본의 영도 하에 더욱 거대한 극동동맹을 건설하여 서구 제국주의에 대항해야 할 당위성을 의미하는 것"(리어우판, 앞의 책, 504쪽)이라고 하였다.

고 있는 작품이다. 작중인물의 말대로 "무어 하는 체하다가는 단번에 총살"[35]인 무시무시한 살육의 피보라를 뚫고 나아가 순사하는 젊은 청년이 있다. "중국 신흥 극작가동맹의 지도자의 한 사람"[36]이라 소개되어 있는 것으로 미루어 1929년에 결성된 상해극예술사 또는 1930년에 조직된 좌익극예술연맹의 지도자로서 국민정부에 의해 처형된 사람의 하나를 모델 삼은 인물로 보인다.

화자는 "내가 상해 온 것은 환락의 국제도시라는 화려한 이름을 가진 상해를 구경하겠다는 단순한 호기심"[37] 때문이라고 강변하여 자신이 그 중국 청년과 사상적으로 무관함을 보이고자 하지만 한갓 은폐 기도일 뿐이다. 자세히 읽으면 그 중국 청년의 최후를 증언하는 화자의 언어 속에서 깊은 존경과 찬양의 마음을 담고 있는 것들을 여럿 발견할 수 있다. 화자는 가혹한 탄압 아래 놓여서도 끝까지 굴복하지 않았으며, 죽음을 눈앞에 두고도 의연했던 그 중국 청년을 두고 "중국 신흥 예술계에 빛나는 별"이라 일컫고, 깊은 밤 처형장에 끌려가며 그와 그의 동지들이 부르는 〈인터내셔널가〉의 노랫소리를 "장엄"하다 하여 그 같은 존경과 찬양의 마음을 드러내었다.

죽음 앞에서도 굽히지 않았던 굴강의 정신을 찬양함으로써 인간의 위엄을 새삼스럽게 확인하고 있는 작품이라 읽을 수도 있고, 그런 정신의 최후에 바치는 조사(弔詞)로 볼 수도 있지만 이것만으로는 충분하지 않다. 식민지의 동반자 작가 유진오는 혁명에 순사한 이국청년의 굳세고 아름다운 정신을 통해 자신의 정신 안에 깃들어 있던 혁명적 정치의식

---

35 유진오, 「상해의 기억」, 『창랑정기』, 정음사, 1963, 317쪽.
36 같은 책, 같은 쪽.
37 같은 책, 323쪽.

을 드러내 보였던 것으로 이해하는 게 보다 타당하다.

「상해의 기억」에 비한다면 그 완성도나 사유의 깊이에서 크게 미치지 못하지만 조벽암의 「불멸의 노래」의 중심에 놓인 것도 혁명적 정치의식이다. 상해에 거주하고 있는 한국 청년 하나가 한 여인을 사랑했다는 것, 탄압을 피해 도망가야 하는 처지에 몰리자 편지 한 장을 남겼다는 것, 편지 속에서 그는 자신이 정치적 망명객임을 밝혔다는 것 등이 주요 내용이다. 그가 피한 직후 "XX당 검거"를 전하는 호외가 나왔으며 이 작품의 시간 배경이 국민정부에 의한 공산주의자 탄압이 드세었던 1920년대 말 또는 1930년대 초라는 사실 등으로 미루어 그의 정치적 성향을 충분히 짐작할 수 있다. 「불멸의 노래」 또한 혁명적 정치의식을 가운데에 놓고 있는 작품인 것이다.

「상해의 기억」과 「불멸의 노래」에서 혁명적 정치의식을 드러내는 방식은 간접적이다. 혁명적 사상과 무관하다는 사실을 애써 강변하는 화자를 중간에 내세워 초점을 흐린다든지, 주인공의 정치성향을 직접 드러내지는 않음으로써 암시하는 데 그치는 등 간접적으로 그 같은 정치의식을 드러내고자 하였다. 엄혹한 검열 때문일 것이다. 심훈의 『동방의 애인』은 직접적으로 혁명적 정치의식을 드러내는 방식을 택함으로써 검열을 정면으로 돌파하고자 하였다. 물론 완전한 성공에 이르지는 못했으니 검열에 걸려 연재 중단되고 말았다.[38]

『동방의 애인』은 명백히 상해를 무대로 활동했던 공산주의 계열의 독립운동 조직의 활동을 그린 작품이다. 작품의 첫머리에 황포군관학교를

---

38 좌파상업주의와의 관련성도 생각해볼 수 있는데, 이를 뒷받침할 수 있는 객관적인 증거 확보 없이 확언하는 것은 물론 곤란하다.

졸업한 박진이란 청년이 일본 경찰의 놀라울 정도로 정확하고 빠른 정보망과 철통같은 포위망을 뚫고 국내로 잠입하는 과정이 박진감 있게 그려져 있는데, 이는 의열단의 역사와 국내외 테러활동과 관련된 것으로 보인다.

약산 김원봉이 이끌었던 의열단은 1925년 상해 총파업을 계기로 "의열 투쟁에서 한 단계 올려 군대를 양성하는 목표"[39]를 세우고 광주의 황포군관학교 등 사관 양성기관에 대거 나아가 교육을 받았다. 김원봉조차 조직의 수장이란 위치와 적지 않은 나이(29세)를 무릅쓰고 황포군관학교에 정식으로 입교할 정도였다. 박진이 황포군관학교에서 교육받는다는 설정은 의열단의 이 같은 역사와 깊이 관련된 것일 터이다. 의열단은 창단 다음 해에 국내로 단원들을 잠입시켜 암살과 파괴 작전을 시도한 것을 시작으로 김익상의 조선총독부 폭탄 투척 사건(1921), 김익상, 오성륜, 이종암 3인의 황포탄 사건(1922), 김상옥의 종로경찰서 폭탄 투척 사건(1923), 1920년의 1차 암살 파괴 작선에 이어 2차 암실 파괴 작전 시도(1923), 김지섭의 도쿄 궁성의 니주바시교 폭탄 투척 사건(1924), 나석주의 식산은행 및 동양척식주식회사 폭탄 투척 사건(1926) 등[40], 국내외에서 계속하여 테러활동을 펼쳤는데, 신문 보도를 통해 의열단의 이런 활동은 한국인들에게 널리 알려져 있었다. 광동성 광주로 본부를 옮기고(1925) 황포군관학교 등에 단원들을 대거 입교시키는 등 노선을 전환하였던 시기 의열단의 사상적 성격도 크게 변화하였는데, 국내와

---

39 이원규, 『약산 김원봉』, 실천문학사, 2005, 276쪽.
40 이상 의열단원들의 활동에 대해서는 김영범, 『한국 근대 민족운동과 의열단』, 창작과 비평사, 1997. 이원규, 앞의 책, 참조.

중국 내 사상운동의 동향을 좇아 왼쪽으로 크게 기울었던 것이다.

『동방의 애인』을 이끄는 중심인물 가운데 하나인 박진이 황포군관학교를 졸업했다는 것, 공산주의 계열의 독립운동 조직에 속해 있다는 것, 그가 국내로 잠입하는 과정이 치밀하게 그려져 있다는 것 등은 의열단의 이 같은 역사 및 활동과 상사하니, 그것의 반영으로 보아도 좋을 듯싶다.

『동방의 애인』 이래 의열단의 활동을 다룬 작품이 여러 편 나왔다. '공약 10조'의 2항은 "조선의 독립과 세계평등을 위해 신명을 희생하기로 함"[41]인데, 천하대의(天下大義)를 위해 자신을 희생한다는 관념에 몸을 싣고 불화살처럼 대상의 심장을 향해 날아가 장렬히 산화했던 "비극적 영웅[42]들의 행로"에 내재된 비극성, 영웅성, 헌신성, 초지일관성 등에 주목했기 때문일 것이다.

이원규의 『약산 김원봉』, 조정래의 『아리랑』 등에 그려진 의열단원들의 행로[43]는 모두 이 같은 점들을 담고 있는 비극적 영웅들의 행로이다. 두 작품 가운데 『아리랑』에는 이들 비극적 영웅들의 행로에 담긴 비극성, 영웅성, 헌신성, 초지일관성과 나란히 "낙천성"이 뚜렷하여 특히 주

---

41 이원규, 앞의 책, 120쪽.

42 자신의 패배가 예정되어 있음을 알면서도 나아가 패배하는 비극적 영웅의 행로를 서사의 중심에 놓은 작품으로 현기영의 역사소설 「변방에 우짖는 새」를 들 수 있다. 이에 대한 검토는 정호웅, 「역사의 복원과 근본주의의 정신사적 의미」, 『한국의 역사소설』(역락, 2006) 참조.

43 공선옥의 단편 「상하이에 두고 온 사람들」에는 "내 필생의 처음이자 마지막 숙제는 푸는 것"(『좋은 소설』(2007. 가을), 해성, 65쪽)이라는 생각으로, 아버지의 행적을 찾아 나선 노인이 나온다. 작품에도 암시되어 있지만, 그 아버지는 1930년대 중후반 무렵 중국에 건너가 연안으로 떠났다고 되어 있으니, 무한에서 결성되어 화중 지방을 중심으로 일본군과 싸우다가 나중에 화북 지방으로 진출한 조선의용대 소속이었을 가능성이 높다.

목된다.

> "자네들 약속했나?"
> 머리가 작은 듯하면서 차돌 같은 인상인 이상태가 새끼손가락을 펴 보이
> 며 씨익 웃었다. 검은 양복을 입은 그의 몸은 단단하면서도 날렵해 보였다.
> "자넨 한 모양이군?"
> 윤주협이 마주 웃었다.
> "인생은 짧고 사랑은 뜨겁다. 뜨거운 사랑은 식혀야지."
> "얼렁 가보드라고, 가심 디는디. 나도 가심 식히로 가야 쓰겄네."
> 방대근은 이상태의 등을 밀었다.[44]

국내 진입을 앞둔 젊은 세 의열단원이 짧은 자유시간을 얻어 여인들
을 만나러 가는 길이다. 죽음이 기다리는 길을 떠나는 사람들답지 않게
환한 웃음이 끊이지 않고, 주고받는 말은 여느 젊은이들의 평상시 대화
처럼 경쾌하다. 대의에 순사하는 절대선의 길을 걷고 있다는, 자신은 패
배해 죽을지라도 언젠가는 대의의 실현이 이루어지리라는 믿음에서 생
겨난 낙천성이 그들의 말과 행동 갈피갈피에 깃들어 있다.[45]

한국 작가들의 상해 소설에 뚜렷한 혁명적 정치성은 많은 경우 낭만
적 사랑과 한몸을 이루고 있는데, 이 점은 상해 소설의 한 특성이다.
이들 상해 소설 속 청춘남녀들에게 사랑하는 사람은 "죽음을 같이 할
한 동지"[46]이다. 그들에게 혁명운동과 사랑은 둘이 아니라 하나여야만

---

44 조정래, 『아리랑 8』, 해냄, 1994, 17쪽.
45 이 같은 낙천성은 의열단의 하부조직으로 결성된 조선의용대의 후신인 조선의용군 소
   속의 전사였던 김학철의 문학에 특히 뚜렷하다.
46 김광주, 「상해와 그 여자」, 『조선일보』(1932. 3. 4).

한다. 한 청년의 말대로 "일과 사랑은 일직선상에서 어울려야 할 것"[47]이라는 게 그들의 기본 생각이다. 사랑하는 청춘남녀의 결혼은 더욱 치열하고 성실하게 "강철처럼 우리의 의지와 이성만을 날카롭게 벼려서 죄없이 들볶이는 그네들 전체를 위하여 죽을 때까지 일"[48]하기 위함이다.

두 남녀의 만남과 결합에 따르기 마련인 현실적인 요소들은 철저히 배제하고 오로지 순수한 사랑만을 문제 삼는 낭만적 사랑의 관념은 현실구속성을 넘어 새로운 세계를 건설하고자 하는 혁명적 정치성과 동질적이다. 낭만적 사랑의 관념과 혁명적 정치성이 쉽게 결합할 수 있는 것은 이 때문인데, 양자의 결합은 그 사랑의 관념과 정치성을 한껏 진선미한 관념으로 이끌어 올린다.[49]

5. 역사에 대한 회의

상해 소설 가운데 1945년 8월 15일 직후의 상해를 무대로 한 작품도 있다. 이병주의 「변명」(1972)과 『관부연락선』(1972)이 그것이다. 소주에 주둔했던 일본군 병정으로 복무하다가 해방을 맞아 현지 제대, 상해에서 몇 달간 머물렀던 작가의 체험이 만들어낸 작품들이다. 우리의 논의

---

47 조벽암, 「불멸의 노래」, 『조선일보』(1934. 10. 30).

48 심훈, 『동방의 애인-심훈 문학전집 2』, 탐구당, 1967, 596쪽.

49 이처럼 한국 작가들의 상해 소설을 지배하는 것은 민족주의, 사회주의 등의 관념이다. 혁명적 정치성의 이념에 몸을 싣고 불화살처럼 나아가는 혁명 전사들의 행로를 따라 펼쳐지는 프랑스 작가 앙드레 말로의 상해 소설 『인간조건』은, 그 같은 관념과 무관하지는 않지만, 한국의 상해 소설에 비해 상대적으로 자유롭다. 『인간조건』의 작가가 한국의 작가들과는 달리, 혁명운동의 전선에 선 전사들의 실존적 구체성을 그 같은 관념들과 무관한 지점에서 포착하고 그려낼 수 있었던 것은 이 때문이다.

와 관련하여 주목되는 것은 두 가지이다. 하나는 일본의 강점에서 해방된 상해 공간의 한국인들에 대한 생생한 증언이라는 점이다.

> 특히 1945년 상해라고 내가 말하는 것은 이때까지나 앞으로나 상해에선 기생충과 같은 존재밖에 안 되는 한국 사람들이 주인이 없는 틈을 타서 한동안이나마 주인 노릇, 아니 주인인 척 상해에서 설친 때라는 그런 의미에서였지. 허파가 뒤집힐 정도로 우스운 노릇이었는데 8 · 15 직후 상해에서 한국 사람들이 우쭐대던 꼴은 꼭 기억해 둘 만한 가치가 있어. 승리를 했다는 중국 사람이나 패배한 일본 사람이나 그 밖의 각국 사람들이 어리둥절하고 있는 판인데 한국 사람들만은 내 세상을 만났다는 듯이 설쳐댔으니 가관이었지.[50]

한국인에 대한 경멸, 한국인이라는 사실에서 생겨난 자조로 가득 찬 증언이다.[51] 이 같은 경멸과 자조의 증언은 "선인(善因)이 선과(善果)를 꼭 낳는 것은 아닌" 역사의 모순에 대한 비분, 여기에 말미암은 역사회의주의와 깊게 관련되어 있는데, 「변명」에서 이를 확인할 수 있다.

이 작품은 일본군 체험을 다룬 것이다. 이병주 소설 곳곳에는 일본군 체험이 그려져 있는데 학병으로 징집되어 중국 소주에 배치되었다가 그곳에서 해방을 맞은 작가의 직접 체험이 그 바탕이지만, 작가 개인의 체

---

50 이병주, 『관부연락선』, 경미문화사, 1979, 61쪽.
51 염상섭의 단편 「혼란」(1949)은 해방 직후 중국 안동의 상황을 증언한 작품이다. 이 작품의 주인공은 혼란의 소용돌이에서 다치지 않고 빠져나와 무사히 귀국하고자 하는 일념으로 초조와 불안의 긴장된 시간을 견디고 있다. 『관부연락선』의 주인공 유태림이 증언하는 해방 직후 상해의 한국인들과는 매우 다른데, 이는 어느 이 정확하고 어느 이 그렇지 않다는 것과는 무관한 것으로 보인다. 염상섭과 이병주가 주목했던 것이 달랐기 때문에 생겨난 차이라 이해하는 것이 온당하다.

험을 넘어 같은 세대의 일본군 체험을 아우르는 것임은 물론이다. 침략자 일본의 용병이 되어 총을 들었다는 "용병의식"[52]에 괴로워하며 동남아 밀림 속을 기고, 중국 대륙의 아득한 흙먼지 속을 걷던 조선 청년들의 잿빛 청춘의 증언으로 다른 데서는 만날 수 없는 희귀한 과거 보고라는 사실만으로도 그 의의는 대단히 크다.

「변명」은 한 조선 청년의 원통한 죽음과 그를 밀고하여 죽게 한 비열한 조선인 밀정의 그 이후를 대비해 보여주는 구성을 취하고 있다. 비명에 죽은 조선 청년의 이름은 탁인수로, 징집되어 중국에 배치되자마자 탈출하여 중국 충의구국군에 가담하여 반일활동을 한다. 그러다가 조선인 장병중의 밀고로 체포되어 사형 당하게 되고 그의 유해는 그 후 20년 동안 일본 후생성 창고에 방치되었다가 한일협정 바람에 귀국선을 타게 되었다. 탁인수를 죽게 한 장병중은 해방 후 독립운동가로 위장하고 사업가로 정치가로 뻗어나간다. 역사의 비정이고 아이러니다.

> 어느덧 일기 시작한 가을의 밤바람이 창틀을 흔들고 지나가는 소리가 쓸쓸하다 그 바람 소리를 타고 들여 오는 탄식이 있다.
> 秋墳鬼唱鮑家詩 恨血千年土中碧
> "원한에 사무친 사람의 피는 천년이 가도 흙 속의 벽옥처럼 완연하리라."
> 라는 아득히 1천 년의 저편에서 들려오는 이하의 탄식이다.[53]

"恨血千年土中碧"의 섬뜩한 심상에 실려 우리 앞에 제시된 탁인수의 마지막은 원통하다. 이에 대비되어 장병중의 순탄한 양지 인생행로가

---

52 이병주, 『관부연락선』, 앞의 책, 96쪽.
53 이병주, 「변명」, 『마술사』, 한길사, 2006, 102쪽.

더욱 가증스러운 것으로 부각됨은 물론이다. 「변명」은 캄캄 어둠 속에 잊힌, 절대로 잊어서는 안 되는 사실 하나를 증언하였다.

이병주 문학은 이 같은 과거 증언을 통해 "선인(善因)엔 선과(善果)가 있고 악인(惡因)엔 악과(惡果)가 있어야"(「변명」, 99쪽) 하는 선악인과론을 번번이 배반하는 역사 전개를 확인하고 드러내 보인다. 그 확인과 드러내 보임은 그 같은 배반의 역사를 넘어서고자 하는 탈역사의 욕망을 안에 품고 있으니, 이병주 문학의 근저에 놓여 있는 낭만적 초월의 지향과 맞통한다.

역사를 믿고 대의에 순사하고자 했던 맑은 정신 성의의 삶을 배반하는 역사, 반대로 이기적 욕망 충족을 위해 온갖 악행을 일삼은 비루한 정신 기회주의의 삶을 감싸 안는 역사란 그렇다면 무엇인가? 그럼에도 불구하고 역사는 바람직한 방향으로 나아간다는 낙관적 진보주의나, 중요한 것은 보상이 아니라 그 자리 그 때가 요구하는 선(善)의 실천에 나아가는 것이라는 선 실천론의 입장이라면 그 같은 역사도 충분히 용납할 수 있을 것이다. 이병주 문학은 그럴 수 없다는 입장 위에 서 있다. 역사에 대한 깊은 회의, 절망이 만들어낸 탈역사의 지향성이 이에 싹돋는다. 망명의 사상이다.

이병주는 이후 이 같은 망명의 사상을 깊이 추구함으로써 우리 소설사의 한 개성으로 스스로를 세웠는데,[54] 그 출발지는 상해였던 것이다.

상해를 배경으로 한 이병주의 소설에서 확인되는 이 같은 역사회의주의는 혁명적 정치성을 중심에 놓은 작품들에서 뚜렷한, 선악인과론과 역사의 진보에 대한 믿음과는 반대에 서 있는데, 이로써 한국의 상해 소

---

54 이에 대해서는 정호웅, 「망명의 사상」, 이병주, 『마술사』(한길사, 2006) 참조.

설은 어느 한쪽으로 편향된 불균형 상태를 벗어날 수 있게 되었다.

6. 맺음말

상해를 무대로 한 한국 현대소설, 곧 상해 소설은 몇 가지 특성을 지니고 있다. 1)상해 공간과 한국 사회를 동일시하는 의식이 지배하고 있다. 2)타자인 중국에 대한 대타자의식이 결여되어 있다. 3)혁명적 정치성을 핵심에 놓은 작품이 많다. 4)그 혁명적 정치성은 청춘남녀의 낭만적 사랑과 하나라는 의식이 뚜렷하다. 5)선악인과론과 역사의 진보에 대한 믿음이 지배적인 가운데, 선악인과론을 빈번하게 배반하는 역사에 대한 회의주의도 상해 소설 속에서 찾을 수 있다. 상해 소설의 이 같은 특성은 상해 공간의 특성에서 비롯된 것이다.

제국주의 국가들의 침략 아래 황폐한 상해의 현실은 한국 작가들로 하여금 상해 공간을 한국 사회와 동일시하도록 이끌었다. 더 나아가 한국 작가들은 상해 공간을 한국 사회를 대리하는 공간으로 가공하기까지 했는데, 이로 인해 상해 소설 속 상해 공간은 가상공간의 성격을 지니게 되기도 하였다. 상해 공간을 한국 사회와 동일시하는 사유로 인해 상해 소설 속에서 중국에 대한 대타자의식은 거의 발견할 수 없는데, 이는 영국이나 일본 등 제국주의 침략국의 작가들의 작품과 결정적으로 구별되는 요소이다.

상해는 한국의 공산주의 계열 한국 독립운동의 대표적인 거점이었다. 이 같은 역사적 현실을 적극적으로 반영한 상해 소설이 혁명적 정치성을 핵심 특성으로 지니게 된 것은 자연스럽다. 이 같은 혁명적 정치성은 현실의 구속에 갇히지 않고 이상적인 미래를 향해 내달리는 속성을 지닌 것이라는 점에서 마찬가지로 현실구속력에서 자유로운 낭만적 사랑과 통한다. 상해 소설 속에서 혁명적 정치성과 낭만적 사랑이 한몸을 이루어 아름답게 그려져 있는 경우가 많은 것은 이에서 말미암은 것이다.

상해 공간은 일본의 항복 이후 중국 각지에서 몰려온 한국인들로 크게 붐볐다. 그 같은 특수 상황을 증언하는 한편, 그 특수한 시공간에서 과거를 바라보고 평가하는 일이 가능해졌다. 그로 인해 생산된 문학세계의 하나가 역사회의주의이다. 선악인과론과 어긋나는 방향으로 전개되곤 하는 역사에 대한 의문이, 역사 진보에 대한 믿음을 근저에서 흔들었던 것이다. 역사회의주의는 탈역사적 지향성을 낳게 되는데 이병주 문학에서 뚜렷한 "망명의 사상"이 그것의 한 예다.

역사회의주의는 혁명적 정치성이 핵심인 작품들에서 뚜렷한, 선악인과론과 역사의 진보에 대한 믿음과는 반대 자리에 놓여 있다. 한국의 상해 소설은 역사의 진보에 대한 믿음에 근거한 혁명적 정치성의 문학과 역사의 진보를 회의하는 역사회의주의의 문학 두 경향의 문학을 이로써 확보하게 되었다.

김동리 소설과 화개

・ ・ ・

「역마(驛馬)」에 대한 새로운 해석을 중심으로

1. 김동리의 화개 체험

사천 다솔사에서 운영하던 광명학원(光明學院)에서 학생을 가르치던 김동리는 1940년(27세)에 처음 화개 땅을 밟았다. 쌍계사 건너 마을인 용강에서 양조장을 경영하고 있던 김종택(金鍾澤)의 초대를 받아서였다. 활발한 소설 발표로 이미 중앙 문단의 촉망 받는 신진 작가로 자리를 잡은 청년 작가이고, 아들 하나를 둔 신혼(1938년 결혼)의 젊은 가장이었던 김동리로서는 즐거운 소풍이었다.

내 나이 스물일곱인가 났을 때다. 쌍계사 아래 있는 친구를 찾아간 적이 있었다. 그 친구의 이름은 김종택(金鍾澤)이요, 그는 이미 세상을 떠났지만 이 친구가 문학을 좋아하여 나를 자기 고장으로 두 번이나 초대를 해주었다. 내가 소설 「역마」를 쓰게 된 것도 이 친구 덕택일 것이다.

「역마」에 나오는 화개장터니 쌍계사니 화갯골이니 하는 것이 모두 이 친구가 살던 고장이었기 때문이다.

(중략)

우리는 이 화갯골에서 잡아 내는 은어, 붕어, 껄떼기 따위를 사서 회를 치게 하고, 마늘, 풋고추를 알맞게 다져 넣은 초고추장에다 막걸리를 먹었는데, 지금 생각하면 꿈같기만 하다.

아, 그 물고기 회 맛, 그 막걸리 맛, 그리고 그 햇빛, 그 수풀, 그러나 나를 위하여 그 자리를 마련해 주었던 그 친구는 이미 세상에 없다.

〈김군이여, 그대가 세상에 있을 때 귀의하던 부처님의 자비로 다시 세상에 태어나 나와 더불어 그 자리를 한 번 더 가져 봅시다.〉

이것이 나의 여름에 먹은 음식의 유일한 추억이다.[1]

화갯골의 민물생선회와 막걸리, 그리고 화갯골의 경관은 김동리의 마음을 깊이 사로잡았다. 김동리의 기억 속에 '여름에 먹은 음식의 유일한 추억'으로 새겨졌던 화갯골의 민물생선회와 막걸리, 그리고 화갯골의 자연 경관을 두고 김동리는 '아, 그 물고기 회 맛, 그 막걸리 맛, 그리고 그 햇빛, 그 수풀'이라 하여 최상의 찬탄으로 추억하였던 것이다.

사설 광명학원(光明學院)의 교사로서 어린 아이들을 가르치며 일제 말기의 숨막힐 듯 어둡고 무거운 시간을 견디고 있던 김동리에게 이 같은 감격을 안겨준 김종택은 누구인가? 김종택은 양조장을 경영하고 있었지만 경동중학 출신[2]의, 소설 창작에 뜻 둔 문학청년이었다. 이미 등단한 기성 작가인 김동리를 우러러 모시는 것은 자연스러운 것, 그는 '선생님'이라 부르며 김동리를 따라 배우고자 하였다.

김동리의 두 번째 화개행은 1942년 그의 나이 29살 때에 있었다. 조선

---

1 김동리, 「화갯골의 물고기 회」, 『暝想의 늪가에서』, 행림출판사, 1980, 228~229쪽.
2 김정숙, 『김동리 삶과 문학』, 집문당, 1996, 196쪽.

142 •• 문학사 연구와 문학 교육

은 일본이 일으킨 태평양전쟁의 소용돌이에 휘말려 모두가 죽음의 공포를 등에 지고 캄캄 어둠 속을 헤매고 있던 때이다. 김동리도 그러했다. 백형 김범보의 두 번에 걸친 검속, 두 단편의 전문 삭제(「하현」과 「소녀」 그리고 「두꺼비」, 1940)[3], 조선문인협회 등 친일문인협회 가입 강요(물론 김동리는 입회 서류를 아궁이 속에 던져 불태웠다), 김동리의 주된 발표무대였던 순문예잡지 『문장』과 『인문평론』의 폐간(1941)[4] 등으로 큰 충격을 받고 헤매었다. 그리고 1942년 광명학원이 폐쇄되어 간이학교로 바뀜으로써 그의 교사 생활은 끝났다.[5]

게다가 큰아들을 잃었다. 엎친 데 덮친 격으로 강제징용장이 나온다는 이야기를 잘 알고 지내던 조선인 순사한테 들었다. 김동리는 김종택을 찾아 화개로 피신하였다. 화개는 절망과 공포의 막다른 골목에 갇힌 김동리에게 구원지였다.

1943년 장조카 지홍의 소개로 사천읍 양곡배급조합 서기로 취직하여 떠날 때까지 6개월 가량 화개에 머물렀다. 김동리는 만자당 사건(卍字黨 事件)[6]에 연루되어 쌍계사에 피신해 있던 장도환, 박근섭 등의 독립지

---

3 김동리, 「自傳記」, 『취미와 인생』, 문예창작사, 1978, 334쪽.
4 김동리의 작품이 가장 많이 발표되었던 『문장』지의 폐간은 특히 충격적이었다. "『문장』 지의 폐간호를 받아들었을 때의 그 암담함과 절망은 이 세상의 그 아무도 이것을 겪은 이 외에는 상상하지도 못할 것"(같은 글, 335쪽)이라 김동리는 회고하였다.
5 그 충격으로 김동리의 생활은 일변하였다. "나는 갑자기 인생관이 바뀌어진 듯했다. 나의 생활 태도가 바뀌어진 것이다. 아니 나의 생활 감정이 바뀌어졌다고 할까.(나는 그렇게 해서라도 살 길을 찾아야 했었는지 모른다.) 나는 그때까지 내가 경계하고 백안시(白眼視)하던 동네 안의 망나니들과 어울리게 되었던 것이다./나는 그들과 더불어 막걸리를 마시고, 장기를 두고, 유행가를 부르고, 천렵(川獵)을 다니고, 화투를 치고 했다.(같은 글, 335~336쪽)
6 卍字黨은 1929년에 결성된 卍黨을 가리키는 것으로 1930년 결성된 독립운동 비밀조직이었다. 1938년 일본 경찰에 붙잡혀 취조를 받았으나 구체적인 물증이 없었기 때문에

사와도 어울렸고, 고향인 함안에서 징용을 피해 면서기로 있던 평론가 조연현, 서울에서 내려온 양주동 등과 만나기도 하였다.[7]

1940년과 1942년, 두 번에 걸친 화개 체험은 김동리에게 여러 편의 소설을 선물하였다. 문학사적 평판작인 「역마」를 비롯, 「염주」, 「당고개 무당」, 「당고개 무당」을 확대한 장편[8]으로 기획되었으나 미완성 유고로 남은 제목 없는 작품[9] 등이 그것들이다. 이 밖에도 김동리는 화개 체험을 회고하는 내용의 수필 여러 편을 남겼는데, 하나같이 화갯골의 자연 경관과 음식에 대한 깊은 애정을 담고 있는 글들이다. 이들 소설과 수필을 통해 우리는 화갯골 체험이 일제 말기의 어둠 속에서 방황하고 있던 상처 입은 이무기[10] 김동리를 위무하여 오랫동안 지워지지 않은 깊은

모두 방면되었다고 한다.(김순석, 「항일비밀결사 만당의 결성과 활동」, 『근현대불교사 1』, http://blog.daum.net/okmoney).

7 김정숙, 앞의 책, 196쪽.

8 김정숙, 같은 책, 192쪽. 이 작품은 200자 원고지 180매의 미완성 작품이다. 세로쓰기용 원고지인데 상단 중앙에는 '중대 예'가 들어 있는 중앙대학교 예술대학 로고기 있고, 하단 왼쪽에는 작가 전용의 원고지임을 나타내는 '樹南閣用箋'이라는 구절이 적혀 있다. 김정숙은 "필자가 「을화」와 「만자동경」을 끝으로 이젠 작품활동을 중지하고 계신가 하고 묻자 동리 선생은 지금도 집필을 계획하고 있는 것이 몇 개 있다고 말씀하셨는데, 이 작품이 그 중 하나였던 것으로 판단된다."(같은 쪽)라 하였다. 작가와 작가 주변인물들과의 면담, 현장 답사 등을 통해 김동리의 생애와 문학의 전개를 실증적으로 정리한 역저 『김동리 삶과 문학』의 저자인 김정숙 선생께서 이 귀한 자료를 제공해 주셨다. 후의에 깊이 감사한다. 여기서는 김윤식, 「김동리의 유고 '미정고'론」, 『미당의 어법과 김동리의 문법』(서울대 출판부, 2002)을 좇아 '미정고'라 한다.

9 김동리의 차남인 김재홍으로부터 이 원고를 받아 검토한 김정숙은 "이 미완성 장편소설은 「당고개 무당」을 확대한 장편으로 일제 말 사천의 분위기를 그대로 담고 있는데, 주인공 종규가 일제의 징용을 피하기 위해 쌍계사로 가서 기생 두 명을 만나는 장면에서 소설이 중단되고 있다"(김정숙, 앞의 책, 192쪽)고 했다. 이 작품의 대강에 대해서는 김윤식, 『미당의 어법과 김동리의 문법』(서울대 출판부, 2002) 참조.

10 김동리는 자신을 이무기라 생각했다. 널리 알려진 그의 시 「이무기」는 '천재의 고독'

인상을 남겼음을 알 수 있다. 그 깊은 인상이 시간을 따라 성숙하고 틀을 갖추어 「역마」를 비롯한 뛰어난 작품들로 결실했던 것이다.

이 글에서 필자는 화개를 중심무대로 설정한 김동리의 소설들을 대상으로 화개라는 공간이 이들 소설에서 어떤 의미를 지니며 어떤 역할을 수행하는지 살펴보고자 한다. 김동리 소설 속 화개 공간은 1)사람들이 모여 사는, 화개장터를 중심으로 한 사회적 공간과 2)화갯골의 아름다운 자연적 공간의 둘로 구분할 수 있다. 이 글에서는 1)을 화개라 하고, 2)를 화갯골(화개협)이라 한다. 두 공간은 담긴 의미와 소설 내 역할이 서로 다른데 2장, 3장에서는 1)에 대해, 4장에서는 2)에 대해 살펴보겠다.

이 글에서 논의의 중심은 고등학교 문학 교육과정에서 중요한 작품으로 다루어지고 있는 「역마」인데, 통상 '운명애의 세계'로 이해되어온 「역마」를 새롭게 해석함으로써 고등학교 문학 교육에 일조하고자 한다.

2. 정주(定住)의 욕망이 지배하는 공간

2.1. 화개 공간의 정주인(定住人)들의 삶과 恨

「역마」에서 화개는 정주가 정상적이고 바람직한 삶의 형식이라는 사고방식이 지배하는 공간이다. 정주의 삶을 지향하는 욕망을 지녔으나 피할 수 없는 이별의 운명 때문에 생겨난 슬픔과 한으로 고통 받는 인물들을 통해 작가는 화개 공간의 이 같은 특성을 뚜렷이 드러내었다.

을 주제로 한 작품인데, 처음에는 백씨인 김범보를 생각하며 썼지만, 나중에는 그 이무기를 자신과 동일시하게 되었다고 말하였다.(김동리, 「고독에 대하여」, 『고독과 인생』, 백만사, 1977, 26쪽).

일제 말의 화개 체험이 낳은 김동리의 소설 가운데 대표작은 「역마」이다. 경상·전라 양도를 가르는 섬진강의 경상도 쪽, 쌍계사로 들어가는 초입에 자리 잡고 있는 화개장터가 중심무대다. 세 갈래 길이 여기서 만나고 헤어지는데 그 길을 따라 수많은 만남과 헤어짐이 있다. 대부분의 만남은 떠나감을 전제한 것이기에 일시적인 것, 이곳에서 맺어지는 관계는 대체로 스쳐지나가는 성격의 것이다. 그 같은 관계의 일시성을 받아들이지 못하면 스스로 상처 입어 견딜 수 없다.

주인공 성기의 할머니는 30년 저쪽 먼 과거의 인연 하나를 잊지 못해 평생을 기다리며 살았지만, 그녀가 기다리던 사람을 결국 만나지 못하고 통한을 품은 채 세상을 떴다. 성기의 어머니 옥화는 오지 않는 아버지와, 구름 따라 흘러가버린 남편을 기다리며 늙어가고 있다. 그녀 또한 그녀 어머니와 마찬가지로 그녀와 남녀 애정으로, 핏줄로 얽힌 그들과의 인연이 일시적인 성격의 것이라는 사실을 받아들일 수 없다. 그녀 또한 그녀 어머니가 그러했듯 갈수록 깊어지는 한을 안고 몸부림치며 살다 죽을 것이다.

화개장터에서 맺어진 인연의 일시성을 받아들이지 못해 상처 입은 그녀들은 정주(定住)를 정상적인 삶의 방식이라 생각하는 사람들이다. 한곳에 정주하지 못하고 떠도는 유랑(流浪)은 비정상적인 삶의 방식이니 그녀들에게는 철저한 부정의 대상이다.

그러므로 그들 모녀가 이 작품의 주인공 성기에게 든 역마살(驛馬煞)을 다스리고자 온갖 노력을 기울이는 것은 당연하다. 그러나 사주팔자에 든 역마살, 그것도 강력하여 다스리기 어려운 시천역(時天驛)[11]이니 그

---

11 시천역은 난 시에 역이 든 경우이다. 난 해에 역이 든 연천역, 난 달에 역이 든 월천역,

모든 노력은 실패하고 만다. 사주팔자에 규정된 운명의 굴레에서 벗어나기가 이처럼 어렵다는 것이다.

역마살에 들린 사내들 때문에 평생을 그리움과 외로움 그리고 두려움 속에서 산 옥화 모녀의 입장에서 본다면, 이 같은 내용의 「역마」는 운명의 압도적인 힘 앞에 무력한 인간의 존재성과 그로 인해 생겨난 한을 그린 슬픈 작품이라 할 것이다.

  (ㄱ) 아버지를 찾아 강원도 쪽으로 가 볼 생각도 없다. 집에서 장가들어 살림을 할 생각도 없다 하는 아들에게, 그러나 옥화는 이제 전과 같이 고지식한 미련을 두는 것도 아니었다.
  "그럼 어쩔라냐? 너 좋을 대로 해라."[12]

  (ㄴ) 성기가 좋아하는 여러 가지 산나물이 화갯골에서 연달아 자꾸 내려오는 이른 여름의 어느 장날 아침이었다. 두릅회에 막걸리 한 사발을 쭉 들이켜고 난 성기는 그 어머니에게
  "어머니 나 엿판 하나만 맞춰 주" 하였다.
  "…"
  옥화는 갑자기 무엇으로 얻어맞은 듯이 성기의 얼굴을 뻔히 바라보고 있었다.[13]

오랫동안 아들의 역마살을 다스리려 애썼지만 마침내는 체념할 수밖에 없는 상황에까지 떠밀렸다. "너 좋을 대로 해라" 그녀의 힘없는 말에는

난 날에 역이 든 일천역에 비해 훨씬 강력하여 다스리기 어렵다. 한중수, 「十二殺論」, 『달마조사의 당사주 비전 역학총람』(동반인, 2003) 참조.
12 「역마」, 『백민』(1948. 1), 75쪽.
13 같은 글, 같은 쪽.

그런 체념이 깊게 배어 있다. 체념했지만 막상 아들이 길을 떠난다고 선언하는 순간 그녀를 덮친 충격의 파도를 감당하기 어렵다. 그녀는 "갑자기 무엇으로 얻어맞은 듯이 성기의 얼굴을 뻔히 바라"볼 뿐, 아무런 말도 행동도 취할 수 없었다.

이 순간은 그녀의 한이 가장 깊어지고 커진 때이다. 아들의 역마살을 다스리고, 아들을 장가들여 함께 살고자 했던 정주의 욕망은 그녀의 마음 깊은 곳에서 우지끈 소리를 내며, 밑동이 부러지고 말았다.

김동리는 「역마」의 창작 동기에 대해 다음과 같이 말한 바 있다. '그렇게 한이 서린 듯한' '화개장터의 정조'에 대한 특별한 느낌이 그 동기라는 것인데, 말하자면 지리적 특성에서 비롯된 이별의 한을 그린 것이 「역마」라는 것이다.

> 내가 이 작품을 쓰게 된 동기가 화개장터의 정조(情調)에 있었기 때문이다. (중략) 그렇게 한이 서린 듯한 고장도 드물 것이다. 명승지란 으레 한이랄까 회포 같은 것을 곁들이기 마련이지만, 이 화개장터란 곳은 특히 그것이 강렬하게 느껴지는 고장이었다. 그것은 물론 가혹한 일제 압정 아래 숨어 살던 미혼의 고독한 젊은 작가라는 내 개인적인 조건도 있었겠지만, 그 무렵이라고 해서 가는 곳마다 다 그렇지는 않았으니까, 이 고장의 특질적인 인상이라고 하지 않을 수 없는 것이다.
> (중략) 여기서 나는 생각했던 것이다. 그것은 이별이 잦기 때문이라고. 길은 구례, 하동, 지리산 쪽의 세 갈래로 나 있고 물도 길따라 그렇게 세 갈래로 흐르고 있으며 게다가 닷새에 한번씩 서는 장날엔 멀고 가까운 데서 수많은 장돌림들이 모여들었다 흩어지고 하니까. 그 고장에 사는 사람들은 한평생 이별 속에 세월을 보내는 격이 아닐까. 물로 흘러와서는 흘러가고, 사람도 모여와서는 흩어져 가고…. 이러한 이별 속에 평생을 보내는 사람들은 자기들도 모르게 가슴 깊이 한이 서리는 것이 아닐까. (중략) 이러한 자연 풍토 속에 태어나고 자라난 사람은 그의 성격과 운명 속에 그것(자연 풍토)

의 그림자가 드리워지는 것이라고 볼 수 없을까.

　사람의 운명 가운데는 역마운(驛馬運)이란 것이 있다는데, 그렇다면 화개 장터 같은 고장에 태어난 사람은 강한 역마살을 타고 난다고 볼 수 있지 않을까.[14]

　이 작품의 주인공은 소설 속 인물이 아니라 화개라는 공간이라는 김동리의 말은 정주의 욕망 실현을 가로막는 이별의 한이 「역마」의 중심에 놓여 있다는 우리의 생각과 맞통한다.[15] 김동리는 같은 글, 다른 곳에서 「역마」의 중심은 인물이나 사건이 아니라 환경[16]이라고 했는데 이 또한 우리의 이 같은 생각을 뒷받침하는 것이다.

2.2. 유랑 예인의 삶과 한

　「역마」의 중심무대인 화개는 다른 한편 유랑 예인의 자유로운 삶과 그 속에 깃든 슬픔을 담고 있으며, 그것을 효과적으로 드러내는 역할을 수행하는 공간이다.

　옥화 모녀를 기다림과 그리움 그리고 두려움에 가두었던 사내들은 하

14　김동리, 「원작과 영화」, 『고독과 인생』, 앞의 책, 195~196쪽.
15　「역마」는 영화로 제작되어 상영되기도 했다. 영화 〈역마〉는 1967년 시나리오 작가인 김강윤과 최금동이 각색하고 김강윤이 감독하여 합동영화사에서 만들었다 김승호(체장수 오동운), 신성일(성기), 남정임(계연), 조미령(옥화), 한은진(옥화 모 소향), 박병호(젊은 중 법운) 등이 출연했으며 중앙극장에서 개봉하여 26,000명이 관람한 것으로 기록되어 있다.(한국영상자료원 한국영화 데이터베이스, http://www.kmdb.or.kr/movie/md_basic.asp?nation=K&p_dataid=01508&keyword=역마) 김동리는 이 영화에 대해, 「역마」에서는 환경이 중심인데, 영화가 이를 제대로 살리지 못했다고 아쉬워하였다.(「원작과 영화」, 같은 책, 196쪽).
16　같은 글, 194~195쪽.

나같이 역마살 든 존재들이다. 옥화 모와의 하룻밤 인연으로 옥화를 배게 한 전라도 남사당패의 '젊은 남사당', 성기의 아버지인 '구름같이 떠돌아다니는 중'이 그러하고, 이 작품의 주인공인 성기가 그러하다. 길을 따라 유랑할 수밖에 없는 팔자를 타고난 그들은 어디에도 매이지 않는 존재라는 점에서 자유인이다. 신명을 솟게 하고, 신명을 타고 흘러가는 자유의 여로를 따라 그들은 살아왔다. 그러나 그 자유의 안쪽에는 유랑을 멈추고 정주하여 안정된 삶을 살고자 하는 정주의 욕망이 들어 있으며, 유랑의 삶이 동반하기 쉽상인 이별과 경제적 궁핍에서 비롯된 슬픔이 깃들어 있다.

> (ㄱ) 나도 젊었을 때는 노는 것을 좋아했지라오. 동무들과 광대를 꾸며 갖고 댕겨 봤는듸 젊어서 한번 바람 들어 농께 평생 못 잡기 마련이랑께….[17)]

> (ㄴ) 그날 밤 저녁상을 물린 뒤 노인은 옥화에게 인사를 청했다. 살기는 구례에 사는데 이번엔 경상도 쪽으로 벌이를 떠나온 길이라 하였다. 본시 여수가 고향인데, 젊어서 친구를 따라 한때 구례에 와서도 살다가, 그 뒤 목포로 군산으로 전전하야 내중 진도로 건너가 거기서 열 일여덟 해 사는 동안 그만 머리털까지 세어져서는, 그래 몇 해 전부터 도로 구례에 돌아와 사는 것이라 하였다. (중략) 그렇잖아도 죽을 때까지 아무데도 떠나지 않으려고 했던 것인데, 떠나지 않고는 두 식구 가만히 앉아서 굶을 판이매 헐 수 없었던 것이라 하였다.[18)]

그는 젊어 바람 들어 "동무들과 광대를 꾸며 갖고 댕겨" 본 신명의 사

---

17 「역마」, 앞은 책, 61쪽.
18 「역마」, 같은 책, 60~61쪽.

나이였다. '진양조 가락'으로 타향 땅 처자의 가슴을 뒤흔들어 하룻밤 인연을 맺을 정도로 멋진 소리를 가진 예인(藝人)이었던 것이다. 주체할 수 없는 신명에 몸을 싣고 천지를 떠돌며 살 수밖에 없었으니 이 유랑 예인의 지난 발걸음은 내내 객지로만 떠돌았다. 그 불안정한 유랑의 삶 이 경제적으로 넉넉할 수 없는 것은 당연한 것, 마침내는 허연 머리를 이고 다 큰 딸아이 손을 이끌어 다시 장삿길에 오르지 않을 수 없는 지 경에까지 이르고 말았다.

그런 노인의 마음속에 유랑을 멈추고 정주하여 살고 싶은 욕망이 깃들 지 않을 수 없는 것, "죽을 때까지 아무데도 떠나지 않"으리라 다짐하기 도 하고, "젊어서 한번 바람 들어 놓께 평생 못 잡기 마련이랑께" 한탄하 기도 하는 것은 이와 관련된 것이다. 지리산에서 만난 고향 사람을 따라 고향인 여수로 돌아가기로 마음먹는 것으로 노인의 작품 속 길고 긴 유 랑의 행로는 마감되는데, 환고향의 결정을 이끈 것은 노인의 마음속 한 귀퉁이에 깃들였다가 세월을 따라 점차 커져간 정주의 욕망이었다.

이렇게 살피면 「역마」에 등장하는 유랑의 인물들은 이중적 의미를 지 닌 존재들임을 알 수 있다. 그들은 한편으로는 신명의 자유인이고 한편 으로는 슬픔과 한의 존재인 것이다.

우리 소설사 곳곳에는 남루한 행색 검붉은 얼굴의 남녀가 무거운 짐 을 이고 지고 고갯길을 아득히 넘어가는 풍경이 줄이어 나온다. 몇 푼의 이문을 바라 발바닥의 족문이 닳도록 산길 들길 물길을 걷고 또 걸었던 장돌뱅이들이다. 우리 소설에 등장하는 장돌뱅이들과 「역마」의 체장수 노인은 유랑의 존재라는 점에서는 동질적이지만, 체장수 노인이 자신의 신명을 주체 못해 떠돌아야 했던 예인이라는 점에서 그렇지 않기도 하 다. 김동리는 「역마」에서 우리 소설에서는 거의 만날 수 없는, 유랑 예인이면서 장돌뱅이인 인물 성격을 창조하였다. 유랑 예인이면서 장돌뱅이라는 점에서는 황석영의 『장길산』에 등장하는 남사당패의 광대들과 통한다. 그러나 『장길산』의 광대들이 신분사회 하층민의 사회경제적 현실을 문제 삼고자 하는 작가의식에 의해 선택된 존재들이라는 점에서 그렇지 않은 「역마」의 유랑 예인과는 구별된다. 「역마」는 우리 소설 속에 등장하는 장돌뱅이들과 구별되는 개성적인 유랑인들을 창조함으로써 정주의 욕망과 유랑의 욕망 사이에서 생겨난 신명과 한을 깊이 다루었다. 그것을 가능하게 한 것은 화개라는 특수공간이니, 화개 공간의 의미는 매우 크다.[19]

3. 통상의 도덕률이 지배하는 공간

김동리 소설 속 화개 공간은 운명의 압도적인 힘 앞에 인간 존재란 얼마나 무력한가를 드러내는 공간이며, 운명의 힘에 상처 입지 않기 위해서는 그 운명을 수용할 수밖에 없음을 보여주는 공간이다. 지금까지의 연구자들이 「역마」의 주제를 운명애라 파악했던 것은 이와 관련된 것이다. 그러나 이런 이해는 「역마」 속 인물들의 운명에 대한 대응태도의 한 측면만을 해명할 뿐이다.

운명애(運命愛)라는 말은 '운명과 맞서 싸운다.', '운명을 극복한다.' 등 운명에 맞서는 적극적인 태도를 강조하는 말의 반대쪽에 놓이는 말이다. 보이지도 않고 형체도 없는, 그래서 짐작할 수 없기에 두려운 어

---

19 한승원의 「해변의 길손」(1987)은 공동경험의 의미에 대한 흥미로운 통찰을 보여준다. 이에 대해서는 정호웅, 「인간 통찰의 빛남 – 한승원의 '해변의 길손'」, 『한국문학의 근본주의적 상상력』(프레스21, 2000) 참고.

떤 절대적 힘의 작용을 운명이라 부른다. 그 두려운 존재를 '운명애'의 태도로 대하도록 가르치는 문화 속에서 우리 민족은 살아왔다. 사랑의 좌절 때문에 몸져누웠던 성기가 엿목판을 메고 길을 떠나며 생기를 회복하게 된다는 내용의 소설 마지막 장면은 이 같은 역마의 운명을 수용하는 것이 역마살을 다스리는 유력한 방식임을 말하는 것으로 해석되어 왔다.[20]

> 그의 발 앞에는 물과 함께 갈리어 길도 세 갈래로 나 있었으나 화갯골 쪽엔 처음부터 등을 지고 있었다. 동남으로 난 길은 하동, 서남으로 난 길이 구례, 작년 이만 때도 니나 계연이나 한나절이나 얼골을 대이고 울고 갔다는 늙은 소나무는 올해도 비스듬히 고개져 돌아간 구렛길 산 모퉁이에 그냥 서 있었다. 그러나 그 소나무를 한참 동안 바라보고 서 있던 성기는 어느덧 몸을 돌이켜 하동 쪽을 향해 발을 떼어 놓았다.
> 한 걸음 한 걸음 밟을 옮겨 놓을수록 그의 마음은 행결 경쾌하여져, 멀리 버드나무 사이에서 그의 뒷모양을 바라보고 서 있을 그의 어머니와 주막이 그의 시야에서 완전히 사라져 갈 무렵 하여서는, 육자배기 가락으로 제법 콧노래까지 흥얼거리며 가고 있는 것이었다.[21]

성기는 사주팔자에 정해진 역마의 운명을 떨쳐버리고자 애썼으나 실패하고, 역마의 행로에 올랐다. 아버지를 찾아 만나고자 하는 오랜 바람(그 바람은 헤어짐으로써 약화된 부자의 관계를 회복하여 정주의 삶을 꾸리고자 하는 욕망을 담고 있다)도 물리치고 바람을 따라 떠도는 외로

---

20 그 대표적인 경우는 김윤식과 김병익의 해석이다. 김윤식, 『한국현대문학사』, 일지사, 1979, 161쪽. 김병익, 「자연에의 친화와 귀의」, 이재선 편, 『김동리』, 서강대 출판부, 1995, 60쪽.
21 「역마」, 앞의 책, 75쪽.

운 유랑의 길에 나선 것이다. 이를 두고 운명의 수용이며 나아가 운명 사랑이라 해석하는 것은 설득력이 있다. 집을 떠난 성기의 마음이 갈수록 경쾌해져서 "육자배기 가락으로 제법 콧노래까지 흥얼거리"게 된다고 하는 부분을 두고, "역마살에 온몸을 맡김이 그 역마살의 타개책"[22]이라는 해석이 가능할 수 있기 때문이다.

그러나 이것만으로는 충분하지 않다. 그 운명의 수용 또는 운명애와 남녀주인공 두 사람의 사랑이 어떻게 관련되어 있는지 불투명하기 때문이다. 성기가 역마의 운명을 수용하여 유랑의 길에 오르게 된 것은 분명하다. 그러나 그가 계연을 사랑하는 마음을 접고 그들의 이별을 어쩔 수 없는 운명으로 받아들였는지는 분명하지 않다. 이에 이르면 우리는 2.1.의 마지막 부분에서 검토했던 '이별의 한'과 관련지어 성기의 출발과 그의 마음속에서 솟아오른 흥에 대해 새로운 해석을 모색해야만 한다.

계연과의 이별 충격은 너무나도 커서 성기를 일 년 가까운 긴 시간 몸져눕게 만들었다. 모두가 다시는 일어서지 못할 것이라 체념할 정도로 성기는 감당할 수 없는 슬픔에 짓눌려 큰 병을 앓았다. 그런 성기의 몸과 마음이 이별의 한으로 가득 차게 되었을 것임은 물론이다. 그렇다면 치유법은 무엇인가? 종래의 일반적 해석을 따르자면 그 이별을 어쩔 수 없는 운명으로 수용하고, 나아가서는 그것을 사랑하는 것이다. 앞에서도 말했듯이 이 해석은 그러나 조금 불충분하다. 이와 관련하여 조연현의 의견이 흥미롭다. 조연현은 "계연이가 떠나간 방향과는 정반대의 길을 떠나보내는 성기의 출발이 계연이를 찾아가는 것이라는 것은 성기도

---

22 김윤식, 『해방공간 문단의 내면풍경』, 민음사, 1996, 194쪽.

모르는 작가 혼자만 알고 있는 비밀일 것"[23]이라고 말한 바 있다. 성기와 계연의 근친관계가 밝혀지는 바람에 두 사람의 결연 가능성은 사라졌고, 이로 인해 성기와 그 가족들의 오랜 소망인 정주의 삶도 이룰 수 없게 되었다. 그러나 이는 두 사람의 관계를 아는 사람들(옥화 등)이 살고 있고, 근친간의 결연을 허용하지 않는 이른바 인륜이 당연한 법도로 군림하고 있는 공간(화개장터)에서만 그러할 뿐이다. 그런 공간을 벗어난다면 두 사람의 결연은 얼마든지 가능하다. 경우에 따라서는, 성기와 계연 두 사람이 그들의 관계를 안다 하더라도(소설에서는, 어머니로부터 그 사실에 대해 들은 성기는 알지만 계연이는 모르는 것으로 되어 있다) 윤리적 죄의식의 굴레에 갇히지 않고 그들만의 삶을 가꾸어갈 수도 있다. 이런 측면에서 본다면, 집을 나서 유랑의 길에 오른 성기를 생기 나게 한 것은, '계연과의 결연이 불가능한 공간에서의 벗어남/계연과의 결연이 가능할 수도 있는 공간으로의 나아감' 이라고 할 수도 있다.

이 경우, 주인공은 정주를 거부하고 떠돎의 삶을 선택한 것이며, 이는 떠돎의 삶을 선택했던 김동리 소설 속 다른 많은 주인공들과 마찬가지로 지배질서 밖을 지향하는 김동리 문학의 핵심 특성을 드러내 보이는 것이라는 해석이 성립한다. 김동리 문학의 핵심 특성은 '강한 주체의 자기 지키기' 라 할 수 있는데, 김동리 문학의 그 강한 주체는 현실세계와 그 속에 살고 있는 인간 일반을 규율하는 도덕률의 구속에서 자유로운 존재들이다. 예컨대 김동리의 대표작으로 손꼽히는 「황토기」의 중심인

---

23 조연현, 「허무에의 의지」, 『문학과 사상』, 세계문학사, 1949, 105~106쪽. 조연현은 성기에게 계연이는 「황토기」에 나오는 쌍룡이 잃어버린 '여의주' 에 해당하며, 쌍룡이 잃어버린 여의주를 포기하지 않고 끝까지 '추구' 하듯 성기 또한 계연이를 끝가지 추구할 것이라 보았다.

물들은 성의 공유, 근친혼 등 통상의 도덕률 밖에 서 있는 존재들이며, 「저승새」의 인물들은 인간세상의 이런저런 구속은 물론이고, 집착을 경계하는 부처의 높은 말씀도 저 무서운 파괴력을 지닌 시간조차도 뛰어넘는 절대적인 사랑의 정념에 갇힌 인물들이니 또한 통상의 도덕률 밖의 존재들이다.[24]

이런 관점에서 보면 「역마」의 중심무대인 화개는 이별의 아픈 기억이 생생하게 살아 있고, 정주의 삶을 정상적인 삶이라 여기는 사고방식이 지배하고 있으며, 인륜을 어겨서는 안 된다는 도덕률이 군림하고 있는 한과 억압의 공간이다. 그런 공간으로부터 벗어나 유랑의 길에 오른 성기의 경쾌한 발걸음과 성기의 마음 안쪽에 일어 콧노래를 흥얼거리게 만든 신명을 강조하는 작품 마지막 부분은 화개 공간의 이런 속성을 더욱 뚜렷이 부각한다.[25]

4. 아름다운 자연의 의미

화개가 중심무대인 김동리의 소설에는 화갯골의 풍경 묘사가 자주 등장한다. 하나같이 아름다운데, 그 풍경 속 자연은 정주의 삶이 정상적인 삶이라는 사고방식과 통상의 도덕률이 지배하는 공간인 화개와 맞서 있

---

24 정호웅, 「강한 주체, 근본의 문학 – 김동리의 문학세계」, 『작가세계』 (2005. 겨울), 44~45쪽.

25 성기의 소망은 '당초부터 어디로 훨훨 가 보고나 싶'(「역마」, 앞의 책, 61쪽)은 것이었는데, 이제 그는 그 소망을 이루게 되었다. 김동리 소설 속 가장 대표적인 인물 성격은 '어디로 훨훨 가 보고나 싶'은 욕망에 이끌려 끊임없이 새로운 세계를 향해 나아가는 존재이다.

는 대립적인 공간이다.

「역마」의 한복판을 흐르고 있는 섬진강은 구례 쪽에서 흘러내려오는 물줄기, 화개협에서 흘러내려오는 물줄기가 합쳐져 하동읍을 거쳐 하동 포구로 흘러내리는데 유장하다. 서술자는 이를 두고 "푸른 산과 검은 고목 그림자를 거꾸로 비추인 채, 호수같이 조용히 돌아, 경상 전라 양도의 경계를 그어 주며, 다시 남으로 남으로 흘러내"26)린다고 묘사하였다. 작품 첫머리에 이처럼 유장한 섬진강의 풍경을 제시한 서술자는 곧 눈길을 돌려 화개협을 향한다. "쌍계사에서 화개장터까지는 시오 리가 좋은 길이라 해도, 굽이굽이 벌어진 물과 돌과 산협의 장려한 풍경"27)이라 하였는데, 그 풍경의 아름다움은 쌍계사로 공부하러 가는 것도 싫고, 화개장터로 책 팔러 가는 것도 싫고, 어머니의 잔소리가 기다리는 집으로 가는 것도 싫어 발걸음이 무거운 성기의 눈길을 잡아끌어 "언제 보나 그에게 길 멀미를 내지 않게 하였다."28)

화개협의 아름다운 풍경 묘사를 뒤이어 서술자는 그 풍경 속 아름다운 장면 쪽으로 눈길을 돌린다.

> (ㄱ) 쳐다보면 위로는 하늘을 찌를 듯한 높은 산봉우리요, 내려다보면 발 아래는 바다같이 뿌연 수풀뿐, 그 위에 흰 햇살만 물줄기처럼 내리 퍼붓고 있었다.29)

> (ㄴ) 모롱이를 돌아 새로운 산줄기를 탈 때마다 연방 더 우악스런 멧부리요,

---

26 「역마」, 앞의 책, 59쪽.
27 「역마」, 같은 책, 61쪽.
28 같은 글, 같은 쪽.
29 같은 글, 65쪽.

어두운 수풀을 지나 환하게 열린 하늘을 내다볼 때마다 바다같이 질펀한 골짜기에 차 있느니 머루, 다래 넌출이요, 딸기, 칡의 햇덩굴이다.[30]

(ㄷ) 고운 햇빛과 늘어진 버들가지와 산울림처럼 울려오는 뻐꾸기 울음[31]

(ㄹ) 청명 무렵의 비가 질금거릴 무렵이었다. 주막 앞에 늘어선 버들가지는 다시 실같이 푸르러지고, 살구 복숭아 진달래들이 골목 사이로 산기슭으로 울긋불긋 피고 지고 하는 날이었다.[32]

(ㅁ) 뻐꾸기는 또 다시 산울림처럼 건드러지게 울고, 늘어진 버들가지엔 햇빛이 젖어 흐르는 아침이었다.[33]

「역마」는 약 일 년 사이에 일어난 일을 다룬 작품이지만, (ㄹ)에서 보듯 청명 언저리 곧 4월 중순의 봄이 시간 배경으로 등장하는 것을 제외하고는 여름이 배경이다. 그 여름의 화개장터와 화개협 부근의 풍경은 위의 예문들에서 보듯 나무와 풀과 꽃과 햇빛으로 아름답고 생기에 차 있다. 그 아름답고 생기 찬 풍경 속에는 '산울림처럼 울려오는 뻐꾸기 울음소리' '낄낄거리는' '꿩 울음소리'[34]가 배경음처럼 울리고 있다.

이처럼 아름다운 풍경 속에 만남과 헤어짐, 사랑의 싹틈과 꺾임, 길 떠남 등 인간사 온갖 일들이 펼쳐진다. 그 아름다운 자연 풍경은 때로는, 사랑의 싹틈과 무르익음 또는 생기 회복과 기대에 찬 길 떠남 등 밝고 힘찬 내용과 어울려 그런 내용을 더욱 두드러지게 만드는 역할을 하

---

30 같은 글, 67쪽.
31 같은 글, 74쪽.
32 같은 글, 같은 쪽.
33 같은 글, 75쪽.
34 같은 글, 67쪽.

기도 하고(ㄱ, ㄴ, ㄹ, ㅁ), 안타까운 헤어짐의 장면을 부각하는 역할을 하기도 한다(ㄷ).

이상의 살핌에서 알 수 있듯, 「역마」에 나오는 화개협의 아름다운 풍경은 안타까운 헤어짐의 장면을 부각하는 배경으로 설정된 경우 이외에는 인간세계를 지배하는 통상의 사고방식과 도덕률을 넘어, 자유로운 떠돎의 삶을 선택하고 절대의 사랑을 좇는 주인공의 존재성에 대응하여 그것을 더욱 뚜렷이 부각하는 역할을 한다. 그 아름다운 자연의 세계는 그들을 구속하는 통상의 사고방식과 도덕률의 억압이 존재하지 않는 '별세계' 35)이며 '구경적 생명' 36)이 온전하게 실현되는 공간이다.

「역마」의 두 주인공은 억압과 슬픔의 공간이 화개에서 벗어나 그 별세계로서의 자연과 하나가 된다. '自然의 律動으로 歸化合一' 37)하는 것이다.

「당고개 무당」 또한 '자연의 율동으로 귀화합일' 하는 인물이 주인공인 작품이다. 무업을 천업이라 여겨 어머니의 무당질을 극구 저지하는 딸들(보름과 반달)의 세계와 굿을 하지 않으면 몸도 마음도 괴로워 고통스러운 당고개 무당의 세계가 맞서 있는 대립 구조의 작품이다. 당고개 무당의 세계는 딸들에게는 '외지고 쓸쓸하고 허줄한 도깨비굴' 38), 사람

---

35 김동리, 「미정고」, 171쪽.
36 김동리 문학론의 핵심 용어인 '구경적 생명' 은 '문학적 추구의 대상' 을 가리키는 것으로만 이해되곤 하지만, 때로는 '문학하는 것(자세)' 과 관련된 것이기도 하다. 이는 김동리의 구경적 문학론이 30년대 후반, 해방공간을 지배한 정치적 공리주의 문학관과의 투쟁 과정에서 솟아난 것이라는 사실과 관련되어 있다. 물론 양자는 맞통해 있어 확연히 구분되는 것은 아니다.
37 김동리, 「신세대의 정신」, 『문장』(1940. 5), 92쪽. 「무녀도」의 주인공 모화의 최후를 두고 작가가 한 말이다.
38 김동리, 「당고개 무당」, 『등신불』(5판), 정음사, 1967, 249쪽.

들의 멸시 대상이기에 결여(소외)의 공간이지만 당고개 무당에게는 '신령님'과 함께하는 곳이기에 더없이 편안한 충족의 공간이다. 딸들의 강요 때문에 그 같은 충족의 공간을 떠나 결여의 공간에서 괴로운 삶을 영위하던 당고개 무당은 어느 달 밝은 밤 두 딸의 비명소리를 뒤로 하고 다리 아래로 뛰어내리고 마는데, '자연의 율동으로 귀화합일' 한 것이다.

　"악! 엄마! 엄마! 엄마!"
하는 보름의 날카로운 절규를 뒤이어,
　"아이고! 엄마! 엄마!"
하는 반달의 울음 섞인 목소리가 외쳐졌다.
　당고개네가 그 높은 다리 위에서 떨어지고 있었다. 조금 뒤 두 딸과 이웃사람들이 다리 아래로 달려갔을 때 당고개네는 머리가 깨어진 채 죽어 있었다.[39]

　필자는 「무녀도」의 주인공 모화의 최후를 두고 "그 춤과 소리는 인간의 것이 아니라 무당이 모시는 신의 그것이니 그녀의 육신과 정신이 춤과 소리로 승화되었다는 것은 그녀와 '신령님'의 완벽한 일체화를 뜻한다. 무당 모화가 죽은 영혼과도 '신령님'과도 하나 된 이 순간은 저승과 이승을 잇는 중개자로서의 무(巫)의 존재성이 가장 완전하게 실현된 때이다. 이 순간 모화는 (중략) 인간세상의 온갖 관계들에서 풀려나 신의 세계를 노니는, 무당인 자신의 자신됨을 가장 완전하게 살고 있는 완성된 존재이다. 그녀는 신과 하나 된 무아지경에서 물속으로 걸어들어 가 죽음의 세계로 건너가고 말지만, 그 죽음은 한 완성이니 죽음 일반과는 전혀 다른 성격의 것이다."[40]라고 평한 바 있는데, 당고개네의 최후가

---

39 같은 글, 257쪽.
40 정호웅, 「강한 주체, 근본의 문학 – 김동리의 문학세계」, 『작가세계』 (2005. 겨울), 41쪽.

지닌 의미도 '자연의 율동으로 귀화합일'한 것이라는 점에서 이와 같다고 할 것이다.

화개협의 아름다운 자연은 이처럼 억압과 결여의 공간인 화개의 반대쪽에 놓인 자유와 충족의 공간이다. 화개협의 자연이 지닌 이 같은 의미는 인물이 놓인 상황 맥락에 따라 조금 다른 의미를 지닌 것으로 변주되기도 한다. 「염주」와 「미정고」를 살필 차례이다.

(ㄱ) 그러나 우리의 칠불의 경우는 어떤 편이냐 하면 극락에 가까운 저승이었어. 거친 나무 빛깔들이 이상하잖아요? 아니, 이상한 나무들이 많았다고 해야지. 이승에선 좀체 볼 수 없는 굉장히 큰 대추나무가 있었지. 거기다 염주나무, 은행나무들이 모두 특이했고, 그런 해맑은 잎새들이 햇빛에 반짝반짝하는데, 들리는 건 나직한 새소리뿐이었고….[41]

(ㄴ) 그들은 마루로 나와 앉았다.

"여기는 경찰에서도 여간해서 나오지 않십니더. 어쩌다 나와도 저만 보면 아주 공손하게 머리를 숙여 보이고 합니더. 집안에만 계시기가 갑갑하시면 쌍계사에도 올라가 보시고, 저쪽 세이암(洗耳岩) 쪽으로 올라가 보세도 좋십니더. 이 화개협 하면 옛날부터 신선골짜기라고 안 합니꺼?"

인택 군의 말대로 화개장터에서 쌍계사 앞까지 오는 약 이십 리가량 되는 계곡이, 그 희고 누르기하고 푸르스름하고 가지각색의 돌 빛깔들 하며, 양쪽 산기슭의 소나무 대나무 대추나무들 하며 모두가 그렇게 별세계같이 맑고 아름답게 보였던 것이다. 더구나 쌍계사 앞에서 지리선 기슭 가까운 세이암까지 가는 길은 갈수록 더 선경을 연상시킨다니까 짐작할 만도 했다.[42]

(ㄱ)은 쌍계사 아래 쌍계여관에서 만난 두 남녀의 이루어질 수 없는

---

41 김동리, 「염주」, 『꽃이 지는 이야기』, 태창, 1978, 188쪽.
42 김동리, 「미정고」, 171쪽.

사랑을 그린 「염주」의 남자 주인공이 여자 주인공에게 한 말이다. 유부남이고 아직도 시가(媤家)에 묶인 미망인이기에 그들의 애틋한 사랑은 현세에서는 이루어질 수 없다. 그들의 결연은 저 세상에서만 가능한 것인데, 죽어서야 이룰 수 있다는 안타까운 사정과 죽어서라도 이루고자 한다는 간절한 마음이 화개협의 한 부분인 '칠불'(칠불사 부근을 가리키는 말로 보임)의 자연을 '극락에 가까운 저승'이라 느끼게 한 것이다. 이때 화개협의 자연은 그들의 사랑을 가로막는 억압의 공간인 현실세계 너머 존재하는, 현실세계를 벗어나고자 하는 열망을 매개하는 이상적 공간이라는 의미를 갖는다.

(ㄴ)은 「미정고」의 한 부분이다. 징용을 피해 쌍계사 아래 용강 마을에 숨어 사는 주인공에게 화개협은 '별세계', '선경(仙境)'으로 보인다. 주인공의 이런 인식은 화개협의 아름다움을 말하는 것이면서 동시에 그 이상의 의미를 지닌 것이기도 하다. 주인공의 이런 인식 아래 놓인 것은 신선이 되어 그 선경 속으로 들어가고 싶은 욕망이다. 자신을 쫓는 일본 제국주의의 폭력을 피해 필사적으로 도망치고 있는 중인 그는 그런 억압의 현실세계를 초월하여 신선이 노니는 것처럼 아름다운 화개협의 자연 속으로 건너가 버리고 싶은 것이다. 이때 화개협의 자연은 자유로운 삶을 불가능하게 만드는 억압의 공간인 현실세계 너머 존재하는, 그런 현실세계를 벗어나고자 하는 열망을 매개하는 이상적 공간이라는 의미를 갖는다.

5. 맺음말

지금까지 우리는 화개를 무대로 한 김동리의 소설 네 편을 대상으로 그 공간의 의미와 소설 내 역할을 살폈다.

김동리 소설 속 화개 공간은 사회적 공간이 화개와 자연적 공간인 화갯골로 나눌 수 있다. 사회적 공간인 화개는 정주가 바람직한 삶의 형식이라는 사고방식과 이것이 만들어낸 정주의 욕망이 지배하는 공간이며, 통상의 도덕률이 지배하는 공간이다. 그 같은 사고방식과 욕망 그리고 도덕률은 때로는, 억압 기제로 작용하여 사람들을 고통 속으로 몰아넣기도 하고 때로는, 그런 사고방식과 욕망 그리고 도덕률 때문에 생겨난 깊은 한을 사람들의 가슴 속에 심기도 한다. 이 점에서 화개 공간은 억압과 결여의 공간이다.

자연적 공간인 화갯골은 이와는 반대로 그 같은 사고방식과 욕망의 구속에서 벗어난 자유와 충족의 이상적 공간이다. 화개 공간의 억압과 결여의 현실 때문에 상처 입은 인물들은 자유와 충족의 자연과 하나 됨으로써 치유 받을 수 있다.

사회적 공간과 자연적 공간으로 나누었지만 김동리는 그 어느 하나는 긍정하고 어느 하나는 부정하는 경직된 이분법에 갇히지 않았다. 두 공간이 구축하는 세계 속에서 영위되는 '인생'[43]의 안팎을 살펴 이해하려 하였다. 그리하여 정주가 바람직한 삶의 형식이라는 사고방식과 정주의 욕망 그리고 통상의 도덕률에 갇힌 사람과 그 반대쪽에 서 있는 사람 모두에게서 깊은 한을 읽어낼 수 있었다.

물론 작가의 궁극적인 지향은 김동리 문학 전체가 그러했듯이, 억압과 결여의 공간인 사회적 공간을 벗어나 자유와 충족의 이상적 공간인 자연적 공간과 합일하는 것이다. 그러나 중요한 것은 이 같은 지향이 사회적 공간과 그 속에서 영위되는 인생에 대한 전적인 부정 위에 서 있는

---

43 김동리, 「신세대의 정신」, 앞의 책, 92쪽.

것은 아니라는 사실이다.

자연적 공간과의 합일을 향해 유랑에 오른 자유인들의 여로를 중심에 놓았지만 그것만을 긍정하여 그 반대쪽을 부정하지는 않는 열린 정신이 화개가 중심무대인 김동리의 네 편 소설을 풍성하게 하였다.

중등학교, 대학교의 문학 교육 현장에서는 이 네 편 소설 가운데 대표 작인 「역마」를 '운명애의 세계'라고 해석하는 게 일반적이다. 틀린 것은 아니지만 맞다고 할 수도 없는데, '운명애'란 「역마」의 여러 측면 가운데 하나일 뿐이기 때문이다.

문학작품은 저마다 여러 측면을 지니고 있는 다중성의 존재이다. 지금까지의 문학 교육은 문학작품의 이런 일반적 속성을 충분히 고려하지 않았다. 「역마」를 비롯한, 화개를 배경으로 한 김동리의 소설 네 편은 우리 문학 교육의 현실을 반성하게 한다.

제3부

염상섭과 박완서

「萬歲前」을 다시 읽는다

1. 맞섬의 정신

우리 근대소설의 문을 연 염상섭의 걸작 중편 「만세전」이 처음 그 모습을 드러낸 것은 "신생활을 제창함" "평민문화의 건설을 제창함" "자유사상을 고취함"이라는 거창한 깃발을 내걸고 1921년 4월에 창간호를 낸 종합잡지 『신생활』의 7호(1922. 7)였다. 이때의 작품 이름은 '만세전'이 아니라 '墓地'였다.[1] 『신생활』은 특이하게도 열흘마다 발간되는 순간(旬刊)이었다. 6호부터 월간으로 전환하여 창간사조차 그 상당 부분이 지워질 정도로 혹독했던 검열[2]을 뚫고 나가고자 애썼으나 염상섭의 「묘

---

1 '묘지'에서 '만세전'으로 개명된 것은 『시대일보』 연재(1924) 때부터이다.
2 4호의 「編輯室에서」에서 "신문지상으로 謝告함과 같이 본지 제4호는 무참히 압수를 당하였습니다. 荊路를 걸어가는 우리는 본래부터 예상하지 않았음은 아니겠으나 창간 月餘에 2회 압수란 말은 조선인의 기억해 둘 逸話가 될까 봅니다. 임시호를 발행키 위하

지」3회분이 전문 삭제[3)의 철퇴를 맞는 9호를 끝으로 폐간되고 말았다.

『신생활』 9호에 실린 「묘지」 3회분의 내용은 어떻게 그 혹독한 검열의 시대에 이런 표현을 동원할 용기가 있었을까 의아스러울 정도로 일본의 조선 식민 지배에 대한 강한 부정의식을 직설적으로 드러내는 표현들로 가득 차 있다. 젊은 자부의 작가 염상섭은 붓길을 구속하는 검열을 향하여, 조선을 '깝살리는' 식민 지배를 향하여 온몸을 드러내고 맞섰던 것이다. 「만세전」의 주인공 이인화는 "사실 말이지, 나는 그 소위 우국의 지사는 아니다"[4)라고 말하지만 그 말 아래에는 이처럼 강력한 맞섬의 정신이 시퍼렇게 눈뜨고 있음을 지나쳐서는 안 된다. 식민 지배를 향하는 그 같은 맞섬의 정신을 가장 뚜렷이 드러내는 것은 관부연락선 갑판 위 찬 바닷바람 속에서, 이인화가 자신도 모르게 흘리고 마는 뜨거운 눈물이다.

> 나는 선실로 들어갈 생각도 없이 으스름한 갑판 위에, 찬비람을 쐬어가며 웅숭그리고 섰었다. 격심한 노역과 추위에 피곤하여 깊은 잠에 들어가는 항구는, 소리 없이 암흑 속에 누웠을 뿐이오, 全市의 안식을 지키는 야광주는, 벌써부터 졸린 듯이 점점 불빛이 적어가고 수효가 줄어가면서, 깜짝깜짝 졸

여 주선을 하여 놓고 본측 삭제가 너무나 많음으로 임시호는 그만두고 그 餘燼을 가지고 忽忙 중에 5호를 내게 되었습니다."라고 울분을 토로하고 있다. 2회 압수란 2호, 4호 압수를 말한다.

3 당시의 검열기관인 조선총독부 경무국에 납본된 것(현대사 영인, 『신생활』 수록)에는 곳곳에 '削除'의 날인과 '禁'의 붉은 글씨가 박힌 「묘지」 3회분이 그대로 실려 있다. 이 재선 교수에 의하면 발매된 『신생활』 9호에는 전문 삭제되어 실려 있지 않다고 한다.(이재선, 「일제의 검열과 '만세전'의 개작」, 『문학사상』(1979. 11)).

4 『염상섭전집 1』, 민음사, 1987, 36~37쪽. 이 책에 실린 「만세전」은 『시대일보』 연재본을 개작한 단행본 『만세전』(고려공사, 1924. 8. 10)이다. 여기서는 표기를 현대어법에 맞게 하고, 한자를 대부분 한글로 바꾸었다. 이하 『만세전』, 36쪽의 형식으로 함.

고 있다. 나는 인간계를 떠나서 방랑의 몸이 된 자와 같이, 그 불빛의 낱낱이 어떠한 평화로운 가정의 대문을 지키고 있으려니 하는 생각을 할제, 선득선득한 별보다도 점점 멀리 흐려가는 불빛이 따뜻이 보이었다. 나의 머릿속은 단지 혼돈하였을 뿐이요, 눈은 화끈화끈할 뿐이다.

외투 포켓에다가 두 손을 찌르고, 어느 때까지 우두커니 선 나의 눈에는, 어느덧 뜨끈뜨끈한 눈물이 비져나와서, 상기가 된 좌우뺨으로 흘러내렸다. 찬 바람에 산득산득 스며들어 가는 것을, 나는 씻으려고도 아니하고 여전히 섰었다.[5]

이인화는 출항 직전 배에서 불려 나와 일본 경찰의 짐 검색을 당하였다. 그 과정에 대한 묘사가 위 인용문의 바로 앞에 나오는데 민족 차별에 대한 분노와, 형사들이 "또 무슨 망발이나 부리지 않을까 하는 불안과 의혹", 배를 놓칠지 모른다는 생각에서 생겨난 초조감 등에 휩싸여 안절부절 어쩔 줄 모르는 주인공의 심리 곡절이 "1분2분 3분4분 5분10분…" '무겁고 찌뿌듯한 침묵' 속 시간의 흐름을 따라 펼쳐져 있어 그가 폭발 직전에 이르렀음이 여실하게 제시되었다. 그를 폭발 직전으로 몰아간 주된 원인이 민족 차별에 대한 분노인 것은 물론이다. 출발 2분 전에야 놓여나 배에 탄 뒤 갑판에 올라 그는 저처럼 뜨거운 눈물을 흘리는 것인데, 그 눈물의 주된 원인 또한 민족 차별에 대한 분노인 것은 물론이다. 단지 조선인이라는 이유로 이미 승선한 사람을 불러내려 "마치 바다에 빠진 시체를 건져놓고, 검시나 하는 것 같이" 짐을 검색하는 그들의 부당한 폭거, 그 같은 행위의 절대적 정당성에 대한 믿음의 외현인 그들의 '비장하며 엄숙한' 태도와 '절대 침묵'[6]에 대한 이인화의 절대

5 『만세전』, 46쪽.
6 『만세전』, 44~45쪽.

의 부정의식이 그 뜨거운 눈물로 흘러내렸던 것이다.

2. 개인주의 – 실용주의적 가치관에 대한 부정의식

일본의 식민 지배에 대한 절대의 부정의식에서 생겨난 강력한 맞섬의 정신과 나란히 또 하나 강력한 맞섬의 정신이 있어 「만세전」의 전개를 이끈다. 봉건적 의식과 제도 습속 일반에 대한, 그리고 실용주의적 가치관에 대한 절대의 부정의식이 길러낸 강력한 맞섬의 정신이다. 봉건적 의식과 제도 습속 일반에 대한 절대의 부정의식과 그것에서 생겨난 강력한 맞섬의 정신을 드러낸 예는 이 작품의 곳곳에 널려 있으며 지금까지 숱하게 논의된 것이기에 새삼 거론할 필요가 없다. 그러나 실용주의적 가치관과 관련된 논의는 없었으니 지나칠 수 없다.

이런 소리는 일 년에 한 번이나 두어 번 귀국할 때마다 꼭 두 번씩은 듣는다. 형님한테서 한 번 아버님한테서 한 번이다. 그러나 어떠한 때는 아버님에게는 귀에 못이 박이도록 들을 때가 있다. 처음에는 열심으로 반대도 하여 보았다. 교육이라는 것은 사람을 만들자는 것이오 기계를 제조하는 것이 아니니까, 학문을 당장에 월급분에 써먹자고 하는 것도 아니요, 똥테(나는 어느 때든지 금테를 똥테라고 불렀다) 바람에 하는 것도 아니라는 말도 하여 드리고, 개성은 소중한 것이니까 제각기 개성에 따라서 교육을 하여야 한다는 문제를 들추어가지고 늘 변명을 하여 왔다. 그러나 결국은 단념하는 수밖에 없는 것을 깨달았다. 그들의 세계와 자기의 세계에는 통로가 전연히 두절된 것을 발견하였다. 그것은 마치 무덤 속과 무덤 밖이, 판연히 다른 딴 세상인 것과 같은 것이라고 생각하게 되었다.[7]

---

7 「만세전」, 62쪽.

이런 소리란 "문학이니, 뭐니 하고, 공연히… 그까짓것 하구 난대야 지금 세상에 어따가 써먹는단 말이냐?"라는 형의 말이다. 그런 의견에 맞서 설득도 하고 변명도 하고 반대도 했었지만 단념하고 말았다는 것은 교육은 돈과 권력을 얻기 위해 필요한 방편일 뿐이라는 실용주의적 가치관에 대한 단호한 부정이다. 주지하듯 「만세전」을 비롯한 염상섭 문학의 핵심에 놓여 있는, '개성의 해방'이란 표어로 표현된 개인주의 이념은 일본 자연주의 문학의 깃발 가운데 하나로서 봉건 사회로부터 근대 사회로 이행해 나아가던 전환기 현실의 반영이며 그 같은 전환을 앞서 이끌고자 하는 실천적 의지의 표명이었다. 「만세전」의 주인공을 이끄는 개인주의의 성격 또한 그러함은 물론이다. 그러나 그것만은 아니니 앞에서 말한 대로 그것은 실용주의적 가치관의 대립항이란 의미도 지니고 있는 것이다. 무엇보다 중요한 것은 개성이라는 것, 그러므로 교육은 개개인의 개성에 따라야 한다는 생각은 교육을 통해 얻은 지식과 자격으로 돈과 권력을 얻으면 된다는 실용주의적 가치관과 한 자리에 놓일 수 없다. 따라서 실용주의적 가치관은 염상섭의 개인주의와는 상극인 것이니 절대 부정의 대상이 될 수밖에 없는 것이다.

조선 사회는 학문을 중시하는 사회였다. 조선조 선비들의 학문은 벼슬에 나아가기 위한 방편이기도 했지만 다른 한편으로는 그것과는 무관한, 때로는 벼슬을 얻기 위한 학문을 속되다고 부정하는 생각 위에 선 신성한 것으로 인식되었다. 우리는 「만세전」에 그려진 당대 조선 사회에서 학문에 대한 두 가지 생각 가운데 뒤의 것은 찾아볼 수 없는데 이는 무엇을 뜻하는 것일까? 「만세전」 밖 실제의 현실에서도 그러했기 때문에 그렇다고 하는 것은 온당하지 않다. 아무리 급속한 변환의 소용돌이 속이었다 할지라도 몇 백 년을 이어 내려온 한 사회의 핵심 가치관이 그처럼 쉽게 주변부로 내몰리거나 소멸되는 것은 아니기 때문이다. 실제로 우리는 학문을 신성한 것으로 여기는 생각이 지금에 이르기까지 굳게 이어내리고 있다는 엄연한 사실을 잘 알고 있지 않은가. 그렇다면 이는 「만세전」이 당대 조선 사회의 일면만을 반영하는 데 머물렀기 때문에 그런 것으로 이해되어야만 한다.[8]

이 같은 문제점에도 불구하고 개인주의 이념으로써 실용주의 가치관을 부정하고 있는 것은 당대 현실의 한 부정적 측면에 대한 날카로운 통찰을 보여주는 것이라는 점에서 그 의미는 매우 크다. 동생의 문학 공부를 두고 "그까짓것 하구 난대야 지금 세상에 어따가 써먹는단 말이냐?"라고 말하는 데서 엿보이듯 자본주의적 근대화를 따라 실용주의적 가치관이 조선 사회를 지배하는 핵심적인 가치관의 하나로 자리 잡게 되었을 것인데 이인화의 비판은 이 같은 현실에 대한 인식에 근거한 것이라 볼 수 있는 것이다.

그러나 이인화의 비판이 학문에 대한 깊은 사유의 소산이라고 할 수는 없다는 점에서 그 한계 또한 분명하다. 학문을 돈과 권력을 얻기 위한 방편이라 생각하는 실용주의적 가치관이 옳지 않다면, 올바른 학문이란 무엇이어야 하는가? 이인화의 생각은 "교육이라는 것은 사람을 만들자는 것"이라는 소박한 수준에 머물러 있을 뿐이다. 일본 유학에 나아가 새로운 학문의 길을 걷고 있음에도 불구하고 그는 그 새로운 학문이 전통적인 학문과, 당대 조선 현실과, 그리고 자신의 삶과 어떻게 관련되어 있으며 어떤 의미를 지니는가를 이해하지 못하고 있을 뿐만 아니라

---

8 「만세전」의 주인공 이인화의 집안은 충주에 기반을 둔 양반 집안으로 설정되어 있다. 그러나 집안사람들의 언행으로 미루어 학문을 중시했던 선비 집안은 아닌 것으로 보인다. 염상섭의 그 많은 작품 가운데 선비 집안을 다룬 것은 한 편도 없다.

그 관계의 안쪽을 살피려는 의식조차 갖고 있지 않다.

새로운 학문을 전통적인 학문과의 관련 속에서 이해하고 있지 못하며 그 관계를 이해하려는 의식조차 지니고 있지 않음은 이인화의 개인주의가 과거-현재-미래로 이어지는 역사성과 무관한 성격의 것이라는 점과 깊이 관련되어 있다.

> 나는 잠자코 듣기만 하고 앉았었다. 그러나 아들자식이란 그렇게도 낳고 싶은 것인지 나에게는 의문이었다. 無後한 것이 조상에 대한 죄라거나 부모에게 불효가 된다는 말부터 나에게는 이해할 수 없는 것이었다. 우연이든 필연이든 낳는 자식을 죽일 수 없으니까 남과 같이 길러놓기는 하여야 하겠지만, 그렇게 성화를 하면서 한 생명이 나타나올 기회를 인력으로 만들지 못해서 애를 쓸 것이 무엇인지, 사람이란 의외에, 호사객이라고 생각하였다. 한 생명을 애를 써서 나서 공을 들여 길러 논다기로 그것이 자기와 무슨 교섭이 있단 말인가. 장수하여서 자기보다 앞서지 않을 지경이면 삿갓가마나 타고 상여 뒤에 따르리라는 것만은 분명히 豫期할 수 있는 일이겠지만 그 다음 일이야 누가 알 일인가.[9]

"한 생명을 애를 써서 나서 공을 들여 길러 논다기로 그것이 자기와 무슨 교섭이 있단 말인가."라는 이인화의 냉소적 발언 속에는 과거에서 현재를 거쳐 미래로 이어지는 시간의 역사성으로부터 눈감고 현재만을 의미 있는 것으로 인식하는 세계관이 깃들여 있다. '자기'만을 생각하는 이인화의 개인주의는 역사 부정의 닫힌 개인주의라 할 것이다. 그가 다음처럼 과격하게 모든 것을 파괴하고자 하는 광적인 열정에 휩쓸리고 마는 것은 이 때문이다.

---

9 『만세전』, 66~67쪽.

구더기가 득시글득시글하는 무덤 속이다. 모두가 구더기다. 너두 구더기, 나두 구더기다. 그 속에서도 진화론적 모든 조건은 한 초 동안도 거르지 않고 진행되겠지! 생존경쟁이 있고 자연도태가 있고 네가 잘났느니 내가 잘났느니 하고 으르렁댈 것이다. 그러나 조만간 구더기의 낱낱이 해체가 되어서 원소가 되고 흙이 되어서 내 입으로 들어가고, 네 코로 들어갔다가 네나내나 거꾸러지면, 미구에, 또, 구더기가 되어서 원소가 되거나 흙이 될 것이다. 에 뒈져라! 움도 싹도 없어져 버려라! 망할 대로 망해 버려라![10]

3. 필마단기의 형식

당대 현실에 대한 이인화의 부정의식과 강력한 맞섬의 정신은 이처럼 여러 가지 점에서 나름의 문제점을 지니고 있으며, 때로는 허무주의적인 파괴적 열정에 휩쓸려 형체도 없이 해체되고 말 위기에 처하기도 하지만 어기차게 앞길을 열어 나아간다. "현실을 정확히 통찰하며 스스로의 길을 힘 있게 밟고 굳세게 살아나가야 힐 자각"[11]을 강조하며 '新生'[12]의 의지를 가다듬는 것이다.

그 나아감의 행로는 그런데 처음부터 끝까지 필마단기의 외로운 길이다. 이인화는 우선 가족들과 소통 불능의 상태에 놓여 있다. "그들의 세계와 자기의 세계에는 통로가 전연히 두절된 것을 발견하였다. 그것은 마치 무덤 속과 무덤 밖이, 판연히 다른 딴 세상인 것과 같은 것이라고 생각하게 되었다."라고 말할 정도이니 철저한 소통 불능이라 할 것이다. 가족뿐만이 아니다. 작품 속에는 그와 생각을 같이하는 사람으로는 동

---

10 『만세전』, 83쪽.
11 『만세전』, 105쪽.
12 『만세전』, 106쪽.

경의 카페 여급 정자를 간신히 들 수 있을 정도이다. 그러나 그 정자조차도 이인화와 동등한 위상에 서 있는 인물이라고는 하기 어려우니 이인화의 정신적 동행이라 할 수는 없다. 이 시기 소설의 한 특성인 내면 고백과 관련된 것으로 이해되곤 하는 이인화의 편지가 고압적인 설교체로 일관하고 있음이 그 증거이다.

> 그러나 사랑이란 것이 간섭이나 소유에 있는 것이 아닌 것을 당신은 아시겠지요. 피차의 생활을 간섭하고 그 출부에 들어가서 밀접한 관계를 맺는 것이 사랑의 극치가 아닌 것은 더 말할 것 없습니다. 또한 사랑의 상대자를 전연히 소유하지 않으면 만족할 수 없다는 것도 사랑의 절정은 못 되는 것이외다.[13]

이인화는 정자를 비롯한 모든 작중인물들의 우위에 서 있다. 뿐만 아니라 그는 비록 패배하지만 내심으로는 그 패배를 인정하지 않으므로 그를 패배시키는 현실세계보다 더 우위에 서 있는 인물이다. 그의 세계관은 그를 패배시키는 현실세계의 권위에 전혀 승복하지 않는 것이다. 물론 여기에는 단서가 필요하다. 앞에서 실용주의 가치관에 대한 이인화의 부정의식을 논의하며 비추었듯이, 그가 그를 둘러싸고 있는 현실세계의 전체가 아니라 몇 부분만을 그의 사유 대상으로 한정하고 있다는 사실은 그가 맞서 겨루는 대상이 그 현실세계 전체가 아니라 몇 부분에 지나지 않는다는 것을 말한다는 점이다.[14] 이것은 「만세전」이 중편

---

13 『만세전』, 106쪽.
14 예컨대 우리는 이인화가 일본 사회와 일본 문화에 대하여 어떤 생각을 하고 있는지 이 작품을 통해서는 구체적인 정보를 얻을 수 없다. "역시 혼자 가서 가만히 누웠는 게 얼마나 편할지 모른다."(『만세전』, 100쪽)라고 말하며, 조선을 벗어나 일본에 돌아가기를

이라는 것, 아직 자아 형성의 도정에 있는 청년의 여로를 다루고 있는 작품이라는 점 등을 생각하면 당연하다 할 것이다.

그가 자아 형성의 도정에 있는 청년이라는 점과 관련하여 그의 여성 관계를 살펴볼 필요가 있다. 그에게 이성의 의미를 지닌 여성 등장인물은 모두 넷이다. 아내와 정자, 을라, 대구기생 등이다. 그런데 우리는 이들 네 여성과 그의 관계 또는 이들 여성에 대한 그의 언행과 생각을 통해 그에게 여자란 무엇인가, 그의 여성관은 무엇인가 등에 대한 답을 얻을 수 없다. 그는 왜 아내에게 그토록 차가웠는가? 다른 세 여자들을 단순히 성적 대상으로만 여기고 있는가 그렇지 않은가? 아니라면 무엇인가? 등등의 의문을 풀 수 있는 어떤 정보도 작품을 통해 얻을 수 없다. 이는 작가의 이 문제에 대한 추구의 부족 때문이기도 하지만 이인화가 아직 형성 과정에 있는 청년이라는 사실이 보다 근본적인 원인인 것으로 보인다. 그는 아내가 위독하다는 내용의 전보를 받고 동경에서 서울까지 오는 동안 정자, 을라, 대구기생 등 여러 명의 여자와 만난다. 정자와 을라는 찾아가 만났고 대구기생은 부산 어느 일본 국수집에서 만났다. 을라는 사촌 형 병화와 겨루었으나 패배하여 놓친 과거의 여인이다. 을라에 대한 주인공의 심리는 상당히 복잡한 듯, 그의 말에는 미련과 분노에 패배자의 뒤틀린 냉소가 뒤섞여 있다. 다만 그뿐이다. 정자와의 관계는 분명하지 않다. 정자가 보낸 편지에 "학비를 대어 달라거나 어떻게 같이 살아보았으면 하는 의사를 은근히 비치"(101쪽)고 있고, 그가 정자에게 보낸 편지에서 사랑론을 길게 늘어놓으며 돈을 보내는 것으로 미

갈망하는 것으로 미루어 그가 일본 사회와 일본 문화 속에서 편안함을 느낀다는 사실을 짐작할 수 있을 뿐이다.

루어 두 사람의 사이가 매우 깊다는 것을 짐작할 수 있다. 그러나 다만 그뿐 정자와의 사랑에 대한 추구는 더 이상 없다. 대구기생은 조선인 어머니와 일본인 아버지 사이에서 태어난 여자이다. 그녀는 서슴없이 조선 사람은 "돈 아니라 금을 주어도 싫다"(59쪽)라고 말하는데 이 말을 들으며 그는 동경의 정자를 생각한다. 정자는 조선인인 나를 과연 좋아할까라는 생각, 정자와 맺어져 행복할 수 있을까 하는 생각 등이 겹쳤으리라 짐작할 수 있다. 이인화는 서울역에 내려 인력거를 타고 서울 거리를 달리다가 "가죽만 남은 하얗게 세인 얼굴"의 죽어가는 아내를 떠올리곤 "이래두 역시 서방이라고 기다리고 있을 테지?" 혼잣말을 한다. 혼잣말과 함께 갑자기 그 대구기생의 얼굴이 떠오른다. 작품에는 "그러자, 별안간 대구기생의 얼굴이 떠올랐다."라고 되어 있다. 그녀의 "갸름하고 감숭한 얼굴, 무슨 불안을 호소하려는 듯한 눈"을 생각하며 그는 "지금쯤, 어디를 헤매이누? 말을 좀 부쳐보았더면 좋았을 걸!," "그러나 이야기를 해보면 무얼 해! 갈 놈은 어서어서 가구 스러질 것은 한시바삐 스러져야 할 것"(85쪽)이라고 이어 생각한다. 그렇다면 대구기생은 그에게 무엇인가? 병든 아내에 대비되어 예쁘고 싱싱한 육체의 소유자이고, 정자와 관련되어 조선인과 일본인의 관계란 무엇인가라는 물음을 제기하는 매개이다. 그러나 그 같은 의미가 이인화의 의식 속에서 깊이 추구되지는 않는다. 주인공이 모든 작중인물들의 우위에 서 있으며, 그의 의식 속에 들어온 현실세계의 권위를 인정하지 않는다는 사실의 형식적 반영이 필마단기이다. 그는 자신의 이념에 대한 믿음만으로도 충만하여 외롭지 않을 수 있으며[15] 그 어떤 권위도 미치지 않는 높은 곳에 우뚝

---

15 그가 언제나 그런 것은 물론 아니다. 그는 마치 자신이 "인간계를 떠나서 방랑의 몸이

서 충분히 오만할 수 있다. 필마단기 형식의 의미는 바로 이것이다.

이 같은 필마단기의 형식을 우리는 1910, 20년대 소설의 곳곳에서 만날 수 있다. 「만세전」의 바로 앞에는 이광수의 『무정』(1917)과 양건식의 「슬픈 모순」(1918)[16] 그리고 현진건의 「빈처」(1921) 등이 있었으며 「만세전」의 바로 뒤를 조명희의 「낙동강」(1927) 등이 이었다. 그러나 이들 작품의 필마단기 형식과 「만세전」의 그것은 근본적으로 다르다. 자기반성의 정신을 안고 있는 「만세전」의 필마단기 형식과 자기확신에 갇혀 스스로를 되돌아 살피지 않는 다른 작품들의 그것은 겉으로 보아 같지만, 본질상으로는 전혀 다르다.

동경에서 서울로 이어지는 여로를 따라 당대 현실이 반영되는 것과 함께 그 같은 현실을 체험하며 주인공의 의식 또한 변화하는데, 여로를 가운데 두고 당대 현실의 반영 축과 주인공의 의식 변화의 축이 나란히 펼쳐지는 세 줄기 선의 전개가 이 작품의 기본 구조이다. 전에는 몰랐거나 깊이 의식하지 못하고 지나쳤던 것들을 처음으로 또는 새롭게 체험하며 주인공의 의식이 변화한다는 사실은 곧 그 여로가 자기반성의 여로임을 의미한다. 그는 그 여행을 통해 과거의 자신과는 다른 인물로 신생하는 것이다. 이인화가 새로 태어난다는 사실은 그가 시종일관 개인주의 이념을 견지한다는 점을 지나치게 강조하면 포착하기 어려운 것이

된 자와 같"(46쪽)다고 느끼기도 하며 가족과의 소통 불능 상황을 인식하고는 '적막'한 느낌에 사로잡히기도 한다. 그는 어떤 특정의 이념을 담기 위한 목적으로 인공 제작된 닫힌 성격의 인물이 아니라 살아 있는 현실의 인간으로 소설 속에 그려지고 있는 인물이기 때문이다.

16 「슬픈 모순」에는 "집안 식구와 나와 취미가 아주 다른 것"(『반도시론』, (1918. 2), 71쪽) 이라는 구절이 나오는데 이는 이인화가 가족들의 세계와 자신의 세계가 전연 다르다고 생각하는 것과 같다.

다. 그는 그가 일본에서의 공부를 통해 배운 개인주의 이념을 무엇보다 중요한 것이라 여기는 믿음에 갇혀 있는 인물이지만, 동시에 새로운 현실 경험을 통해 자신을 반성하고 신생하는 인물이기도 한 것이다.[17]

4. 젊음의 문학, 환멸의 문학

지금까지의 살핌에서 알 수 있듯 「만세전」은 젊은 혼의 여행길을 따라 펼쳐지는 젊음의 문학이고, 타락한 세계에 대한 환멸의 문학이다. 환멸에 사로잡혀 이 타락한 세계와 함께 스스로를 파괴하고 싶을 정도로 강렬한 충동에 휩싸이기도 하지만 앞길을 찾아 나아가려는 어기찬 열정과 의지를 잃지 않는 주인공의 탐구와 반성 그리고 자기 조정의 행로는 우리 소설의 새 차원을 여는 의미를 지닌다.

80년 전에 발표된 「만세전」을 다시 읽으며 그동안의 연구에서 크게 주목하지 않았던 몇 가지 점을 살폈지만 거친 논의에 머무르고 말았다. 뒷날을 기약한다.

---

17 자기반성의 정신에 대해서는 정호웅, 「 「만세전」, 한국 근대소설의 기점」, 『우리 소설이 걸어온 길』(솔, 1994) 참조.

『삼대』론 — 새로운 논의를 위하여

1. 「만세전」과 문학사의 진전

「표본실의 청개구리」, 「암야」 등이 대표하는 염상섭 초기 소설의 특성 가운데 하나는 치열한 자기반성의 정신이다. 그 같은 자기반성의 정신이 소설적 육체를 풍성하게 확보한 경우가 걸작 「만세전」(1924)이다. 「만세전」은 한편으로는 식민 지배 체제의 정비가 거의 완성 단계에 이르러 일본의 영향력이 조선 사회 구석구석을 빈틈없이 채우고 있으며, 다른 한편으로는 봉건적인 가치관과 관습 등 봉건적 제 요소가 여전히 맞서 싸우기 어려운 권위로서 군림하고 있는 당대 현실을 가로지르는 젊은 정신의 나아갈 길을 찾는 탐구와 반성의 여행, 치열한 고뇌의 여행을 그린 작품이다. 때로는 더 이상 의심의 여지가 없을 만큼 신념화한 척도로써 대상을 재단하기도 하지만 대체로는 판단 유보의 태도를 견지한다. 이 같은 판단 유보의 태도는 그가 탐구와 반성, 고뇌의 과정 한가운데에 놓여 있다는 데서 비롯된 것인데, 바로 이 점이 전 단계 문학과 염상섭 문학을, 그리고 당대의 다른 문학들과 염상섭 문학을 가르는 요인이다.

안쪽에서 스스로를 해체하는 정신으로 인해 문학사의 새로운 단계가 열린다. 먼저 선험적 의미항에 절대의 가치를 부여하는 태도가 해체됨으로써 겹의 시각이 자리 잡게 된다. 선험적 의미항에 절대의 가치를 부여하는 태도는 그 선험적 의미항을 절대의 척도로 삼아 대상을 대하게 하고 판단하도록 규정한다. 단일한, 단선적 시각에 갇히고 마는 것이다. 선험적 의미항의 구속에서 벗어날 때 그 같은 시각에 갇히는 것으로부터도 놓여나게 되는 것은 당연하다. 겹의 시각이 자리잡게 되는 것이다.

겹의 시각에 근거함으로써 염상섭 문학은 전혀 새로운 세계를 열어젖힌다. 무엇보다도 대상의 일면이 아니라 전체에 대한 탐구와 형상화가 가능해졌다. 비로소 한국 소설이 전체성을 지향하는 진정한 의미에서의 산문정신을 획득하게 되는 것이다. 겹의 시각은 다른 한편 판단 유보의 세계를 창출함으로써 명확하게 규정되지 않은 소설세계를 연다.[1] 이로써 절대적 가치의 의미항을 설정해 놓고 독자들을 일방적으로 계몽하고자 하는 이전 소설과는 달리 독자의 열린 독서가 가능해지게 된다. 새롭게 열린 염상섭 문학을 대표하는 작품이 바로 한국 근대소설사의 최고 걸작으로 평가받는 『삼대』(1931)이다.

본고에서는 『삼대』에 대한 새로운 논의를 위해 지금까지의 연구에서 주목받지 못했던 몇 가지 측면을 부각시켜 보고자 한다.

---

1 이에 대해서는 정호웅, 「한국 근대소설과 자기반성의 정신」, 문학사와비평연구회 편, 『염상섭 문학의 재조명』(새미, 1998) 참조.

2. 서울 말 살려 쓰기와 중층성의 세계

『삼대』는 서울 말의 보고이다. 이 사실은 여러 가지 측면에서 평가할 수 있다. 먼저, 『삼대』는 우리 소설 가운데 서울 말을 가장 풍부하게 살려 쓴 작품으로서 함경도 말을 가장 풍부하게 담고 있는 최서해의 소설들, 평안도 말의 보고인 김남천의 『대하』, 충청도 말의 바다라 할 이문구의 소설들, 전북 언어의 숲이라도 해도 지나치지 않을 채만식의 『탁류』, 전남 방언의 향연을 펼쳐 보인 조정래의 『태백산맥』과 송기숙의 소설들, 경남 방언의 대수림(大樹林)을 일군 박경리의 『토지』 등과 함께 나란히 서 있다는 사실을 들 수 있다.

지역 방언의 풍부한 살려 쓰기가 지니는 의미는 어떤 지역의 방언을 소설 언어로 되살렸다는 사실에 그치지 않는다. 그것은 방언을 사용하며 살아가는 주변부의 인간들, 그들의 삶과 의식을 존중하는 정신의 실현이기도 하니 표준어의 획일성과 배타적 차별성에 근거한 가치의 중앙집권주의에 대한 반성의 의미를 지닌다. 뿐만 아니라 지역 방언의 살려 쓰기는 곧 인물들의 삶을 구체적으로 반영하는 것이니 추상적 관념의 폭력적 개입을 억제할 수 있는 힘을 내재하고 있다.

지역 방언 살려 쓰기에 내재된 이런 의미들과 『삼대』의 문학사적 의미 사이에는 깊은 관련이 있다. 서울에 거주하는 중간층의 구체적인 생활 언어를 생생하게 살려 씀으로써 『삼대』는 선험적 의미항에 폐쇄적으로 규정되는 전 단계 문학의 일반 성격과는 전혀 구별되는 새로움을 확보할 수 있었으며, 하나의 또는 몇 개의 척도로써 현실세계와 그 속을 살아가는 사람들의 삶과 의식을 재단, 가치 평가의 서열화를 도모함으로써 좁은 단일성의 세계에 갇혔던 지난 시대 문학 일반과는 달리 복잡한 관계의 그물로 이루어지는 복합성의 세계, 중층성의 세계를 구축할 수 있었던 것이다.

『삼대』에는 세 부류의 인물군이 등장한다. 1)조의관, 조상훈, 조덕기의 3대를 중심으로 한 조씨 일가의 인물들, 2)김병화, 피혁, 장훈, 필순부, 홍경애 부 등 실천적 진보주의자들, 3)매당집을 비롯한 돈의 노예들 등[2]. 이 가운데 소설의 중심에 놓인 것은 물론 조씨 일가의 인물들이다. 실천적 진보주의자들은 김병화와 친구 사이이며 좌익 동정자(심퍼사이저)인 조덕기를 통해, 돈의 노예들은 타락하여 파락호가 된 조상훈과 그 자신 그들과 한패인 수원집을 통해 조씨 집안사람들과 관계 맺게 된다.

실천적 진보주의자들은 『사랑과 죄』(1927), 『광분』(1930) 등의 장편에서 다루어지긴 했지만 단편적인 데 그쳤다[3]. 『삼대』에서는 이들을, 역사적으로는 3·1운동을 비롯한 전 시대 민족주의 운동의 연장선상에서, 종적으로는 러시아를 비롯한 국외 운동 세력과 국내 운동 세력의 관계 속에서 그리고 있는데, 이로써 당대 조선의 진보적 운동의 현실이 동시대 그 어느 소설에서보다 폭넓게 반영되었다.

돈의 노예들이 만들어내는 세계에 대해 염상섭은 대단히 큰 관심을 가진 작가였다. 『사랑과 죄』, 「남충서」(1927), 『이심』(1929), 『광분』 등, 『삼대』로 이어지는 일련의 작품들에서 염상섭은 그 세계를 깊이 탐구하였다. 돈을 최고의 가치로 생각하고 돈을 향한 욕망에 이끌려 움직이는 사람들의 삶과 의식의 안쪽에 대한 깊은 탐구는 식민지 자본주의 사회의 본질을 문제삼는 의미를 지닌 것이다. 염상섭은 그런 인물들을 통해

---

2 김윤식, 『염상섭 연구』, 서울대 출판부, 1987 참조.
3 이에 대해서는 정호웅, 「식민지 현실의 소설화와 역사의식─염상섭의 『사랑과 죄』」, 『세계의 문학』 41호, 민음사, 1986 참조.

당대 현실의 부정적 본질을 파헤침으로써 새로운 길을 모색하고자 하였다. "상훈이의 축이 수년래로 비밀히 술을 먹으러 다니는 고등 내외 술집이요 동시에 뚜쟁이들과 소위 은근짜가 번갈아 드는 집"[4]으로 "서울 바닥에서도 유수한 젊은 계집의 도가(都家)"[5]인 매당집이 이들 돈의 노예들이 구축하는 세계의 한가운데에 놓여 있다. 오직 돈만을 바라 무슨 일이든지 서슴지 않는 매당집의 인물들을 통해 염상섭은 당대 한국 사회의 안쪽을 파헤쳤던 것이다.

소설 구성의 중심인 조씨가 인물들의 세계 속으로 이들 두 세계를 끌어들임으로써 염상섭은 『삼대』 이전의 염상섭 문학 전체를 하나로 통합하고자 하였으며, 당대 조선 현실의 전체성을 하나의 소설 속에 담아내고자 하였다는 평가가 이에 가능하다. 『삼대』는 이런 평가를 충분히 감당할 만큼 큰 소설이다.

『삼대』 이전의 염상섭 소설을 한마디로 규정한다면 '젊음의 문학'이다. 걸작 「만세전」이 대표하는 그 젊음의 문학은 극단적인 부정의식에 근거한 낭만적 초월의 문학이었다. 젊은 염상섭의 그런 부정의식을 뒤받친 것은 대상에 대한 객관적 탐구의 정신이었다. 일본 자연주의 문학에서 배운 염상섭은 대상에 대한 객관적 탐구정신을 무엇보다 강조하였는데 '환멸의 비애'란 그런 정신을 집약해 보이는 일종의 깃발이었다. 기존의 가치 척도와 그것에 의해 이루어진 가치 평정을 무조건 따르지 않고 자신의 눈으로 확인하겠다는 그 같은 탐구의 정신은 예컨대 누구

---

4 염상섭, 『삼대』, 두산동아, 1997, 173쪽. 두산동아에서 간행한 『한국소설문학대계』에 수록된 『삼대』는 『조선일보』(1931. 1. 1~9. 17) 연재본을 엮은 것이다. 여기서는 이것을 분석 대상으로 삼는다. 이하 『삼대』, 173쪽'의 형식으로 각주를 구성한다.
5 『삼대』, 274쪽.

의 눈에나 신성한 것으로 보이는 결혼조차도 새로 보게 만든다.

피차에 코빼기도 못 본, 어떤 개뼈다귀인지 말뼈다귀인지도 모르는 남녀
가, 일생의 운명에 간음적 최후 결단을 선고하는 것이 무어 그리 경사란 말
인가. 인천 미두 이상으로 더러운 도박을 하면서도 즐거우니 반가우니.[6)

젊은 염상섭의 그 같은 객관적 탐구의 정신은 그러나 한편으로는 주
관주의적 편향에 의해 깊이 흔들리기도 했다.

오늘날 와서는 모든 것이 명료한 것 같기도 하고, 역시 오리무중에 쌓인
것 같기도 합니다. 모든 것이 무시할 수 있는 공허한 관념이나 공상가의 첨
어(瞻語) 같기도 하고, 없으면 안 될 생활의 요건 같기도 합니다. 가만히 누
워서 오늘까지 경험한 것, 눈으로 본 사실, 귀로 들은 소문들을 낱낱이 연구
하여 보고 음미하여 보고 비교하여 보면, 결국에 선도 없고 악도 없도 정(正)
도 정이 아닌 것 같고 사(邪)도 사가 아닌 것 같을 뿐 아니라, 모든 것을 선이
라 하고 정리하여 긍정하려고 할 때도 있었습니다. 그러나 또 한편으로는,
─모든 것이 어린 아해가 만들어 놓은 완구에 불과하다. 거기에 무슨 권위가
있고 의미가 있느냐. 주관은 절대다. 자기의 주관만이 유일의 표준이 아니
냐. 자기의 주관이 용허하기만 하면 그만이다. 사회가 무엇이라 하든지, 귀
를 기울일 필요가 어디 있느냐. 세간의 속중잡배(俗衆雜輩)가 일의 대소를
막론하고 정의니 무엇이니 하며 혼자 잘난 체하는 것은 결국 자기의 죄과를
은폐하기 위하여, 소위 신이니 공동목적이니 사회니 국가니 하는 등 피난처
에 숨어서, 기다란 대ㅅ개피에 메어 단 깃발을 담 밖에 내여 밀고 휘두르는
것 같은 것이다. 이러한 의미로 그들은 누구보다도 먼저 위선자이다─
이와 같이 생각할 제, 나는 일체를 부정하고 유린하고 타기하려는 증오의
염과 반항의 열에 띠어서, 혼자 몸부림을 하며, 금시로 종로 바닥에 나가서

6 염상섭, 「암야」, 『염상섭 전집 9』, 민음사, 1987, 53~54쪽.

대연설이라도 하여 그들의 가면을 박박 긁어버리고(밑줄-인용자)[7]

"주관은 절대다. 자기의 주관만이 유일의 표준이 아니냐. 자기의 주관
이 용허하기만 하면 그만이다. 사회가 무엇이라 하든지, 귀를 기울일 필
요가 어디 있느냐"라는 단호한 선언에 담긴 주관 절대주의는 '환멸의
비애'를 떠받드는 객관적 탐구의 정신과 정면으로 상치된다. 이 시기 염
상섭의 정신은 객관적 탐구주의와 절대의 주관주의 두 극단으로 찢겨
흔들리고 있었던 것이다.

어디 염상섭뿐이었겠는가. 객관 지향과 주관 지향이란 서로 대립적인
두 극단으로의 분열은 1920년대 초중반 우리 문학 일반의 핵심 특성 가
운데 하나였다. 예컨대 이 시기 떠올라 이후 우리 문학사 전개를 주도한
경향문학의 혁명적 정치성 안쪽에 자리 잡은 것은 이 같은 객관 지향과
주관 지향의 두 극단으로의 분열이었다. 이 시기 경향문학은 객관 현실
의 탐구와 반영이란 객관주의적 명제와 객관 현실의 변혁을 위한 의지
적 지향이란 주관주의적 명제 사이에서 흔들리고 있었던 것이다.[8]

염상섭 초기 문학의 이 같은 분열은 주관주의적 편향의 통어와 객관
적 탐구 정신의 강화를 통해 지양되게 된다. 『사랑과 죄』, 『광분』, 「남충
서」 등을 거쳐 『삼대』에 이르는 과정은 그 같은 지양의 힘든 행로였다고
할 것이다.

경향문학이 이 같은 분열을 지양하여 한 차원 높아지게 되는 것은 이
기영의 장편 「고향」(1934)에 이르러서이다. 『삼대』는 1931년에 쓰였으니

---

7 염상섭, 「제야」, 같은 책, 61쪽.
8 이를 두고 임화는 '박영희적 경향'과 '최서해적 경향'으로의 분열이라고 했다(임화,
「소설문학의 이십 년」, 『동아일보』(1940. 4. 12~20)).

염상섭은 이보다 조금 빨랐다. 1930년을 넘어서며 경향문학 진영에서는 이 같은 분열에 대한 자기비판이 활발하게 이루어졌는데 염상섭 문학이 논의의 거점 가운데 하나였음은 대단히 의미심장하다 할 것이다.

3. 처절한 원한의 세계

우리 근현대소설 가운데는 감옥 체험을 다룬 작품이 많다. 파행적인 역사 전개가 낳은 현상일 터이다. 물론 저마다 그 성격이 다르지만 크게 보아 두 개의 유형으로 나눌 수 있다. 그 하나는 김동인의 「태형」과 손창섭의 「인간동물원초」가 대표하는 유형으로 인간모멸주의에 근거한 허무의 사상을 펼쳐 보이고 있는 것이다.[9] 그 반대편에 염상섭의 『삼대』와 오상원의 「유예(猶豫)」(1955)가 놓여 있는데 또 하나의 유형을 대표한다.[10] 자신의 실존을 끝끝내 포기하지 않는 이념인의 자기확인의 세계이다.

당장 고통을 견디지 못해서 죽는 것은 아니다. 몇 십 명의 숨은 동지를 대신해서 죽는다는 것도 말이 안 된다. 그들 개인이나 그들의 가족을 고통과 불행에서 건져 주려는 그따위 희생적 정신이란 것은 미안하나마 내게 없다. 나는 다만 조그만 시험관(試驗管) 하나를 주검으로 지킬 따름이다. 그 시험관은 자기네 일의 결정적 운명을 좌우하는 것이요, 지금 이 시각도 몇몇 우수한 과학적 두뇌를 가진 동지들이 머리를 싸매고 모여앉아서 연구를 계속하는 것이다. 이 연구와 실험도 미구 불원에 성공할 것이다. 이것을 주검으

---

9 이에 대해서는 정호웅, 「손창섭 소설의 인물성격과 형식」, 『작가연구 1』(새미, 1996) 참조.
10 이에 대해서는 정호웅, 「한국 현대소설에서의 감옥체험 양상」, 『문학사와 비평』 4집, 문학사와비평연구회, 1997 참조.

로 지켜 주는 것이 지금 와서는 나의 거룩한 천직이다. 그것 하나만으로도 내 주검은 값이 있는 것이다. 그러나 그 시험관의 결과를 못 보는 것만은 천추의 유한이다. 하지만 그 역시 내 눈으로 보자던 것도 아니었다. 어차피 성불성간에 그 시험관과 함께 이 몸도 없어질 것은 벌써벌써 각오하였던 것이 아닌가…[11]. (밑줄-인용자)

국외 공산주의 계열의 국내 조직원인 장훈의 독백이다. '국외의 붉은 자본'으로 활동 거점을 마련했다가 발각되어 취조 받던 중 그는 자살하는데, 그 직전의 자기확인이다. 핵심은 혁명 과정의 주체는 개개인이 아니라 혁명 그 자체라는 것, 그러므로 중요한 것은 그 과정에의 전력투구이지 혁명의 성공을 직접 확인한다든가 혁명 성공 후 개인적 이익을 누린다든가 하는 것이 아니라는 것이다. 우리 소설에서는 처음 확인되는 혁명의 사상이다. 프로 진영으로부터 대표적인 부르주아 문학인으로 지목 당했고 그 자신이 반프로 진영을 대표하여 프로 진영과 맞섰던 염상섭의 문학에서, 프로소설 어디서도 확인할 수 없는 깊은 혁명의 사상을 만난다는 것은 즐겁다.

우리 현대문학 100년을 이끌어 온 지배적인 상상력 가운데 하나는 혁명의 상상력이다[12]. 한국 사회의 근본질서를 송두리째 뒤바꾸고자 하는 이 혁명의 상상력은 그런데 당혹스럽게도 혁명의 안쪽에 대한 탐구를 스스로 봉쇄하는 속성을 지니고 있다. 어떤 대상을 근본적으로 바꾸고자 한다는 것은 그것을 전적으로 부정하는 의식의 소산일 터이다. 어떤 대상에 대한 전적인 부정의식은 다른 어떤 것이 전적으로 옳다는 절대

---

11 『삼대』, 522쪽.
12 이에 대해서는 정호웅, 『한국문학과 극단의 상상력』(프레스21, 2000) 참조.

의 긍정의식과 짝을 이루고 나란히 서 있다. 두 의식이 절대적 상호 배제와 대립의 관계임은 물론인데, 그 관계는 긍정의 대상 속에 부정적인 요소가 깃들여 있을 수도 있으며 부정의 대상 속에 긍정적인 요소가 깃들여 있을 수도 있다는 생각을 애당초 허용하지 않는다. 더 나아가 그 절대성의 인력은 어떤 대상이 긍정적이다 또는 부정적이다 라는 단세포적 확신에 철저하게 가두어 긍정적이라면 왜 그런지 부정적이라면 또 왜 그런지 탐구하는 것조차 가로막는다. 혁명의 상상력에 깊이 이끌린 현대문학 100년의 짧지 않는 역사에도 불구하고 혁명의 안쪽을 깊이 파고든 작품을 거의 만날 수 없는 것은 이와 무관하지 않다.

찾자면 물론 전혀 없는 것은 아니다. 예컨대 박태순의 「무너진 극장」(1969)이 있다[13]. 4·19를 증언한 작품은 많지만 이 작품처럼 그 본질을 날카롭게 찍어 올린 것은 찾기 어렵다. 이승만 대통령의 하야 선언이 있은 1960년 4월 26일 전날 밤, 흥분한 군중들에 의해 이화수가 운영하던 한 극장이 파괴된 사건을 다루었다. 르포 작가와도 같은 냉정한 시선이 사건의 전개과정을 관찰, 보고하는 사이사이에 작가의 비평적 분석이 섞여드는 독특한 구성을 취하고 있는데, 요점은, 군중들의 파괴행위가 만들어내는 무질서 속에 내재되어 있는 무의식적. 본능적인 해방 욕망과 공포이다. 해방의 욕망을 좇아 "오류에 빠진 질서"[14]를 파괴하는 것은 그 같은 질서에 구속당하고 억압당한 데서 생긴 '슬픔'과 '분노'를 해소하는 생명의 적극적, 창조적 실천이니 '묘한 쾌감' 조차 동반한다. 4·19를 무질서의 형식으로 파악하고 그 속에 담긴 이 같은 창조성을 포착해

---

13 「무너진 극장」에 대한 상세한 논의는 김윤식, 정호웅, 『한국 소설사』(문학동네, 2012) 참조.
14 박태순, 「무너진 극장」, 『무너진 극장』, 정음사, 1972, 359쪽.

내는 작가의 눈길은 날카롭다. 그러나 보다 중요한 것은 그 속에서 '공포'를 느낀다는 점이다. 그 알 수 없는 공포는 어디에서 비롯된 것인가.

> 과연 이 밤은 지나갈 것인가? 사람들이 아픔을 느끼며 희구해 마지않았던 새날은 찾아올 것인가. 능히 무질서를 수용하며 그것을 승화시킬 수 있는 새로운 질서는 찾아올 것인가?[15]

주인공의 이 같은 우려는, 그리고 그와 군중들이 만끽하는 파괴의 쾌감 안쪽에 스며드는 공포의 찬 기운은 무질서를 질서로 전환시킬 수 있는 방향과 힘의 부재 또는 불충분함에서 비롯된 것이니, '공포'는 4·19의 한계를 표상하는 선명한 상징인 것이다. 이처럼 무질서의 형식에 내재한 4·19의 창조적 측면과 한계를 이 작품은 담아낸 것이다.

혁명가 장훈은 코카인을 먹고 스물일곱의 나이로 죽었다. 작가는 그의 주검을 다음처럼 처절하게 그림으로써 원통하게 죽은 영혼을 위무하고자 하였다.

> 얼굴이 아니라 시꺼먼 선지 덩어리다. 코, 잎, 뺨…할 것 없이 그대로 너절한 선지 핏덩이다. 사람의 얼굴이 아니라 마치 그믐 밤중에 메줏덩이를 손 가는대로 뭉쳐 논 것 같다. 입이 어디 가 붙었는지 알 수 없다. 다만 눈만 반짝 하고 뜬다.[16]

그러나 어디 원통하게 죽은 영혼에 대한 위무일 뿐이겠는가. 그것은 당대 현실의 깊은 본질에 대한 아픈 확인이며 동시에 그 속을 살아가는

---

15 위의 책, 366쪽.
16 『삼대』, 518쪽.

당대인들의 원통함에 대한 확인이고 따뜻한 위무이기도 하다.

식민지 백성으로 살아야만 하는 원통함을 드러낸 부분은 의외에도 많다. 그 중에서도 다음 인용은 처절하다.

(ㄱ) 오 분도 못 지나서 문이 펄쩍 열린다. 휙 돌아다보던 덕기는 목덜미에 칼이 들어오는 것같이 고개를 덜컥 떨어뜨리면서 뛰어 일어났다.

그 꼴! 사람의 자식이 되어서는 차마 못 볼 노릇이다. 수감을 질러서 포승으로 허리를 질끈 동이고 흙이 뒤발을 한 모자를 채플린 식으로 씌웠다. 흐트러진 머리카락이 앞으로 옆으로 흐트러진 것도 채플린 식이다. 그러나 결코 연극이 아니다. 추악하고도 잔인한 현실이다. 자식의 이런 꼴을 부모가 보고 느끼는 것을 그것이 불쌍하고 애처로운 애정이지만 자식이 부모의 이런 꼴을 보고 먼저 앞서는 것은 뼈저린 애정보다는 장상의 위신이 모독되는 점에 대하여 일종의 허무감과 동정이 먼저 일어나고 그 다음에는 창피한 생각이 나는 것이다. 그 창피는 자기 개인과 맞상대자까지 포함한 일문일족의 씨족적 불명예를 느끼는 데서 나오는 것이다.[17]

(ㄴ) "이립지년(而立之年)밖에 안 되는⋯."
하고 부장은 그 능갈친 조선말로 연해 문자를 써가며 이 늙은 난봉꾼을 준절히 훈계한다.

"나 같은 젊은 놈이 난봉을 피운다면 욕은 하면서도 그래도 마음잡을 날이 있거니 하고 용서도 하겠지만, 이거야 늦게 배운 도적놈이 날 새는 줄 모른다고 어디 영감 생전에 마음잡을 날 있겠소? 여든을 먹어도 이 모양이면야 얼른 죽는 게 자손을 위하고 사회를 위하여 다행한 일이 아니겠소? 아니 원체 글을 거꾸로 배웠으니까 종심지년이 되면 게다가 망녕도 겹쳐서 내 마음대로 하겠다고 한층 더 뛸 거 아니오? 조선이 오늘날 왜 이렇게 되었고? 모두 당신 같은 늙은이 때문이 아니오? 그 큰일났소! 난 이 덕기 군이 가엾

---

17 『삼대』, 529쪽.

고, 부모 때문에 얼굴을 쳐들고 세상에 나다닐 수가 없게 돼서야 이걸 어디 가서 호소를 한단 말요! 벙어리 냉가슴 앓기지….”[18]

(ㄱ)은 한국 사회의 개혁을 향해 앞서 나아갔던 젊은 개화주의자의 뜨거운 열정, 푸른 뜻은 간데없고 한갓 희극 배우에 떨어져버린 조상훈의 비참한 모습을 핍진하게 보여준다. 작가는 ‘개화기 세대의 전형’으로 조상훈을 설정했다고 했는데 그렇다면 조상훈의 이런 모습은 무엇을 말하는 것인가. 염상섭은 ‘개화’라는 깃발을 휘두르며 내달렸던 개화주의자들이 급속하게 변화하는 시대의 추세를 놓치고 주변부로 밀려나고 말았던 것을 조상훈을 통해 드러내고자 했던 것으로 판단된다. 예컨대 우리 근대문학사의 앞머리에 우뚝한 이인직, 이광수, 최남선 등 개화의 선각자들이 단순했던 만큼 급속하게 개화주의적 열정을 상실하고 현실순응적 보주주의자로 주저앉았음을 떠올릴 수 있겠다. 작가는 “만일 그가 요새 말로 자기청산을 하고 어떤 시기에 거기에서 발을 뺐더라면 그가 사상적으로도 더 새로운 시대에 나오게 되었을 것이요, 실생활에 있어서도 자기의 성격대로 순조로운 길을 나가는 동시에 그러한 위선적 이중생활이나 이중성격 속에서 헤매이지는 않았을 것”[19]이란 조덕기의 말을 빌려 조상훈의 그런 성격을 보다 분명히 드러내었다.

우리는 다른 소설에서 다른 나라의 지배 아래 든 식민지 현실에 대한 원통함을 (ㄴ)에서처럼 처절하게 드러낸 부분을 만나기는 어렵다. 일본인 형사부장의 야유기 가득한 일장 설교를 아들 앞에서 들어야만 하는

---

18 『삼대』, 533쪽.
19 『삼대』, 45쪽.

신세라니, 그 원통함은 "조선이 오늘날 왜 이렇게 되었고? 모두 당신 같은 늙은이 때문이 아니오? 그 큰일났소! 난 이 덕기 군이 가엾고. 부모 때문에 얼굴을 쳐들고 세상에 나다닐 수가 없게 돼서야 이걸 어디 가서 호소를 한단 말요! 벙어리 냉가슴 앓기지…"라는 야유에서 처절함의 극에 이른다.

돈이 최고의 가치로 군림하는 세계, 돈을 향한 욕망에 갇힌 인간 군상이 엮어내는 다양한 관계들을 차가운 시선으로 파헤친 작품이 『삼대』이다. 그러나 그 아래에는 이처럼, 식민지 현실을 깊이 앓는 원통한 마음이 소리 없이 울고 있다.

그 원통한 마음은 그러나 식민지 현실에서만 생겨나는 것은 아니다. 바로 앞 세대 곧 아버지 세대를 믿고 따를 수 없게 된 현실도 그 원인의 하나다. 도덕적, 이념적으로 권위를 상실한 바로 앞 세대를 부정하고 가정과 사회를 떠맡아야 한다는 현실은 한편으로는 젊은 세대의 진취성을 한껏 드높이는 원인으로 작용한다. 1910년대를 이끌었던 이광수 등의 계몽주의 문학과 1920년대 중반 이후 우리 문학사를 주도한 프로문학의 미래지향적 역동성은 그 좋은 예이다. 그러나 다른 한편 그것은 젊은 세대에게 감당하기 어려운 무거운 짐을 지우는 것이기도 한 것이니 젊은 세대는 그 앞에서 아득한 공포에 떨게 되고 그런 상황을 감당해야만 하는 자신의 현실에 대해 원통한 마음을 품을 수밖에 없게 되는 것이다. 『삼대』의 주인공 조덕기는 전자보다는 후자에 더 가까운 경우이다.

4. 형성 도정의 자아

『삼대』의 서사를 이끄는 요소 가운데 하나는 남녀 사이의 심리 곡절이다. 그 가운데서도 덕기와 필순, 병화와 경애 두 짝이 엮어가는 심리 곡절이 중심인데, 작가의 눈길은 예리 섬리하고 붓길은 정치하여 남녀 간의 연애 심리를 다룬 소설로 단연 앞머리에 세울 만하다.

또 하나의 요소는 의문/해결의 구조를 지닌 삽화들의 연쇄이다. 스쳐 지나가듯 어떤 인물의 얼굴에 떠올랐다 사라진 표정 하나 또는 특이하여 눈길을 끄는 행동이나 말 한 마디 등 사소한 것들로부터, 예컨대 비소중독사가 의심되는 조의관의 죽음과 같은 의문사 등 굵직한 사건에 이르기까지 갖가지 것들이 떠올리는 의문을 앞에 걸어 두고 그 의문 해소를 향해 나아가는 추리, 탐문, 추궁, 논박 등의 과정이 겹치면서 이어진다. 염상섭 소설을 특징짓는 것 가운데 하나인 추리소설적 특성이 작품 전체에 침투해 있는 경우라 하겠다.

재물을 향한 인간 군상들의 욕망을 또 하나의 요소로 들 수 있다. 『삼대』의 인물들은 조의관이 일생을 바쳐 쌓아올린 거대한 부를 얻기 위해 저마다의 처지에 따라 온 힘을 다한다. 염상섭은 그 과정을 치밀하게 추적하여 그려내었는데, 이 점에서 『삼대』는 여러 사람이 참가하여 조의관의 재산을 놓고 벌이는 한 판의 게임이라고 말할 수 있다. 그 게임의 관리자는 '상속법'이다. 한밤중 아픈 몸을 일으켜 조의관이 작성해 둔 '유서'가 유산을 둘러싼 진흙구덩이 속 싸움을 최종 정리하는 힘을 갖는 것은 이 때문이다. 상속법에서 가장 우선시하는 것은 육성 또는 서류의 형태 속에 담긴 상속자의 의견인 것이다.

조씨가의 현상 유지와 피상속인들의 처지를 고려한 재산 분할이 보여주듯 조의관은 균형 감각을 지닌 합리주의자였다. 그는 애증의 감정에 사로잡히지 않고 냉정한 정신으로 재산 분할의 유서를 작성하였던 것이다. 주변 사람 모두를 두루 배려한 조의관의 균형 감각으로 인해 재산

상속에서 배제된 사람은 아무도 없었다. 그러므로 조의관의 유산을 놓고 벌인 그 게임의 승패는 피상속인 각자의 기대치와 실제 상속 재산의 차이에 따라 결정될 것이다. 상속 재산이 기대치에 못 미치면 패배, 기대치를 넘어서면 승리인 게임이다.

『삼대』 등장인물들의 이전투구 재산 싸움은 겉으로 보아 선인과 악인의 대결인 것 같지만, 자세히 보면 이처럼 인물들 각자의 욕망이 문제되는 저마다의 승부였던 것이다. 이 점에서 『삼대』는 재산 싸움을 도덕적 선/악의 척도로 재는 데 익숙한 우리 소설에서는 보기 드문 개성을 확보한 작품이라 할 수 있다.

『삼대』의 인물들은 주인공인 조덕기와 이필순 등 몇 사람을 제외하고는 세계관, 삶의 방식 등이 결정되어 있는 존재들이다. 그러나 무게중심은 명백히, 미결정의 인물들에 놓여 있으니, 『삼대』 독해의 핵심은 이들 미결정의 인물들이다. 그들은 이미 결정된 인물들의 구속과 억압(강요)에 시달리며 앞길을 열어 나아간다. 그들은 때로는 그 구속과 억압에 순응하고 때로는 맞선다. 『삼대』의 주인공은 이처럼 순응하고 맞서면서 변화해가는 형성 도정의 자아이다.

형성 도정의 자아를 주인공으로 설정함으로써 『삼대』는 이미 완성된 자아를 주인공으로 설정하는 경우가 대부분인 우리 소설의 일반적 경향과 구별되는 개성을 확보하였다.

5. 지식인에 대한 추구의 단순성

『삼대』는 일종의 지식인 소설이다. 필순 부, 김병화, 피혁, 장훈과 같은 이념인은 물론이고 조상훈, 김병화 부, 조덕기 등 주요인물의 상당수가 지식인이다. 염상섭 소설의 성취 가운데 하나는 지식인을 당대 어떤 작가보다도 더 깊이 다루었다는 점이다. 이 사실은 지식인을 제대로 그리지 못한다는 한국 소설 일반의 문제점을 생각하면 대단히 의미 있는 것이다. 그럼에도 불구하고 지식인에 대한 염상섭 소설에서의 추구가 제한적임을 지나쳐서는 안 된다. 염상섭 소설 속 지식인의 대부분은 지적인 사유 능력의 측면에서 놀라울 정도로 단순하다. 염상섭이 개화기 세대의 전형으로 내세운 조상훈을 통해 이를 살펴보기로 한다.

조씨가 삼대 가운데 중심은 물론 주인공인 조덕기이지만 조상훈의 소설 속 비중 또한 만만치 않다. 그는 2년간 미국 유학을 다녀온 개화기 지식인으로 기독교인이며, 교회계통의 학교에 깊이 관여하고 있다. 젊어서는 신념 있는 지사로서 뭇사람의 추앙을 받았으나 3·1운동 이후 일제의 식민지 지배 체제가 공고화되자 허무주의에 감염되어, 여자와 술과 노름에 빠져들고 말았다. 염상섭은 "만세 후의 허탈상태에서 자타락(自墮落)한 생활에 헤매던 무이상, 무해결인 자연주의 문학의 본실과 같이, 현실폭로를 상징한 부정적 인물"[20]로 그를 설정했다고 밝히고 있는데, 말하자면 조상훈은 세대의 의미보다는 한 시대상을 상징하는 의미를 더 많이 가진 인물이다. 밤 열 시까지는 종교인이자 교육자로서 충실하여 설교를 하고 그 이후에는 술집을 전전하며 술타령 계집타령으로 지새는 위선의 파락호다.

그는 새 길을 찾아 나아가려 고투하는 조덕기 등 젊은 정신들의 안타고니스트로 기능한다. 새 길을 열고자 하는 젊은 정신들의 지향이 치열한 만큼 그것에 대비된 그의 부정성은 강렬하다.

---

20 염상섭, 「횡보 문단회상기 2」, 『사상계』(1962. 12), 260쪽.

난 결단코 타락하지 않았어요! 설사 내가 타락하였더라도 그것이 남의 탓이라고 칭원(稱冤)을 하지는 않지만, 내가 타락하였다면 이 세상 연놈은 어떻게 하게요! 난 천당에 자리를 비워 놓았대도 가지 않겠지만[21]

조상훈의 제자였다가 그의 첩이 된 홍경애의 취중 발악이다. 기독교에 대한 강한 적개심을 뚜렷이 드러내고 있는 그녀의 말이 겨누는 것은 조상훈의 타락이다. 그런 타락자도 있는데 왜 내가 타락자냐, 기독교를 앞세운 조상훈 등의 언행은 철저한 허위에 지나지 않는다는 것이 요점이다. 조상훈의 타락성에 대한 반감은 그에게 유린당한 홍경애만의 것이 아니다. 아들인 조덕기는 아버지를 이해하려 노력하면서도 그에 대한 부정의식을 어쩌지 못한다.

> 그러나 부친을 위하는 마음이 생길수록 이상하게도 한옆에서 부친을 미워하는 마음이 머리를 들었다. 부자의 정리보다도 부친에게 대한 인격적으로 존경할 수 없는 감정이 불현듯이 떠올라 왔다. 그와 동시에, 혹은 그와 같은 정도로 옆에 앉았는 모친과 경애가 가엾이 생각되었다. 죽었는지 살았는지도 알 수 없는 경애가 낳은 딸—보지 못한 누이동생, 그리고 자기 남매까지 불행하고 측은히 생각되었다.
> 부친이 그리 잘난 인물은 못 되더라도 인격적으로 아들에게만이라도 숭배를 받았던들 얼마나 자기는 행복하였을까? 덕기는 자기 부친에게 인격적으로 경의를 표할 수 없는 것을 몹시 괴로워하였다. 그랬다면 설혹 부친이 자기에게 냉정하더라도 자기가 진심으로 섬겨보고 싶었다.[22]

서구=기독교=선[23]이라 생각하여 기독교 전도와 교육 사업을 통해 당

21 『삼대』, 29쪽.
22 『삼대』, 37쪽.
23 박정신, 「기독교와 한국 역사」, 『근대 한국과 기독교』, 민영사, 1997 참조.

대 한국 사회의 개혁을 이루고자 하는 분위기 고조되었던 것은 청일, 노일 전쟁 직후라고 한다.[24] 그들의 개혁 의지는 그러나 합방 이후 급속하게 약화되어 사회 개혁성을 상실하고 종교적 수양운동에 갇히게 되고 말며 마침내는 일부를 제외하고는 친일의 길로 들어서게 되고 만다. 조상훈의 행로는 이 같은 현실을 반영하는 것이라 할 수 있을 것이다.

이처럼 조상훈은 개화지식인을 대표하는 인물로 설정되어 있다. 그런데 우리는 이 작품에서 조상훈의 사유내용을 거의 확인할 수 없다.

> 나도 너희들이 생각하는 것이나 기분을 이해하지 못하는 것은 아니다. 사회의 현실상 앞에 눈이 어두운 것은 아니다. 그러나 나는 내가 살아온 시대상과 너희의 시대상의 귀일점을 찾으려는 것이다. 쉽게 말하자면 네 사상과 내 사상이 합치되는 소위 '제삼제국'을 바라는 것이다. 너희들은 한걸음 나아갔고 나는 그만치 뒤떨어진 것은 사실이다. 그러나 너희 시대에서 또 한걸음 다시 나아가면 그때에는 내 시대사상, 즉 지금 내가 가지고 있는 사상의 어떠한 일부분이라도 필요하게 될지 누가 아니? 나는 그것을 믿고 그것을 찾는다.[25]

'사회상상과 실제 운동 문제'를 놓고 조덕기, 김병화와 토론하며 내놓은 조상훈의 말이다. 조상훈의 지적 사유를 직접 드러낸 유일한 경우인데, 이마저도 한갓 자기변명에 지나지 않는 억설일 뿐이다.

6. 맺음말

이 글은 지금까지 크게 주목받지 못했던 두 가지 측면 곧 1930년대를

---

24 박정신, 「구한말 기독교와 진보적 개혁운동」 및 「윤치호 연구」, 위의 책 참조.
25 『삼대』, 45쪽.

살았던 젊은 세대의 한과 지식인의 형상화 문제를 통해 『삼대』의 한 특성과 한계를 밝히고자 한 것이다.

『삼대』를 일반의 이해를 좇아 중도적 시각에 의해 구축된 메마른 가치중립성의 세계라고 읽는 것은 잘못이다. 그 안쪽에는 폭력적인 권력이 삶의 전 영역을 유린하고 있는 식민지 현실과, 앞선 세대를 대신하여 가정과 사회를 책임져야만 하는 무거운 짐을 지게 된 1930년대 조선의 젊은 세대의 힘겨운 현실에서 생겨난 원통함이 중요 주제의 하나로 담겨 있는 것이다. 이 같은 사실은 문학작품을 특정의 개념틀로써 이해하려는 우리 현대문학 연구의 한 일반적 경향에 대한 반성으로 우리를 이끈다. 특정의 개념틀로써 한 작품을 읽고 이해한다는 것은 그 개념틀 안에 드는 것만을 보게 만들고 그것에만 의미를 부여하도록 구속한다는 뜻이다. 그럴 때 그 개념틀을 벗어난 요소들은 아예 보이지 않거나 설사 보인다 하더라도 의미 없는 것으로 무시되고 말게 된다. 작품 이해의 불완전성의 문제가 아니라 실체 왜곡의 문제를 야기할 수도 있는 심각한 독서 방식인 것이다.

『삼대』에 대한 논의는 거의 예외 없이 조덕기와 조의관을 중심으로 한 것이었다. 조상훈을 주목한 경우는 찾아보기 어렵다. 그러나 이 작품을 깊이 읽기 위해서는 조상훈을 주목해야만 한다. 『삼대』의 깊은 안쪽에 숨어 있는 원통함에 대한 이해도 조상훈을 주목함으로써 비로소 가능했으며, 또 한 가지, 『삼대』의 지식인 소설로서의 성취 수준을 문제삼는 것도 조상훈을 주목함으로써 비로소 가능하다.

냉소와 풍자

• • •

염상섭의 『효풍(曉風)』

1. 『효풍』 간행의 출판사적 의의

우리 근대소설사를 앞서 이끌어온 큰 작가의 하나이며, 한국 근대소설사의 가장 높은 자리에 우뚝한 큰 문학을 일구었던 염상섭의 전집조차 나와 있지 않은 것이 우리의 현실이다. 낡은 신문더미 속에 묻혀 잊혀졌던 염상섭의 장편 『효풍』을 발굴, 그다지 넉넉하지는 않은 출판사로 알려진 실천문학사에서 처음으로 간행해낸 것은 한국의 문학 출판계에서는 있기 어려운 참으로 놀라운 일이다. 글을 시작하며 『효풍』 간행의 출판사적 의의를 먼저 지적해 두지 않을 수 없다. 『효풍』 간행이 우리의 관심이 미치지 못해 사장되었던 소중한 문학 유산들을 되살리는 계기가 되기를 바라는 마음에서이다. 『염상섭 전집』[1]을 빠른 시일 안에

---

1 1987년에 간행된 『염상섭 전집』(민음사)은 전집이 아니라 선집이다.

만날 수 있게 되기를 고대한다.

『효풍』은 『자유신문』에 약 10개월 동안 연재(1948. 1. 1~11. 3, 총 200회)되었다. 1948년 5월 4일부터 9일까지 연재가 중단되기도 했는데, 염상섭이 단독정부 수립을 위한 남한만의 단독 선거(5. 10 선거)에 대해 단호한 반대 입장을 견지했던 『신민일보』의 편집국장이었기 때문에 미군정 당국에 의해 열흘 정도 구금되었던 것이다. 연재가 재개된 5월 10일자에 실린, "전자에 월여 전에 사임한 모지의 필화사건에 연좌하여 약 일 주일 간 집필하지 못"하였다고 밝혀 독자의 이해를 구하는 작가의 말을 통해 이런 사정을 들여다볼 수 있다[2].

'효풍(曉風)'은 새벽바람이다. 민족사의 새로운 전개를 비는 마음을 동트는 새벽을 부는 맑고 생기 찬 새벽바람에 부친 것이리라. 그러나 그 마음은 미래에 대한 낙관으로 부푼 밝은 성격의 것이 아니라 안타까운 비원에 가까운 것이었다. 현실주의자 염상섭은 일본의 식민 지배에서는 벗어났지만 완전한 독립을 기대하기는 어려운 현실, 갈수록 굳어져 가는 남북 분단의 현실, 한국 사회의 구성원 대부분이 나아갈 방향성을 잃고 깊게 흔들리고 있는 동요와 불안정의 현실을 정시하며 마음 깊은 곳에서 피어오르는 절망감을 애써 억누른 채 안타까운 비원을 올렸던 것이다. '효풍'이란 제목에는 해방공간의 문학을 지배한 낭만적 낙관의 전망과는 전혀 구별되는, 현실 정시의 날카로운 눈이 번득이고 있으니 큰 작가의 면모는 여기서도 여실하다.

---

2 김재용, 「8·15 이후 염상섭의 활동과 '효풍'의 문학사적 의미」, 『효풍』, 실천문학사, 1998, 347쪽. 해군본부 정훈감실 편집과장이던 1952년에 작성한 자필 이력서는 정훈본부 지도과장 겸무를 벗는 1952년 8월까지의 이력을 담고 있는데 『신민일보』 편집국장 경력은 빠져 있다.

2. 새로운 역사 단계를 향한 안타까운 비원(悲願)

『효풍』의 시간 배경은 1947년 12월 말 경에서 1948년 3월 중순경까지이다. 작품 초두에 두 주인공인 박병직과 김혜란이 만나 "내일은 우리크리스마스를 쇠잔 말야"(19쪽3))라고 말하고 있는 것으로 미루어 1947년 크리스마스 무렵에 시작되었음을, 작품 막바지에 나오는 "음력으로이월 보름께나 된 두꺼워진 볕빛이 앞창에 가뜩히 들어서"(314쪽)라는지문과 얼음이 거의 녹아 힘차게 흐르는 한강을 묘사한 "강가에는 아직얼음이 붙어 있어도 중류는 용용히 흘러내려간다"(271쪽)라는 부분 등으로 미루어 겨울 끝머리 봄의 초입인 3월 중순경에 끝나게 됨을 알 수있다. 그러니까 이 작품의 시간 배경은 추운 겨울을 뚫고 봄을 향해 나아가듯 민족사의 새 날이 오기를 고대하는 작가의 바람을 담아내는 것이라 할 수 있다. 그러나 그것은 다만 바람에 지나지 않는다. 봄바람은작품 끝머리, 그것도 채 녹지 않은 얼음판 위로 불고 있을 뿐, 이 작품의대부분은 여전히 찬 겨울바람 속에 놓여 있다.

작품 중간 부분에 김혜란의 아버지인 김관식이 "출마라니 아직 UN단도 오기 전에 입후보를 하란 말요"(129쪽)라고 말하는 게 나온다. 'UN단' 이란 1947년 11월 14일 UN 총회 전체회의에서 가결된 "48년 3월말까지 시행될 한국의 선거를 감시할 위원단을 설치하고 독립정부 수립후 가능한 한 7월 1일까지 외국 군대를 철수시킨다."라는 내용의 미국동의안에 규정된 '48년 3월 말까지 시행될 한국의 선거를 감시할 위원단' 을 가리킨다. "한국인에 의한 한국인 대표 선거가 공정하게 실시되

---

3 염상섭, 『효풍』(실천문학사, 1988)의 쪽수임. 이하 쪽수만 나타냄.

도록 감시하고 선출된 대표와 한국 독립에 관한 모든 문제를 상의, 빠른 시일에 독립이 달성되도록 한다."는 임무를 띠고 9개국 대표로 구성된 UN 한국위원단이 내한한 것은 1948년 1월 8일이었다[4]. UN 한국위원단의 파견안이 UN 정치안보위원회에 상정되고 UN 총회에서 통과될 때까지는 물론이고 그 이후에도 한참 동안 이 안을 둘러싼 치열한 공방으로 온 나라가 시끄러웠다. 그 공방의 핵심은 미소 양군의 즉시철병론이냐 독립정부 수립 이후의 철병론이냐의 문제, 남한만의 단독 선거 강행이냐 아니냐의 문제였다. 미국, 소련으로 대표되는 외세와의 관계와 통일 문제가 초점이었던 것인데, 한민족의 운명이 걸린 중요한 내용을 안고 있는 사안이었던 만큼 그 공방은 정치 테러와 파업과 무력 충돌 등을 낳으며 나라 곳곳을 피로 물들였다.

『효풍』은 그 같은 정치적 대결과 그로 인한 혼란상을 직접적으로 다루지는 않는다. 'xx 청년단'을 중심으로 한 우익쪽 인물들과 좌익계 신문사의 기자인 최화순을 중심으로 한 좌익쪽 인물들의 밀고 당김을 통해 반영하고 있긴 하지만 그들의 밀고 당김은 언쟁 수준 이상으로는 나아가지 않는다. 『효풍』에는 박병직의 월북 문제가 작품 전개를 주도하는 중요 모티브의 하나로 설정되어 있지만 당대 정치 현실의 핵심을 반영하는 데는 미치지 못하고 있다. 1947년 8월 11일 밤부터 좌익 진영에 대한 대대적인 검거 선풍이 불면서 월북자가 급증하는데 그런 현실을 다만 세태 차원에서 반영하고 있을 뿐이다. 박병직이 오랜 망설임 끝에 약혼녀를 속이면서까지 북한행을 단행하지만 그 안쪽은 대단히 불투명하다. 무엇 때문에, 어떤 생각으로 그가 삼팔선을 넘으려 했는지 파악하

---

4 최영희, 『격동의 해방 3년』, 한림대학교 아시아문제연구소, 1996, 396~431쪽.

기 어렵다. 박병직의 오랜 친구로서 청년단 간부인 김태환의 다음과 같은 진단에는 그러므로 한갓 빈정거림이라고 치부할 수 없는 적실한 점이 있다.

> 염려 말어! 이 추위에 나설 리두 없겠지만 병직이쯤 정치인이니 누가 대수롭게들 알아줄 텐가? 누구라면 알 만한 사상가 혁명가니 와 달라고 하여 손을 벌리고 맞아들일 처지인가. 간다더라도 일이 있어 가거나 일을 하러 가는 게 아니라 예전으루 말하면 계집 데리구 대동강에 뱃놀이 가는 셈이니 그 오만 원 십만 원을 쓰고 나면 올 노자가 없어서 쩔쩔맬 거라. 가만 내버려두어! (211~212쪽)

고민 끝에 북한을 택해 월북하지만 그것은 "계집 데리구 대동강에 뱃놀이 가는 셈"일 뿐이라는 것인데, 이런 빈정거림이 틀렸다고 말할 수 있는 어떤 근거도 이 작품에는 들어 있지 않다. 다른 곳에서 김혜란의 입을 빌려 "우익청년단을 지도한다는 오라비도 가다가는 이북이 어떤 꼴인지 좀 가보고 싶다는 소리를 하는 터이니 이것도 요새 청년의 공통한 감정이나 희망 같기도 하다고 생각이 든다."(85쪽)라고 하여 그것이 한갓 호기심 충족을 위한 유행 풍조에 지나지 않는 것일 수도 있음을 내비치고 있는데, 그것과 '대동강 뱃놀이'를 다른 것이라 하기는 어렵다. 요컨대 염상섭은 지식 청년의 월북 문제를 당대 정치 현실의 핵심과 관련지어 그리지 않았던 것이다.

그러니까 『효풍』은 소련 군정 아래에서 빠른 속도로 사회주의 체제를 세우고 있던 북한이냐 아니면 미군정하에서 미국식 자본주의 체제를 구축하고 있던 남한이냐라는 체제 선택의 문제에서 빗겨나 있는 것이다.

이 시기 한국 사회와 그 구성원들을 지배했던 체제 선택의 문제를 빗겨난 곳에 염상섭의 이른바 중도파적 입장이 자리 잡고 있다. 그 핵심은 외세 배격의 민족자립주의, 분단 거부의 민족통일주의이다.

　(ㄱ) "중석(重石)은, 홍삼(紅蔘)은 얼마나 실어내 가는지 모르시는 모양이
로군? 홍삼은 일제 시대에는 미쓰이(三井)에게 내맡겼던 것이죠? 이번에는
어떤 '미국 미쓰이'가 옵니까?"
　(중략)
　"미스터 베커 안심하시오. 당신은 내가 미스 최처럼 또는 조선사람 전체
가 이북으로 가고 싶어 하는 것은 아니요. 하지만 일제 시대에는 좌우익의
구별이 없이 함께 단결하였던 것을 당신들은 생각하여 봐야 할 것이요. 지
금 미스 최가 말한 그런 점에 가서는 좌우가 없이 의견이 일치하거든요."
(112~113쪽)

　(ㄴ) "우선 삼팔선이 어떻게 하면 소리 없이 터질까 그것부터 공부를 해
야 하겠습니다."
　"소리라니? 대포 소리 말인가?"
　"그렇죠―"
　"그리고?"
　"그 다음에는 두 세계가 한데 살 방도가 필시 있고야 말 것이니까 그 점
을 연구하렵니다."(336쪽)

　(ㄱ)은 '스왈로 회담'이란 제목의 장에 나오는 최화순과 박병직의 발
언이다. 스왈로란 이름의 '딴쓰 홀'에 미국 청년 베커, 박병직, 최화순
등이 모여 춤추며 놀다가 논쟁이 벌어졌다. 모두가 지식인들인 만큼 예
의를 차려 말은 부드럽지만 그 안에 담긴 생각은 이처럼 신랄하다. 미국
의 경제적 수탈과 자국 이익만을 도모하는 미군정의 잘못된 정치에 대
한 통렬한 비판인데, 신식민지적 질서가 뿌리내리고 있던 당대 현실에
대한 민족자립주의자 염상섭의 날카로운 비판의식이 그 선명한 모습을
드러내었다.

이 같은 비판의식은 이 작품을 이끄는 주제의 하나이다. 곳곳에서 미국의 한국 지배를 비판하는 발언을 만날 수 있는데, 예컨대 김혜란은 베커를 향해 "손님이 밑이 질기니까 푸대접을 받는 거죠."(170쪽)라고 쏘아부쳐 미국의 한국 지배를 비판한다.

널리 알려진 단편 「양과자」 등에서도 뚜렷한, 외세가 지배하는 현실에 대한 민족자립주의자 염상섭의 이 같은 비판의식은 자주적 통일 국가 수립을 지향하는 민족통일주의와 쌍생아이다. (ㄴ)은 오랜 방황 끝에 제자리에 돌아온 박병직과 그의 장인이 될 김관식 사이의 대화인데 민족 분단의 현실을 넘어서고자 하는 염상섭의 열망이 여기 확고하다.

외세의 지배와 민족 분단의 현실을 넘어 새로운 역사 단계를 꿈꾸었지만 염상섭은 그것을 실현할 수 있는 힘과 방법을 현실 속에서 발견하지는 못하였던 듯하다.

이 작품을 이끄는 중심 모티브는 명백히 김혜란과 박병직의 결혼 여부이다. 심한 우여곡절을 겪으며 두 사람의 결연이 성사되는 행복한 결말을 향해 나아가는 과정이 이 작품의 대부분을 채우고 있다. 새로운 역사 단계를 향한 등장인물들의 고뇌와 꿈꾸기는 두 사람의 결혼 여부에 종속되어 있을 뿐이다. 예컨대 박병직의 북한행이란 중대한 정치적 선택조차도 그 정치적 의미보다도 김혜란─박병직─최화순 세 사람의 삼각 갈등의 측면에 더 비중을 두고 있음을 확인할 수 있다. 염상섭은 새로운 역사 단계를 열고자 하는 젊은 정신들의 고뇌찬 모색 과정이 아니라 젊은 두 남녀의 결혼 문제에 초점을 맞추었던 것이다. 무엇 때문일까. 여러 가지를 생각해 볼 수 있겠지만 무엇보다도 염상섭의 비관적 현실 인식이 가장 큰 원인이었다는 것이 내 판단이다. 작가는 외세 지배와 민족 분단의 부정적 현실을 넘어서고자 하는 열망을 지녔지만 동시에,

새로운 역사 단계를 열 수 있는 힘과 방법을 현실 속에서 찾아내지는 못하였기에 그것이 불가능하다는 비관적 인식에 사로잡혔다. 그것이 작가의 붓길을 붙들어 새로운 역사 단계를 열려고 고투하는 젊은 정신들의 안쪽으로 나아가는 것을 가로막았다는 생각이다. 그럴 때 염상섭 소설의 한 일반적 특성인 청춘 남녀의 결혼 문제 모티브가 중심부에 자리 잡게 되는 양상이 빚어지게 된 것이다.

민족자립과 민족통일을 열망했던 염상섭의 붓길을 구속한 그 같은 비관적 현실 인식을 좀 더 자세히 살펴보기로 하자.

> "사실 교원생활에 멀미도 나고 해방바람에 나두 엉덩이가 들먹거려서 나서 본 것이지마는 하나나 어디 마음대루 되던가? 첫째 제 밑천 없이 손에 걸리는 거라곤 없고 결국 이 지경으로 젊은애 꽁무니나 따라다니며 형사 비슷한 일이나 아니 하면 거간꾼이지 별수 있나? 허허"
> 장 선생이 자탄(自嘆)하며 자기 자신을 비웃는 듯한 풀없는 말소리를 들으니 혜란이는 딴 정신이 드는 듯시피 옛날 이 선생의 모습을 생각하며 장만춘이의 얼굴을 치어다보았다. 사십을 훨씬 넘었겠지마는 벌써 희끗희끗 센머리가 눈에 띈다.
> 형사 비슷한 일 아니면 거간꾼 아니냐는 그 말이 귀에 찡하여 가슴이 뭉클하였다.(16쪽)

해방 이전엔 여고보의 영어교사였던 장만춘이 지금은 모리배들의 뒷배나 보아주는 한갓 거간꾼으로 떨어지고 말았다. 제자에게까지 자기모멸적인 말을 내뱉으며 무너져 가는 그의 비루한 모습은 상징적이다. 독설가 김관식은 "기가 푹 까부라지게 거세(去勢)를 해놓고 간 놈이 일인 아닌가? 그러기에 나는 청년이나 노년이나 그런 쓸개 빠진 위인이야말로 일제 잔재라고 생각하네마는 그 더께가 떨어지기 전에 또 한 더께가 씌일 모양이니 걱정이지!"(133쪽)라고 하여 조선인들이 민족적 자존심도 도덕적 성실성도 창의심도 모두 상실하고 돈의 노예, 정치 이념의 하수인, 외세의 주구로 전락한 현실을 개탄하는데, 장만춘은 그런 현실을 상징하는 인물이다.[5]

자기 이익을 위해서는 어떤 일도 마다하지 않는 매판적 자본가인 이진석, 박종렬 등은 물론이거니와 그 맞은편에 놓여 그들을 냉정하게 비판하며 새로운 길을 찾으려 하는 두 주인공 박병직, 김혜란도 한갓 결혼 문제를 크게 넘어서지는 못하며, 이 작품의 곳곳에 번득이는 현실의 부정적 측면을 비판하는 신랄한 독설조차 자기위안에서 멀지 않으니 민족

---

5 염상섭 소설에 등장하는 청년 가운데 긍정적으로 그려진 인물은 하나같이 자기 실현을 위해 새 길을 열려고 고투하는 인물이라는 공통점을 갖는다. 「표본실의 청개구리」와 「암야」의 '나', 「만세전」의 이인화, 『삼대』의 조덕기 · 김병화 · 장훈, 『사랑과 죄』의 이해춘 · 김호연, 「남충서」의 남충서 등이 대표적인 예이다. '현실폭로'의 정신으로 무장하고 진실 탐구의 길로 매진하고자 했던 작가 염상섭의 본래면목이 여기 확연하다.

물론 초기 소설 속 인물과 중후기 소설 속 인물의 성격은 현실질서와의 관계에 있어 서로 다르다. 현실질서의 부정적 측면을 근본적으로 문제 삼는 초기 소설의 청년을 중후기 소설에서는 찾아보기 어렵다. 타락한 현실질서에 맞서는 부정성의 정도가 약화되었기 때문인데, 대부분의 연구자들은 이 측면만을 부각시켜 염상섭은 보수적인 또는 가치중립적인 세계관의 소유자라고 이해하였다.

그러나 거듭 확인해야 마땅한 것은 현실질서에 맞서는 부정성의 정도가 약화되었지 완전히 소멸한 것은 아니라는 사실이다. 염상섭 문학 한가운데에는 거의 언제나 자기실현을 위해 새 길을 열려고 고투하는 청년이 자리잡고 있어 타락한 현실질서를 거슬러 오르고자 애쓰고 있음을 놓쳐서는 염상섭 문학의 깊은 이해에 나아갈 수 없는 것이다. 『효풍』에서 "기가 푹 까부라지게 거세(去勢)를 해놓고 간 놈이 일인 아닌가? 그러기에 나는 청년이나 노년이나 그런 쓸개 빠진 위인이야말로 일제 잔재라고 생각하네마는 그 더께가 떨어지기 전에 또 한 더께가 씌일 모양이니 걱정이지!"(133쪽)라고 하여 '기'를 잃고 비실거리는 인물들을 비판하고 있는 것은 해방을 맞아 크게 부풀어 오른 염상섭의 의욕을 드러내는 것이면서 동시에 염상섭 문학의 그 같은 일반적 특성을 확인시켜주는 것이기도 하다.

사의 중요 과제를 실현할 수 있는 힘을 지닌 사람은 어디에서도 찾을 수 없다. 현실 속에서 현실의 중요 문제를 타개할 수 있는 힘과 방법을 찾아내지 못한 염상섭이 내건 '새벽바람'이란 그러므로 불가능함을 알면서도 띄워 올려 본 비원이었던 것이다.

3. 풍자와 냉소

민족자립과 민족통일을 실현할 수 있는 힘과 방법을 찾을 수 없는 현실을 소재로 민족자립주의자이며 민족통일주의자인 작가가 그런 자신의 이념이 주제인 작품을 쓰면 어떤 양상이 빚어질까. 『효풍』 속에 이 물음에 대한 답이 모두 들어 있다.

첫째, 민족자립주의와 민족통일주의를 척도로 한 직접 비판의 또는 풍자의 날선 칼날이 곳곳에서 번득이게 될 것이다. 『효풍』에서 이런 비판을 수행하는 존재는 전지적 화자, 박병직, 최화순, 김혜란, 김관식 등인데 특히 김관식이 가장 빈번히 그리고 매섭게 비판하는 인물로 설정되어 있다.

> "요새 자동차 가지고 와서 같이 나가자는 것은 무서워! 집안에 유언이라도 하고 나서기 전에는…."
> "허허허… 여전하이그려."
> "나는 여전하거니와 영감은 언제부터 테러단장까지 겸업이신가?"
> (중략)
> "무슨 사업을 하시는지? 나 같은 사람의 힘까지 빌어야 한다는 걸 보니 신통치 않은 사업이겠구려."
> (중략)
> "응, 퇴패, 퇴영은 안 되겠지만 석 잔 술과 한 칸 방에 숨으려는 것을 퇴

패, 퇴영이라면, 서른 잘 술과 열 칸 방에 향락과 권세를 차지해 보겠다는 것은 구국애민의 정치도(政治道)란 거랍디까?"(127~130쪽)

풍자와 직설의 아슬아슬한 경계를 오가는 노인의 비판이 신랄하다. 해방 이전에는 친일파였고 지금은 우익 정치조직인 XX청년단의 배후 인물인 박종렬과 XX청년단장이라는 그의 재종을 앞에 놓고 김관식은 그들의 '사업'이 실상은 개인의 재물욕과 권력욕을 위한 것일 뿐임을 날카롭게 지적하고 있는 것이다.

『효풍』은 염상섭 소설로서는 예외적으로 풍자적 언어 사용이 대단히 빈번하다는 점에서 주목된다. 염상섭 자신 이것을 의식한 듯, 작품 중간에 〈풍유적(諷諭的)〉(73쪽)이란 말을 직접 사용하고 있기도 하다. 풍자적 언어와는 거의 무관했던 염상섭 문학을 변화시킨 것은 해방이란 역사적 대사건이 염상섭을 민족자립주의자와 민족통일주의자로 새로이 세웠는데 현실은 민족자립과 민족통일에 역행하고 있었다는 데서 찾아야만 한다. 작가의 세계관과 작가가 소설 속에서 취급하는 현실이 이처럼 어긋날 때 그 부정적 현실을 증언하고 반박하는 직설적 비판과 풍자가 동원되는 것은 자연스러운 것, 염상섭 문학의 변화는 이런 관점에서 이해될 수 있다.

그러나 이미 살폈듯이 염상섭은 부정적 현실의 힘이 압도적이어서 자신의 세계관을 실현할 수 있는 가능성이 거의 없다는 사실을 정시하고 있었다. 대상의 부정적 측면을 비판하는 김관식 노인의 날선 언어도 "세상을 서재의 유리구멍으로만 내다보고 앉았는" 노인이 "자기의 울분을 집속에서 늙은이의 잔말로 풀어버리는 한 자기위안"(311쪽)에 지나지 않는다는 사실을 염상섭은 알고 있었다. 용납할 수 없는 부정적 현실,

그러나 그것을 넘어설 수 있는 현실적 힘과 방법은 부재하는 상황에 대한 정시는 직설적 비판과 풍자의 언어와 함께 동시에 냉소와 빈정거림의 언어를 만들어낸다. 그 같은 상황에 대한 절망의 정도가 크면 클수록 직설적 비판과 풍자의 언어보다는 냉소와 빈정거림의 언어가 지배적인 것으로 될 것임은 물론이다. 『효풍』의 지배적인 언어는 냉소와 빈정거림의 언어이다.

이 작품은 웃음의 소설이라 할 정도로 인물들의 다양한 웃음을 매우 빈번히 언급하고 있다. 그 웃음의 대부분은 그런데 자신과 타인을 비웃거나 부정하는 냉소이다. 『효풍』은 '냉소' '코웃음' '냉연한 웃음' 등등으로 가득찬 작품이다. 그런 냉소와 함께 하는 말이 냉소와 빈정거림의 언어인 것은 당연하다.

> (ㄱ) "이 세상이 어떤 세상인지는 모르겠으나 이런 세상이니 책이나 보고 들어앉았는 것 아닌가?"
> 주인은 냉소를 한다.(128쪽)

> (ㄴ) "하하하. 이건 또 떨러의 나라의 서방님 같지도 않으신 말씀이시군!"
> 혜란이는 또 한 번 냉연히 코웃음을 쳤다.(282쪽)

(ㄱ)은 '제일선'에 나와 젊은이들을 지도해주면 좋지 않느냐는 객의 말에 대한 김관식의 답변이다. 타락한 욕망이 지배하는 현실에 대한 부정의식과 그런 세상을 서재의 유리창으로 바라보고 분노할 뿐 실천에 나아갈 힘도 의욕도 잃어버린 한 지식인의 처지가 낳은 냉소가 이 답변을 에워싸고 있어 비감스럽기조차 하다.

(ㄴ)은 베커의 미국 유학 주선에 대한 혜란의 반응이다. 그녀의 코웃음은 첫째, 미국에 대한 부정의식의 소산이며 둘째, 유학을 가고 싶은

내밀한 바람과 베커의 뜨거운 구애에 흔들리려는 자신의 마음을 스스로 비웃으며 단속하려는 것이며 셋째, 베커의 접근을 차단하기 위해 의도적으로 지어낸 것이다.

냉소 또는 빈정거림이야말로 이 작품의 가장 근저에 놓인 내적 형식이다. 해방을 맞은 장년의 염상섭은 큰 포부와 의지로 민족의 새 진로를 여는 일에 나아갔을 것이다. 그러나 현실의 추세는 그런 포부와 의지를 좌절시키는 방향으로 역행했고 마침내는 염상섭을 냉소와 빈정거림의 형식 속에 가두고 말았다. 냉소와 빈정거림의 내적 형식은 신식민지 질서의 형성과 분단의 고착화를 향해 내달려간 해방공간의 역사 전개 그 핵심을 반영하는 것이면서 동시에 해방공간의 역사 전개를 부정적으로 인식했던 많은 한국인들의 울분과 절망을 반영하는 것이었다. 『효풍』이 한 시대를 대표할 수 있는 작품인 이유는 바로 이것이다.

화자는 서재로 들어가는 김관식의 모습을 "마치 양지에 모가지를 빼냈던 달팽이가 제 딱지 속으로 움츠러지는 것 같았다."(312쪽)고 하였는데, 냉소와 빈정거림의 『효풍』 이후 염상섭 또한 그렇게 안으로 움츠러들었다. 해방을 맞아 고개를 내밀었던 염상섭의 정치의식은 현실세계의 부정성에 밀려 다시 해방 이전의 탈정치의 세계로 돌아가고 말았던 것이다.

『효풍』에 뚜렷한 냉소와 빈정거림의 언어는 이 시기 채만식의 언어와 비슷하지만 자세히 살피면 조금 다르다는 사실을 알 수 있다. 「역로」 「민족의 죄인」 「낙조」 「처자」 「맹순사」 등이 대표하는 이 시기 채만식 소설의 지배적 언어 또한 냉소와 빈정거림의 언어이지만 그 안쪽에 웅크린 절망의 정도는 염상섭의 그것보다 훨씬 강하다. 염상섭에 비해 상대적으로 더 깊이 친일의 죄의식으로 고뇌했던 것도 한 이유일 것이다.

보다도 채만식이 당대 현실을 보다 부정적으로 인식했으며 민족의 앞날에 대해 훨씬 더 비관한 것이 더 큰 요인이라 판단된다. 채만식은 자신을 포함한 기성세대를 "나라 잃고 민족까지 팔아먹은 세대"라 하여 철저히 부정하며 민족의 앞날은 자라나는 어린이에게 기대할 수밖에 없다는 생각을 가졌는데, 그것은 한 세대 또는 두 세대의 역사를 무화시켜 버리고 싶을 정도에까지 이른 채만식의 비관의식을 극단적으로 드러낸 것이었다.[6]

해방공간의 소설은 전체적으로 보면 터무니없을 정도로 과잉된 낙관적 열기로 들떠 있다. 외세의 지배와 분단의 고착화 현실이 갈수록 뚜렷해짐을 따라 그 같은 열기가 급속히 식어갔음은 물론이다. 그 어느 지점에서 채만식 류의 극단적 비관의식이 떠올랐다. 그것은 당대 현실의 부정적 측면을 근본 비판하는 절대 비타협의 윤리적 결백성에 근거한 것이었기에 비장하며 시공을 뛰어넘는 강한 호소력을 지니고 있었다. 이에 비할 때 염상섭의 비관의식은 근본을 문제 삼는 정도나 윤리적 결백성의 정도에 있어서 유보적이다. 염상섭은 당대 현실의 부정적 측면을 정시하고 그것을 비판했지만 절대 비타협의 태도를 취하진 않았던 것이다. 『효풍』의 행복한 결말은 이와 관련된 것이다.

『효풍』은 급속한 정세 변동기의 소산이다. 민족자립주의자였으며 민족통일주의자였던 염상섭은 자신의 지향을 배반하며 외세 지배와 민족 분단이 갈수록 굳어져 가는 현실을 바라보며 큰 혼란 속에 빠져들었음에 분명하다. 용납할 수 없지만 그렇다고 다른 길이 있는 것도 아닌 상

---

6 채만식의 허무주의에 대해서는 정호웅, 「채만식의 허무주의와 역사담당 주체의 문제」,
『외국문학』(1989. 봄), 열음사(『우리 소설이 걸어온 길』, 솔, 1994 재수록) 참조.

황에 든 염상섭은 한편으로는 직설과 풍자로써 그 같은 현실을 비판하면서 다른 한편으로는 냉소와 빈정거림으로 빗겨가고자 하였다. 그 빗겨 감은 결국 현실의 수용으로 나아갈 수밖에 없는 것이니, 염상섭이 선 자리는 현실 부정이냐 현실 수용이냐의 갈림길이었던 것이다. 그 갈림길에서 쓴 작품이 『효풍』이니 당연하게도 그 안쪽은 어수선하다. 장편이 가능할 수 없었던 시대의 소산이기에 그것은 어쩔 수 없는 한계였다.

4. 심리 묘사의 다중성

두루 알듯이 염상섭의 인물 심리 묘사는 다중성적이다. 『효풍』의 육체를 이루는 것도 그 다중성적인 심리 갈등의 세계이다. 작품을 이끄는 중심 모티브인 박병직과 김혜란의 결혼 문제도 이 같은 심리 갈등의 연속으로 구성돼 있다.

> '내가 무엇 때문에 요새로 사람이 이렇게 나빠졌누? ……'
> 걸으면서 혜란이는 또 한 번 혼자 웃었다. 실없이라도 거짓말을 실실 하게 된 원인이 어디 있누? 하는 생각을 하여 보았다. 진석이 때문인가? 베커 때문인가? 병직이 때문인가? 화순이 때문인가? 하여간 마음이 달떠진 때문이다. 마음을 외곬으로 먹는다면서도 어느덧 남자란 뭐냐 하는 코웃음이 나오고 세상이 우수꽝스러운 생각이 들어가는 것을 자기도 안다.
> '이러나저러나 미국을 결심만 하면 언제나 나설 수 있게 되었으니 좋지 않은가.'
> 하는 생각에 혜란이는 마음이 느긋하기도 하다.(303쪽)

복잡하다. 약혼자인 박병직이 북한을 향해 최화순과 떠났다는 사실을 확인한 직후이니 허전하고 노엽고 한편으로는 패배감을 견디기 어렵다.

김혜란을 이용해 홍삼 무역권을 따내려는 진석의 뻔뻔하고 집요한 욕망 앞에서는 헛웃음밖에 나오지 않는다. 베커의 적극적인 애정 공세는 징그럽지만 은근히 마음을 끌기도 한다. 미국 유학을 주선하고 모든 뒷감당을 맡겠다는 것이니 더욱 그렇다. 이 모든 요인이 복합 작용, 들뜬 마음을 스스로 갈피 잡기 어려운 지경이다. 인물의 심리 저 안쪽을 섬세하게 헤아리는 염상섭 특유의 통찰력이 여기 한 세계를 열었다. 이 복잡한 심리의 세계는 그 자체 소설을 구성하는 한 요소로 이 작품의 서사 구조상 중요한 역할을 수행한다. 박병직과 김혜란의 결혼 문제가 이 작품의 중심 모티브임을 생각할 때 최고조에 이른 혜란의 심리적 혼란상을 고스란히 담아낸 이 부분은 서사 구조상 위기가 절정에 이르렀음을 효과적으로 내보이는 것이라 할 수 있겠다.

『효풍』에서의 심리 묘사는 거의 모든 경우 이처럼 다중성적(多重性的)이다. 매순간의 심리 묘사가 그러하니 인물 성격이 단일성적인 틀에 고착되어 그려지는 경우는 없다. 전체적으로 보면 선인 또는 악인이지만 그의 내부엔 타락한 욕망 또는 이타적 욕망이 함께 자리 잡고 있으며, 이념인 또는 이념과 무관한 성격으로 설정되어 있지만 언제나 이념적이거나 무이념적인 것으로 파악되고 그려지는 것은 아니다. 해방공간을 들끓게 한 변혁지향성에 휩쓸려 인물 성격의 단순화, 나아가 대상 파악의 단순화에 갇혔던 우리 문학의 일반적 경향을 생각할 때 『효풍』의 이런 측면은 대단히 중요한 의미를 갖는다. 1940년대로 접어들며 그 맥이 끊겼던 리얼리즘의 재구축이 이를 딛고 비로소 가능할 수 있었기 때문이다.

5. 맺음말

이 글을 통해 특히 밝히고자 한 것은 『효풍』의 지배적인 언어가 직설적 비판, 풍자, 냉소와 빈정거림의 언어라는 것, 그리고 이 같은 언어적 특성을 낳은 궁극의 요인은 염상섭의 뚜렷한 정치의식과 그것의 실현이 불가능한 현실의 어긋남이라는 것 등이다.

단지 출발일 뿐이지만 더 나아가 염상섭 문학 전체를 대상으로 그 언어적 특성을 살피는 작업이 뒤따라야 할 것이다.

우리 소설 속의 '赤治 3개월'

1. 머리말

1950년 6월 28일에서 9월 28일까지, 살아남기 위해 모든 것을 견뎌야 했던 인민군 통치하 3개월을 '赤治 3개월'이라 한다. 이때의 애옥살이 서울 시민의 삶을 다룬 『취우』를 열면 첫 장의 제목 '절벽'이 느닷없이 앞을 가로막는데, '절벽같이 캄캄한 속'이라 표현된 이 절벽의 비유에 이 괴기스러운 시공간의 성격과 그 시공간을 살아야 했던 서울 시민들의 삶과 의식이 압축되어 있다. '赤治 3개월'은 느닷없이 덮쳐와 절벽처럼 사방을 막아섰고, 그 안에 갇힌 서울 시민들은 생존 외길을 찾아 아득한 두려움과 절망의 어둠 속을 헤매야 했다.

이 시기를 다룬 작품은 많지 않다. 곽학송의 「철로」, 염상섭의 『취우(驟雨)』, 박완서의 『목마른 계절』과 『그 산이 정말 거기 있었을까』, 이병주의 『산하(山河)』 등을 들 수 있을 정도이다. 인공치하의 서울살이를 그린 작품이 이렇게 드문 것은 전쟁 이후 오랫동안 우리 사회를 지배해온 반공 이데올로기와 그것을 마구잡이로 휘둘러대는 국가권력이 이 시기를 다루는 것 자체를 근본적으로 차단했다는 점을 먼저 들 수 있겠다. 염상섭처럼 정치적 이념 문제를 들이지 않음으로써 필화를 피해가는 방법도 있을 수 있지만, 그것이 '적치 3개월'이란 대상에 대한 정면에서의 접근이 아닌 것은 또한 분명하다. 작가들은 그 위험한 정치적 이념의 문제를 안고 있는 이 난처한 대상을 회피할 수밖에 없었을 것이다.

대부분이 피난가 실제로 경험한 이가 적었다는 점, 좌우 이념의 대립이란 이념적이고 이분법적인 인식틀의 간섭이 가로막아 사람살이의 구체적 세부를 들여다보고 형상화하는 것이 어려웠다는 점 등도 들 수 있을 것이다. 전쟁통인 데다가 통치 권력이 갑작스럽게 바뀌었고 모든 것이 마구잡이로 뒤섞이고 무너져 내리는 등 극도로 혼란된 시기였으니 그 깊은 곳을 꿰뚫어보고 작품이란 하나의 자족적 세계로 엮어내기 어려웠다는 점도 작가들의 의욕을 꺾은 요인일 것이다.

이 글에서는 난처한 대상, '赤治 3개월'을 정면에서 다룬 두 작가의 작품들을 검토하고자 한다. 염상섭의『취우』, 박완서의『목마른 계절』과『그 산이 정말 거기 있었을까』.

2. 상황의 폭력성과 순수 욕망 ─『취우』

2.1. 정치 이념 배제의 방법론

우리는 이 작품에서, 서울 시민을 포화 속에 팽개쳐놓고, 낯 뜨거운 '서울 사수' 구호만을 남기고 달아난 정부에 대한 직접 비판의 말을 찾아볼 수 없다. 비유에 기댄 간접 비판은 하나 있다.

"저까짓 입에서 젖내나는 아이들 말수에 넘어갈 사람은 태어나지두 않았으니까 걱정 마세요."

"물이 들까봐 걱정이 아니라, 차라리 이민족에게 짓밟혔더라면 눈을 곤두세우고 이를 갈고서라도 덤볐을 테지. 저렇게 쓸개가 빠져서 입을 헤에 벌리구 귀를 기울이구 섰더란 말얘요!"

아까는 앞뒤를 사리고, 순제더러 말조심하라고 주의를 시키던 영식이가 입을 삐쭉 내밀고 낯을 붉힌다.

"아무리 분통이 터져두 별수가 있게 됐어요? 혼란을 막자는 수단이기루, 감쪽같이 속이구 빠져나갈 사람은 다 빠져나가면서 다리를 톡 끊어났으니, 옴치고 뛸 수도 없는 독안에 든 쥔데! 인제는 무서울 것두 없구 바랄 것두 없이 악에 받쳐서 어벌쩡 달래놓구 봇짐 싸들고 나간 어머니가 원망스럽다거나 밉다는 것은 고사하고 될 대로 되라구 맥이 빠진 것이죠. 자 어서 가십시다요."

"그야 그렇지마는 깃대를 여남은 개 만들어 두고 이놈이 들어오면 이 깃대를 들고 나서고 저 놈이 들어오면 저 깃대를 들고나가는 중국 사람의 신세가 되어가니, 기가 막히지 않아요?"[1]

인민군의 선무공작에 대한 냉소, 선무공작 구경꾼들에 대한 조소, 살아남기 위해 깃발을 바꿔 들어야만 하는 처지에 대한 자탄 등이 뒤섞이는 속에 슬쩍 들이민 간접 비판이다. 직접 비판이 불가능한 전시였던 것이다. 게다가 작가는 해군본부 정훈감실에 근무하는 현역 해군 소령이었으니 더더욱 붓길이 자유로울 수 없었다.

대한민국 정부에 대한 비판을 이처럼 철저히 통제하면서 북한의 정치권력에 대한 비판은 활짝 열어놓는다면 문학사의 곳간에 무더기로 쌓여 있는 반공소설 가운데 하나에 그치고 말았을 터인데, 염상섭은 달랐다.

---

1 염상섭, 『驟雨·花冠』, 민음사, 1987, 41쪽. 이하 『취우』, 41쪽'의 형식을 취함.

정치권력을 그것을 받치는 이념 문제를 거의 도외시하는 방법을 택한 것이다.

작가는 이 작품에 정치적 이념인을 거의 들이지 않았다. 서울을 점령한 인민군에 빌붙어 자기 이익을 도모하는 얼치기 '동무'들을 정치적 이념인이라 할 수는 없다. 여주인공 강순제의 남편으로서 남북협상 무렵 월북했다가 인민군을 따라 내려온 장진이 유일한 경우인데, 작가는 그 또한 정치적 이념인으로 대접하지 않고 지나쳤다.

> "진짠지? 얼치긴지? 하지만 선무당이 사람 잡는다구, 얼치기가 더 말썽이요, 더 무섭거든요."
> 순제는 자기 남편도 얼치기였기 때문에 중학교 선생 노릇이나 다소곳이 하는 게 아니라, 공산주의의 책 한 권도 보는 것을 못 봤는데 남북협상이니 뭐니 하고 겉몸이 달아 다니다가 살림도 계집도 다 버리고 넘어간 것이라고 코웃음을 치는 것이다.[2]

> 과거는 말 말자, 헤진 뒤에 어떻게 됐다는 것은 듣구 싶지도 않다면서, 그래도 질투의 빛이 눈찌와 말끝에 배어나는 것이었다. 공산주의란 무엇인지, 주의를 위해서는 부모도 형제도 계집도 버리는 냉혈동물들이면서도, 애욕이란 것이 그래도 남았던가 싶어 순제는 이 사람이 남편이었지? 하고 또 물끄러미 쳐다보았다.[3]

모든 것을 버리고 삼팔선을 넘어갔던 이념인의 정치 행위를 한갓 분위기에 휩쓸려 겉몸 단 얼치기의 짓이라 한 마디로 일축하고, 이념의 문제에서 느닷없이 '애욕'의 문제로 빗겨난다.

---

2 『취우』, 82쪽.
3 『취우』, 114쪽.

정치적 이념의 문제를 깊이 파고들지 않는다는 점에서 『취우』는 해방 공간을 다룬 장편 『효풍』과 통한다. 『효풍』(『자유신문』, 1948. 1. 1~11. 3, 총 200회 연재)의 시간 배경은 1947년 12월 말 경에서 1948년 3월 중순 경까지, 서사 전개의 중심요소 가운데 하나는 주인공 박병직의 월북이다. 박병직의 월북은 1947년 8월 11일 밤부터 좌익 진영에 대한 대대적인 검거 선풍이 불면서 월북자가 급증하는데 그런 현실을 다만 세태 차원에서 반영하는 데 그칠 뿐이다. 오랜 망설임 끝에 약혼녀를 속이면서까지 삼팔선을 넘으려 하지만 그가 무엇 때문에, 어떤 생각으로 그러했는지 불투명하다. 박병직의 오랜 친구로서 청년단 간부인 김태환은 "계집 데리구 대동강에 뱃놀이 가는 셈"[4]일 뿐이라 걱정할 게 전혀 없다고 하기까지 하는데, 요컨대 염상섭은 지식 청년의 월북 문제를 당대 정치 현실의 핵심과 관련지어 그리지 않았던 것이다.

말하자면, 『효풍』은 소련 군정 아래에서 빠른 속도로 사회주의 체제를 세우고 있던 북한이냐 아니면 미군정하에서 미국식 자본주의 체제를 구축하고 있던 남한이냐라는 체제 선택의 문제에서 벗어난 자리에 솟아난 작품이었다.[5] 『효풍』의 이런 성격은 이 작품의 밑자락에 놓여 있는 염상섭이 이른바 중도파적 입장이 이 시기 한국 사회와 그 구성원들을

---

4 염상섭, 『효풍』, 실천문학사, 1988, 212쪽.
5 '효풍(曉風)'은 새벽바람이다. 민족사의 새로운 전개를 비는 마음을 동트는 새벽을 부는 맑고 생기찬 새벽바람에 부친 것이리라. 그러나 그 마음은 미래에 대한 낙관으로 부푼 밝은 성격의 것이 아니라 안타까운 비원에 가까운 것이었다. 현실주의자 염상섭은 일본의 식민 지배에서는 벗어났지만 완전한 독립을 기대하기는 어려운 현실, 갈수록 굳어져 가는 남북 분단의 현실, 한국 사회의 구성원 대부분이 나아갈 방향성을 잃고 깊게 흔들리고 있는 동요와 불안정의 현실을 정시하며 마음 깊은 곳에서 피어오르는 절망감을 애써 억누른 채 안타까운 비원을 올렸던 것이다.(정호웅, 「냉소와 풍자 - '효풍' 론」, 『염상섭소설연구』, 국학자료원, 2001)

지배했던 체제 선택의 문제를 빗겨난 곳에 자리 잡고 있었음을 말해준다. 염상섭 중도주의의 핵심은 외세 배격의 민족자립주의, 분단 거부의 민족통일주의였다.[6]

『취우』에서 정치적 이념의 문제를 철저히 배제하여 정치적 이념인을 서사의 중심에 들이지 않은 것이 『효풍』의 아래 놓인 염상섭의 중도주의와 더 깊이 관련된 것인지, 아니면 전시라는 상황 및 해군 소령이라는 염상섭의 처지와 더 깊이 관련된 것인지는 판단할 수 없다. 중요한 것은 이로 인해 '적치 3개월'의 이 독특한 시공간이 인간 욕망이 벌건 알몸을 드러내고 횡행하는 한 판의 극 마당이 되었다는 사실이다.

2.2. 순수 욕망의 세계—『삼대』와 『취우』의 거리

민족 통일의 깃발, 자기 체제의 우월함을 선전하는 깃발 등 정치이념적인 깃발들의 시대였지만 그것으로부터 빗겨난 자리에 세워진 『취우』의 인물들을 이끄는 것은 오로지 '돈'과 '성'의 욕망이다.

돈은 먹을 것을 얻는 데 필요한 것이니 돈의 욕망은 곧 생존 욕망이다. 소설에 등장하는 대부분의 사람들에게 돈은 생명과도 같다. 오도가도 못하는 감옥살이 처지에 갇힌 서울 시민들에게 먹을 것과 바꿀 수 있는 돈을 향한 욕망은 자연스럽다. 상황이 어려울수록 그 욕망은 커질 것이고 강렬해질 것이다. 그 욕망 앞에 한국인들이 오랜 세월 지켜 내려온 도리며 체면은 들어설 자리조차 있을 수 없다. 그런데 이 작품의 중심에 놓인 돈의 욕망은 그것이 아니라 엄청난 재물을 독점하려는 한 인간의

---

6 정호웅, 위의 글 참조.

기괴한 욕망이다.

　영감은 구들장을 덮으려고 손을 대다가 아차 하고 무슨 생각이 든 듯이 윗목으로 뛰어가더니, 꺼뗗게 더러운 손으로 또다시 열쇠꾸러미를 꺼내서 큰 가방을 열고, 네모반듯한 종이봉지를 찾아들고 이리로 왔다. 한귀퉁이를 쭉 찢어서 허리를 동인 지폐뭉치를 다섯 뭉치쯤 쑥 빼서 빈 보스톤 빽에 툭 떨어뜨리고는, 큰 뭉치는 신문지에 다시 둘둘 말아서 위에 덮은 신문지를 쳐들고 부대 주머니들의 발치께로 들여놓고 나서, 인제는 구들장을 차례대로 다시 덮고 긁어모았던 흙을 편 뒤에 장판지로 제대로 깔았다. 오려낸 자국은 났으되, 흙먼지에 가리워 얼른 보기에는 감쪽같다. 돗자리를 다시 깔고 손을 신문지로 닦은 뒤에, 보스톤 빽에는 큰 가방의 세간을 나누어 넣어서 제자리에 올려놓고 영감은 비로소 이마에 밴 땀을 와이샤쓰 소매로 쓱 씻었다.
　이만하면 자기 집 금고 속에 놓어두는 것보다도 더 안전하다고 한숨 휘돌리며 영감은 걷어치워 놓은 자리에 기대어 쓰러졌다. 한미무역의 전 재산과 김학수의 일대의 췔량(천량)을 자리 밑에 깔고 누운 것이다.[7]

　김학수는 무역회사의 사장이다. 한강다리가 끊어지는 바람에 서울에서 빠져나가지 못하고 부하 직원 신영식의 집, 구들 꺼진 아랫방을 빌려 들었다. 어둠 속 은밀한 혼자 작업, 꺼진 구들 아래 회삿돈과 자신의 전 재산을 감추고는 그 위에 들어 누운 것이다.
　김학수의 재물욕은 거의 절대적이다. 도리도 체면도 깔아뭉개며 내달리는 무한질주의 거대한 욕망, 그 앞에서는 그의 몸을 가득 채우고 있는 애욕도 고개를 들지 못한다. 그 재물욕이 고통의 애옥살이 3개월을 견디게 하였다. 마침내 그것은 그에게서 모든 두려움을 앗아가는 지경에까

---

7 『취우』, 35쪽.

지 부풀어 올라 그를 파멸의 구렁텅이로 내몬다.

> 그것두 그놈의 영감이 저 속에 가만히 들어엎댔으면 그만일 것, 그놈의 가
> 방에는 무에 들었는지, 세간을 들들 뒤지는 기척에 가방에 손을 댈까봐 제풀
> 에 꿍꿍 앓는 소리를 내구, 그 대신 날 잡아가우 하듯이 제풀에 기어나왔는
> 데, 날더러 어쩌란 말야. 재산을 가진 사람은 목숨이 아까운 줄을 모르나 보
> 더라, 잠깐 고생하고 나오면, 재산은 굳는 거라는 생각인지 모르지만.[8]

김학수는 무엇 때문에 그토록 그 재물에 집착하였을까? 위의 인용문
에 나오는 것처럼 "잠깐 고생하고 나오면, 재산은 굳는 것"이라 생각한
것인지, 아니면 또 다른 이유 때문인지, 작품 속에서는 짐작의 실마리조
차 찾을 수 없다. 말할 수 있는 것은 그의 재물욕이 스스로 통제할 수 없
을 정도의 것, 절대적인 성격의 것이라는 사실뿐이다.

많은 염상섭 연구자들은 김학수의 재물욕을 들어 그가 『삼대』의 조의
관과 동질적인 인물이라 이해해왔다. 조의관의 삶을 지배한 것은 '금
고'와 '사당'으로 표상되는 재물욕과 신분상승욕이다. 거금을 들여 양
반 집안의 족보에 이름을 올리고 양반으로 행세하는 그의 신분상승욕
은, 전근대적 신분질서의 폭력성과 그것에서 비롯된 한과 관련된 것으
로 안타까운 연민의 대상이지만 시대착오적인 허위의식의 산물일 뿐이
다. 아들도 손자도 동의하지 않는 과거의 욕망이기에 그것은 그의 죽음
과 함께 묻히고 말아, 더 이상 조씨가를 지배하는 이념으로 군림하지 못
한다.

조의관의 재물욕이 신분상승욕과 맞닿아 있음은 새삼 말할 필요도 없

---

8 『취우』, 206~207쪽.

다. 조의관에게 재물은 신분의 열등감을 다스리고 신분의 열등감에서 생겨난 정신의 공동(空洞)을 메우는 것이었으며, 돈이 지배하는 새로운 시대의 중심에 확고한 뿌리를 내리게 만드는 것이었다. 그의 재물욕은 그를 이어 조씨가의 가권을 쥐게 되는 손자에게 그대로 이어져 계속해서 조씨가를 지배한다. 『삼대』의 속편인 『무화과』가 보여주듯 방앗간 운영 수준에 머물렀던 조부대의 자산 운영이 무역회사 운영으로 보다 근대화되긴 하지만, 재물을 좇는 욕망은 한 번도 부정되지 않는다.

이처럼 아랫대로 이어내리며 마침내 한 집안을 규율하는 이념의 자리에 올라서게 되는 조의관의 재물 욕망은 김학수의 그것과는 달리 맹목의 집착이 아니라는 점에서 다르다. 병든 노구를 일으켜 한밤중 홀로 작성한 조의관의 유서를 통해 자세히 살펴보기로 하겠다.

귀순이(수원집 소생)―오십 석
수원집―이백 석
덕희(덕기 누이)―오십 석
덕희 모(며느리)―백 석
덕기 처―오십 석
상훈―이백 석
덕기―천오백 석
창훈―현금 오백 원
지주사―현금 이백 원

(중략)

산(産)을 남겨줌이 도리어 화를 만년에 끼치는 수도 없지 않기로, 내 생전에 이처럼 분배하여 놓은 것이니, 이는 나의 절대 의사라. 다시는 변통하지 못할지며, 지어 덕기 하여는 장래 조씨 집의 문장(門長)이라 덕기 자신에게 줌이 아니라 조씨 일문에 대대로 물려내려 갈 생활의 방도를 위탁함이니 덕

기 된 자 모름지기 일푼 일러라도 임의로 하지 못하지니라.[9]

『삼대』의 서사를 이끄는 요소의 하나는 재물을 향한 인간 군상들의 욕망이다. 『삼대』의 인물들은 조의관이 일생을 바쳐 쌓아올린 거대한 부를 얻기 위해 저마다의 처지에 따라 온 힘을 다한다. 염상섭은 그 과정을 치밀하게 추적하여 그려내었는데, 이 점에서 『삼대』는 여러 사람이 참가하여 조의관의 재산을 놓고 벌이는 한 판의 게임이라고 말할 수 있다. 그 게임의 관리자는 '상속법'이다. 한밤중 아픈 몸을 일으켜 조의관이 작성해 둔 '유서'가 유산을 둘러싼 진흙구덩이 속 싸움을 최종 정리하는 힘을 갖는 것은 이 때문이다. 상속법에서 가장 우선시하는 것은 육성 또는 서류의 형태 속에 담긴 상속자의 의견인 것이다.

조씨가의 현상 유지와 피상속인들의 처지를 고려한 재산 분할이 보여주듯 조의관은 균형 감각을 지닌 합리주의자였다. 그는 애증의 감정에 사로잡히지 않고 냉정한 정신으로 재산 분할의 유서를 작성하였던 것이다. 주변 사람 모두를 두루 배려한 조의관의 균형 감각으로 인해 재산 상속에서 배제된 사람은 아무도 없었다. 그러므로 조의관의 유산을 놓고 벌인 그 게임의 승패는 피상속인 각자의 기대치와 실제 상속 재산의 차이에 따라 결정될 것이다. 상속 재산이 기대치에 못 미치면 패배, 기대치를 넘어서면 승리인 게임이다.

『삼대』 등장인물들의 이전투구 재산 싸움은 겉으로 보아 선인과 악인의 대결인 것 같지만, 자세히 보면 이처럼 인물들 각자의 욕망이 문제되는 저마다의 승부였던 것이다. 이 점에서 『삼대』는 재산 싸움을 도덕적

---

9 염상섭, 『삼대』, 문학과 지성사, 2004, 446~447쪽.

선/악의 척도로 재는 데 익숙한 우리 소설에서는 보기 드문 개성을 확보한 작품이라 할 수 있다.

유서에서 보듯 조의관의 재물 욕망은 근대사회의 법에 대한 이해와 균형감각 위에 서 있는 합리적인 성격의 것인데, 그것과 무엇을 위한 것인지도 어디서 생겨난 것인지도 알 수 없으며, 끝없이 부풀어 올라 통제 불가능한 욕망, 그리하여 마침내는 그 욕망의 주체를 집어삼키고 마는 블랙홀과도 같은 김학수의 마성의 욕망은 전혀 다르다. 조의관의 재물 욕망이 현실 법칙을 잘 알고 있는 상식인의 건강한 욕망이라면 김학수의 그것은 준엄한 현실 법칙까지 깔아뭉개며 그 욕망의 주체가 무너질 때까지 맹목의 질주를 멈추지 않는 병든 욕망이다.

김학수의 병든 욕망은, 외눈박이 괴물의 눈알처럼 작품 한가운데 박혀 요기를 내뿜고 있는데, 그것은 '적치 3개월'의 폐쇄된 시공간에 짓눌려 있다는 사실에 대응한다. 고립된 감방 속과도 같은 상황에 놓인 김학수는 '관계' 밖에 외따로 놓이게 되었으며 이로 인해 '관계'의 감각과 의식을 상실하고 말았다. '관계'는 욕망을 통제하는 외적 요소이고 '관계'의 의식과 감각은 내적 요소일 터인데, 그것들과 무관한 자리에 놓이게 되었으니 그의 욕망은 통제 불가능한 것이 될 수밖에 없다.

모든 통제에서 벗어나 자기 증식하는 김학수의 재물욕망은 순수하다. 다만 그 자체인 것, 인간 삶을 구성하는 모든 관계로부터 벗어난 곳에 자리한, 인간 존재를 규율하는 모든 가치규범들로부터 벗어나 자유로운 순수 욕망이다.

그 같은 순수 욕망에 갇혀 마침내는 그 욕망 자체가 되어 버린 그에게 자신을 되돌아 살피는 반성의 정신, 자의식이 있을 수 없다. 그는 그 아닌 존재가 되었다. 그이면서 그 아닌 존재인 김학수와 그를 가둔 순수 욕망은 '적치 3개월'의 무서운 힘을 증거하는 상징물이다.

2.3. 감각으로서의 육체성

마침내는 그 주체를 점령하여 철저하게 지배하는 김학수의 재물 욕망
에 대응하는 것은 강순제와 신영식, 두 젊은 육체의 성 욕망이다.

> (하지만 이때껏 헛살았느니, 하루라두 젊었을 동안에 정말 살아봐야 하겠
> 느니 하는 소리를 들으면, 대포 소리에 돌았다기보다두 속에 뭉싯뭉싯 서렸
> 던 불평이나 욕망이 한꺼번에 터져나왔는지?)
> 체면이니 생활 보장이니 하는 것 때문에 치마처고리 속에 잔뜩 결박을 지
> 어 두었던 본능이랄까 야성이랄까, 하여간 숨었던 젊은 기운이 별안간 매듭
> 을 끊고 박차고 내뿜으며 큰 숨을 쉬는 것 같은 그런 기분이 순제의 몸뚱아
> 리를 싸고는 도는 듯한 느낌을 은연중에 받는 것이었다.[10]

닫힌 상황이 억제되어온 욕망을 터뜨려 분출하게 만들었다. 욕망을
통제하는 내적 · 외적 힘의 약화 때문일 것인데, 그들은 갑자기 터져 나
온 그 욕망에 갇히고 만다.

두 사람의 연애는 통상의 남녀관계에 관여하는 이런저런 요소들과는
거의 무관한, 감각의 육체성 본능으로서의 육체성에 지배받는데, 이 점
에서 그들의 성 욕망은 김학수의 재물 욕망처럼 순수하다.

> 남자도 그 말 뜻을 알 듯 모를 듯한 채 싱글 웃으며, 한 팔을 세워 오른뺨
> 을 괴우고 비스듬이 누웠다. 순제는 얼굴이 살짝 발개지며 또 한 번 눈웃음
> 만 치고는 류크사크를 끌어 당겨서 조그만 캰디 봉지를 꺼내더니, 하나를

---

10 『취우』, 56쪽.

자기 입에 툭 떨어뜨리고 어느 틈에 또 하나 둥그런 것을 앞에 누운 남자의
입에다 데민다. 영식이는 웃으며 담배를 재떨이에 놓고 손으로 받으려 하였
으나, 그럴 새도 없이 입속으로 매끈둥하고 쏙 들어가 버렸다. 허공에 놀던
남자의 손길이 폭신하고 잡히며, 여자의 벗은 발끝이 짧은 바지를 입은 남자
의 정강이를 간질하고 건들였다. 영식이도 머릿속과 눈 속이 화끈하였다.[11]

  양식을 구하려 들른, 무악재 너머 연서의 묘지기집 안방에서 신영식
과 강순제가 벌이는 한 판 감각의 축제다. 포성도, 굶주림도, 감시의 눈
길에 대한 공포도, 그들을 칭칭 동여매고 있는 규범들도 사라지고 오직
감각으로서의 육체성 본능으로서의 육체성만이 그들을, 온 세계를 가득
채웠다. 이 앞에서 이 작품을 채우고 있는, 전쟁의 참상을 증언하는 이
런저런 풍경이며 사연들은 뒷전으로 물러나고 마침내는 무의미한 파편
들로 흩어지고 만다.

  감각으로서의 육체성, 본능으로서의 육체성에 갇혀 마침내는 그 자체
가 되어버린 두 인물의 순수 욕망으로서의 성 욕망은 마찬가지로 순수
욕망인 김학수의 재물 욕망과 동질적이다. 그들의 순수 욕망은 상황의
폭력성이 얼마나 무서운가를 증언하는 것인데, 이로써 『취우』는 '적치 3
개월'의 핵심 성격을 반영하는 작품일 수 있었다.

3. 타자의 시선과 맞겨루는 주체 - 『목마른 계절』

3.1. 과거 증언을 넘어

『목마른 계절』의 본래 제목은 '한발기(旱魃期)'(『여성동아』, 1971. 7~

---

11 『취우』, 149쪽.

1972. 11)이다. 1978년 단행본으로 묶어내면서 이름을 바꾸었는데, 연재본의 '4월' 장을 손보아 고치고 연재본에는 없었던 '5월' 장을 더하였다. 1950년 6월에서 그 다음 해 5월까지, 1년 동안 한 가족이 겪는 고난의 전시 체험을 시간 흐름을 따라 차곡차곡 쌓아올렸는데, 그 중심은 우리가 살피고자 하는 '적치 3개월' 동안의 애옥살이이다.

'적치 3개월'은 박완서 문학에서 중요한 의미를 지니는 대상인데, 등단작인 『나목』, 「엄마의 말뚝」 연작, 『그 많은 싱아는 누가 다 먹었을까』, 『그 산이 정말 거기 있었을까』 등에서 거듭 다루어졌다. 이 가운데 『목마른 계절』이 '적치 3개월'의 실상을 가장 넓고 깊게 반영한 작품이다.

이 작품이 1970년대 초, 긴급조치 시대가 열리기 직전에 발표되었다는 사실은 놀라운 일이다. 인민군 지배 아래 급조된 새로운 질서 속에서 당시의 서울 시민들이 어떻게 살았는가를 증언하는 일은 오랫동안 한국인들의 의식을 칭칭 동여매었던 반공 콤플렉스 때문에 큰 용기 없이는 가능하지 못하였다. 진실을 향해 쉼 없이 나아가는 참된 작가정신, 모든 구속을 넘어 진실에 가 닿고자 하는 진정한 자유의 정신이 이런 작품을 낳았다. 반공 이데올로기와 그것을 지배 이데올로기의 하나로 휘둘렀던 국가권력의 금제를 뚫고 인민군 부역자를 주인공으로 설정하여 납작한 반공소설과는 전혀 다른 차원의 작품을 만들어내었다는 것은 거듭 평가되어야 한다.

『목마른 계절』은 살기, 죽음, 극도의 공포, 핏빛 구호, 날선 적의, 뻔뻔한 자기확신, 자기부정의 비굴, 폭력적 강제, 바닥을 알 수 없는 절망감, 고립감, 시뻘건 알몸을 드러낸 추악한 욕망들, 배신 등으로 가득 차 있어 섬뜩하다. '적치 3개월'의 시공간은 그러했던 것이다. 어디 그 시기에만 국한되는 것이랴. '적치 3개월'의 그 섬뜩한 실상은 참으로 인간

세상이 아수라 지옥과 다름없음을 새삼 깨우친다. 『목마른 계절』은 한 갓 과거 증언의 소설이 아니라 인간 존재와 인간 삶의 심연을 깊이 파헤쳐 보인 높은 수준의 탐구물이다.

3.2. 자기반성의 시선

『목마른 계절』의 주인공은 스무 살 처자 하진이다. '대학 중의 대학'이라는 S대학 철학과 1학년생. 이미 여고 시절 좌익 조직의 지하조직원으로 활동한 바 있는 실천적 이상주의자이다. 인민군의 서울 점령으로 그녀는 그 같은 실천적 이상주의를 실현할 수 있는 현실을 만났다. 학교를 장악한 조직에 들어 활동하게 되는 것은 당연한 수순이다. 그런데 깊은 회의가 찾아들었다. 그 과정을 작가는 치밀하게 그려나간다.

그 과정을 이끄는 것은 도처에서 번득이고 있는 타인의 '시선'이다. 그녀는 자신을 지켜보는 그 시선의 그물에 갇혀 벗어날 수 없다.

『목마른 계절』에는 여러 종류의 시선이 등장한다. 먼저 '비난과 문책이 담긴 날카로운 시선의 가시권(可視圈) 속에 있는 듯한 속박감'[12], '당? 당의 날카로운 시선은 어디 있는 것일까?' 등의 표현 속에 담긴 권력의 시선이다. 강제와 억압의 권력, 자신의 무오류성에 대한 뻣뻣한 확신 위에 서서 독재하고 군림하는 권력, 빈틈없는 감시의 그물을 쳐놓고 행위뿐만 아니라 머릿속 생각까지 검열하고 통제하려는 권력. 주인공은 그 권력의 눈길을 견딜 수 없다. 고통스러운데 그 고통의 마음속에서 처절한 한발(旱魃)의 이미지가 떠올랐다.

---

12 『목마른 계절』, 51쪽.

서쪽 창 바로 밑엔 몇 포기 안 되는 칸나가 창 높이만큼 자라 진홍빛 꽃을 유리에 맞대고 있었다. 그것뿐 인민군들이 웅성대는 본관까지의 제법 아득한 광장이 나무 한 그루 풀판 포기 없이 작열하는 태양 밑에 희게 마치 백지처럼 희게 무의미하게 펼쳐져 있었다.

그것은 아주 혹독한 가뭄의 풍경처럼 공포로웠다.

잎새조차도 푸르지 못하고 붉은 빛이 도는 핏빛 칸나도 마치 오랜 한발(旱魃) 끝에 지심(地心)에서 내뿜는 뜨거운 화염처럼 처절한 저주를 주위에 발산하고 있었다.

붉은 건 칸나뿐이 아니었다. 정면 벽 중앙에 늘어진 붉은 깃발, 그 깃발을 중심으로 빽빽이 붙여진 벽보의 핏빛 글씨들—혁명, 원쑤, 타도, 투쟁, 당, 인민, 수령, 영광, 애국—머리가 아찔하도록 집요한 투지, 집요한 증오, 그리고 애국.[13]

그 반대편에는 따뜻하고 부드러운 연민과 위무의 시선이 자리해 있다. 학교에 파견된 당 세포로부터 훌륭한 당원으로 키우기 위한 교육을 하겠노라는 말을 듣고 자신이 '최치열의 쓸모에 맡겨진 어떤 물체로 변해 가고 있는 듯한 환각', '고립감', '아무리 도망쳐도 최치열의 가시권을 못 벗어날 듯싶은 두려움'에 사로잡힌 그녀가 간절히 구하는 시선이다.

진이는 우선 당장 열의 어루만지듯이 다정한 시선이 필요하다. 그만이 커다란 두려움에서 그녀를 구할 수 있을 것 같다. 당원이 된다는 게 어떤 의미를 지니게 되는지 그만이 알고 있을 것 같다.[14]

열은 그녀의 오빠이다. 한때는 '정녕 배우고 싶다든가, 먹고 싶다든가

---

13 『목마른 계절』, 71쪽.
14 『목마른 계절』, 94쪽.

하는 인간의 정신과 육체의 이 두 가지 근원적인 허기증만이라도 좌절 당하지 않을 사회의 실현'을 위해서는 '위협도 무릅쓸 수 있을 것 같은' '천진한 용기와 정열'을 지닌 투사였지만 지금은 자신의 그 같은 용기 와 정열을 '이용하고 배반한'[15] 저 고압적인 정치권력에 대한 환멸 때 문에 '전향한 배반자'란 살기 어린 비난을 감수하며 '방관자'의 자리로 물러나 앉았다. 젊은 그를 혁명 투쟁의 길로 내달리게 했던 그 천진한 용기와 정열은 그를 덮쳐온 환멸의 물결에 쓸려 사라졌지만, 그를 환하 게 밝히고 데웠던 저 아름다운 세상에 대한 꿈은 여전히 그의 가슴속에 깃들여 있을 것이다.

정치권력과 그것의 작동방식을 환멸하여 스스로를 소외시킨 이 방관 자야말로 정치권력과 그것의 작동방식의 안쪽을 들여다보고 깊이 상처 받은 주인공을 위무할 수 있다. 주인공이 상상 속에서 불러낸 그의 따뜻 하고 부드러운 시선은 차갑고 딱딱한 권력의 시선에 맞서는 것으로 서 사 비중이 대단히 큰 서사소이다.

마지막 시선은 주인공이 스스로를 바라보는 자기점검, 자기반성의 시 선이다. 자신의 생각과 행위의 바닥까지 가차 없이 해부하고 점검, 반성 하는 그 시선은 대단히 윤리적이다.

> 푸르른 수목 사이는 공기조차 투명하게 푸르러 그야말로 심해(深海) 속 같다. 그러나 벌써 그녀는 어족일 수는 없었다. 어족 아닌 인간의 고민으로 그녀의 몸은 둥실 뜨기는커녕, 점점 그녀에겐 겨웁도록 무게를 더해 온다.
> 종말! 너무 조급하게 종말만을 생각하고 종말이 그녀를 과거 몇 달로부터 완전히 자유롭게 놓아줄 것으로 믿었던 것 같다. 어떤 사건이고 완전한 종

---

15 『목마른 계절』, 31쪽.

말이란 게 있을 수 있을까? 추한 잔해(殘骸) 없는 종말이.

앞뒤 한 장의 시험지만한 종이는 아주 없애버릴 수도 있다. 그러려고 지금 서성댐이 아닐까. 그러나 그것을 마당 한 귀퉁이에서 어물어물 구겨서 없애 버리고 난 자신의 추함, 비열함은 또 어찌 견딜 것인가?[16]

전세가 역전되어 연합군의 서울 진주가 눈앞에 다가왔다. 서울을 지배하던 인민군과 조선공산당 조직들은 서둘러 간판을 내리고 철수하기 시작했다. 주인공이 속해 있는 S대 민청 조직의 수뇌부도 북쪽으로 떠났다. 주인공과 그녀의 친구들이 뒷정리를 해야 했는데, 주로 서류를 파기하는 일이다. 경우에 따라서는 그녀의 목숨을 뺏을 수도 있는 위험물인, 당 조직에 제출한 그녀의 '자서전'도 들어 있으니 완전 파기해버려야만 할 서류들이다. 그런데 그녀는 그러지 못한다. 자신을 감시하는 자기 내부의 윤리적 시선 때문이다.

이 눈길의 자기비판적, 자기반성적 속성은 또한 자신의 안쪽을 채우고 있는 이런저런 관념으로부터의 객관적인 거리 확보를 가능하게 하여, 그녀가 그 관념들에 갇히는 것을 차단한다. 그녀는 끊임없는 자기비판과 자기반성을 통해 계속해서 변화하는 존재인 것이다.

자신을 지배하는 관념들을 해체하며 끊임없이 그것들로부터 자유로워지고 새로워지는 그녀는 강한 주체이다. 그 무엇도 그녀의 그 같은 주체성을 완전 억압할 수는 없다. 저 무시무시한 절대 권력, 당 권력의 고압적인 시선 앞에서도 그녀의 정신은 주체적이고 자유롭다.

그녀가 당 조직에 제출한 '자서전'에 "당의 위력은 너무나도 도처에 있으면서도 너무도 엄연히 군림하고 있고 당의 이름은 전제군주시대의

---

16 『목마른 계절』, 142~143쪽.

왕의 이름처럼 온갖 희생을 타당화시키는 데 남용되고 있습니다."[17]라고 쓸 수 있었던 것은 이 때문이다.

그녀의 1인칭 화자 시점으로 다시 쓰여진 『그 산이 정말 거기 있었을까』에서 대한민국 정치권력에 맞서 그 부조리를 정면 비판할 수 있게 한 것도 그녀의 이 같은 주체성이다. '부역자의 수효와 부역에 따른 사연은 너무도 많' 아 '일일이 정당한 심판을 내리' 는 것은 불가능했다. 그것은 '인간의 힘' 을 넘어서는 일이었다. 게다가 정부는 서울 사수의 '빈 목소리' 만 남기고 도망쳤던 '비열하고 파렴치한 배신'[18]의 과오를 저질렀지 않은가. 그럼에도 '끝내 오만' 한 정부는 한 마디 사과도 없이 오히려 '무자비한 복수' 를 허용하고 앞서 실행한다. 이에 맞선 주인공의 주체적 시선이 절규로 터져 나왔다.

> 그래, 우리 집안은 빨갱이다. 우리 둘째 작은아버지도 빨갱이로 몰려 사형까지 당했다. 국민들을 인민군 치하에다 팽개쳐 두고 즈네들만 도망갔다 와 가지고 인민군 밥해 준 것도 죄라고 사형시키는 이딴 나라에서 나도 살고 싶지 않아. 죽여라, 죽여.[19]

『목마른 계절』에는 흥미로운 삽화가 하나 나온다. 일상이 되어 버린 주인공의 밤나들이가 그것이다.

주인공은 '자기가 감당해야 할 일이 비탄이나 비탄에의 위무가 아닌 생활' (115~116쪽)이란 것을 알고, '문득문득 자신의 끈질긴 생활력에

---

17 『목마른 계절』, 85쪽.
18 『목마른 계절』, 169쪽.
19 박완서, 『그 산이 정말 거기 있었을까』, 웅진출판사, 1995, 128~129쪽.

혐오감 같은 걸 느끼기도' 하지만 '이 어려운 고비에 식구를 굶기면 어쩌나 하는 강박관념'(129쪽)에 스스로 갇혀 일로매진 생존 외길을 더듬어 나아가는 억척 여성이다. 그런데 그녀의 그런 행로를 이끄는 것이 그런 생활력, 강박관념인 것만은 아니다.

> 그러나 이곳 판자촌의 부재중(不在中)은 그런 깔끔한 부재중이 못 되었다. 얼마들 서둘렀으면 갖가지 모습의 적나라한 생활의 단면을 그대로 한 겹 빈지문 속에 펼쳐 놓은 채 그들은 부재중이었다.
> 진이는 매일 밤 도깨비에 홀린 듯이 이런 사람들의 생활의 모습에 이끌려 집을 나섰다.
> 그녀는 훨씬 덜 외로워지고 명랑해졌다. 많은 친구를 가까운 곳에 가지고 있는 듯한 착각은 착각이라기엔 너무도 흐뭇했다.(중략)
> 곧 어떤 순박한 서민의 숨소리가 들릴 듯한 방이나, 부엌, 살던 그대로의 모습에 조그만치의 위장(僞裝)도 가하지 않은 생생한 생활의 모습들을 보고픈 갈망으로 먹을 것을 구하려는 당초의 목적은 점점 잊어버려 가고 있었다.(229쪽)

느닷없이 끼어든 중공군 때문에 전선이 급속하게 남하하자 대부분의 서울 시민들은 서둘러 피난길에 오르고 곳곳에 빈집이다. 주인공은 밤마다 그 빈집들을 찾아 먹을 것을 구해 왔던 것인데 식량이 어느 정도 비축된 지금 그녀를 사로잡아 깊은 밤중 아무도 없는 판자집촌 언덕길을 오르게 하는 것은 그 빈집들에 남아 있는 '살던 그대로의 모습에 조그만치의 위장(僞裝)도 가하지 않은 생생한 생활의 모습들' 이다. 서술자는 그것들을 향하는 그녀의 마음을 '갈망' 이라고 표현하였다. 마음 속 두려움, 가족들의 만류는 물론이고 그 무엇도 제어하지 못하는 강한 욕망임을 드러내는 표현이다.

그녀의 이 같은 갈망과 그것에 이끌린 밤나들이는 죽음의 기운으로 가득 차 생활을 잃어버린 적치 3개월 서울의 현실을 대비적으로 부각하는 서사소이다. 한국 소설 어디에서도 찾을 수 없는 낯선 삽화를 설정하여 작가는 이처럼 큰 효과를 만들어내었다. 그런데 여기서 멈추고 말았으니 아쉽다.

그 생생한 생활의 모습들이 그토록 강한 욕망을 갖게 한 이유는 무엇일까? 작품 구석구석을 샅샅이 뒤져도 답을 찾을 수 없다. 서술자는 다른 곳에서 '갓 잘라 낸 나무의 단면에서 싱그러운 수액이 흐르듯이 인간들의 생활을 냄새를 짙게 풍기는 선명한 단면들'(233쪽)이라 하여 '모습' 대신 '냄새'를 들었지만 그래도 알 수 없기는 마찬가지이다. '생활'이라는 추상어로 뭉뚱거리는 데서 한 발 더 나아가 주인공의 심리를 파헤쳐 그려야 하지 않았을까? 이제는 여쭈어볼 수도 없게 되었으니 더욱 아쉽다.

추측에 지나지 않는 것이지만 그녀를 이끌어 밤길을 걷게 한 것은 혹 호기심은 아니었을까? 사람살이에 대한 호기심, 그 빈집에 살던 사람들이 떠나던 순간에 정지되어 있는 상황이 불러일으키는 호기심 등. 이런 추측을 가능하게 하는 것은 이 작품의 주인공을 이끌어 험로를 뚫고 나아가게 만드는 것 가운데 하나가 그녀의 남다른 '호기심'이라는 사실이다.

　(ㄱ) 황소좌의 정작 과녁은 갑희가 아니라 진이라는 것 진이는 단박 알았으나 그녀는 구태여 그의 과녁에서 비켜나려고 앙탈하지는 않는다. 도리어 어떤 <u>호기심</u>이 그녀를 강하게 사로잡는다.(밑줄―인용자, 240쪽)

　(ㄴ) 처음엔 마지못해 하던 일에 진이도 차차 기쁨 비슷한 걸 느끼고 있었다. 우락부락하고 무지막지한 사나이들의 곱고 사치스러운 것에 대한 동경

과 허영을 넘겨다보는 일은 확실히 재미있는 일이었다. 더구나 그것이 사
치와 허영을 가장 타기할, 가장 반동적인 것으로 손꼽는 인민군대라는 데
흥미는 더했다.(밑줄—인용자, 246쪽)

자기 가족의 생사여탈권을 쥐고 있는 권력자인 황 소좌에 대한 두려
움을 이기게 하는 것은 '호기심'이다. 그 호기심이 그녀로 하여금 황 소
좌를 따라 초사흘 밤길을 걸어 북조선 예술가들의 인민군 위문 공연을
보러 가게 하였다.(ㄱ) 인용문 (ㄴ)은 인민군들에게 견장을 만들어 주는
일에서 재미와 흥미를 느끼는 주인공의 심리에 대한 설명이다. 그 재미
와 흥미는 호기심의 다른 표현이기도 하고, 호기심에서 생겨나는 것이
면서 동시에 호기심을 자아내는 것이기도 하다. 요컨대 두 인용문의 핵
심은 주인공의 '호기심'이다.

남다른 호기심에 이끌려 두 눈을 빛내며 대상을 안팎을 살펴 이해하
고자 하는 인물의 행로를 중심축으로 삼음으로써 『목마른 계절』은 사실
의 한갓 증언을 넘어서는 폭과 깊이를 확보하였다.

『나목』을 비롯하여 6·25를 다룬 박완서의 소설 대부분이 그러하듯
『목마른 계절』은 성장소설이다. 작품의 마지막에 이르러 서술자는 '그
난리 중에도, 그 비정과 공포와 기아의 나날 중에도 심신은 미숙은 완숙
으로 어김없이 옮겨갔고'(306쪽)라 하여 주인공의 성장 과정이 이 소설
의 중심축 가운데 하나임을 밝혀 놓기도 하였다. 중심인물의 성장 과정
을 중심축 하나로 삼음으로써 이 작품은 전쟁을 배경으로 한 소설 일반
이 빠져들기 일쑤인 이념 편향에서 벗어나 전쟁이라는 외적 폭력과 맞
겨루며 나아가는 삶의 문제를 깊이 다룰 수 있었다.

6·25를 다룬 소설 가운데 성장소설에 해당하는 작품은 많으니 성장
소설이라는 게 특별한 의미를 가질 수는 없다. 중요한 것은 이 작품만이

갖고 있는 그 무엇이 있느냐의 여부일 터인데, 물론 있다. '새로운 감각의 각성'이다.

> 그러나 남자와 여자와의 접촉은 일순에 지나가버리지 않는 무엇을 남겼고, 진이는 그 무엇으로부터 민첩하게 자신을 수습하지 못해 한동안 멍했다. 따끔한 턱과 부드러운 입술이 잠시 볼에 닿았을 뿐인, 극히 단순한 접촉에는 황홀한 기쁨이 있었다. 그건 전연 예기치 않은, 새로운 감각의 각성이었다.
> 준식의 무심한 동작에는 날카롭게 날이 선 관능이 비장되어 있었고, 그 날이 드디어 진이의 감각의 생경(生硬)한 외각(外殼)을 찌른 것이다.(17쪽)

이 감각은, 이 소설이 담고 있는 몇 가지 중요인물관계 가운데 하나인 '주인공－민준식'의 관계에서 핵심에 해당하는 것으로, 여러 번 반복해서 강조된다. '황홀한 기쁨'을 동반하는 이 감각을 서술하는 서술자의 말길은 그 어떤 이념, 윤리, 도덕의 간섭과 구속에서 벗어나 지극히 당당하고 자연스럽다. 그 아래 육체성을 옹호하는 작가의식이 놓여 있음은 새삼 말할 필요가 없다.

이 같은 육체성의 옹호가 『목마른 계절』을 산더미처럼 쌓여 있는 6·25 소설 가운데서 특별한 작품이 되게 하였다. 여기에 그치지 않는다. 다른 그 어떤 것과도 무관한, 자연으로서의 육체성을 옹호하는 의식은 이전의 한국 문학에서는 찾기 어려운 것인데, 이 점 특히 강조되어야 한다. 한국 소설사에서는 전에 없었던 새로운 의식의 내보임이니 선구의 의미를 갖는다 할 것이다.

3.3. 시선과 소리－『목마른 계절』과 『취우』의 거리

자신의 내부를 응시하며 동시에 그것으로써 타자의 시선에 맞서는 자기반성적 주체의 윤리적 시선이 서사의 중심에 서 있다는 점이 『목마른 계절』과 『취우』를 준별하는 요소이다. 『취우』의 인물들은 그런 시선을 지니고 있지 않은데, 그들은 바깥 상황을 전해오는 '소리'에 갇혀 있는 몰주체적 존재들이다.

> 감방 속에 들어앉았는 죄수는 온종일 바깥 소리와 눈치에 귀를 기울이는 것으로 마음을 붙이며 지루한 하루를 보내다가 어두컴컴하여지면 지친 신경에 마음이 착 까부라지면서, 오늘도 이대로 넘어갔구나 하고 처량한 긴 한숨을 쉰다. 아무 예고도 없이 별안간 주위와 동포와 전 세계와 뚝 떨어져서 죄 없는 감옥살이를 석 달 동안이나 하느라고 영양 부족과 신경과민에 넙치가 된 백 사오십 만 서울 시민은, 더구나 요 며칠 새로 격렬한 폭격과 비행기 소리로만 바깥 동정을 살피기에 심신이 척 늘어지고 말았다.[20]

'시선'이 대상을 보고 확인하며 나아가 비판하기도 하는 주체적 정신 행위의 표상이라면 '소리'는 상황의 변화에 즉물적으로 대응하는 몰주체적 정신 상태의 표상이다. 『목마른 계절』의 주인공이 주체적 시선으로 자신을 세우고 타자의 시선에 맞서며 앞을 열어 나아가는 것과, 바깥 상황의 변화를 전해오는 소리에 온 신경을 쏟으며 3개월의 유폐생활을 견디는 『취우』의 인물들이 저마다의 욕망에 갇혀 사물화되고 마는 것은 크게 다르다.

3.4. 처절한 백색 심상—『그 산이 정말 거기 있었을까』

『그 산이 정말 거기 있었을까』는 『목마른 계절』을 다시 쓴 작품이라

---

20 『취우』, 215쪽.

하여도 무방할 정도로 등장인물, 그 주제 중의 하나는 '사람 같은 사람' '사람다운 삶'에 대한 간절한 바람이다. 생존을 위한 기본 조건이 파괴된 전장의 한복판인데다 '최소한의 믿음과 상식'조차도 통하지 않으니 모두가 '짐승'처럼 되어버린 처절한 상황에 대비되어 그런 사람과 삶에 대한 희구는 절대성적인 것으로 부각되고 있다. 다른 하나는 '육친애나 우정보다 훨씬 더 속 깊은 운명적인 연민'이다. 굶주림과 공포, 치욕의 모진 세월을 같이 상처 입으며 함께 견딘 사람들 사이에 생기는 동료애와 연민. 그것이 이 소설 속 사람들의 삶을 이끌어간다. 또 하나는 사람들 사이, 특히 모녀간의 애증이다. 사랑, 신뢰, 기대와 그것을 배반하는 강잉(强孕)한 생존욕과 이기심, 그리고 그것으로부터 벗어나 자유로워지고 싶은 갈망, 험한 세월에 치인 상대방에 대한 안쓰러운 생각 등등이 복합된 그 애증의 안쪽을 들여다보는 작가의 통찰은 깊고 다중적이다. 마지막, 이 모든 것을 꿰뚫고 솟구치는 생명력. 봄 햇살 속으로 얼굴을 내미는 아기의 건강한 볼에 서린 봄기운으로 표상되는 그 생명력이 우울하고 고통스러운 세월을, 그들의 남루하고 비참한 삶을 꿰뚫고 솟구쳐 힘차게 약동한다. 그 약동은 그 모진 세월을 대비적으로 부각시키는 것이면서 그 세월에 대비되어 더욱 빛나 온전하게 실현되는 생의 소중함을 드러내는 것이기도 하다. 그리고 그 우울한 세계를 열어 갇힌 생명을 힘차게 흐르게 하는, 그리하여 또 다른 세계를 기대하게 만드는 것이다.

중복을 피해, 두 가지만을 살피기로 한다. 하나는 처절한 백색의 심상.

어떤 집 담장 안에선 큰 목련나무가 빈틈이라곤 없이 피어 있었다. 목련으로선 좀 늦게 핀 게 그 집도 비어 있으리라는 추측과 함께 돌아보고 또 돌아보게 했다. 백목련이었다. 목련은 엉성하게 드문드문 피는 건 줄 알았는데 그 나무는 특이했다. 오래 전에 인적이 끊긴 동네서 그 큰 나무는 집채만한 공간을 빈틈없이 채우고도 모자라 주위에 귀기(鬼氣)랄까 요기 같은 걸 안개처럼 내뿜고 있는 게 괴기해 보였다. 잡기라고는 하나도 안 섞인 순수한 백색이면서 그렇게 처절한 백색은 처음이었다. 백색의 맨 밑바닥 같기도 하고 극에 달한 절정 같기도 했다. 북으로 피난 가면서 폐허가 다 된 마을에서 막 부풀기 시작한 목련 꽃봉오리를 보고 외친 미쳤어! 소리가 또 나오려고 했다. 이번엔 광기에 대한 겁먹음이었다. 불길한 걸 피하듯이 의식의 밑바닥에 늘어붙어 있다가, 오래 전에 굳어버리고 딱지 앉은 감수성을 긁어대는 듯한 가려움증을 느꼈다.[21]

중공군에 밀려 압록강까지 치올랐던 연합군은 허망하게도 전면 철수 길에 올랐다. 마침내는 서울도 내주게 되었다. 다시금 온 나라에 피난민이 흘러넘쳤다. 그리고 시간이 흘렀다. 38선을 두고 치열한 공방전이 계속되는 가운데 전황은 휴전을 향해 줄달음치고 있는 때, 이 소설의 주인공 가족은 천혜의 피난지라는 경기도 교하에 피신했다가 다시 서울로 돌아오는 길이다. 그 무서운 지옥살이에서 죽지 않고 살아났다는 구사일생의 안도감, 앞일이 어찌될지 알 수 없는 데서 오는 바닥 모를 불안감이 뒤엉켜 어수선한 마음 눈길에 온 나무 가득 빈틈 한 군데 없이 꽃핀 백목련 나무가 들어왔다.

살아남았지만 여전히 죽음의 기운 속에 갇혀 있는 주인공의 눈에 그 꽃나무는 처절한 귀기(鬼氣), 언제 폭발할지 알 수 없는 위태로운 광기, 소복 청상의 한을 품고 있는 것으로 비친다. 죽음과 폭력과 슬픔의 기운으로 가득 찬 전쟁의 속성을, 온 천지를 그런 기운으로 채우는 전쟁의 비극성을 뚜렷이 드러내 보이는 백색 이미지이다.

---

21 『그 산이 정말 거기 있었을까』, 110~111쪽.

피난과 귀가, 전쟁과 휴전, 전시와 전쟁 이후를 가르는 경계에 피어난 이 처절한 백색의 심상은 이 산하와 이 땅의 백성들이 겪은 극한의 고통과, 감당할 수 없을 정도로 엄청난 분노와 원한을 상징하는 것이며, 동시에 그 같은 고통, 분노, 원한의 세월이 계속 이어질 것임을 미리 내보이는 것이다.

> 집 앞의 우물은 정말 물이 충충했다. 원통형 내벽에 성에게 허옇게 슬어 있는 게 청정하고 신성한 느낌마저 들었다. 두레박줄이 걸려 있는 우물 둘레는 내 가슴까지 차는 시멘트 노깡이었다. 충충한 수면에 비친 내 모습이 너무 선명해서 나는 번번이 깜짝 놀라곤 했다. 어느 쪽에도 속하지 않는 세상도 있을 수 있다는 걸 한번이라도 상상해 본 적이 있었던가. 나 역시 무서워하고 있다는 걸 우물 속의 내 모습은 부정할 도리 없이 빤히 비춰주고 있었다. 말을 안 더듬는다고 해서 안 무서워하고 있는 것은 아니었다.[22]

때는 1·4 후퇴 직후, 압록강까지 진출했던 국군은 중공군의 인해전술에 밀려 순식간에 한강 이남으로 내몰렸다. 아직 인민군이 들어오지는 않았으니 서울은 지배 권력이 존재하지 않는 무정부 상태 속에 들었다. 지배 권력의 부재는 지배 이데올로기의 부재인 것, 서울은 이데올로기의 진공 상태에 놓였다.

우에서 좌로, 좌에서 우로 요동치던 지배 이데올로기의 폭력적 군림 아래 간신히 살아남은 사람들에게 이데올로기의 진공 상태는 황홀한 것이어야만 했을 것 같은데 실제는 달랐다. 그들은 '어느 쪽에도 속하지 않는 세상' 앞에서 갈피 잡을 수 없는 혼란에 빠져들었고, 몸부림으로도

---

22 『그 산이 정말 거기 있었을까』, 13쪽.

비명으로도 다스릴 수 없는 깊은 두려움에 갇히고 말았다.

의용군으로 나갔다가 살아 돌아온 주인공의 오빠는 그 두려움에 짓눌려 느닷없이 말을 더듬기 시작했다. 시간이 갈수록 공포는 부풀어 오르고 말더듬증은 심해진다. 그의 말더듬증, 충충한 우물 속을 내려다보며 가슴 속 공포를 확인하고는 깜짝 놀라는 이 장면은 두 정치권력을 번갈아 겪으며 살길을 찾아 몸부림쳐야 했던 그때 현실을 압축하고 있는 강렬한 상징이다.

4. 맺음말

『취우』와 『목마른 계절』은 다 같이 '적치 3개월' 동안 서울 시민들이 겪어야 했던 애옥살이를 구체적으로 증언하고 있는 희유한 문학적 보고서이다.

『취우』는 이 특이한 시공간을 지배한 정치적 이념을 소설 속에 들이지 않은 방법론 위에 서서, 모든 관계와 가치 규범들로부터 벗어난 재물 욕망과 성 욕망이라는 순수 욕망에 갇힌 인물들을 정밀하게 그려내었다. 그들을 지배하는 재물 욕망 또는 성 욕망은 스스로 소진될 때까지 자가 증식하며 맹목의 질주를 멈추지 않는 마성적인 것들이다. 이 같은 욕망에 갇혀 그 욕망 자체가 되어버린 이들 인물들은 몰주체적 존재들인데, 이 같은 인물들은 '적치 3개월'의 파괴성을 증거하는 섬뜩한 상징들이다.

『목마른 계절』과 이 작품을 다시 고쳐 쓴 『그 산이 정말 거기 있었을까』의 중심에는 이와는 전혀 반대로, 자기반성적 윤리적 시선으로써 자신의 안쪽을 구성하는 관념들을 해체하며 끊임없이 그것들로부터 자유로워지는 강한 주체가 우뚝 서 있다. 그 무엇도 이 강한 주체의 주체성을 완전 억압할 수는 없다. 강력한 힘의 타자들과 맞서 자신을 지켜내는 이 강한 주체의 굳센 행로로써 '적치 3개월'을 가득 채우고 있는 반인간적, 반생명적인 것들을 근본 비판할 수 있었다.

마성적 욕망에 갇혀 마침내 그 욕망이 되어버린 『취우』의 인물들이 관계와 무관한 존재들로서 자신도 타자들도 바라보지 않는 맹목의 존재들인 데 비해 『목마른 계절』(『그 산이 정말 거기 있었을까』)의 강한 주체는 관계 속에서, 자신을 그리고 자신과 관계 맺고 있는 타자들을 정시하며 변화를 모색하는 자기반성적, 비판적 존재이다. 『목마른 계절』(『그 산이 정말 거기 있었을까』)이 '적치 3개월'의 현실을 훨씬 더 역동적인 서사 안에 담아낼 수 있었던 것은 가장 큰 요인은 이것이다.

이병주의 『산하』를 비롯한 소설작품, 백철의 『문학자서전』을 비롯한 체험기 등 '적치 3개월'을 다룬 문학적 보고서 등 이 글에서 검토하지 못한 것들은 매우 많다. 뒷날의 과제로 삼고자 한다.

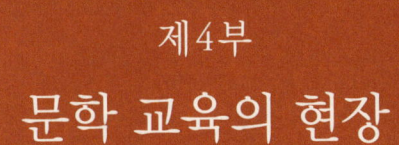

제4부

문학 교육의 현장

현대문학 교육과 삶의 질

• • •

부분 읽기에서 전체 읽기로

1. 문학 교육의 목적과 삶의 질

문학 교육이 삶의 질을 높이는 데 어떤 역할을 하는지 분명히 알기는 어렵다. 언어능력을 키우고, 인간과 세계에 대한 이해를 도우며, 문학작품을 구성하는 여러 요소들이 얽혀 이루는 관계(내용과 형식의 관계 등)의 그물을 살핌으로써 어떤 자족적인 세계를 구축하는 관계의 원리와 양상에 대한 이해 수준을 높이며, 대상 파악과 나아가 그 파악 내용의 새로운 맥락에서의 재구성을 이끄는 기본적인 정신능력인 상상력을 계발하는 데 문학 교육의 목적이 있다는 데 대부분의 사람들은 동의할 것이다. 이 모든 것들이 삶의 질을 높이는 데 긍정적으로 작용한다는 사실은 깊게 생각하지 않아도 분명하다. 자명한 것이다.

문학 교육의 목적이 이처럼 자명하다면, 문학 교육이 삶의 질을 높이기 위해서는 어떠해야 할 것인가에 대한 답도 이미 제시되어 있는 셈이

다. 피교육자들이 문학작품을 깊이 이해할 수 있도록 이끄는 것 말고는 다른 답이 있을 수 없다.[1)]

학생들이 문학작품을 깊이 이해할 수 있도록 이끌기 위해 유의해야 할 것들은 당연히 많을 것이다. 그 가운데 가장 중요한 것은 부분 읽기가 아니라 전체 읽기가 강조되어야 한다는 것이 내 생각이다. 몇 경우를 들어 살펴보기로 한다.

2. 문학작품의 중층성(重層性)

문학작품은 언제나 중층적이다. 그것이 다루는 인간 존재, 인간의 삶과 세계의 근본 속성이 그러하기 때문이며 작가의 무의식과 문학사의 압력 그리고 당대의 문화적 분위기와 독자의 요구 등이 창작 과정에 개입해 들어오기 때문이다. 작품을 그 나름의 정돈된 질서를 담은 유기적 통일체로 빚어내고자 하는 설계자이고 건축가인 작가의 지향성은 일반적으로 그 같은 중층성을 가능한 한 억압하고자 하지만 그럼에도 불구하고 이들 여러 요인에서 비롯되는 문학작품의 중층성을 완전히 억누를 수는 없다.

작가의 의식적 구상과 통제를 벗어난 차원에서 실현되는 이 같은 중

---

1 이 단정적인 진술은, 현재 제도 교육에서의 문학 교육이 학생들의 주체적 수용을 지나치게 강조함으로써 문학작품의 심층 이해를 가로막는 문제점을 지니게 되었다는 판단에서 생겨난 것이다. 주체적 수용의 지나친 강조는 그것을 모든 것에 우선하는 절대의 기준이라 인식하는 강박관념을 낳아, 주체적 수용에 앞서 이루어져야 할 작품에 대한 객관적 이해의 단계를 경시하고 위축시키는 현상을 만들어내었다. 당연하게도 객관적 이해의 단계에서 중요한 역할을 수행해야 할 교사의 위상도 크게 낮아졌다.

층성의 정도가 가장 높은 소설 양식은 물론 장편이다. 중편은 이보다 그 정도가 낮을 것이다. 그렇다면 단편은? 우리는 단편을 두고 '대상의 한 단면을 집중 조명하는 서사 양식으로 주제의 집중성이 그 가장 대표적인 양식적 특성'이라 말한다. 단면을 문제삼으며, 주제의 집중성 확보를 위해 모든 요소들을 한 지점으로 수렴시키는 구조적 특성을 지니고 있기 때문에 단편은 중층성과 무관할 것이다라는 선입견이 널리 퍼져 있지만 단편 또한 앞에서 든 창작 과정상의 여러 작용요소들을 완전히 배제할 수는 없으니 마찬가지로 중층적이다.

단편 읽기에서 작품의 이 같은 중층성을 간과하게 만드는 요인 중의 하나는, 이름난 작품은 좋은 단편으로서의 요건을 두루 갖춘 흠 없는 작품일 것이라는 선입견이다. 그러나 문학청년기 습작품에 지나지 않지만 어떤 관계망의 벼리에 해당하는 의의 때문에 평가되고 널리 알려지게 된 작품도 적지 않다. 이 같은 작품의 경우 대체로 작가의 구성력 부족 때문에 생겨난 여러 문제점을 지니게 마련인데, 그 대표적인 것은 서사의 중심선을 벗어난 인물이나 삽화 등이 거의 반드시 끼여들어 있다는 사실이다. 이로 인해 그런 작품은 더욱 중층적인 것으로 된다.

소설 읽기는 언제나 이 같은 중층성을 고려하여 이루어져야 한다. 김동인의 「감자」를 통해 검토해보기로 하자.

방대한 김동인 문학을 대표하는 작품으로 평가받는 「감자」는 마침내 죽음에 이르고 마는 주인공 복녀의 전락 과정을 뼈대로 한 소설이다. 복녀가 걷는 그 전락의 길은 가난이란 것이 얼마나 폭력적인가를 증거하는 길이며, 돈과 성의 욕망에 들려 마침내는 죽음에 이르고 마는 복녀를 통해 인간이란 욕망의 덫에 갇혀 그 욕망에 깃든 마성에 의해 자신도 모르는 사이에 유린되곤 하는 보잘것없는 존재임을 드러내는 길이기도 하다. 문학 교육과정에서의 「감자」 해석은 대체로 복녀의 전락 과정을 주목하여, 그것은 환경에 의해 규정되는 것으로 일본 자연주의 문학의 환경결정론에 이어져 있다는 것이었다. 복녀의 여로가 지닌 의미 가운데 하나만을 문제삼는 해석이 지배적이었던 것이다.

복녀의 여로에 담긴 의미를 충분히 살폈다고 해서 「감자」의 중층성 그 안쪽에 대한 이해가 완성된 것은 아니다. 복녀의 여로와 함께 하지만, 그러나 동시에 그 여로 밖에 자리한 그녀의 남편을 지나쳐서는 안 된다.

극도로 게으른 인물인 그는 자신의 게으른 삶을 유지할 수만 있다면 무슨 일이든 서슴지 않을 무서운 존재이다. 타인의 시선에 반응하고 뒤돌아 자신의 안팎을 점검하는 정신 기제인 자의식이 전적으로 결여된 인물 성격인 것이다. 말하자면 그는 당대 한국 사회와 그 구성원들의 삶을 지배했던 윤리체계와 가치체계의 밖에 존재한다. 당대의 한국 남성에게 요구되었던 가장의 책무를 전혀 돌아보지 않았기에 복녀가 매춘으로 나아갔고 마침내는 비참한 종말을 맞게 되었다는 점에서 그는 복녀의 여로에 깊이 관련되어 있지만, 설사 그가 다른 성격의 지녔다고 해서 복녀의 여로가 크게 달라지지는 않았을 것이라는 점에서 복녀의 여로와 무관한 존재이기도 하다. 이 같은 인물 성격으로 인해 그는 복녀의 여로와 무관한 개성으로 이 작품의 중심 서사 밖에 놓여 있기도 한 존재인 것이다.

김동인은 인간이란 본래적으로 선한 존재이며, 자신의 힘으로 스스로를 실현하는 주체성의 존재이고, 역사와 사회가 가르치고 요구하는 가치들을 위해 자신의 욕망을 제약할 수도 있는 고귀한 존재라는 통념을 벗어난 작가였다.[2] 이 점에서 그는 주자학 질서를 따라 살았던 전대의

---

2 복녀의 비참한 한평생을 관찰 보고하는 3인칭 관찰자의 건조한 간결체에는 어떤 감정

작가들과는 다른 자리에 서 있었다. 다른 자리에 서 있었기에 김동인은 윤리체계와 가치체계의 밖에 존재했던 이 같은 인물 성격을 볼 수 있었고, 통념을 근거로 그를 평가하지 않을 수 있었던 것이 아닐까.

이에 이르면 우리는 복녀의 여로에 담긴 의미들과 복녀 남편의 개성이 「감자」를 구성하는 중심요소들이라 말할 수 있다. 양자는 관련되어 있기도 하지만 동시에 서로 무관하기도 하다. 양자 사이의 관련/무관련의 묘한 관계가 이 작품의 단순 해석을 가로막는 중층성의 비밀인 것이다.

「감자」의 중층성에 대한 이 같은 독서는 문학작품뿐만 아니라 인간을 비롯한 모든 우주 존재가 중층성의 존재임을 알게 하며, 문학작품처럼 전문가에 의해 치밀하게 직조된 구성물이라 하더라도 그 내부에 담긴 요소들의 때로는 상충하기도 하는 복잡한 관계로 인해 그 안쪽이 잘 들여다보이지 않는 불투명의 존재들임을 알게 한다. 그럼으로써, 어떤 대상이라 하더라도 한두 마디로 쉽게 단순화해서는 안 되며, 그 중층성과 불투명성의 대상을 향해 계속해서 추구해 나아가야 하고, 자신의 대상 이해가 완벽할 수 없다는 겸허한 인식 위에서 언제나 자신을 뒤돌아 살피는 반성의 태도를 지녀야 한다는 사실을 일깨운다. 삶의 질은 이 같은 앎과 깨우침의 과정을 통해 조금씩 높아지게 되는 것이 아니겠는가.

3. 부분 읽기와 작품의 실제 왜곡

독서 과정에서 대부분 독자들의 의식을 사로잡는 것은 소설의 어느

도 깃들여 있지 않아 비정한 느낌조차 준다. 이는 김동인이 인간의 긍정적 측면에 대한 믿음에서 생겨나는 애정을 지니지 않은 작가라는 사실의 반영이다.

한 부분, 예컨대 작중인물의 말 한 마디나 인상적인 행동 또는 아름다운 풍경 한 폭 등이라 한다. 이보다 좀 더 나아가면 순수한 사랑·절대의 의리·헌신적 이타애 등 대부분의 사람들이 가치 있는 것으로 받아들이는 정신[3]이 독자들의 관심을 끄는 요소가 된다고 한다. 독자들의 소설 읽기가 대부분의 경우, 부분 읽기를 넘어서지 못한다는 것이다.

부분 읽기에 그쳐 전체 읽기에 나아가지 못하는 독서는 작품의 온전한 이해에 가 닿지 못한다는 점에서는 물론이고, 작품의 실제 왜곡에 이를 수도 있다는 점에서 무엇보다도 문제이다. 대상을 구성하는 특정요소 몇 개에 갇힐 때 여러 요소들의 유기적 관계로써 이루어지는 대상의 실제를 왜곡할 가능성이 커지는 것이다. 중등교육을 받은 한국인이라면 누구나 학창시절에 공부했을 이효석의 「메밀꽃 필 무렵」을 통해 이를 살펴보기로 하자.

「메밀꽃 필 무렵」을 이효석의 최고 걸작으로 평가해 온 근거의 하나는 달밤의 메밀밭을 묘사한 다음 장면이다.

이지러는 졌으나 보름을 가제 지난 달은 부드러운 빛을 흐붓이 흘리고 있다. 대화까지는 칠십 리의 밤길, 고개를 둘이나 넘고 개울을 하나 건너고 벌판과 산길을 걸어야 된다. 길은 지금 산허리에 걸려 있다. 밤중을 지난 무렵인지 죽은 듯이 고요한 속에서 짐승 같은 달의 숨소리가 손에 잡힐 듯이 들리며, 콩포기와 옥수수 잎새가 한층 달에 푸르게 젖었다. 산허리는 온통 메밀밭이어서 피기 시작한 꽃이 소금을 뿌린 듯이 흐뭇한 달빛에 숨이 막힐 지경이다. 붉은 대궁이 향기같이 애잔하고 나귀들의 걸음도 시원하다. 길이

---

3 대부분의 사람들이 가치 있는 것으로 인식하는 이런 항목에 독자들이 이끌린다는 사실은 독자들의 큰 호응의 받은 우리 소설들이 대체로 이런 정신 항목들과 그 반대쪽에 놓이는 항목들 사이의 선명한 이분법의 구조를 지닌다는 것과 깊이 관련되어 있다.

좁은 까닭에 세 사람은 나귀를 타고 외줄로 늘어섰다. 방울소리가 시원스럽게 딸랑딸랑 메밀밭께로 흘러간다.[4)

아름답다. 문체와 내용이 절묘하게 어울리어 창조된 '정중동(靜中動)의 미학'이다. 독자들이 이 아름다운 문체에 실린 달밤 풍경에 감동 받는 것은 자연스럽다. 그러나 여기에 그친다면 곤란하다. 이 아름다운 풍경 아래에는 평생을 길 위에서 보낸 한 사내의 남루하고 고달픈 소외의 생애가 들어 있음을 살피지 않은 불구의 독서, 부분 읽기에 지나지 않는 것이다.

허생원은 '얼금뱅이'에 '왼손잡이'이니 당대 한국 사회의 정상/비정상의 의미체계에서 비정상에 속하는 육체성의 인물이다. 게다가 강원도 오지의 오일장을 떠도는 한갓 장돌뱅이 인생인지라 고된 노동, 가난, 불안정, 그리고 사람들의 천시에 시달려야 하니 철저한 소외의 평생을 살아오고 있는 인물이라 하겠다. 그 같은 소외의 현실을 완성하는 것은 '性'으로부터의 소외다. 그가 성처녀와의 하룻밤 일을 거듭거듭 추억하는 것은 성으로부터 소외된 그의 현실에 대한 안타까운 증언이다.

「메밀꽃 필 무렵」에서 아름다운 달밤 풍경은 허생원의 이 같은 소외된 존재성을 둘러싸고 있는 한갓 배경에 지나지 않는다. 달밤 풍경의 감동에 갇힌 독서는 그러므로 이 작품의 왜곡으로 귀결된다.

이와 관련하여 우리는 이 작품의 한계를 말해볼 수 있다. 작가의 붓길이 허생원의 남루한 한평생을 깊이 파고들지는 않았다는 사실이 그것인데, '쓸쓸하고 뒤틀린 반생'을 말하면서도 허생원의 '아름다운 강산'에

---

4 이효석, 「메밀꽃 필 무렵」, 『이효석 전집 2』, 창미사, 1990, 92~93쪽.

대한 애정과 달빛 젖은 밤 정경의 아름다운 묘사로써 그 남루함과 외로움과 쓸쓸함을 덮어버리고 있는 것이다. 「메밀꽃 필 무렵」의 이 같은 문제점은 이효석 문학 전체의 문제점과 이어져 있다. 이효석 문학은 대체로 현실세계를 지배하는 갖가지 권력에 의해 상처 입은 소외된 인물들의 외롭고 남루한 삶을 다루는데, 그 대상의 현실을 깊이 추구해 들어가지 않고 갑작스럽게 성의 신비나 자연의 아름다움 또는 생명력을 찬미하는 쪽으로 비약하는 특성을 지닌다. 이는 이효석의 소설 대부분이 해피엔딩으로 끝난다는 사실과 밀접하게 관련되어 있다.

「메밀꽃 필 무렵」의 예에서 보듯, 부분 읽기는 작품의 실제를 왜곡할 가능성조차 더불고 있으니 문학 교육에서는 무엇보다 강조되어야 할 경계 대상이다. 이 작품에서처럼 그런 독서로 독자를 이끌 수 있는 요소를 품고 있는 경우에는 더욱 그렇다.

4. 금제를 넘어서

한국 사회에는 구성원들의 행동과 사고를 통제하여 정해진 틀을 넘어서지 못하게 가로막는 금제들이 많다. 아직 성인이 되지 않은 청소년들을 대상으로 하는 교육 영역의 경우, 금제의 수도 많고 그 정도도 높은 것은 자연스럽다. 그러나 그 같은 금제로 인해 작품 이해가 제약되는 경우가 있다면 곤란하다. 최서해의 「탈출기」와 박재삼의 「울음이 타는 가을강」을 통해 이를 살펴보기로 하겠다.

최서해의 「탈출기」는 아사 직전에 놓인 병든 노모와 처자의 생계를 돌보지 않고 탈가(脫家)하여, "비바람 밤낮을 헤아리지 않고 벼랑 끝보다 더 험한 선"에 서는 주인공의 비장한 투신을 중심에 둔 단편이다. 주인공의 투신은 두 가지 의미를 지니고 있다. 그의 투신은 자기 가족의 만주 유랑과 가난을 개인적 차원이 아니라 사회적 구조의 차원에서 인식하게 되었기 때문에 이루어진 것인데, 어떤 현상을 그 현상에 국한해서 바라보고 이해하려는 데서 나아가 전체와의 관련 속에서 바라보고 이해하려는 태도의 드러냄이라는 점에서 이는 거대한 규모의 소설사적 전환을 예고하는 것이다. 다른 하나는 투신의 비장함과 단호함에 반영되어 있는 혁명성이 새로운 시대를 예고하고 있다는 점이다. 가족이 처한 비참한 처지를 애써 외면하고 "험악한 공기의 원류(源流)"를 쳐부수고자 하는, 곧 근본을 문제 삼는 태도는 이후 우리 사회에 넘쳐흘렀던 변혁의 열정을 앞서 보여주는 것이다. 투신의 단호함과 비장함이 편지 형식과 강건체 문체와 어울려 효과적으로 드러나게 되었다는 사실도 함께 주목할 수 있겠다.

「탈출기」 교육에서 '혁명성'을 언급하고 있는 경우는 찾을 수 없는데 이는 작품 실제의 심각한 축소 해석 또는 왜곡이다. 그 원인이 무엇인지 분명하게 알 수는 없지만, 한국인 일반의 특수한 역사체험에서 생겨난 혁명성에 대한 두려움 또는 맹목적인 부정의식과 관련된 현상이리라 추측한다.

그러나 사회구조적 차원의 모순에 대한 인식에 근거하는 변혁의 열정과 실천 의지는 어느 시대 어느 사회에나 존재하기기 마련이다. 이 작품의 주인공처럼 단호히 떨치고 그 길로 나아가지 않는 사람의 정신 속에도 그런 열정과 의지가 많든 적든 깃들여 있는 것이 엄연한 사실이다. 말하자면 「탈출기」의 주인공이 지닌 변혁의 열정과 실천 의지는 인간 존재와 사회를 객관적으로 이해하는 데 필수불가결의 한 요소인 것이다.

「울음이 타는 가을강」의 안쪽으로 들어서기 위해서는 '친구의 서러운 사랑'의 내용이 무엇인지 먼저 알아야 하는데, 이 작품을 다루고 있는 문학 교육 관련서의 어디에서도 이에 대한 언급을 만날 수 없다. 아마도 우리의 말길 생각의 길을 막고 선 금제 하나가 원인인 것으로 보인다.

마음도 한자리 못 앉아 있는 마음일 때,
친구의 서러운 사랑 이야기를
가을 햇볕으로나 동무 삼아 따라가면,
어느새 등성이에 이르러 눈물 나고나.

제삿날 큰집에 모이는 불빛도 불빛이지만
해질녘 울음이 타는 가을강을 보겠네.

저것 봐, 저것 봐,
네보담도 내보담도
그 기쁜 첫사랑 산골 물소리가 사라지고
그 다음 사랑 끝에 생긴 울음까지 녹아나고,
이제는 미칠 일 하나로 바다에 다 와가는,
소리죽은 가을강을 처음 보겠네.

이 시에서 강물의 흐름은 두 가지로 해석될 수 있다.[5] 하나는 두 사람이 엮어가는 사랑의 전개를 보여주는 것이라는 해석. 이 경우 강물의 흐름은 두 사람이 만나 이런저런 과정을 거치며 마침내 '미칠 일 하나로 바다에 다 와가는' 사랑의 단계에 도달했음을 말하는 객관상관물이다. 그

---

5 여기서의 해석이 반드시 옳은 것이라 자신하여 말할 수는 없다. 무엇을 말하는지 모호한 시의 안쪽으로 파고들어 독자 나름의 이해에 나아갈 때 가능한 해석 몇 가지를 생각해본 것이다.

런데 화자는 이 마지막 사랑의 단계를 '서러운 사랑'이라 표현했으니 그 사랑은 불행과 관련된 것일 터이다. '미칠 일'이란 그렇다면 파경인가?

다른 하나는 한 사람이 겪어온 세 가지 사랑에 대응한다는 해석. 이 경우 발원하여 산골짜기를 소리 내어 흘러내리는 상류의 맑고 활기찬 흐름은 들뜬 기쁨의 첫사랑에, 때로는 좁고 가파른 협곡을 세차게 흐르기도 하고 때로는 널따란 들판을 만나 유장하게 흐르기도 하는 중류의 흐름은 이런저런 곡절로 울음을 낳기도 하는 그 다음 사랑에, 마지막 바다로 흘러들기 바로 전 하류의 흐름은 그 다음 사랑에 각각 대응한다. '친구의 서러운 사랑'은 마지막에 해당하는 것일 터인데, 화자는 이를 '미칠 일 하나로 바다에 다 와가는', '소리 죽은 가을강'이라 하였다. 안으로 깊이 울며 미칠 것 같은 마음을 다스리지 못하고 시간을 따라 흘러갈 뿐인 그런 사랑인 것인데, 그렇다면 이 사랑은 용납되지 않는 성격의 것일 가능성이 높다. 불륜과 같은.

두 사람 사이 꽃피었던 사랑의 마지막 단계인 파경일 수도, 나이 들어 갑자기 찾아온 불륜일 수도 있는 그 사랑의 구체적 내용에 대해서 이 작품은 아무런 정보도 제공하고 있지 않다. 그러나 추론을 통해 그 대강의 윤곽은 얼마든지 짐작 가능하다.

중등학교 문학 교육과정에서 이 시가 담고 있는 이 같은 '서러운 사랑'의 내용에 대한 추론을 찾아볼 수 없으며, 이 같은 추론으로 학생들을 인도하려는 노력도 만날 수 없는데 이는 우리 사회의 금제와 관련된 것일 가능성이 높다. 파경과 불륜에 대해 말하는 것 자체를 금기시하는 봉건적인 사랑의 윤리체계가 근저에 작동하고 있을 가능성이 높다는 것인데, 그렇다면 매우 곤란한 일이 아닐 수 없다. 변화할 수밖에 없는 인간관계의 속성, 사랑의 여러 존재 형식 등 학생들이 알고 이해해야만 하는 중요한 사항들에 대한 봉쇄이기 때문이다.

5. 맺음말

지금까지 나는 내 좁은 눈에 들어온, 우리 문학 교육 현실 속 몇 가지 문제점들을 짚어보았다. 기본 전제는, 문학 교육이 제대로 이루어질 때 삶의 질의 높일 수 있다는 것이며, 바람직한 문학 교육은 부분 읽기가 아니라 전체 읽기를 향해 나아가야 한다는 것이었다. 전체 읽기로 나아가기 위해서는 여러 요인에 말미암는 작품의 중층성을 언제나 고려해야 하며, 독서자를 사로잡는 작품의 어느 한 부분 또는 한 요소에 갇히지 않아야 하고, 사회적 금제를 넘어 열린 눈으로 작품을 직시하는 태도를 견지해야 한다는 것이 내 생각이다. 그런 태도를 견지한다고 해서 문학 작품의 전체 읽기가 가능해지는 것은 물론 아니다. 교사의 역할이 이에 중요한 것이다.

어떤 대상의 실제를 왜곡 없이 이해하고자 하는 태도와 이해할 수 있는 능력을 지닐 때 인간은 복잡다양한 관계의 그물로 이루어진 인간 삶과 세계를 넓고 깊게 이해할 수 있으며, 동시에 그 그물의 벼리에 해당하는 자신의 존재성을 분명히 인식할 수 있다. 질 높은 삶의 건설은 이 바탕 위에서 비로소 가능하다.

소설 재창작활동의 구상

1. 머리말

소설 쓰기 활동의 중심은 물론 소설 창작이지만, 기성의 작품을 재창작하는 것도 있을 수 있다. 초중등학교 국어, 문학 교과서에는 이런 재창작활동 과제가 다수 들어 있으니[1] 국어, 문학 교육의 한 영역으로 이미 확고하게 자리 잡았다고 하겠다.[2]

---

1 이에 대해서는 김혜영, 「소설 창작교육의 방향」, 『문학교육학』 30호, 한국문학교육학회, 2009에서 요령 있게 정리해 놓았다.

2 7차 교육과정, 개정 교육과정에서는 '개작' 과 '(작품의 창조적) 재구성' 이란 두 용어를 섞어 쓰고 있는데 '재구성' 이란 용어의 함의가 불투명하여 두 용어 사이의 관계가 분명하지 않다. 주어진 작품을 구성하고 있는 요소들을 재구성하는 것이 아니므로 '재구성' 이라는 용어보다는 '개작' 이라는 용어가 더 적절하다. 그러나 학습자의 주체적 창작활동을 강조하는 교육과정의 취지를 적극적으로 드러내는 데는 '개작' 보다는 '재창작' 이 더 어울리는 용어로 보인다. 이런 판단에 따라 여기서는 주어진 창작소설을 바꾸어 쓰

'문학작품의 이해와 감상으로 끝났던 기존의 문학 교육'을 '반성'하고 "문학작품을 '수용'할 뿐만 아니라 학습자가 주체가 되어 문학작품을 '창작'하는 활동이 필요하다는 인식"을 '반영'하여 제7차 국어과 교육과정의 '문학' 영역에서는 그 이전 교육과정에서는 중시하지 않았던 '문학 창작'을 중요한 영역으로 설정하였다. "수준 높은 작품의 창작만이 아니라 문학적인 표현을 사용하여 말하기와 쓰기, 문학에 관해서 자기의 의견을 표현하기 등을 포함한다."라고 하여 그 범위를 넓게 설정하였지만 핵심은 '작품 창작', '개작'이었다.[3] '작품 창작'은 학습자가 감당하기 어려운 고난도의 활동이기 때문에 이 가운데서도 '개작'이 보다 강조될 수밖에 없었다.

여기서의 개작이란 "작품의 기본 골격을 유지하며 일부 요소를 바꾸어 다시 쓰는 것"인데 "관점이나 인물, 시점, 배경, 결말 등을 바꾸어 패러디하는 방식이 전형적이다."[4]라고 설명되어 있다.

개정 교육과정에서는 7차 교육과정의 '문학 창작'을 '문학의 생산'이라 바꾸고 "내용과 형식, 맥락, 매체를 바꾸어 작품을 비판적·창조적으로 재구성한다."라고 하여 작품의 재구성을 강조하였다.

> 7차 교육과정에서 '문학의 창작'이라고 표현했던 것을 '문학 생산'으로 바꾼 이유는, 교육과정의 의도와 달리 '창작'을 본격적인 문학작품의 창작으로 이해하는 경향이 많았기 때문이다. 물론 선택교육과정의 '문학' 과목은 공통교육과정의 '문학' 영역보다 높은 수준을 요구하지만, 그 산출물의

는 모든 활동을 '재창작'이라 일컫기로 한다.

3 교육인적자원부, 『고등학교 교육과정 해설―국어』, 1997, 77쪽.

4 같은 책, 78쪽.

수준은 학생 개개인의 수준에 맞춰 자유롭게 설정할 수 있다. 또한 '창작' 보다 '생산'이 그 의미 폭이 넓다.

　문학의 생산활동은 '2. 내용'에서 기술한 대로 재구성과 창작을 모두 포괄한다. 재구성의 경우에는 출발점이 되는 작품이 있어서 그것의 내용과 형식, 표현, 맥락, 매체 등을 바꾸는 작업이기 때문에 교수·학습활동도 그에 맞추어 이루어져야 한다.[5]

　개정 교육과정에서의 '재구성'이란 '출발점이 되는 작품'을 제재로 한 "토의·토론, 극화, 모작과 개작, 협동 학습을 바탕으로 한 비교 등"의 활동을 말하는 것으로 설명되어 있지만 위 인용문 속 "재구성의 경우에는 출발점이 되는 작품이 있어서 그것의 내용과 형식, 표현, 맥락, 매체 등을 바꾸는 작업"이란 진술과 함께 살피면 그 활동의 중심이 재창작(개작)임을 분명히 알 수 있다.

　이처럼 7차 교육과정과 개정 교육과정에서는 창작활동의 전 단계 활동으로 기성 작품의 재창작활동을 설정해 놓았지만 그 활동의 구체적인 내용에 대해서는 더 이상 언급하지 않았다.

　이에 문학작품 재창작활동에 대한 체계적인 구상이 필요하다. 구상이므로 빈 곳이 많을 수밖에 없겠지만 논의의 물꼬를 여는 작업이라는 데 의의를 두고 과감하게 시도해 보고자 한다. 이 글에서는 소설에 국한하는데 이를 딛고 다른 장르까지 넓힐 수 있게 되기를 기대한다. 논의의 구체성 확보를 위해 기성 작품들을 예로 들어 논의하고자 하는데, 평균 수준의 고등학생이라면 충분히 이해할 수 있는 수준의 작품을 대상으로 하겠다.

5 　교육인적자원부, 『고등학교 교육과정 해설 - 국어』, 2007, 345~346쪽.

2. 소설 재창작활동의 구상

내가 구안한 소설 재창작활동은 '채워넣기', '덧붙이기', '바꾸기', '새로 쓰기'의 네 가지이다. 얼마나 어려운지 어려움의 정도를 잴 수는 없지만, 대체로 보아 뒤로 갈수록 더 어려운 활동이라 할 수 있다. 평균 수준의 학생이라면 '채워넣기'와 '덧붙이기'는 감당할 수 있지만 '바꾸기'와 '새로 쓰기'는 감당하기 어렵다. '새로 쓰기'는 최상 수준의 학생이라야 소화할 수 있는 고난도의 활동이다. 이런 점을 고려하여 학생 수준에 맞추어 소설 재창작 과제를 부여하여 활동하게 하면 좋을 것이다. 교사의 지도에 따라 난도를 낮출 수 있다는 점도 중요한 고려 사항이겠다.

다음은 이 네 활동의 하위 항목에 해당하는 것들을 정리한 표이다. 이 표를 바탕으로 소설 재창작활동을 구상해 보도록 하겠다.

> (ㄱ) 채워넣기—심리 채워넣기, 말과 행동 채워넣기, 사건 채워넣기
> (ㄴ) 덧붙이기—결말에 이어 쓰기
> (ㄷ) 바꾸기—인물 성격 바꾸기, 인물 관계 바꾸기, 시공간적 배경 바꾸기, 시점 바꾸기, 사건 바꾸기, 결말 바꾸기, 구성 바꾸기, 문체 바꾸기
> (ㄹ) 새로 쓰기-주제, 인물, 중심사건, 배경 새로 쓰기

2.1. 채워넣기

'채워넣기'는 드러나지 않은 인물의 심리를 묘사나 설명을 통해 드러내기, 작품에 제시되지 않은 말과 행동을 만들어 넣기, 작품에는 없는 사건을 만들어 넣기 등의 하위 항목을 거느린다.

인물의 심리 드러내기는 철저하게 관찰자 시점을 견지하고 있어 작중 인물의 심리를 드러내지 않은 작품을 대상으로 하면 효과적인 활동이

다. 3인칭 관찰자 시점의 모범이라 할 김동인의 「감자」를 통해 구체적으로 살펴보기로 한다.

「감자」는 인물의 심리를 거의 드러내 보이지 않는 불친절한 작품이다. 독자는 인물의 심리를 들여다볼 수 없기 때문에 인물이 무엇 때문에 그런 행동을 하는지 등 소설 이해에 필요한 것들을 알기 어렵다. 예를 들어 보자. 「감자」의 주인공 복녀는 송충이 잡는 일에 나섰다가 감독이 놓은 덫에 걸려든다. 그리고 "이 일이 있은 뒤부터 그는 처음으로 한 개 사람이 된 것 같은 자신까지 얻었다." 더 이상 복녀의 심리를 드러내지 않았기 때문에 '한 개 사람이 된 것 같은 자신'이 어디서 생겨난 것인지 독자는 알 길이 없다. 이 경우, 복녀의 심리를 묘사나 설명의 방식으로 써서 빈 곳을 채워 넣는 재창작활동이 필요하다. 복녀가 그런 자신감을 갖게 된 것은 성에 눈 떴기 때문일 수도 있고, 자신을 가두고 있던 도덕관념에서 벗어나 새로운 주체로 신생했기 때문일 수도 있다. 독자는 복녀에 대한 자신의 이해를 바탕으로 복녀의 심리를 보여주는 글을 써서 복녀가 그런 자신감을 갖게 된 이유를 명료하게 드러낼 수 있는 것이다. 또 예를 들어 보겠다. 복녀는 왕서방이 새 여자를 얻어 결혼하는 날 밤, 분을 하얗게 바르고 이상한 웃음을 흘리며 잘 벼린 낫을 들고 신방에 뛰어들었다. 무엇이 복녀로 하여금 그런 이상한 행동을 하게 하였는가? 안정된 수입원을 잃는다는 상실감 때문에, 패배의 충격을 이기지 못해, 왕서방을 사랑했기 때문에 등, 여러 가지 추측이 가능한데, 복녀의 심리를 써서 채워넣는 활동이 가능한 것이다. 또 들어 보자. 복녀의 남편은 지극히 게으르고, 가장으로서의 책임감을 전혀 갖고 있지 않으며, 제 편한 대로 행동하는, 자의식이 전적으로 결여된 비정한이다. 그런데 그의 심리는 전혀 그려져 있지 않아 독자는 그의 안면을 들여다볼 수가 없다. 채워넣기 활동이 필요한 대상인 것이다.

「감자」의 두 인물로 하여금 더 말하게 하고, 더 행동하게 한다면 그들의 성격을 더 분명하게 드러낼 수 있고, 그들을 행동하게 하는 이유가 무엇인지 더 명료하게 보여줄 수 있을 것이다. 「감자」는 말과 행동의 채워넣기 활동에도 적합한 작품이다.

「감자」를 대상으로 한, 심리 채워넣기와 말과 행동 채워넣기 활동을 통해 독자는 1)복녀와 복녀 남편 두 중심인물을 더 깊이 이해하게 되며, 나아가 두 인물을 중심으로 조직된 작품 「감자」를 더 깊이 이해하게 된다. 뿐만 아니라 작품 전체와 관련지어 인물의 성격을 파악하고 그 심리를 그리는 쓰기 능력을 키울 수 있게 된다.

채워넣기의 하위 항목 가운데 또 다른 하나는 사건 채워넣기이다. 「메밀꽃 필 무렵」의 경우를 들어 살펴보자. 이 작품의 주인공 허생원은 단한 번의 이성 경험을 마음 깊이 품고 그 추억의 힘으로 살아가는 인물이다. 여기에 초점을 맞추면 아름다운 달밤 풍경 속 걷기, 동이와의 새로운 만남, '난 죽을 때까지 저 달 보며 이 길 걸을 거야'라는 허생원의 말 등은 조화롭게 어울린다고 할 수 있다. 그러나 강원도 험한 산길 위에서 소외(육체적 불구자로서의 소외, 성으로부터의 소외, 경제적 신분적 소외)와 중노동의 한평생을 살아왔으며 앞으로도 그렇게 살아갈 허생원의 남루한 존재성에 초점을 맞춰 이 작품을 살핀다면, 매우 부실한 작품이라는 사실을 알 수 있다. 허생원의 그런 남루한 존재성을 뚜렷이 드러낼 수 있는 사건을 설정해서 그리는 사건 채워넣기 활동이 의미를 가질 수 있는 것은 이 때문이다. 허생원의 존재성을 보다 효과적으로 드러낼 수 있는 사건을 구상하여 그림으로써 독자는 허생원은 물론이고 「메밀꽃 필 무렵」을 더 깊이 이해할 수 있게 될 것이고, 작품 전체와 관련지어 인물 성격과 사건을 파악하고 그리는 쓰기 능력을 키울 수 있게 될 것이다.

2.2. 덧붙이기

덧붙이기는 결말에 이어 덧붙여 쓰는 활동을 말하는데 이 활동은 작품 이해와 바로 연결되어 있다. 예를 들어 보자. 김동리의 「역마」는 죽음의 문턱에까지 갔다가 간신히 일어난 주인공 성기가 엿판을 목에 메고 정처 없는 유랑의 길에 오르는 장면에서 끝난다. 집을 떠나는 그의 몸짓에는 '신명'이 넘실거린다고 묘사되어 있다. 이 때문에 이 작품의 주제가 '운명애'라는 해석이 성립할 수 있었다. 이 해석을 그대로 따르는 학습자는 결말에 이어 덧붙이기에서 그의 이후 행로를, 유랑의 운명을 사랑하여 떠도는 삶을 즐기는 자의 자유롭고 느긋한 성격의 여행길로 그릴 것이다. 그러나 이 해석을 따르지 않는 학습자라면 그 덧붙이기의 내용을 달리할 것이다. 예컨대 그는 성기가 헤어진 이복 이모를 찾아가 인륜을 넘어서는 사랑을 일구어 간다고 쓸 수도 있다. 이런 덧붙이기는 기성의 도덕률에 얽매이지 않는 인물들의 외줄기 개성의 행로가 김동리 소설의 내적 형식이라는 사실과 관련되어 있으니 허황한 것이라고 할 수는 없다.[6]

다시 「메밀꽃 필 무렵」으로 돌아가 보자. 앞에서 살핀 대로 이 작품을 읽는 데는 두 가지 방식이 있을 수 있다. 허생원의 마음 속 사랑(인연)에 초점을 맞추어 읽는 것과 허생원의 남루한 존재성에 초점을 맞추어 읽

---

6 정호웅, 「김동리 소설과 화개-「역마(驛馬)」에 대한 새로운 해석을 중심으로」, 『문학교육학』 30호, 한국문학교육학회, 2009, 279쪽.

는 것 두 가지이다. 앞의 관점에서 이 작품을 읽고 이해한 학습자는 허생원과 옛 인연이 만나 행복한 가정을 일구게 된다는 내용을 덧붙일 가능성이 높다. 뒤의 관점을 가진 학습자는 동이의 어머니가 옛날의 그 성처녀가 아니라는 것이 밝혀지고, 허생원의 존재성은 조금도 달라지지 않는다는 내용을 덧붙일 가능성이 높다.

「역마」와 「메밀꽃 필 무렵」을 대상으로 한 덧붙이기는 이처럼 작품 이해에 따라 그 내용이 달라질 수 있다. 어떤 경우이든 이 활동이 작품 이해를 깊게 하고, 작품 전체와 관련지어 새로운 내용을 덧붙이는 쓰기 능력을 키울 수 있다는 것은 분명하다.

한편, 덧붙이기는 시간이 흐른 뒤의 후일담을 덧붙이는 방식을 취할 수도 있다. 「역마」의 경우, 앞에서 든 첫 번째 해석을 따르는 학습자라면, 오랜 세월이 흐른 후 여전히 유랑자로서 길 위를 떠도는 주인공의 처지와 아버지를 따라 고향으로 돌아간 후 새로운 삶을 개척한 여주인공의 처지를 대비해 보여주는 후일담을 덧붙일 수 있을 것이다. 앞에서 든 두 번째 해석을 따르는 학습자라면 그들의 사랑을 용납하지 않는 화개 공간을 떠나 살아가고 있는 두 사람의 행복한 삶을 전하는 후일담을 덧붙일 수 있을 것이다.

「메밀꽃 필 무렵」의 경우, 허생원의 마음 속 사랑(인연)에 초점을 맞추어 읽은 학습자라면 허생원과 옛날의 성처녀가 결합하여 새로운 인생을 살고 있다는 후일담을 덧붙일 수 있을 것이고, 허생원의 남루한 존재성에 초점을 맞추어 읽은 학습자라면 그 후에도 강원도 산길을 따라 걷는 장돌뱅이의 처지를 벗어나지 못한 허생원이 마침내는 그 같은 소외와 남루의 삶의 끝에 이승을 하직하고 말았다는 내용의 후일담을 덧붙일 수 있을 것이다.

후일담 덧붙이기 활동이 앞에서 살핀 덧붙이기 활동과 마찬가지로 작품 이해를 깊게 하고, 작품 전체와 관련지어 새로운 내용을 덧붙이는 쓰기 능력을 키울 수 있다는 것은 분명하다.

2.3. 바꾸기

우리가 설정한 소설 재창작활동의 네 가지 항목 가운데 가장 다양한 활동이 가능한 것은 바꾸기이다. 기존 작품을 바꾸어 쓰는 활동은 7차 교육과정의 문학 창작 영역의 중심활동이고, 개정 교육과정의 문학 생산 영역의 중심활동이다.[7]

이 활동은 인물 성격 바꾸기, 인물 관계 바꾸기, 시공간적 배경 바꾸기, 시점 바꾸기, 사건 바꾸기, 결말 바꾸기, 구성 바꾸기 등을 그 하위 항목으로 설정할 수 있다. 이들 활동은 결말 바꾸기와 구성 바꾸기의 경우를 제외하고는 사실상 전면적인 재창작을 불가피하게 만든다. 예를 들어 주인공의 성격을 바꾸면 그것에 따라 자연히 인물관계가 달라지게 될 것이고, 경우에 따라서는 배경과 중심 사건 그리고 구성 등 소설을 이루는 모든 요소가 달라지게 될 것이다. 이처럼 소설 내 요소들을 재조정하고 재배치해야 하는, 사실상 전면적인 재창작인 이 활동을 감당할 수 있는 학습자는 많지 않기 때문에 활동 폭을 좁혀야만 한다. 작품 전체를 새롭게 구상해야 할 필요성이 덜한 결말 바꾸기를 시작으로 이 활동에 대해 살펴보기로 하자. 그동안 문학 교육학계에서 많이 검토되어

---

7 김혜영, 앞의 글, 362~364쪽 참조.

온 시점 바꾸기와 구성 바꾸기는 여기서 다루지 않겠다.

결말 바꾸기는 다른 무엇보다도 작품 주제와 깊이 관련된 활동이다. 결말이 소설의 주제를 최종적으로 결정짓는 경우가 대부분이기 때문이다. 결말에 따라 소설의 주제가 달라지는 경우가 대부분인 만큼 이 활동에 임하는 학습자는 먼저 작품의 주제를 나름대로 파악하는 활동부터 시작해야 한다. 그 다음 자신이 제시하고 싶은 새로운 주제가 무엇인지를 정하고, 그 주제를 효과적으로 드러낼 수 있는 결말을 구상해 바꾸어 쓰는 활동을 한다. 「감자」, 「부석사」 등을 통해 검토해 보기로 한다.

(ㄱ) 복녀의 송장은 사흘이 지나도록 무덤으로 못 갔다. 왕서방은 몇 번을 복녀의 남편을 찾아갔다. 복녀의 남편도 때때로 왕서방을 찾아갔다. 둘의 새에는 무슨 교섭하는 일이 있었다. 사흘이 지났다.

밤중 복녀의 시체는 왕서방의 집에서 남편의 집으로 옮겨졌다. 그리고 시체에는 세 사람이 둘러앉았다. 한 사람은 복녀의 남편, 한 사람은 왕서방, 또 한 사람은 어떤 한방 의사. 왕서방은 말없이 돈주머니를 꺼내어 십 원짜리 지폐 석 장을 복녀의 남편에게 주었다. 한방 의사의 손에도 십 원짜리 두 장이 갔다.

이튿날 복녀는 뇌일혈로 죽었다는 한방의의 진단으로 공동묘지로 실려 갔다.[8]

(ㄴ) 어깨가 내려앉는 듯한 피로에 점령되어 그는 점점 잠속으로 빠져들어간다. 그녀는 보온통을 기울여 종이컵에 커피를 따른다. 부석사의 포개져 있는 두 개의 돌은 닿지 않고 떠 있는 것일까. 커피를 들지 않은 한 손으로 자꾸만 자신의 얼굴을 쓸어내리고 있다. 그녀는 문득 잠든 그와 자신이 부석처럼 느껴진다.[9]

---

8 김동인, 「감자」, 『조선문단』(1925. 1), 27쪽.

9 신경숙, 「부석사」, 신경숙 외, 『부석사』, 문학사상사, 2001, 72쪽.

「감자」의 주제는 보기에 따라 여러 가지일 수 있으나 현실의 폭력에 치여 마침내는 죽음에 이르는 한 여인의 전락 일로의 평생이 보여주는 현실의 폭력성과 그것이 낳은 인간의 비정성이 그 중심에 놓여 있다고 할 수 있다. 작품의 결말은 돈으로 사람의 목숨을 거래하는 비정한들을 통해 그 같은 폭력성과 비정성을 더욱 뚜렷이 드러내 보여준다. 이 결말을 통해 우리는 돈의 욕망을 좇아 사는 인간들을 낳고 용납하는, 돈의 논리에 따라 움직이는 현실의 폭력성과 인간의 비정성을 알게 되고 섬뜩한 느낌에 갇힌다. 「감자」의 결말을 통해 뚜렷해지는 이 같은 주제를 다른 것으로 바꾸고자 한다면 결말도 따라 바꾸어야 한다. 예를 들어 어떤 학습자가, 이 작품의 관점과는 달리 인간이란 그렇게 비정한 존재가 아니라는 생각을 가지고 있고, 그런 생각에 근거하여 자기반성을 거쳐 새롭게 태어나는 인물을 통해 인간 존재의 긍정적 측면을 주제로 삼고자 했다고 하자. 이 경우, 복녀의 남편이 자신의 잘못을 반성하고 돈으로 복녀의 피살 사건을 덮으려는 왕서방 등에 맞선다는 내용으로 결말을 바꿀 수 있을 것이다.

(ㄴ)은 신경숙의 단편 「부석사」의 결말이다. 부석사의 '부석(浮石)' 설화를 끌어들여 사랑의 형식 하나를 드러내고자 한 작품이다. 남녀 주인공은 다 같이 쓰라린 실연의 경험을 가진 사람들이다. 상대를 사랑하는 순정하고 성실한 마음과, 오랜 시간 함께 엮어온 아름다운 기억의 꽃다발을 무참하게 짓밟고 떠나간 상대방 여자와 남자의 행위는 가혹한 배신행위였다. 배신당한 두 사람의 상처는 크고 깊어 까마득한 어둠의 골짜기와도 같다. 그들은 그 골짜기 위로 솟아오른 깎아지른 절벽 위에 서서 위태롭다. 언제 절벽 아래 어둠의 골짜기로 추락할지 모르는 위기상황을 간신히 견디며 살아가는 그들이 만나 조금씩 가까워지는 과정을

따라 전개되던 작품 마지막에 느닷없이 결말에서 보듯 '부석' 이미지가 떠올랐다. 실 하나 겨우 통과할 수 있을 정도의 사이를 두고 떨어져 있다고 그들이 믿고 있는 부석사의 '부석' 처럼, 그들도 지금 그만큼의 사이를 두고 떨어져 있다는 것을 보여주는 이미지이다. 「부석사」는 이 같은 내용의 '부석' 이미지로써 사랑의 한 형식[10]을 말하고자 한 작품이다. 이런 사랑의 형식과는 다른 사랑의 형식을 주제로 삼고 싶다면 결말을 바꾸어야만 한다. 깊게 껴안는다는 결말로 바꿈으로써 '부석'의 사랑과는 다른 사랑의 형식을 담고 있는 작품으로 만들 수 있을 것이다.

결말 바꾸기 활동은 다른 한편, 결말이 그 작품의 주제를 효과적으로 드러내지 못한다고 학습자가 판단했을 경우에도 행해질 수 있다. 이 활동을 하는 학습자는 그 작품의 작가보다 우위에 선 창작자이다.

작가와 의견을 달리하여 새로운 주제를 설정하고 그 주제에 어울리는 결말을 다시 쓰는 결말 바꾸기 활동은 학습자를 작가와 동렬에 선, 또는 작가보다 우위에 선 창작자가 되게 함으로써 큰 자부심을 갖게 한다. 이 자부심은 활동에 보다 집중하게 하고, 주체로서 참여하게 하는 큰 힘이다. 학습 효과가 커질 것임은 새삼 말할 필요도 없다.[11]

---

10 정호웅, 「현대소설의 불교 설화 수용 양상-주제별 수용 양상을 중심으로」, 『우리말글』 45집, 우리말글학회, 2009, 283쪽.

11 결말 바꾸기 활동에 앞서 작가 본인에 의해 결말 부분의 개작이 이루어진 예를 통해 결말 바꾸기에 대한 이해를 도모할 수도 있다. 널리 알려져 있는 『삼대』의 결말 개작(신문 연재본/단행본), 『광장』의 결말 개작(연재본, 정향사본/전집본) 등이 대표적인 경우이다. 『삼대』의 결말 개작과 관련하여 김윤식, 『염상섭 연구』(서울대 출판부, 1987)와 이보영, 『난세의 문학』(예림기획, 2001)을, 『광장』의 결말 개작과 관련하여 정호웅, 「'광장'론-자기처벌에 이르는 길」(『시학과 언어학』 1호, 시학과 언어학회, 2001)을 각각 참고할 수 있다.

다음으로 인물 성격 바꾸기에 대해 검토해 보겠다. 인물 성격 바꾸기는 중심인물의 성격 바꾸기와 주변인물의 성격 바꾸기로 대별할 수 있다. 중심인물의 성격 바꾸기는 작품의 기본 성격을 바꾸는 결과를 낳기 때문에 사실상 새 작품 쓰기라고 할 수 있을 것이다. 예를 들어 보자. 이문구의 단편 「공산토월」의 중심인물은 이타성의 표상이라 할 만한 존재이다. 자기희생적이고 이타적이며 헌신적인 그의 존재성은 이 작품의 등장인물들이 겪는 참혹한 고통과 그것에서 생겨난 깊은 슬픔을 배경으로 빛난다. 이 작품은 이 같은 이타성의 표상이라 할 만한 인물을 통해 인간의 근본적 선성을 확인하고 있으며, 큰 고통과 깊은 슬픔을 넘어 빛나는 인간 존재의 고귀함을 증언하고 있다. 그러나 인간의 일반적 존재성을 이와는 달리 자기중심성과 이기성이라 파악하는 관점도 있음을 우리는 잘 알고 있는데 이런 관점에 따르면 「공산토월」의 중심인물의 이 같은 존재성은 진실을 왜곡하는 것이며, 진실에 접근하는 것을 가로막는 것이라 비판될 수 있을 것이다. 뿐만 아니라 이처럼 고귀한 존재를 전면에 내세움으로써 그들이 겪었던 큰 고통과 그것에서 생겨난 깊은 슬픔을 은폐하거나 약화하는 문제점을 지니고 있다는 비판도 가능할 것이다. 이런 맥락에서 「공산토월」의 중심인물의 성격을 바꿔 쓰는 활동이 의미를 가질 수 있을 터인데, "이타성의 표상이 아니라 이기성의 표상으로 바꾸기" 또는 "한편으로는 이타적이지만 한편으로는 이기적인 성격의 인물로 바꾸기" 등의 활동을 구안해볼 수 있겠다. 중심인물의 성격이 바뀌면 따라서 소설 내 다른 요소들도 바뀔 수밖에 없으니, 이 활동은 앞에서도 말했듯 사실상 전면적인 다시 쓰기이다. 당연하게도 학습자가 감당하기 어려우니 조건을 달아 활동 폭을 줄여야만 할 것이다.

중심인물의 성격 바꾸기를 감당할 수 있는 학습자가 많을 수 없으니 인물 성격 바꾸기 활동의 중심은 주변인물의 성격 바꾸기일 수밖에 없다. 「감자」를 통해 이를 살펴보기로 한다. 앞에서 살폈듯 「감자」의 주변인물 가운데 하나인 '복녀 남편'은 철저하게 자기중심적이고 이기적인 비정한이다. 그의 그런 비정성은 소설 속 다른 요소들과 함께 중심인물인 복녀의 불행을 극적으로 강조하는 기능을 한다. 이런 인물은 현실에서 만나기 어려운 예외적인 존재로서 현실성이 부족하기 때문에 오히려 전락 일로, 불행의 외길을 걸어 마침내는 비참하게 생을 마감하는 중심인물의 비극성을 약화하는 요소라고 할 수도 있다. 이 점에 생각이 미친 학습자라면 그를 특징짓는 철저한 자기중심성과 이기성의 정도를 조금 낮추어 그를 작품 속 성격과는 다른 성격의 인물로 다시 그릴 수 있을 것이다.

「공산토월」의 중심인물의 성격 바꾸기 활동, 「감자」의 주변인물 가운데 하나인 복녀 남편의 성격 바꾸기 활동 등 인물의 성격 바꾸기 활동은 등장인물의 성격이 작품 안에서 수행하는 역할과 기능이 무엇인지를 학습자로 하여금 알게 하고, 더 나아가 학습자를 인간에 대한 넓고 깊은 이해로 이끌 수 있을 것이다.

바꾸기 활동에서 인물 관계 바꾸기는 인물 성격 바꾸기와 맞붙어 있다. 인물 성격이 바뀌면 인물 간 관계도 자연히 바뀌게 되기 때문이다. 그러나 인물 성격 바꾸기와 무관한 인물 관계 바꾸기도 있을 수 있다. 여기서는 인물 성격 바꾸기와 무관한 인물 관계 바꾸기를 예를 들어 살피기로 하겠다.

이태준의 단편 「패강랭」의 중심인물들 사이의 관계는 대동강변 어느 요정의 술자리에서 분명히 드러난다. 주인공인 소설가 현, 그의 친구로 고등보통학교에서 조선어와 한문을 가르치는 교사인 박, 현도 호감을 갖고 있고 그녀도 현에게 호감을 품고 있는 기생 영월 등 세 사람은 처지가 비슷하고 생각이 같은 한패이다. 그들의 관계는 동류의 유대관계라 할 수 있다. 부회의원이자 실업가인 김은 처지도 다르고 생각도 달라 그들과 대립한다. 중심인물들의 이 같은 유대관계와 대립관계를 구성의 중심축으로 삼아 이 작품은 병영화, 일본화, 근대 자본주의화로 요약할 수 있는 당대 조선 사회의 변화하는 현실 속에서 어떤 입장과 태도를 갖는 것이 옳은가를 문제 삼고자 하였다. 물론 답을 내놓기는 어려운 시대였으니 작가도 분명한 답을 제시하지 못했다. 다만 그런 변화를 긍정하고 좇는 김의 입장과 태도는 옳지 않다는 것을 드러내는 데 멈추었을 뿐이다. 긍정적 인물군과 부정적 인물의 대립 구조를 통해 부정적 인물의 부정적 측면을 드러내고 비판한 작품이라 하겠는데, 그 대립 구조로 인해 명료하지만 단성적인 세계 구축에 그쳤다.

이들 인물의 소설 속 성격은 그대로 두고, 그 관계를 바꾸면 인물 대립의 구조에 기인하는 단성성의 세계를 중층성의 세계로 만들 수 있다. 여러 방안이 있겠으나 가장 쉽고 현실적인 것은 영월과 김의 관계를 바꾸는 것이다. 영월은 기생이라는 직업의 제약 때문에 고객 앞에서 자신을 있는 그대로 드러내고 주장해서는 곤란한 처지의 인물이다. 돈과 권력을 가진 김과 같은 손님 앞에서는 더욱 그렇다. 게다가 나이까지 들어 은퇴 후를 대비하지 않을 수 없는 지경에 놓였으니 더더욱 그렇다. 실제 작품에서는 영월을 현과 박과 한패가 되어 김과 맞서는 것으로 그렸으니 영월의 이 같은 현실적 처지를 세심하게 고려하지 않았다고 보아야 할 것이다.[12] 그렇다면 영월의 이런 처지를 고려하여, 영월을 김과 한패

12 「패강랭」은 1930년대 말 조선 지식인의 현실과 고뇌를 깊이 탐구한 수작이다. 그러나

로 묶을 수도 있겠고, 김과 다른 두 사람 사이에서 양면의 비위를 두루 맞추는 수완 좋은 중개자로 설정할 수도 있을 것이다.

　이 같은 인물 관계 바꾸기는 작품의 현실성을 높이고, 자신의 본마음을 감추고 대립하고 있는 양면의 중개자 노릇을 해야 하는 처지에 놓인 인물의 복잡미묘한 존재성을 탐구 과제가 되게 함으로써 단성성의 세계에서 벗어날 수 있는 가능성을 마련하고, 나아가서는 이들 중심인물 사이의 관계와 그들의 언행에 영향을 미쳐 단순 대립 구도를 완화할 수 있게 될 것이다. 인물 관계 바꾸기 활동을 통해 학습자는 소설에서의 현실성의 문제, 인물 탐구의 문제, 인물 관계와 소설 구조의 문제 등에 대해 더 깊이 사고하고 배울 수 있게 될 것이니 이 또한 대단히 의미 있는 활동이라고 하겠다.

　시공간적 배경 바꾸기는 일종의 번안활동이다. 인물 성격, 주제 등은 그대로 두고 배경만 바꾸는 이 활동에 적합한 것은 등장인물이 전형적 인물이어서 통시대적·공간 초월적 일반성을 지니고 있고, 인간의 본성 등 마찬가지로 통시대적·공간 초월적 일반성을 지닌 주제를 다루고 있는 소설이다. 이 활동을 통해 학습자는 인물과 주제의 개별성과 일반성의 문제, 인물과 주제의 시공간 구속성과 탈구속성의 문제 등에 대해 더 깊이 사고하고 배울 수 있을 것이다.

　마지막으로 사건 바꾸기를 살펴보겠다. 여기에는, 비슷한 내용과 형식의 것으로 바꾸는 소박한 수준의 것으로부터 내용 또는 형식이 실제

주인공인 현, 그의 친구인 박, 그리고 기생 영월을 긍정의 축에 배치하고 그 맞은편 부정의 축에 김을 배치하는 이분법적 대립 구도로 인해 단성성의 차원을 넘어서지는 못한 것으로 보인다. 이에 대해서는 김윤식 외, 『한국 소설사』(문학동네, 2000), 제5장 참조.

작품의 사건과 전혀 달라 작품의 성격을 달라지게 하는 것, 더 나아가서는 중심 사건을 작품 내 주변 사건으로 교체하는 것까지 다양한 경우가 있을 수 있다. 이 가운데 학습자의 사고력을 키우는 데 가장 효과적인 것은 마지막, 중심 사건과 주변 사건을 교체하는 활동이다. 예를 들어 살펴보자.

황순원의 단편 「독 짓는 늙은이」의 중심 사건은 아내의 출분이다. 젊은 아내가 밑에서 일하던 청년과 손잡고 어린 아이까지 버리고 도망가 버렸으니 노인의 자존심은 깊이 상처 입었다. 그는 배신당했던 것이고, 여자를 사이에 두고 청년과 벌인 싸움에서 패배했던 것이다. 그가 가마 속으로 스스로 기어들어가 죽는 것은 이런 관점에서 보면 자존심을 다친 사람의 자기파괴 행위라 하는 것이 근리하다.[13]

중심 사건을 다른 것으로 교체하면 주제가 달라진다. 번번이 독 짓기에서 실패하는 것을 중심 사건으로 설정하면, 그의 죽음은 자신의 일과 그 결과물에 목숨까지 거는 장인의 자존심과 집념을 드러내는 것이 된다.

중심 사건을 다른 것으로 교체하는 것을 비롯한 사건 바꾸기는 사건과 인물 성격의 관계, 사건과 주제의 관계 등에 대해 더 깊이 사고하고 알게 하는 것이라는 점에서 의미 있는 활동이다.

2.4. 새로 쓰기

새로 쓰기는 주제, 인물, 사건 가운데 하나 또는 그 이상을 가져와 새로운 소설을 만드는 활동이다. 거의 창작에 가까운 고난도의 활동이므

---

13 정호웅 「황순원 소설의 인물 성격 연구」, 『독서연구』 6호, 한국독서학회, 2001, 390쪽.

로 학습자의 수준을 잘 살펴 실행 여부를 정해야 한다.

7차 교육과정에 근거한 국어 교과서와 문학 교과서 가운데 이와 관련된 활동은 단 하나밖에 없다. 『문학』에 나오는 학습활동 "이 소설의 주제와 연관하여 소설의 제재가 될 만한 사람의 이야기를 찾아 그 줄거리를 500자 정도로 써 보자."가 그것이다. 이마저도 줄거리 쓰기에 머물렀는데 새로 쓰기 활동의 어려움을 보여주는 예라 할 것이다.

윤흥길의 중편 「장마」의 경우를 통해 새로 쓰기에 대해 자세히 살펴보기로 한다. 「장마」는 길지 않은 중편이지만 갈피갈피에 많은 의미를 담고 있는 큰 작품이다. 이 작품의 주제는 전쟁의 폭력성이라 볼 수도 있고, 자식이 죽을지도 모른다는 데서 생겨난 절대의 '두려움'과 맞서 조금도 물러서지 않는 모성의 위대함이라 볼 수도 있고, 타인의 고통과 슬픔을 깊이 연민하는 마음의 힘이라 볼 수도 있다.[14] 어느 것이든 인간과 세계에 대한 이해를 넓히고 깊게 하며 나아가 소설의 주제에 대한 이해력을 높일 수 있는 주제이다. 교사는 학습자에게 「장마」의 주제는 관점에 따라 이렇게 여러 가지로 볼 수 있다는 것, 그 각각의 성격은 어떠하다는 것을 설명하고 그 가운데 하나를 택해, 그런 주제를 구현하는 소설을 한 편 쓰게 하면 주어진 작품에서 주제만을 가져와 새로운 소설 쓰기를 하는 활동이 된다.

주어진 작품에서 인물을 가져와 새로운 소설 쓰기를 하는 경우, 그 인물의 성격에 대한 이해가 무엇보다 중요하다. 인물 성격에 대한 이해는 주제를 비롯한 작품 전체에 대한 이해와 맞물려 있는 것이기 때문에 이

---

14 정호웅, 「발견의 형식, 비판의 형식」, 윤흥길, 『황혼의 집』, 문학과 지성사, 2007, 318~325쪽 참조.

점을 간과해서는 효과적인 새로 쓰기를 기대하기 어렵다. 다시 「장마」를 들어 이 점을 좀 더 자세히 살펴보겠다. 「장마」의 중심인물인 두 할머니의 성격은 「장마」의 주제를 무엇으로 파악하느냐에 따라 그 실체의 파악이 가능해진다. 전쟁의 폭력성을 주제로 보는 경우 두 할머니의 성격을 구성하는 중심은 그런 폭력에 상처 입은 나약한 존재라는 점이, 모성의 위대함을 주제로 보는 경우 죽음 또는 죽음을 주재하는 보이지 않는 존재에 맞서 조금도 물러서지 않는다는 점이, 연민하는 마음의 힘을 주제로 본다면 타인의 슬픔과 고통을 자신의 것으로 느끼는 심성과 그런 타인을 따뜻하게 감싸안는 자비의 마음이 될 것이다.

사건을 가져와 새로 쓰기 활동을 하는 경우도 마찬가지로 그 사건의 성격에 대한 이해가 중요하며, 주제를 비롯한 작품 전체에 대한 이해가 뒤따라야만 한다. 서정인의 단편 「뒷개」를 분석하고 있는 한 서사 이론가의 다음 진술은 사건의 이해가 얼마나 어려운가를 잘 보여준다.

> 달리 해석한 결과 얻어질 어떤 심층사건은 인물, 공간 같은 사물들의 의미까지 반영된 것인 동시에, 보다 더 심층의 '무시간적'이고 주제적인 공간에 존재하는 어떤 갈등 혹은 대립을 바탕으로 한 것이다. (중략) 이렇게 볼 때 사건은 앞서 살펴본 통합적 관계와 함께, 가족애를 보여주는 여러 행동들과 그것의 실현을 가로막는 것들의 반복적 혹은 계열적 관계 속에서 의미를 지닌다. 그리고 표층사건/심층사건의 구별과 심층사건의 전개 논리 파악은 가들을 무엇으로 보느냐, 그 갈등이 어떤 종류의 것이냐에 크게 좌우된다. 가령 「뒷개」가 '한국 사회 하층민의 궁핍함'이라든가 '인간의 폭력성' '삶 혹은 인간의 부조리함' 등에 대한 이야기라고 본다면, 앞에서의 사건 파악은 매우 달라질 수 있는 것이다.[15]

---

15 최시한, 『소설의 해석과 교육』, 문학과 지성사, 2005, 100~101쪽.

주어진 작품에서 주제, 인물, 사건 등을 가져와 새로 쓰기를 하는 이 활동은 그 자체로 의미 있는 것이지만, 본격적인 창작활동의 전 단계 활동으로 활용해도 무방하다. 주제 설정, 인물 성격 설정, 중심 사건 설정 등 버거운 활동 단계 하나를 건너뛸 수 있다는 점, 주제 · 인물 성격 · 중심 사건에 대한 이해도를 높이고 그 설정의 방법을 알게 한다는 점 등에서 본격적인 창작활동의 전 단계 활동으로 효과적이다.

이 활동을 통해 학습자는 주제 · 인물 성격 · 중심 사건이 무엇인지 이해하고 그 설정방법을 익힐 수 있으며, 그런 소설 내 요소를 가운데 놓고 다른 요소들을 구상하여 한 편의 소설작품을 만드는 능력을 키울 수 있다.

3. 읽기 활동이면서 쓰기 활동인 소설 재창작활동

독자는 소설작품의 재창작활동을 통해 1)기성의 작품을 창작한 작가와 대화하며 작품을 다듬고 보완하는 작업을 할 수도 있고, 2)기성의 작품을 창작한 작가와 맞서 새로운 작품을 설계하고 다시 쓸 수도 있으며, 3) 주제, 인물, 사건 등 작품의 중심요소 하나[16]를 택해 그 중심요소만 동일할 뿐 다른 요소는 다른 새로운 작품을 쓸 수도 있다. 1)의 경우 기성의 작품을 창작한 작가와 공동으로 작업하는 공동 작가로서 작품 재창작에 임하는 것이고, 2)와 3)의 경우 스스로 작가가 되어 자신의 힘으로 새로운 작품 만들기에 나서는 것이다.

1)은 이 글에서 '채워넣기'라고 이름 붙인 활동 전체, 그리고 '덧붙이

---

16 학습자의 수준이 높을 경우, 둘 또는 셋을 택해도 무방하다.

기'라고 명명한 활동과 관련된 것이다. 기성 작품은 그대로 두고 거기에 새로운 것을 채워 넣거나 덧붙이는 활동이므로 작품에 대한 이해가 무엇보다 중요하다. 기성 작품에는 없는 새로운 것을 채워 넣거나 덧붙이는 이 활동은 기성 작품의 작가가 가졌을 것으로 추론되는 창작 의도를 작품 이해를 통해 마련하는 데서 시작된다. 창작 의도의 추론은 작가와의 상상적 대화를 통해, 독자의 머릿속에서 이루어진다. 작품을 어떻게 이해했느냐에 따라 창작 의도의 추론 내용이 달라질 것임은 물론이다. 당연하게도 작품에 대한 이해가 무엇보다 중요한 것이다. 이 활동을 수행하는 독자는 자신의 작품 이해를 바탕으로 채워넣고 덧붙여야 하기 때문에 활동 과정 내내 작가와의 상상적 대화를 계속한다. 그 계속되는 상상적 대화가 독자의 작품 이해를 계속해서 수정하고, 깊게 할 것임은 물론이다. 계속해서 수정되면서 깊어지는 작품 이해를 바탕으로, 그것에 이끌려 수행되는 '채워넣기' 또는 '덧붙이기'의 소설 재창작활동은 독자의 글쓰기를 계속되는 자기조정의 역동적 활동이 되게 한다.

2)는 이 글에서 '바꾸기'라고 부르는 활동 전체와 관련된 것이다. 인물 성격, 인물 관계, 시간 · 공간 배경, 중심 사건, 구성, 결말 등을 바꾸어 쓰는 활동인데, 1)보다 훨씬 어렵다. 어렵기 때문에 이 활동을 설정할 경우 학년에 따라 난이도를 섬세하게 조절해야 하는 것은 물론이다. 이 활동은 작품의 중심요소 가운데 하나를 바꾸어 다시 쓰는 것이지만, 중심요소가 바뀌면 작품 전체가 따라서 바뀔 수밖에 없기 때문에 학습자의 능력, 시간 등을 고려하여 바꾸어 쓰는 정도를 제한해야만 효과적인 활동이 가능해진다. 예를 들어 주어진 시간은 한 시간이고 학습자의 능력은 평균 수준이라고 하자. 앞에서 검토한 이문구의 단편 「공산토월」의 주인공 성격을 바꾸어 다시 쓰기를 한다고 한다면, 「공산토월」의 주

인공은 이타성의 표상이라고 할 수 있는 긍정적 인물로 설정되어 있는데, 그 성격을 달리하여 이타적이면서 이기적인 인물로 바꾸어 작품을 다시 쓴다고 할 때, "고향을 떠나 서울로 떠나는 서술자인 '나'가 주인공이 이별하는 장면을 바꾸어 써 보라"라는 식으로 제한해야만 평균 수준의 학습자가 한 시간이라는 짧은 시간에 활동 과제를 제대로 수행할 수 있으며, 그럴 때 높은 학습 효과를 기대할 수 있는 것이다.

이 활동 또한 1)의 활동과 마찬가지로 독자의 작품 이해를 바탕으로 이루어진다. 작중인물의 성격 이해가 전제되어야 비로소 그 인물의 성격을 바꿔 쓰는 활동이 가능해지기 때문이다. 작품 내 중심요소의 바꾸어 쓰기 과정은 그 중심요소에 대한 독자의 이해 내용을 계속해서 수정하고 깊게 하는 과정이니, 이 활동 또한 1)의 활동과 마찬가지로 독자의 글쓰기를 계속되는 자기조정의 역동적 활동이 되게 한다. 이 활동은 또한 바꿔 쓰기의 대상인 작품 내 요소와 다른 요소들 사이의 관계에 대한 이해 내용을 수정하고 깊게 한다. 이 활동을 통해 작품 이해의 내용과 수준이 달라지는 것은 당연하다.

주제, 인물, 사건 등 작품의 중심요소 하나를 택해 그 중심요소만 동일할 뿐 다른 요소는 다른 새로운 작품을 쓰는 활동인 3)은 셋 가운데 가장 수준이 높은 활동이다. 이효석의 단편 「메밀꽃 필 무렵」은, 관점에 따라 다를 수 있지만, '과거의 인연에 묶여 그 인연을 중심으로 맴도는 인물을 통해 인연의 힘을 그린 작품'이라 이해할 수 있다. 이런 관점으로 본다면 '인연의 힘'이 이 작품의 주제라고 할 수 있겠다. 학습자가 파악한(경우에 따라서는 교사가 제시한) 「메밀꽃 필 무렵」의 이 같은 주제를 가져와 다른 인물, 다른 시공간적 배경, 다른 인물 관계, 다른 사건 등을 엮어 새로운 소설을 쓰는 활동을 하는 것이다.

3)의 활동 또한 독자의 작품 이해에 바탕을 두는 것이라는 점에서 1), 2)의 활동과 같지만, 작품의 중심요소 하나만을 가져올 뿐 전혀 새로운 작품을 창작하는 것이라는 점에서 이들과 다르다. 새로운 창작이기에 매우 어렵지만 작품 이해력과 쓰기 능력을 기르는 데는 대단히 효과적인 활동이다. 주제, 인물, 사건 등 작품의 중심요소 하나를 택해 새로운 작품을 쓰는 과정에서 독자는 그 중심요소에 대한 자신의 이해 내용을 계속해서 수정하며 심화시킬 수 있으며, 주어진 주제, 인물, 사건 등을 효과적으로 구현하거나 활용하는 능력을 키울 수 있고, 새로운 소설을 이루는 여러 요소들을 구안하는 능력·그것들을 엮고 배치하는 능력·표현하는 능력 등 글쓰기에 필요한 능력을 종합적으로 기를 수 있다.

4. 맺음말

　이 글에서 구상해 본 소설 재창작활동은 크게 나누어 '채워넣기', '덧붙이기—결말에 이어 쓰기', '바꾸기', '새로 쓰기'의 네 가지이다. 그 각각은 몇 개씩의 하위 활동을 거느리는데 그 하위 활동 항목은 교사가 얼마든지 새로 추가할 수 있다.

　소설 재창작활동은 소설 읽기와 쓰기를 아우르는 활동이므로 문식성(literacy) 능력을 기르는 데 대단히 효과적이다.[17] 중요한 것은 쓰기에 치우쳐 읽기에 소홀해서는 곤란하다는 점이다. 소설 재창작활동이 소설

---

17 이때의 문식성 능력은 문식성의 하위 범주인 기능적 문식성과 비판적 문식성 가운데 비판적 문식성과 보다 밀접하게 관련된 것이다. 비판적 문식성에 대해서는 박영목, 「작문 지도 모형과 전략」, 『작문교육론』(역락, 2008), 276~277쪽 참조.

읽기(이해)에서 출발한다는 것, 학습자의 재창작 행위를 이끄는 것이 쓰는 과정에서 계속해서 바뀌는 작품 이해의 내용이라는 것, 재창작활동을 통해 학습자가 얻게 되는 것 가운데 가장 중심적인 것이 본래 작품과 재창작 작품에 대한 학습자의 이해 내용이라는 것 등이 그 이유이다. 요컨대 소설 재창작활동은 읽기(이해) 활동이며 동시에 쓰기 활동이다.

푸르른 생명의 기운

• • •

심훈의 『상록수』

1. 온몸으로 종을 울리고, 스스로 북이 되어 — 심훈의 삶 과 문학

심훈의 본명은 대섭(大燮), 금강생(金剛生) 또는 백랑(白浪) 등의 호를 사용했다. 심훈의 아버지 심상정은 시흥군 신북면 면장을 지냈다고 한다. 이광수의 장편소설 『무정』에 나오는 신우선의 모델로 알려져 있는 큰형 우섭(友燮)은 『매일신보』 기자를 지냈으며 심천풍(沈天風)이란 필명으로 몇 편의 소설을 발표하기도 한 지식인이었다.

심훈은 20세기가 열린 1901년에 태어나 1936년, 불과 36살에 죽었다. 그의 짧은 생애는 두 가지로 요약할 수 있다.

첫째, 식민 지배의 현실 및 반(牛)봉건적 토지소유제도와 전근대적 신분의식 그리고 남녀차별의 의식(특히 『상록수』의 채영신을 통해 남녀차별의 의식에 대한 문제 제기가 이루어진다. 심훈은 전근대적인 남녀관에서 멀찍이 벗어난 진보적 의식의 소유자였다.) 등으로 대표되는 전근대적 제도 및 의식과 맞서 그것들의 해체를 겨누었던 투쟁의 삶이었다. 3·1운동에 적극 가담하여 징역 6월에 집행유예 3년을 선고 받고 경성고보에서 퇴학당했던 것, 1923년 중국에서 돌아와 사회주의 운동조직인 염군사(焰群社)에 가담하여 활동했던 것, 무장 독립운동가들의 활동을 그린 『동방의 애인』 등의 소설과 「그날이 오면」 등의 시로써 일본의 식민 지배에 정면으로 맞섰으며 『상록수』로써 전근대적 제도 및 의식의 해체를 도모했다는 것 등을 그 구체적 항목으로 들 수 있다. 여기서는 「그날이 오면」을 살펴 심훈의 이 같은 투쟁의 삶에 대해 검토해 보기로 한다.

> 그날이 오면 그날이 오며는
> 三角山이 일어나 더덩실 춤이라도 추고
> 漢江물이 뒤집혀 용솟음칠 그날이,
> 이 목숨이 끊지기 전에 와주기만 하량이면,
> 나는 밤하늘에 날으는 까마귀와 같이
> 鐘路의 인경(人磬)을 머리로 들이받아 울리오리다,
> 두개골(頭蓋骨)은 깨어져 散散조각이 나도
> 기뻐서 죽사오매 오히려 무슨 恨이 남으오리까.
> 그날이 와서 오오 그날이 와서
> 六曹 앞 넓은 길을 울며 뛰며 딩굴어도
> 그래도 넘치는 기쁨에 가슴이 미어질 듯하거든
> 드는 칼로 이 몸의 가죽이라도 벗겨서
> 커다란 북(鼓)을 만들어 둘쳐메고는
> 여러분의 行列에 앞장을 서오리다,
> 우렁찬 그 소리를 한 번이라도 듣기만 하면
> 그 자리에 꺼꾸러져도 눈을 감겠소이다.[1]

---

1 심훈, 『그날이 오면』, 한성도서주식회사, 1949, 49~50쪽.

심훈은 1932년, "다만 닫다가 미칠 듯이 파도치는 정열에 마음이 부다끼면 죄수가 손톱 끝으로 감방의 벽을 긁어 낙서하듯"(『그날이 오면』, 5쪽) 쓴 격정의 시 100편 가량을 묶어 '시가집(詩歌集)'을 내려 했지만 검열에 막혀 뜻을 이루지 못하였다. 그로부터 17년이 지난 1949년, 그의 중형(仲兄) 설송(雪松) 심명섭이 심훈이 엮어 놓은 시들에 수필 몇 편을 더하여 『그날이 오면』을 펴냄으로써 비로소 심훈의 비원(悲願)을 풀었다. 이 책의 표제작인 이 시는 '까마귀 보은 설화'를 빌려 '그날'이 오기를 기다리는 간절한 마음을 격정적으로 드러낸 작품이다. 이 작품의 끝에는 '一九三○. 三. 一'이라 하여 창작일을 밝혀 놓았는데 바로 11주년 삼일절에 지었음을 알 수 있다. 이로 미루어 "三角山이 일어나 더덩실 춤이라도 추고/漢江물이 뒤집혀 용솟음칠 그날"이란 곧 해방의 그날임이 분명하다. 심훈은 삼일절을 맞아 해방의 그날을 상상하며 이 시를 지었던 것이다. 시인은 '두개골'이 부서져도 좋다고 하고, '몸의 가죽'을 벗겨 북을 만들어 지고 행렬의 앞장을 서겠노라고 말하여 해방의 그날이 오기를 바라는 그의 바람이 얼마나 크고 간절한가를 드러내었다. 시인에게 '해방의 그날'은 자신의 목숨과도 바꿀 수 있는 절대의 의미를 지니는 것이었다.

둘째, 심훈의 삶은 새로운 문화를 앞서 이끄는 창조의 정신이 이끌었다. 최초의 사회주의 문화운동 조직인 '염군사'의 구성원으로서 '운동으로서의 문화'를 일구고자 하였다는 점, 신극연구단체인 '극문회(劇文會)'를 만들어 근대극운동에 앞장섰다는 것 등에서도 이를 알 수 있지만 무엇보다도 중요한 것은 그가 영화에 큰 관심을 갖고 깊이 관계하였다는 사실이다. 그는 영화소설(『탈춤』)을 창작했고, 영화(〈장한몽〉)에 출연했으며, 나아가 직접 각색 감독하여 영화(〈먼동이 틀 때〉)를 제작하였다. 끝내 뜻을 이루지 못했지만 심훈은 그의 대표작인 『상록수』를 영화로 만들기 위해서 갖은 노력을 기울이기도 하였다.

당대 한국 사회가 안고 있던 온갖 모순을 해소하고자 문학, 연극, 영화 등 여러 문화 영역에서 분투했지만 심훈은 그가 그렇게 간절히 꿈꾸었던 새날을 맞지 못하고 1936년 9월 16일, 느닷없이 들이닥친 장티푸스에 덜미 잡혀 세상을 하직하였다.

2. 영생(永生)의 정신 - 『상록수』의 세계

2.1. 브나로드운동과 『상록수』

『상록수』는 『동아일보』 창간 15주년 기념 문예 현상 모집 당선작이란 화려한 관을 쓰고 한국문학사에 등장하였다. 『상록수』가 당선작으로 선정된 것은 1935년 8월 13일이었고, 『동아일보』 지상에 연재된 것은 1935년 9월 10일부터 1936년 2월 15일까지였다. 독자들과 만난 지 75년이 지났지만 『상록수』는 여전히 살아 한국인들의 애독 작품 가운데 하나로 우뚝 서 있다. 여기에는 많은 말이 필요하지 않다. 서울대학교 권장 필독서 200권에 들어 있는 한국문학 26권 가운데 하나라는 것, 중학교 국어 교과서에 수록되어 있다는 것 등을 드는 것만으로도 충분하다.

『상록수』는 『동아일보』가 창간 10주년을 기념하여 1931년부터 시작한 브나로드운동의 산물이었다. 다음은 이광수가 한 말인데 이를 통해 『동아일보』의 브나로드운동이 지닌 성격의 한 면을 짐작할 수 있다.

> 1. 지방에 있는 동지들과 협력하여 이 운동을 건실하게 할 것.
> 2. 글과 셈 이외에는 아무것도 이 운동에 혼합하지 말 것.
> 3. 지방 지국의 알선을 받아 당국의 허가를 얻은 후에 할 것.
> 4. 동포에 대한 봉사이므로 품행에 주의할 것.

5. 건강에 유의할 것(『동아일보』, 1932. 7. 18)

1932년 7월 16일의 동원식에서 편집국장 이광수가 대원들에게 당부한 내용이다. 주목할 것은 2와 3이다. '글과 셈 이외에는 아무것도 이 운동에 혼합하지 말 것.' '지방 지국의 알선을 받아 당국의 허가를 얻은 후에 할 것.'이라 강조하여 브나로드운동이 문화적 계몽운동임을 힘주어 강조하였던 것이다.

'눈 뜬 소경에게 글자를 가르쳐 주는' '계몽운동'이 '시급한 사업 중의 하나'임은 분명하지만 보다 중요한 것은 '우리 민중에게 위선 희망의 정신과 용기를 길러 주기 위해 노력허는 것'임을 강조하는 박동혁의 연설을 사회자가 '그러나 현재의 정세로 보아서, 어느 시기까지는 계몽운동과 사상운동을 절대로 혼동해서는 안' 된다는 이유로 가로막는 장면에서 분명하듯 『상록수』는 『동아일보』가 그어 놓은 선을 넘어 더 나아갔다. 박동혁은 작품 곳곳에서 거듭거듭 농촌운동의 새로운 방향에 대해 역설하는데 그것은 '문화운동에서 경제운동으로'란 구호로 요약할 수 있다. 『상록수』는 『동아일보』가 설정해 두었던 브나로드운동의 한계선을 넘어 '경제운동'의 단계로 나아가는 것이 당대 농촌운동의 새로운 방향임을 힘주어 강조하였던 것이다.

2.2. 박동혁과 채영신의 실제 모델 심재영과 최용신

두루 알듯이 『상록수』의 두 주인공 채영신과 박동혁은 실제 인물 최용신과 심재영을 모델로 하여 만든 인물이다. 심재영(沈載英)은 심훈의 조카로 경성농업학교를 졸업한 뒤 고향인 충남 당진군 송악면 부곡리로 돌아와 1932년부터 야학을 열어 농촌 아이들을 가르치는 한편 동네 청년들과

'공동경작회'(소설 속의 농우회)를 만들어 막다른 궁지에 내몰린 농민들의 활로를 찾고자 애썼던 사람이다. 부곡리에 '필경사(筆耕舍)'를 짓고 글쓰기에 전념하던 시절, 심훈은 바로 옆에서 심재영의 이 같은 활동을 보고 마음속에 여투어 두었다가 『상록수』에 끌어들였던 것이다. 생전에 자신이 최용신의 약혼자였다고 주장하였던 법학자 김학준 교수가 박동혁의 모델이라는 의견도 있으나 작품 속 박동혁의 이력과 김학준의 이력은 크게 다르니 수긍할 수 없다. 『최용신소전(崔容信小傳)』을 써서 최용신의 고귀한 삶을 널리 알리는 데 기여한 류달영이 모델이라는 설도 있지만 이 또한 마찬가지이다. 그들과 최용신의 관계가 사실이라고 하더라도 그것이 그들을 소설 속 박동혁의 모델이라고 말할 수 있는 근거는 되지 못한다. 그렇다면, "조카 심재영을 비롯한 여러 청년들을 종합하여 만든 인물이 박동혁"이라고 하는 게 가장 이치에 가까운 것으로 보인다.

최용신(崔容信)은 1909년 함경남도 덕원군 현면 두남리에서 태어나, 원산 루씨여고보를 거쳐 서울 협성신학교에 진학하였다. 주목할 것은 루씨여고보를 졸업하던 무렵 이미 최용신이 농촌활동에 투신하겠다는 의지를 지니고 있었다는 사실이다. 『조선일보』 1928년 4월 1일자에 최용신의 「교문에서 농촌에」라는 글이 실려 있는데 이 글에서 최용신은 "이미 중등 교육을 마친 우리들은 각각 자기의 이상을 향하여 각자의 최선의 노력을 다하지 않으면 안 될 것이다. 이제 그 활동의 첫 계단은 무엇보다 농촌 여성의 지도라고 믿는다. 중등 교육을 받은 우리가 화려한 도시 생활만 동경하고 안일의 생활만 꿈꾸어야 옳을 것인가? 농촌으로 돌아가 문맹퇴치에 노력해야 옳을 것인가? 거듭 말하나니 우리는 손을 서로 잡고 농촌으로 달려가자."라고 그런 의지를 분명히 드러내었다.

농촌활동에 투신하겠다는 뜻을 가슴에 품고 최용신은 서울 협성신학교에 진학하였다. 협성신학교 재학 중이던 1931년 10월 YWCA의 농촌 계몽운동 사업의 대상지였던 경기도 수원군 반월면 샘골(현 경기도 안산시 본오동)에 있던 '샘골강습소'의 교사로 파견되어 농촌계몽의 현장에 뛰어들었다. 이후 1935년 죽음에 이르기까지의 4년 세월, 그녀는 혈성(血誠)으로써 이 오지의 작은 공간을 이상적인 공간으로 가꾸고자 분투하였다. 그 분투의 행적은 그녀의 죽음을 보도한 신문 기사, 잡지 기사 등을 통해 세상에 널리 알려져 많은 사람을 감동케 하였다. 심훈 또한 그러했던 모양이다. 채영신을 통해 최용신의 고귀한 삶을 온전하게 되살리는 데 심혈을 쏟았던 것이다.

2.3. 숭고미와 비장미

1930년대 중반, 식민지 모순과 반(牛)봉건 모순이 뒤엉켜 숨통을 죄던 황폐한 현실 위로 사철 푸른 나무 한 그루가 솟아올랐다. 죽음의 기운으로 뭇 생령이 생기를 잃고 무너져 내리던 무정과 비정의 시대를 푸르른 생명의 기운으로 적시는 하늘의 선물이었다. 채영신과 박동혁 두 주인공이 주도하는 『상록수』의 서사는 아름답다. 그 아름다움은 숭고미와 비장미이다.

숭고미는 그들 두 주인공의 자기희생의 정신, 이타적 헌신의 정신, 배신자도 용납하는 드넓은 포용의 정신, 어떤 난관에도 좌절하지 않고 앞길을 어기차게 열어 나아가는 불굴의 감투정신 등이 만들어낸다. 그들의 행로를 이끄는 그 같은 정신은 죽음 앞에서도, 사랑하는 사람과의 이별 앞에서도 흔들리지 않으며 약해지지 않는다. 채영신은 깊이 병들어한 몸 가눌 수 없을 정도가 되었음에도 "난 우리 청석골을 위해서 생긴 사람이야요. 내가 타고난 의무를 다하다가 죽으면 고만이지요. 되레 내

몸에 넘치는 기쁨으로 알구 있어요."[2]라 말하며 일어나 일터에 나선다. 박동혁은 죽은 애인의 관머리를 짚고 "영신 씨 안심하세요. 나는 이렇게 꿋꿋하게 살아 있소이다. 내가 죽는 날까지 당신이 못다 허구 간 일과 두 몫을 하리다."(358쪽)라고 하여, 조금의 흔들림도 없이 계속해서 나아갈 것임을 맹세하고 실천한다.

그들의 고귀한 정신과 그것의 실천인 그들의 삶이 만들어내는 숭고의 아름다움은 그 안에 비장미를 담고 있다. 비장미는 슬픔과 굳센 의지가 합쳐질 때 생겨나는 아름다움이다. 패배의 슬픔, 이별의 슬픔, 소외의 슬픔 등 온갖 슬픔의 물결 속에 휩싸였지만 그것에 휩쓸리지 않고 정신을 바로 세워 앞길을 열어 나아가고자 하는 굳센 의지가 만들어내는 아름다움이 바로 비장미이다. 죽음의 공포, 사랑하는 사람들과 영원히 이별해야 하는 데서 생기는 깊은 슬픔, 뜻하였던 바를 실현하지 못하고 중도에 그만두어야 하는 데서 오는 아쉬움에도 불구하고 자신의 죽음이 끝이 아님을 믿고 칠흑 어둠의 죽음 세계 속으로, 지금까지 걸어온 걸음 그대로 의연히 걸어 나아가는 채영신의 발걸음은 이 같은 비장미로 아름답다.

채영신의 발걸음에 담긴 비장미는 심훈의 미완 장편소설 『동방의 애인』 속 중심인물들의 행로에 담긴 비장미와 동질적이다. 크고 깊은 슬픔의 물결 속에 들었지만 그것에 휩쓸려 넘어지지 않고 굳센 의지로써 나아가는 데서 생기는 아름다움이라는 점에서 그렇다.

『상록수』가 담고 있는 숭고미와 비장미는 앞에서 보았듯이 한 덩어리를 이루고 있어 따로 구분할 수 없다. 숭고미 안에 비장미가 들어 있다고 말할 수도 있고 비장미 안에 숭고미가 깃들여 있다고 말할 수도 있을

---

2 심훈, 『상록수』, 글누림, 2007, 337쪽. 이하 본문 중에 쪽수만 나타냄.

것이다. 한편 숭고미는 비장미를 더욱 돋보이게 하고 비장미는 숭고미를 더욱 분명히 드러내는 역할을 한다.

중심인물들의 고귀한 정신과 그것의 실천인 삶의 아름다움을 강조하고자 하는 작가의식 때문일 것인데, 그들의 맞은편에 놓여 있는 부정적 인물들은 지나치다고 할 수 있을 정도로 비루한 인물로 설정되었다. 한낭청, 강도사, 강기천 등 양반 지주들이 특히 그러하다. 두 주인공이 대표하는 중심인물들의 정신과 삶을 긍정하는 작가의식이 뚜렷한 만큼 이들 부정적 인물들에 대한 작가의 적대의식 또한 뚜렷한데, 강기천의 비참한 최후를 통해 특히 이 같은 적대의식을 잘 알 수 있다.

> 기천이는 연전부터 주막 갈보에게 올린 매독을 체면상 드러내 놓고 치료를 못 하다가, 술 때문에 갑자기 덧쳐서 짤짤 매던 중, 그 병에는 수은을 피우면 특효가 있다는 말을 곧이 듣고 비밀히 구해다가 서너 돈쭝씩이나 콧구멍에다 피웠었다. 그러다가 급작스레 고만 중독이 되어서, 온몸이 시퍼래가지고 저 혼자 팔팔 뛰다가 방구석에 머리를 틀어박고는 이빨만 빠드득빠드득 갈다가 고만 뻐드러졌다는 것이었다.(368쪽)

'천사의 죽음'이란 제목 아래 그려진 채영신의 아름다운 죽음과 극적 대비를 보이는 추악한 죽음이다. 작가는 절대의 부정의식, 절대의 적대의식을 이런 방식으로 드러내었던 것이다.

2.4. 개성적 연설의 형식, 속담의 효과적 활용, 쉼표의 빈번한 사용

『상록수』를 구성하는 요소 가운데 가장 흥미로운 것은 연설이다. 우리는 작품 곳곳에 나오는, 두 주인공 박동혁과 채영신의 열기 띤 연설들을 만날 수 있다. 여기에 그치지 않는다. 첫 장 '쌍두취행진곡'과 마지막 장 '천사의 죽음'의 중심에 연설이 놓여 작품을 열고 끝맺는 역할을 한다. 이 가운데 마지막 장의 연설은 이제 애인 채영신의 장례식날 상여머리에서 박동혁이 하는 것이다. 이런 점들은 연설이 이 작품에서 얼마나 중요한 의미를 지니는 구성소인가에 대한 단적인 증거이다.

『상록수』의 중요 구성소인 연설은 중심인물들의 도덕적 정당성에 대한 믿음, 자신들의 이념과 그 실천이 전적으로 옳다는 자기확신, 대중을 계몽하여 이념과 운동의 동지로 만들고 이끌고자 하는 계몽의식을 반영하는 형식이다.

『상록수』를 자세히 읽으면, 속담이 자주 사용되고 있음을 알 수 있다. 사전에 올라 있는 것도 있지만 그렇지 않은 것도 있는데, 작가가 만들어 사용한 '속담 비슷하지만 속담은 아닌', 이른바 '속담 아닌 속담'일 수도 있고 한국어 언중이 오랫동안 써온 속담이지만 사전에 올라 있지 않은 것일 수도 있을 터이다. 속담의 풍부한 사용으로 인해 『상록수』는 당대 한국어 언중의 언어 현실을 사실적으로 보여주고, 독서의 재미를 높이며, 함축성 있는 언어세계를 열었다.

> "난 타작 마당에서 빗자루만 들구 일어서는 꼴을 당허지 않으니까 배포만은 유허거든."
> 하고 배를 문질러 보이지만, 그 뱃속에서는 쪼르륵 소리가 나는 것이다. 실상은 삼사 년씩 묵은 빚만 대추나무에 연 걸리듯 해서, 어떻게 해야 할는지 도무지 엄두가 나지를 않는 모양이다. 그는 입버릇처럼,
> "노름허다 밤샌 건 제사지낸 셈만 치구, 돈 내버린 건 도적맞은 셈만 치면 고만이지."
> 하고 제 손으로 패가한 것을 변명하며 낙천가의 본색을 발휘하지만, 실상은 어린것들의 작은 창자조차 곯리는 때가 많다.
> 생활의 안정을 얻지 못하는 그는 동네 일을 한다고 덜렁거리고 다니기는

해도 노상 횃대에 오른 오리 모양으로, 어느 때 어느 바람에 불려서 어디로 떠달아날지 모를 것 같은 기색이 올 가을부터 현저히 보일 때, 유일한 친구인 동혁의 마음은 어두웠다. 제 코가 석 자 가웃이나 빠져서 물질로 도와줄 수 없는데, 그렇다고 끼니를 굶고도 먹은 체하고 농우회 일을 보는 것이 여간 마음 아픈 것이 아니다.(223쪽)

밑줄 친 부분이 속담(또는 속담 아닌 속담)인데 한 문장에 하나 꼴로 사용되었다. 빚이 많다는 것, 패가하여 가난에 시달리게 되었다는 것, 불안정하다는 것, 제일 감당도 하지 못할 지경이라는 것 등의 의미를 담고 있는 속담을 적절히 구사하여 직설의 언어 사용으로는 기대할 수 없는 풍성한 언어 공간을 여는 데 성공하였다.

『상록수』의 형식적 특성의 하나는 쉼표의 빈번한 사용이다. 특히 인물의 대사 부분이 그러한데, 예컨대 이런 식이다.

그렇지만, 저 역시 여러분께 우리 계몽대의 운동이, 글자를 가르치는 데만 그치지 말고, 한 걸음 더 나아가서 우리 민족의 거의 전부라고 할 만한, 절대 다수인 농민들의 살 길을 열어주기 위해서, 위선 그네들에게 희망의 정신을 넣어주자는'.

1장에 나오는 박동혁의 연설 가운데 한 부분이다. 연설이기에 연설자의 호흡을 정확히 나타내기 위해 이처럼 빈번하게 쉼표를 사용한 것일 터인데, 대상의 실제를 재현하고자 하는 작가의식을 보여주는 것이라 하겠다.

출판되어 오늘날의 독자들에게 읽히고 있는 모든 『상록수』 판본에서는 이들 쉼표 가운데 상당수가 제거되고 없는데 심각한 작품 파괴이다. 후인들은 문장부호 하나라도 허투루 사용하지 않은 섬세하고 엄격한 작가의 언어의식을 존중해야만 한다.

문학교실에서의 『광장』 읽기

1. 머리말

　최인훈의 『광장』은 현행 고등학교 국어 교과서와 문학 교과서(18종 가운데 16종)에 수록되어 있다. 고등학교 과정을 이수한 한국인이라면 거의 예외 없이(교사에 따라 다루지 않을 수도 있다.) 접하게 되어 있으니 국민소설이라 불러 지나치다 할 수 없는 게 현실이다. 그러나 『광장』은 대단히 어려운 작품이다. 지식인 주인공의 고도로 추상적인 관념적 사유 행로를 중심축으로 구성되어 있기에 평균 수준의 소설 독해력을 지닌 고등학생은 제대로 읽어내기 어렵다. 그렇다고 해서 이 작품을 중요 교과서에 수록한 것을 잘못이라고 말하는 것은 물론 곤란하다. 교과서에는 난도 낮은 글, 중간급 난도의 글과 함께 난도 높은 글도 함께 실어 학생들이 상중하 난도의 글을 두루 체험할 수 있게 하는 것이 바람직하기 때문이다.

고등학교 문학 교육 교실에서 이 난해한 소설 『광장』을 어떻게 다루어야 할 것인가? 답이 있을 수 없는 물음이다. 답이 없는 만큼 답을 찾고자 하는 노력을 계속해야 교과서나 지도서 또는 참고서에 나와 있는 작품 해석에 갇히지 않고 학생들과 함께 『광장』 이해의 '광장'으로 나아갈 수 있다.

이 글에서 필자는 현행 고등학교 국어 교과서와 16종 문학 교과서, 연구자와 비평가들의 『광장』 논의 등을 살펴 『광장』에 대한 몇 가지 동의할 수 없는 해석을 찾아 비판적으로 검토하고자 한다. 경우에 따라 교사용 지도서, 참고서도 다룬다. 우리의 비판적 검토는 『광장』 해석의 모범 답안을 마련하고자 하는 시도가 아니라 모범 답안의 표찰을 달고 있는 교과서 등에서의 해석에서 벗어나기 위한 시도라는 점을 특히 강조해 두고자 한다.

2. 『광장』과 4 · 19

『광장』은 "저 빛나는 사월이 가져온 새 공화국에 사는 작가의 보람을 느낍니다"[1]로 끝나는 작가 소감을 달고 솟아올랐다. 4 · 19가 아니었다면 남북한 현실을 함께 근본 부정하는 『광장』의 발표가 가능하지 않았을 것이기에 작가의 감격은 자연스러운 것이었다. 작가의 진술은 『광장』이 4 · 19 이후 국가권력의 통제력이 약화되고 통제가 느슨해진, 상대적으로 열린 시대 현실의 소산이라는 것을 말하는 것으로 볼 수 있을 것이다.

4 · 19 이후의 한국 사회가 어떤 발언, 행동도 허용되는 완전히 열린

---

1 최인훈, 「작자소감 '風聞'」, 『새벽』(1960. 11), 239쪽.

사회로 바뀐 것은 물론 아니었다. 교원노조에 대한 가혹한 탄압 등에서 보듯 진보적인 영역에 대한 통제는 여전히 서슬 푸르고 강력했다. 『광장』이 『새벽』지에 전재될 때 파문이 일 것을 염려한 편집장 신동문 시인이 아무도 몰래 편집하고 인쇄했다고 하는데[2] 그 같은 시대 현실의 증언이다.

『광장』은 4·19로 인해 가능해진 열린 시대 현실, 위험을 무릅쓰고 작품 창작과 발표에 나아간 작가와 잡지 편집자들의 용기 등이 함께 작용해 일군 결실이었던 것이다. 그런데 기존의 논자들은 여기서 더 나아가 『광장』을 4·19 정신의 소산으로 이해하고자 하였다.

"남과 북 모두를 비판적으로 다룬 최초의 소설로서, 당시 4·19혁명과 맞물려 이데올로기나 체제 비판을 기저로 새로운 정신의 차원을 개척한 기념비적 작품이라 할 만하다."[3]는 진술이나 "『광장』의 주인공 이명준은 해방 직후 대학을 다닌 청년으로 설정되어 있으나, 실제로는 4·19 직후의 지식 청년들이 지닌 의식과 가치관을 대변하는 인물이라고도 볼 수 있다."[4]는 진술, "4·19 세대는 『광장』이 4·19 세대와 함께 이 땅에 태어났다고 보고, 4·19 정신을 가장 정통적으로 구현한 작품이라고 평가합니다."[5]라는 김치수의 진술은 이와 같은 맥락 위에 놓여 있다.

『광장』을 4·19 정신의 소산이라고 말하려면 먼저 4·19 정신이 무엇인지를 제시하여야 할 것인데, 4·19 정신을 전제해 놓고 『광장』과 4·

2 정규웅, 『글동네에서 생긴 일』, 문학세계사, 1999.
3 디딤돌 『문학』(상) 『교사용지도서』, 316쪽.
4 『해법문학』 4, 천재출판사, 2006, 239쪽.
5 최인훈, 김치수 대담, 「4·19 정신의 정원을 함께 걷다」, 『4·19와 모더니티』, 문학과 지성사, 2010, 28쪽.

19 정신의 관련을 문제 삼는 논의는 거의 찾기 어렵다. 위에서 인용한 진술의 경우, '새로운 정신'이 무엇인지, "4·19 직후의 지식 청년들이 지닌 의식과 가치관"이 무엇인지 밝혀져 있지 않다. 김치수는 "인류의 보편적 가치를 구현하는 정신"을 4·19 정신의 예로 들고 있지만, 그것은 지나치게 넓은 개념으로 어떤 문학작품에도 적용될 수 있는 성격의 것이니 실상은 아무것도 가리키지 않는 빈 개념이다.

이런 진술들에 비해, "자신의 규범성을 자기 자신으로부터 창조하는 시대"[6]를 연 역사적 사건인 4·19와 "그전에는 발설하지 못했던 자기의식의 영역을 탐구하는 자율적인 개인 주체의 등장을 알"[7]린 작품인 『광장』이 긴밀하게 맞물려 있다고 본 이광호의 주장은 훨씬 논리적이다.

> 어떤 안내 없이 심연으로 내려간 이명준의 존재는 삶의 의미와 행위의 방향을 설정하는 데 도움이 되는 아무 지표도 가지지 않은 채로 자기확인의 길을 가야 하는 현대적 개인의 운명을 보여준다. 이명준은 자신의 규범성을 자기 자신으로부터 스스로 창조해야 했던 현대적 개인이었다.[8]

> 이명준은 마침내 자기 자신에 대해 외재화된다. 그는 이데올로기와 관념의 유령에 대항하여, 자신이 유령이 되는 것을 선택한다. 그것을 다른 삶의 가능성에 대한 투신이라고 부를 수 있다면, 여기서 현대적 주체는 자신에 대한 자기 정당화와 자기비판의 악순환을 넘어서, 다른 시간과 다른 장소로 도약하는 심미적 주체 혹은 (탈)현대적 주체의 가능성에 접근한다. 이명준의 탈주가 한국문학사상 가장 기나긴 혁명의 과정에 속한다면, 그것은 『광

---

6 이광호, 「4·19의 '미래'와 또 다른 현대성」, 『4·19와 모더니티』, 문학과지성사, 2010, 46쪽.
7 같은 글, 49쪽.
8 같은 글, 50쪽.

장』의 미적 현대성이 미래의 시간을 살기 때문이다. 4·19와 함께 『광장』이 극적으로 정치적 미적 현대성을 획득했다면, 주체화에 대한 회의와 혼돈의 모험을 통해, 『광장』은 다시 다른 현대를 꿈꾸게 한다.[9]

앞의 것은 이명준의 관념적 사유의 행로에 관한 해석이고, 뒤의 것은 작품의 마지막 그의 자살에 관한 해석이다. 화려하고 난삽한 비평적 수사를 걷어내면, 이명준은 기성의 규범, 자기 외부의 규범에 갇히지 않고 스스로 자신의 규범을 창조하고자 했으며 그가 어기차게 걸어간 그 '회의와 혼돈'의 행로는 그 같은 창조를 위한 고투의 과정이었고, 그리고 그의 죽음은 그가 환멸하여 등졌던 현실 너머 곧 '다른 시간과 다른 장소'에서 새로운 현대를 꿈꾸었던 정신의 '다른 삶의 가능성에 대한 투신'이었다는 핵심 내용을 확인할 수 있다. 과연 그러한가?

작품을 자세히 읽으면, 이명준은 이미 완성되어 변하지 않는 인물임을 알 수 있다. 이런 진술이 가능한 것은 이명준이라는 기호에 담겨 있는 것은 "광장과 밀실이 조화롭게 어울리는 사회가 바람직한 사회이며 그런 사회에서 인간은 비로소 참된 행복을 누릴 수 있다."는, 확고부동한 정언적 철학인데 그는 한번도 그 철학을 포기하지 않기 때문이다. 그런 철학을 만족시키는 사회는 어디에도 존재할 수 없으니 이명준은 남에서도 북에서도 언제나 '소외된/스스로를 소외시킨' 외로운 주변인일 수밖에 없었다. 그럼에도 불구하고 그가 끝까지 자신의 주체성을 견지할 수 있었던 것은 그 같은 철학에 대한 믿음 때문이었다.[10]

---

9 같은 글, 51~52쪽.
10 이에 대한 더 자세한 검토는 정호웅, 「'광장' 론―자기처벌의 행로」, 『시학과 언어학』 1호, 시학과 언어학회, 2001 참조.

서사의 시작에서 마지막까지 확고부동한 정언적 철학에 갇혀 있던 이명준을 "자신의 규범성을 자기 자신으로부터 스스로 창조해야 했던 현대적 개인" 곧 '자율적 개인 주체'라 일컫는 것은 당연하게도 설득력이 부족한 지나친 비약이다.

이와 관련하여, 4·19로 인해 비로소 한국 문학에 '자율적 개인 주체'가 등장한다는 의견 또한 설득력이 부족한 것이라는 점을 지적하지 않을 수 없다. "자신의 규범성을 자기 자신으로부터 스스로 창조해야 했던 현대적 개인" 곧 '자율적 개인 주체'는 한국 사회의 근대화와 함께 전개된 한국 근대문학사의 중심에 놓였던 주체의 하나이기 때문이다.

자기조정, 존재성의 변화라는 측면에서 살필 때 이명준보다도 4·19를 다룬 박태순의 소설들(「무너진 극장」, 「환상에 대하여」, 「벌거숭이산의 하룻밤」의 3부작을 비롯한)에 등장하는 청년들이 더 자율적 개인 주체에 가깝다. 그들은 4·19를 겪으며 지배질서의 밖에 서서 계속해 싸워나가는 삶이야말로 진정한 것이라는 깨달음에 이끌려 존재 전이에 가까운 자기조정을 감행하기 때문이다.[11]

> "우리는 하나의 전례(前例)를 만들어 놓은 거야. 우리는 하나의 환상을 그려 놓은 거다. 이건 어떠한 일이 있어도 지워지지 않겠지. 비록 꾸겨지고 더럽혀질 때가 있기는 하겠지만. 왜냐하면 우리가 피를 흘려서 그려 놓은 것이니까 말야. 그 환상의 구체적 모습이 어떻게 되느냐 하는 문제를 가지고 유식한 놈들은 된 소리 안된 소리 씨부렁대 가며 그걸로 밥벌이 방편을 삼

---

11 이수형은 박태순 소설의 핵심 특질로 '이동성'을 들고 있는데 시사적이다.(이수형, 「박태순 소설에 나타난 '이동성'의 의미」, 『민족문학사연구』 38호, 민족문학사학회, 2008) 박태순 소설의 핵심 특질로서의 이 '이동성'에는 '부정'과 '존재 전이'의 의미소가 담겨 있다는 게 내 생각이다.

아 보겠지만 그까짓 거야 아무렇게 되어도 상관없어. 또 그것두 그럴지 몰라. 환상은 현실이 아니니까 앞으로 피를 흘릴지도 모르고 그 사이의 거리감 때문에 고민을 하는 놈들도 나오겠지만 그러나 우리가 만들어 놓은 전례만은 지워지지 않을 거다." (중략) "말하자면 나는…… 데모를 계속할 거다. 인생과 사회에 대해서 계속 데모를 할 거야. 그러한 데모를 내 삶의 근본 표정으로 삼을 작정이다. 바로 그렇게 살아가는 것이 도리어 충실하게 사는 길이 될 수도 있다는 걸 깨닫고 있는 중이거든. 삶다운 삶을 어떻게 해서 얻어 낼 것인지 모르면서, 다시 속아 넘어가며 살 수는 없지 않겠어?"12)

「환상에 대하여」의 등장인물 유광득의 말이다. 4·19는 '환상 그리기'였다는 것, 그들이 그린 그 환상을 좇아 사는 것이 올바르게 '충실하게 사는 길'이라는 것, 그러기 위해서는 '인생과 사회에 대해서 계속 데모를' 해야 한다는 깨달음과 결의의 표명이다. 그는 그 같은 깨달음과 결의의 표명에 그치지 않고 나아가 실제로 그 길을 걸었다. 그 길은 다른 한편 「벌거숭이산의 하룻밤」에 나오는 이만술의, "나는 무식한 사람, 가난한 사람, 허약한 사람으로 출세 않고 밑바닥 인생으로 살아 보겠다, 못난 인간이 되겠다, 이런 작정"13)을 따라 걷는 길과 같은 것이다. 그는 4·19를 겪고 '출세 지향'을 삶을 버리고 '밑바닥 인생'으로 사는 삶을 선택하고 나아갔으니 그것은 존재 전이었다.

우리 소설 가운데 4·19를 다룬 작품은 대단히 적다. 그 대부분은 4·19의 힘(불의에 맞선 희생적 저항정신의 표출이었다는 것, 한국 사회를

---

12 박태순, 「환상에 대하여」, 『한국 소설문학대계 50』, 동아출판사, 1995, 147쪽.

13 박태순, 「벌거숭이산의 하룻밤」, 같은 책, 174쪽. 이런 생각, 삶의 태도는 50년대를 배경으로 한 「어느 史學徒의 젊은 시절」(1980)에서도 확인할 수 있는 것으로 박태순 문학의 세계관을 요약해 놓은 것이다.

근대적 민주사회로 이끌었다는 점에서 새로운 역사 단계를 연 획시기적 운동이었다는 것 등을 핵심으로 하는, 4·19에 대한 이후의 평가와 그것에 의해 재구성된 기억 내용에서 생겨난)에 압도당해 4·19의 한 측면을 단편적으로 재현하는 데 머물렀다.[14]

『광장』이 4·19로 인해 비로소 씌어질 수 있었고 발표될 수 있었던 작품이라는 것은 재언이 필요치 않은 사실이지만, 『광장』이 4·19 정신의 소산이라는 것은 동의하기 어려운 해석이다.

3. 이데올로기 비판의 문제와 '광장' 상징

16종 문학 교과서에서는 하나 예외 없이 『광장』을 이데올로기 비판 소설이라고 하고 있는데 과연 그러한가? 그렇지 않다는 게 내 생각이다. 그렇다면 이데올로기 선택의 문제를 다룬 소설인가? 마찬가지로 그렇지 않다는 게 내 생각이다.

> 이 작품은 남과 북의 이데올로기 문제를 정면으로 다룬 최초의 소설이다. 이 작품에서 작가는 남과 북이 분단되어 있는 역사적 상황에서 이데올로기가 가지고 있는 허와 실을 철학도인 명준의 입을 통해 객관적으로 제시하고 있다. 이러한 분단 이데올로기 문제는 우리 민족이 안고 있는 커다란 불행이며, 아직도 계속되고 있는 현실적 문제라는 점에서 이 작품이 지니는 의의는 매우 크다고 할 수 있다.[15]

---

14 김윤식의 지적대로 곧바로 5·16이 덮침으로써 서사적 구체성을 확보할 여유를 빼앗 아버림으로써 '4·19 문학의 불모성'(김윤식, 「4·19와 한국문학—무엇이 말해지지 않았는가」, 『사상계』(1970. 4))이 초래되었다는 점도 간과할 수 없다.

15 금성 『문학』(상), 243쪽.

여러 편의 『광장』론으로 『광장』 논의를 이끌어온 대표적인 평론가인 한기에 의하면 "『광장』 원본(『새벽』지에 전재된 첫 발표 작품 - 인용자) 은 당대 한국 사회의 체제, 다른 말로 이데올로기를 비판"[16] 한 작품이 다. 이런 의견은 『광장』을 대상으로 한 평론, 문학 논문, 교과서와 참고 서 등에서 두루 만날 수 있으니, 이미 『광장』 이해와 관련된 정설의 하 나로 자리 잡은 것으로 보인다. 『광장』을 다루고 있는 여러 글들을 살피 면 '이데올로기 문제' 또는 '남북 분단의 이데올로기 문제'를 다루고 있 는 작품이라는 모호하기 짝이 없는 표현들도 만나게 되는데, 모호한 만 큼 분명히 알기는 어려우나 그 안에 담긴 것의 하나가 '이데올로기 비 판'이라는 것은 분명하다.

많은 사람이 『광장』을 이데올로기 비판의 작품이라 이해하게 된 것은 작가의 다음 진술과 깊이 관련된 것으로 보인다.

> 나는 12년 전, 이명준이란 잠수부를 상상의 공방에서 제작해서, 삶의 바 다 속에 내려보냈다. 그는 '이데올로기'와 '사랑'이라는 심해의 숨은 바위 에 걸려 다시는 떠오르지 않았다.[17]

이명준의 행로를 지배한 것이 '이데올로기'와 '사랑'이라는 함의를 담고 있는 문장으로 읽힌다. 그러나 작가의 진술은 참고 사항일 뿐이니 여기 갇혀서는 물을 것도 없이 곤란하다. 중요한 것은 『광장』에서 이데 올로기 비판에 해당하는 내용을 거의 만날 수 없다는 사실이다. 굳이 든

---

16 한기, 「'광장'의 원형성, 대화적 역사성, 그리고 현재성」, 『작가세계』 4호(1990. 봄), 85쪽.
17 최인훈, 「이명준의 진혼을 위하여」, 『광장 외』, 민음사, 1973.

다면 단 하나, 작품 마지막에 나오는 그리스도교와 스탈리니즘의 유비(9 항목 또는 10항목, 초기 본에는 기독교와 커뮤니즘의 유비였음)를 그 예라고 할 수 있다.[18] 그러나 스탈리니즘이라 하여 이데올로기임을 뜻하는 이름을 붙이긴 했지만 그것은 이념이라기보다는 체제 또는 정치문화에 가까운 것이라 보는 게 타당하다. 그렇다면 『광장』을 두고 이데올로기를 비판한 작품이라 하는 것은 실제와는 멀리 떨어진 해석이라 해야 할 것이다.[19]

『광장』은 이데올로기를 비판한 것이 아니라 맑시즘, 자유민주주의 등 이런저런 아름다운 이름의 이데올로기를 내걸었지만 속으로는 썩고 굳어 인간다운 삶이 가능하지 않는 남북한 사회 현실을 비판한 작품이다.

그 비판의 중심에 '광장' 상징이 놓여 있는데 이 상징의 상징 의미 또한 제대로 이해되지 않았던 것으로 보인다. 문학 교과서에서는 저마다의 관점에서 '광장'의 상징 의미를 풀이하고 있는데 대체로 아래 내용을 벗어나지 않는다.

---

18 대부분의 문학 교과서는 이 유비 부분과, 주인공이 남과 북을 거부하고 제3국을 택하는 결정을 내리는 판문점 부분을 발췌 수록하고 있는데, 이는 이 작품이 이데올로기 비판 소설이라는 해석에 이끌린 것으로 보인다.

19 『광장』은 이데올로기 비판을 중심에 놓은 작품이 아니듯 이데올로기 선택의 문제를 중심에 둔 작품이 아니다. "그가 밀항선을 타고 북쪽으로 간 것은 그곳에 아버지가 살고 있기 때문이며, 무엇보다도 남한 사회에 대한 깊은 환멸감, 절대의 부정의식에 떠밀렸기 때문이다. 남한보다 더 나은 사회일지도 모른다는 근거 없는 낭만적 기대가 없었던 것은 아니지만 그것은 부차적인 것에 지나지 않는다. 그가 중립국을 택한 것은 남북한 사회에 대한 깊은 환멸감, 절대의 부정의식에 떠밀린 것이니 이념 선택의 문제와는 전혀 무관하다. 요컨대 『광장』은 이념 선택의 문제를 다룬 작품이 아니다."(정호웅, 앞의 글, 87쪽).

이 작품은 민족 분단의 비극을 본격적으로 다루고 있는데, 작가는 사회적 공간인 '광장'과 개인적 공간인 '밀실'을 대립시켜 그러한 분단이 내포하는 의미를 찾고 있다.[20]

'개인적 공간'이라는 상징 의미를 갖는 '밀실'에 대비되어 '광장'이 '사회적 공간'이라는 상징 의미를 갖는다는 해석인데 이 이분법적 풀이는 『광장』에서 '광장'이 갖고 있는 여러 상징 의미 가운데 하나에만 해당하는 것이니 『광장』 전체에 적용할 수 없는 것이다.

1961년도에 나온 정향사판 머리말에서 작가는 "인간은 광장에 나서지 않고는 살지 못한다. (중략) 그러면서도 한편으로 인간은 밀실로 물러서지 않고는 살지 못하는 동물이다. (중략) 어떤 경로로 광장에 이르렀건 그 경로는 문제될 것이 없다. 다만 그 길을 얼마나 열심히 보고 얼마나 열심히 사랑했느냐에 있다. 광장은 대중의 밀실이며 밀실은 개인의 광장이다."[21]라고 하여 개인의 공간인 '밀실'에 대비되는 사회적 공간이라는 상징 의미를 '광장'에 부여하고, 개인과 사회의 조화, 밀실과 광장의 어울림을 개인과 사회의 이상적인 관계 형식으로 제시하였다.

이 맥락에서의 '광장'이 상징하는 것은 "개인과 사회의 조화로운 어울림이 이상적인 관계 형식이다."라는 정언적 진술 곧 명제를 구성하는, 추상적인 개념으로서의 '사회적 공간'이다. 그 옆자리에 당대 남북한의 현실이라는 구체적인 실재와 관련된 '광장' 상징이 놓여 있다. 『광장』의 주인공에게 남한 사회는 '백귀야행하는 도시 알 수 없는 난장판'[22]이며

---

20 천재문학 『문학』(상) 『교사용 지도서』, 266쪽.
21 최인훈, 「追記—補完하면서」, 『광장』, 정향사, 1961, 3~4쪽.
22 최인훈, 『광장/구운몽』, 문학과 지성사, 2009, 133쪽.

그곳에는 '너무나 더럽고 처참한 광장' 23)만 존재할 뿐이라는 것24), 이에 반해 북한 사회는 혁명을 꿈꾸는 '붉은 심장의 설레임' 25)은 사라지고 '당'의 선창을 따라 '앵무새처럼 구호를 외칠 뿐'인 '타락'한 '인민' 26)들의 광장, '꼭두각시뿐 사람은 없' 27)는 잿빛 죽음의 공간으로 인식된다. 남북한 모두 환멸감만을 안기는 철저한 부정의 대상으로 인식되는 것이다. 이명준의 여로는 그 같은 남북한의 현실을 확인하는 과정이며, 남북한의 현실에 대한 부정의식을 계속해서 키워가는 과정이니 한마디로 환멸의 여로이다. 이 맥락에서의 '광장' 상징은, 철저하게 훼손되어 있어 "개인과 사회의 조화로운 어울림이 불가능한 남북한의 현실"을 상징한다.

지금까지의 논의를 통해 우리는, '광장' 상징이 '사회적 공간'이라는 상징 의미를 지니고 있다고 할 때, 그것이 추상적 개념으로서의 '사회적 공간'과 훼손된 남북한 현실을 가리키는 구체적 실재로서의 '사회적 공간'으로 구분되어야 함을 확인하였다.(여기서는 앞의 것을 '사회적 공간' (a), 뒤의 것을 '사회적 공간' (b)라고 일컫기로 한다.) 그러나 이것만으로는 불충분하다. '사회적 공간'이라는 말로는 포괄할 수 없는 상징 의미를 지니고 있는 '광장' 상징이 『광장』에 들어 있기 때문이다.

"총 69회 사용된 '광장'은 수식어를 통하여 성격과 규모를 결정할 수

---

23 같은 책, 132쪽.
24 "오, 좋은 아버지. 인민의 나쁜 심부름꾼. 개인만 있고 국민은 없습니다. 밀실만 푸짐하고 광장은 죽었습니다."(같은 책, 67쪽)란 이명준의 냉소적 진단도 같은 의미를 갖고 있다.
25 같은 책, 같은 쪽.
26 같은 책, 135쪽.
27 같은 책, 142쪽.

있는데 '광장' 수식어는 43가지로 다양하다. 이 수식어들을 총괄하면 '광장'은 '삶이 이루어지는 곳'이라는, 너무나 많은 것을 가리켜 아무것도 가리키지 않게 되는 추상적인 어휘이다."[28]라는 지적이 말해주듯 '광장' 상징에 담긴 상징 의미는 대단히 많다. 그 다양한 상징 의미를 단순화하면 '사회적 공간'으로서의 '상징'과 '개인적 공간'으로서의 '광장'으로 나눌 수 있다.[29] '사회적 공간'으로서의 '광장'에 대해서는 앞에서 살폈거니와 문제는 '개인적 공간'으로서의 '광장'이다. 『광장』에 나오는 '개인적 공간'으로서의 '광장' 상징은 너무 많아 일일이 그 상징 의미를 살피는 일은 대단히 어렵다. 이 작업은 뒤로 미루고, 여기서는 그 가운데 소설의 구성과 관련하여 가장 중요한 것으로 판단되는 것 하나를 살펴, '개인적 공간'으로서의 '광장'에 대한 이해가 매우 중요하다는 사실을 드러내 보이도록 하겠다.

이 여자를 죽도록 사랑하는 수컷이면 그만이다. 이 햇빛, 저 여름 풀, 뜨거운 땅. 네 개의 다리와 네 개의 팔이 굳세게 꼬인, 원시의 작은 광장에, 여름 한낮의 햇빛이 숨 가쁘게 헐떡이고 있었다. 바람은 없다.

(중략)

누워서 보면, 일부러 가리기나 한 듯, 동굴 아가리를 덮고 있는 여름풀이, 푸른 하늘을 바탕 삼아 바다풀처럼 너울너울 떠 있다. 접은 지름 3미터의 반

---

28 박영준, 「최인훈의 『광장』에서 '광장'의 의미 층위에 대한 연구」, 『어문논집』 46, 민족어문학회, 2002, 284쪽.

29 박영준의 '시민의 광장' / '개인의 광장'(같은 글, 297쪽)이라는 개념짝은 '사회적 공간으로서의 광장/개인적 공간으로서의 광장'이라는 본고에서의 개념짝에 대응한다. 한편 김인환은 '광장'을 '사회적 공간으로서의 광장'과 '극단적으로 좁혀져 있는 광장'(김인환, 「파국의 의미」, 『비평의 원리』, 나남출판사, 1994, 211쪽)으로 나누었는데 이 또한 본고에서의 개념짝에 대응하는 것으로 이해된다.

달꼴 광장. 이명준과 은혜가 서로 가슴과 다리를 더듬고 얽으면서, 살아 있
음을 다짐하는 <u>마지막 광장.</u> [30] (밑줄─인용자)

낙동강 전선에서 다시 만난 두 남녀주인공 명준과 은혜가 죽음의 공
포에 덜미 잡힌 상태에서 '네 개의 다리와 네 개의 팔'을 '굳세게 꼬'고
서로의 몸에 탐닉하고 있다. 그 사랑의 공간을 서술자는 '원시의 작은
광장', '마지막 광장'이라 부르는데, 이 '광장'은 '사회적 공간'을 의미
하는 '광장'과는 전혀 다른 상징 의미를 지니고 있는 상징이다.

이 '광장'의 상징 의미를 이해하기 위해서는 '수컷이면 그만', '원
시', '살아 있음을 다짐' 등의 구절에 주목해야 한다. 그들은 문명 이전
의 원시 상태로 돌아가 모든 것을 벗어던진 암컷과 수컷으로 어울림으
로써, 그들의 사고와 행동을 규율하고 그들을 그들이게 했던 것들로부
터 벗어나 몸의 감각, 그 감각의 순간순간에 몰두하고 있다. 그 몰두가
그들을 행복하게 하고, 그들을 죽음의 공포로부터 벗어나게 하며, 그들
로 하여금 '살아 있음을 다짐' 하게 한다. "'살아 있음을 다짐'하게 한
다."는 문장은 정상적인 국어 문법에서 벗어난 비문이다. [31] 이 비문은
"살아 있음을 확인한다."와 "살아야 한다고 다짐한다."라는 두 가지 내
용을 담고 있는 문장으로 읽힌다. 그렇다면, 지금 두 남녀 주인공은 언
제 죽을지 모르는 전장의 한복판에서 수컷과 암컷으로 만나 몸의 감각
에 몰두하는 그 순간의 황홀경 속에서 살아 있음을 확인하고 살아야 한
다고 다짐함으로써 죽음의 공포에 짓눌린 상황을 간신히 견디고 있다는

---

30 최인훈, 『광장/구운몽』, 앞의 책, 188~189쪽.
31 이것은 『새벽』 발표본, 정향사본, 신구문화사본, 민음사본에는 모두 '살아 있다는 증
　거를 다짐'이라고 되어 있다.

해석이 가능해진다.

이 '원시의 광장', '마지막 광장'에서 그들은 몸의 욕망에 전적으로 충실한 두 마리 건강한 짐승이고 전적으로 생존의 욕망을 좇아 견디고 몸부림치는 가여운 생명체이다. 그들의 그 '광장'은 그들의 그 같은 '전적인' 몰두로 팽팽하게 긴장돼 있으며, 조금의 빈틈도 없이 꽉 차 있다. 언제 죽을지 알 수 없는 위기의 상황 속에 놓여 있지만 그들은 이 같은 '전적인 몰두'와 그것에서 생겨난 팽팽한 긴장감과 충일감으로 그 위기의 상황으로부터 벗어난 자기들만의 독립공간 속에 존재한다. 여기에 그치지 않는다. 그들의 독립공간은 그 공간 이외의 모든 것으로부터 벗어난 곳에 자리하고 있는 특수공간이다. 그 특수공간과 주인공 이명분은 완벽하게 일치되어 있다.

이 특수공간으로서의 '광장'이 '사회적 공간'으로서의 '광장'과 대립적인 공간임은 물을 것도 없이 분명하다. 그러나 자세히 살피면 '사회적 공간' (b)와는 대립적이지만 '사회적 공간' (a)와는 전적으로 대립적이지는 않다는 사실을 알 수 있다. 이렇게 말할 수 있는 근거의 핵심은, 『광장』의 주인공이 그가 추구하는 '개인과 사회의 조화로운 관계' 속에서 '갈빗대가 버그러지도록 뿌듯한 보람'[32]을 느낄 수 있듯이(상상 또는 기대하듯이), 저 특수공간 속 주인공이 그 공간과의 완벽한 일치 속에서 시간의 흐름조차 완전히 잊고 행복할 수 있다는 사실이다.

지금까지 우리는 '사회적 공간'으로서의 '광장'과 '개인적 공간'으로서의 '광장'이 한편으로는 대립적이지만 한편으로는 동질적인 공간임을 살폈는데, 다음 장에서 '사랑'과 관련지어 좀 더 자세히 살피기로

---

32 최인훈, 『광장/구운몽』, 앞의 책, 64쪽.

하겠다.[33]

4. 『광장』의 '사랑'과 '자살'

앞에서 '이데올로기'와 '사랑'을 함께 언급한 작가의 진술을 들었거니와, 이데올로기란 말이 『광장』에 대한 이해를 방해했듯 사랑이란 말도 작품 이해를 가로막았던 것으로 보인다.

> 젊은 사람이 할 만한 가장 좋은 것 중의 하나라고 그가 누누이 말한 사랑은 『광장』뿐만 아니라 「구운몽」의 또 한 주제이기도 하다. 사랑이 없다면 풍문과 이데올로기만이 남는다. 단지 사랑만이 인간을 그 자체로 체험하게 해주는 것이다.[34]

한기는 이를 두고 "『광장』의 이데올로기적 성격을 탈색시켜 버리고, 그것의 주제를 '사랑'으로 대치하는" 것으로 "본말의 전도조차 합리화하는 해석"[35]이라고 일축하였다. 그렇다면 한기는 이명준의 '사랑'을

---

33 우리의 이런 논의는 『광장』을 여러 개의 서사로 구성된 '중층 구조'의 작품이라 파악하고, 그 서사들 사이의 유기성이 부족하다고 지적하는 논의들과는 다른 자리에 서 있다. 이와 관련하여 "여러 계기가 과도히 욕심스럽게 어울려져 있기 때문에" "중층적 구조가 때로 위태로워 보인다."(유종호, 「소설과 정치적 함축」, 『세계의 문학』(1979. 가을), 79쪽)라는 유종호의 지적, 『광장』을 구성하고 있는 '해방공간에서 전개되는 정치적 서사'와 '이명준 개인의 서사' 사이에 '일종의 비약이 존재'(이수형, 「'광장'에 나타난 해방공간의 나라 만들기과 가족로망스」, 앞의 글, 271쪽)한다는 이수형의 지적 참고.

34 김현, 「표지 해설」, 『광장/구운몽 — 최인훈 전집 1』, 문학과 지성사, 1976.

35 한기, 앞의 글, 91쪽.

어떻게 이해하는가? "이념 부재의 세계 즉 신이 사라진 세계에서 생(生)을 구원할 수 있는 유일한 방식"으로서 '비극적 세계관'을 지닌 자의 '현실 견디기'[36]의 의미를 갖는다는 게 한기의 해석이다.

남한에서의 윤애와의 사랑, 북한에서의 그리고 전장에서의 은혜와의 사랑은 부정적인 현실에 대한 깊은 환멸로 고통스러워하는 이명준을 구할 수 있는 것이라는 점에서 한기의 말대로 '생(生)을 구원할 수 있는 유일한 방식'이며, '현실 견디기'를 가능하게 하는 것이다. 이 점에서 이명준의 사랑은 현실의 부정성과 환멸감으로 가득 찬 그의 내면을 드러내는 대비적 구성소라고 할 수 있다. 이렇게 본다면 한기의 해석이 보다 설득력 있는 것임은 물론이다. 그러나 이명준의 사랑을 단순히 '현실 견디기'로 이해하고 그치는 것은 불충분하다. 이명준의 안쪽으로 좀 더 깊이 들어가 그의 '사랑'을 살펴야만 한다.

이명준의 '사랑'이란 대단히 복잡하여 그 안쪽을 들여다보기가 쉽지 않다. 아마도 그래서일 것이다. 문학 교과서와 지도서에서 『광장』의 '사랑'에 대한 언급은 거의 찾을 수 없다. 작품 마지막에 등장하는 두 마리 갈매기가 '사랑의 상징'[37]이라고 설명하고 있는 정도이다. 『광장』의 '사랑', 그 안으로 들어서는 문은 없을까?

> 아찔한 느낌에 불시에 온몸이 휩싸이면서 그 자리에 우뚝 서버린다. (중략) 그러자 온 누리가 덜그럭 소리를 내면서 움직임을 멈춘다.
> 조용하다.
> 있는 것마다 있을 데 놓여져서, 더 움직이는 것은 쓸데없는 일 같다. 세상

---

36 같은 글, 90쪽.
37 태성 『문학』(하), 277쪽.

이 돌고 돌다가, 가장 바람직한 아귀에서 단단히 톱니가 물린, 그 참 같다. 여자 생각이 문득 난다. 아직 애인을 가지지 못한 것을 떠올린다. 그러나 이 참에는 여자와의 사랑이란 몹시도 귀찮아지고, 바라건대 어떤 여자가 자기에게 움직일 수 없는 사랑의 믿음을 준 다음 그 자리에서 죽어버리고, 자기는 아무 짐도 없는 배부른 장단만을 가지고 싶다. 이런 생각들이 깜빡할 사이에 한꺼번에, 빛살처럼 번쩍였다.[38]

철학과 신입생 이명준은 친구들과 교외로 소풍을 나갔다. 한여름 하늘에는 구름 한 점 없고 바람도 없다. 그늘을 찾아 비탈에 올라섰을 때, 문득 이명준은 세상이 딱 멈추어선 듯한 느낌에 사로잡혔다. "있는 것마다 있을 데 놓여져서, 더 움직이는 것은 쓸데없는 일 같다. 세상이 돌고 돌다가, 가장 바람직한 아귀에서 단단히 톱니가 물린, 그 참"인 것인데 초기본에서는 '엑스터시의 순간' 또는 '추상된 원도취의 순간'[39]이라 표현했다. 자아와 우주의 호흡이 조금의 어긋남도 없이 일치하는 데서 생기는 완전한 충족감의 순간이다.

이 같은 완벽한 일치, 완전한 충족감은 "흐르는 물결에서 몸을 떼어 흐르는 강을 받치는 움직임 없는 강바닥에 서"[40]고자 하는 이명준의 내면 깊은 곳에 자리잡고 있는 욕망과 관련된 것으로 보인다. 그 욕망은 그것을 얻기만 하면 "다시 생각이란 이름의 화냥년을 잠자리에 들이지 않으리라 마음먹"게 하는 '마지막 것'을 향하는 것인데, 초기본의 문장을 빌리면 "세계의 처음과 마지막, 발을 디디고 선 바루 아래 땅에서 우

---

38 최인훈, 『광장/구운몽 ─ 최인훈 전집 1』, 문학과 지성사, 2009, 42쪽.
39 최인훈, 『광장』, 정향사, 1961, 121쪽.
40 최인훈, 『광장/구운몽』, 앞의 책, 46쪽.

주의 끝까지가 한 장의 마음의 스크린에 투영"[41]되는 경지에 다다르고 자 하는 욕망이다. 그것은 '신'을 풀고자 하는 욕망[42]이고 '누리와 삶에 대한 맺음말'[43]을 찾고자 하는 욕망이며, 그리하여 얻은 결론에 자신의 삶을 일치시키고자 하는 욕망이다.[44]

어느 여름날 소풍 길 비탈 위에서 이명준이 느낀 우주와의 완벽한 일치감과 그것에서 생겨난 완전한 충족감에 휩싸인 주인공이 여자를 떠올린다는 사실은, 그 일치감과 충족감이 대학 신입생 이명준의 무의식 세계에서는, 여자와의 사랑에서 생겨날 수 있다고 그가 생각한 '사랑의 믿음' "아무 짐도 없는 배부른 장단"[45]과 통한다는 것을 말해 준다.[46] 이명준에게 있어 사랑은 이처럼 대단한 의미를 갖는 것이었다.

---

41 정향사본에는 "여러 가지 생각들이 순간이라는 중심을 공유한 몇 개의 동심원인 양 이중 삼중으로 같은 평면에 겹으로 떠오른 것이었다. 만일 이러한 순간이 이상적으로 극단이 되면, 세계의 처음과 마지막, 발을 디디고 선 바루 아래 땅에서 우주의 끝까지가 한 장의 마음의 스크린에 투영된다는 것도 가능한 것이 아닌가, 그는 상상했다."(28쪽)라 되어 있다.

42 최인훈, 『광장/구운몽』, 앞의 책, 2009, 46쪽.

43 같은 책, 39쪽.

44 최인훈은 최근의 한 대담에서 자신의 자아 속에는 "순수형을 추출한다는 기초과학자의 입장에 비견하는 그런 부분"이 있다고 했는데, 우주와 인간 삶의 근본 원리를 궁구하여 드러내고자 하는 욕망을 말하는 것으로 읽는다. 최인훈, 김치수, 「4·19 정신의 정원을 함께 걷다」, 『4·19와 모더니티』, 앞의 책, 31쪽.

45 정향사본에는 '움직일 수 없는 애정의 확신', '아무 의무감도 없는 포화된 순수 감정'(27쪽)이라고 표현되어 있다. 나는 이것에 대해 "대상과의 조화로운 어울림이 아니라, 대상의 전유에서 생기는 합일의 엑스터시"이며 그 아래에는 이명준의 '자기중심주의'가 놓여 있음을 지적한 바 있다.(정호웅, 앞의 글, 96쪽)

46 본고에서의 이런 관점은 『광장』 속 '섹슈얼리티와 에로티시즘'에 주목하여 '사랑과 욕망의 주제의 의해 추동되는 서사' (홍순애, 「최인훈 소설의 섹슈얼리티와 에로티시즘 연구」, 『한민족문화연구』 17집, 한민족문화학회, 2005, 179쪽)와는 다르다.

그 사랑은 자신을 완전히 내맡기고 열어 받아들이는 여자의 몸, 그리고 그 몸과 완벽하게 일치하고자 하는 이명준의 몸의 만남이다. 우주와 인간 삶의 근본 이치를 찾고자 하는 욕망, '개인과 사회의 조화로운 어울림의 철학'을 실현하고자 하는 욕망이 정신적, 이성적인 것인 데 비해 이 사랑의 욕망은 이처럼 육체적, 감각적인 것이니 상반된다. 상반되지만 그 두 욕망은 대상과의 완벽한 일치, 대상에의 전적인 몰두를 지향하는 것이라는 점에서 동질적인 것이기도 하다.[47]

대상과의 완벽한 일치, 대상에의 전적인 몰두를 지향한다는 점에서 이명준은 낭만적 주체인데, 그 같은 일치와 몰두가 가능한 세계란 존재할 수 없으니 이명준은 길 위를 떠도는 존재일 수밖에 없다. 그의 이 같은 존재성은 당대의 남북 현실과 무관한 것은 아니지만, 근본적으로는 앞에서 보았던 그의 철학에 말미암는 것이다. 그와 세계와의 관계는 화해의 가능성이 전혀 없는 근본 불화의 관계이다. 그가 꿈꾸는 '광장과 밀실이 조화롭게 어울리는 사회'는 실현 불가능한 꿈이니 그 꿈에 갇혀 있음의 존재성에서 벗어나지 않는 한 그는 어디에도 뿌리내리지 못하고 계속해서 길 위를 떠돌 수밖에 없다. 이명준은 편력자의 운명에 묶인 존재이다.

이명준이 한순간 느낀 우주와 인간 삶의 근본 이치에 대한 깨우침, 개

---

[47] 작품 끝머리에는 이명준이 바다 위를 나는 갈매기 두 마리를 뒤쫓는 장면이 나온다. '바다, 그녀들이 마음껏 날아다니는 광장', '푸른 광장'을 비로소 '처음 알아 본'(같은 책, 216쪽) 그는 자신이 "무엇에 홀려 있음을 깨닫"(같은 쪽)는데, 여기서의 '광장' 곧 바다는 모녀간의 사랑, 부부간의 사랑, 부녀간의 사랑 등으로 충만한 공간이다. 이 '광장' 속 존재들(갈매기가 표상하는 은혜와 그녀의 딸, 그리고 이명준)은 모두가 그 광장과 완벽하게 일치되어 있으니 그 공간은 무갈등의 공간이며 지극한 행복의 공간이다.

인과 사회가 조화롭게 어울리는 것에 대한 상상, 그리고 여자와의 몸의 만남인 '사랑' 속에서만 행복할 수 있지만 그것들은 환각과도 같은 순간의 느낌으로만 지각되는 것이고 짧은 시간 동안만 경험되는 것이며, 상상 속에서만 경험 가능한 것이므로 그는 근본적으로 불행한 주체이다. 작품 마지막에 이르러 이명준은 자살하는데, 그 자살은 이 같은 그의 존재성에 말미암는 것으로 볼 수도 있다. 그렇다면 "이명준이 이명준을 죽였다."라는 진술이 가능하다.

이명준의 '자살'에 대한 이런 해석은 문학 교과서(지도서)에서의 일반적인 해석과는 크게 다르다. 문학 교과서(지도서)에서는 대체로 그의 '자살'에 대해 다음처럼 말하고 있다.

> 작가의 분단 상황의 이데올로기에 대한 비판은 현실 부정으로 이어지고 있으며, 이는 곧 이명준의 비극적 현실 인식을 낳게 되었다. 비극적 현실 인식 속에서 이명준은 자살이라는 극단적인 행동으로 현실을 부정하게 된다. 이명준의 자살이 지니는 의미는 따라서 이념 선택의 한계를 극적으로 제시함으로써 완강하게 고정되고 있는 분단 상황에 대한 비판적 인식으로 볼 수 있다.[48]

'비극적 현실 인식'이 낳은 현실 부정 행위로서의 '극단적 행동'이라는 것, 그것은 '분단 상황에 대한 비판적 인식'의 드러냄이라는 해석이다. 문학 교과서(지도서)에서는 이에 더하여 이명준의 자살이 '현실 도피적 자세'[49]를 드러낸 것이라 해석하기도 한다. 어느 경우든 주인공과 사

---

48 천재교육 『문학』 『교사용 지도서』(상), 271쪽.
49 디딤돌 『문학』 『교사용 지도서』(상), 319쪽.

회 현실과의 관계를 문제 삼는 해석이라 할 것인데 이것만으로는 이명준의 '자살'에 담긴 의미를 깊이 드러낼 수 없다.[50] 이명준과 은혜와의 성애 장면 등을 지나쳐 『광장』의 '사랑'에 대해 논의하기는 어렵기 때문에 교실에서 다루기 곤란한 점이 없는 것은 아니다. 그렇다고 눈 감고 지나칠 수는 없으니 방법을 찾아 더 나아가고자 하는 노력을 기울여만 한다.

5. 맺음말

지금까지의 논의 내용을 정리하면 다음과 같다.

1) 『광장』은 4·19로 인해 열린 상황이 낳은 작품이다. 그러나 『광장』을 4·19 정신의 소산이라고 하는 것은 근거가 충분하지 않다.

2) 『광장』은 널리 이해되는 것과는 달리 이데올로기 비판 또는 선택을 문제를 중심에 둔 작품이 아니다. 이데올로기 비판 또는 선택의 문제는 『광장』에서는 부차적인 대상에 지나지 않는다.

3) 『광장』에 등장하는 많은 상징 가운데 중심인 '광장' 상징을 '사회

---

50 이명준의 자살에 대해서는 여러 가지 해석이 나와 있다. 그 가운데 그의 자살이 '사랑을 확인하는 행위'(김현, 「사랑의 재확인」, 『광장/구운몽』, 문학과 지성사, 1976, 321쪽)로 본 김현의 해석, '자기중심주의'에 갇혀 살아온 자신에 대한 '자기처벌'(정호웅, 앞의 글, 104쪽)의 의미를 지닌다고 본 정호웅의 해석, '자기정당화와 자기비판의 악순환을 넘어서, 다른 시간과 다른 장소로 도약하는 심미적 주체 혹은 (탈)현대적 주체'의 '다른 삶의 가능성에 대한 투신'(이광호, 앞의 글, 52쪽)이라고 본 이광호의 해석, '자율적인 법을 정초'하고자 했으나 "오히려 그 자신이 부정하고자 했던 아버지들의 위선을 더욱 급진적으로 흉내내는 데 불과하다는 것을 깨닫"고 '자기 단죄'(이수형, 「'광장'에 나타난 해방공간의 나라 만들기와 가족로망스」, 『현대소설연구』 38호, 한국현대소설학회, 2008, 287~288쪽)를 행한 것이라고 본 이수형 등의 해석을 참고할 만하다.

적 공간'이라는 상징 의미를 지닌 것으로 이해하는 것은 불충분하다. '광장'의 상징 의미는 크게 '사회적 공간'과 '개인적 공간'으로 나눌 수 있는데 '사회적 공간'은 다시, "개인과 사회의 조화로운 어울림이 이상적인 관계형식이다."라는 정언적 진술 곧 명제를 구성하는, 추상적인 개념으로서의 '사회적 공간'(a)과 당대 남북한의 현실이라는 구체적인 실재를 가리키는 '사회적 공간'(b)로 구분할 수 있다. '개인적 공간'을 가리키는 '광장' 상징은 '사회적 공간'(b)와는 대립적이지만 '사회적 공간'(a)와는 동질적인 측면을 지니고 있다.

4) 『광장』의 주인공 이명준과 그의 애인 은혜와의 사랑, 이명준·은혜·딸 세 사람으로 구성된 상상 속 가족의 사랑이 실현되는 공간을 가리키는 '광장'은 그 공간 속 인간 존재들과 완벽한 일치를 이루는 무갈등의 공간이며 지극한 행복의 공간이다. 그러나 이런 공간은 "개인과 사회의 조화로운 어울림이 이상적인 관계형식이다."라는 정언적 진술을 만족시키는 공간으로서의 '광장'이 그러하듯, 실재할 수 없는 비현실적 상상의 공간이거나, 실재한다 하더라도 곧 사라져 버리는 일시적인 공간이다. 이런 공간이 실재한다고 믿고 그것을 찾아 길을 떠난 이명준은 근본적으로 불행한 존재이다. 이명준의 자살은 그의 이 같은 존재성에 말미암은 것이다.

본고에서의 논의는 『광장』을 좀 더 깊이 이해하기 위한 시도의 하나이다. 이런 시도는 『광장』이해가 기존의 해석에 갇혀서는 안 된다는 문제의식에서 비롯되었다. 우리의 논의가 문학교실에서의 『광장』읽기에 도움이 되길 기대한다.

윤흥길론 — 문학 교육과 관련하여

1. 머리말

1970년대를 대표하는 소설가 가운데 한 사람인 윤흥길은 그의 여러 작품이 중고등학교 국어, 생활국어, 문학 교과서에 수록됨으로써 박완서, 이청준, 이문구, 김원일, 조정래, 황석영, 조세희 등 다른 70년대 작가들과 함께 제도교육의 장 안으로 들어왔다. 「장마」, 「기억 속의 들꽃」, 「아홉 켤레의 구두로 남은 사내」, 「종탑 아래에서」, 「땔감」 등의 중단편, 『묵시의 바다』, 『완장』 등의 장편이 그 작품들이다.

이 가운데 대표적인 작품은 작가의 출세작으로, 동년배의 소설가 이문구로부터 "언젠가 반드시 나오리라고 기대했던 제대로 쓴 소설", "여기 왔구나!"[1] 라는 찬사를 받았던 중편 「장마」이다. 이문구의 찬사는

---

1 이문구, 「한 켤레 구두로 산 사내」, 『제3세대 한국문학 4』, 삼성출판사, 1984, 433쪽.

「장마」가 그 이전에 나온 분단소설의 수준을 단숨에 뛰어넘는 질적 수준을 확보하고 있다는 평가를 담고 있는 것이었다. 논리적 분석을 건너뛴 인상평이지만 그 평가는 이후 문단, 문학 연구와 문학 교육의 장에서 타당성을 인정받음으로써 「장마」를 문학사적 문제작으로 밀어 올리는 데 한 역할을 하였다. 그 우수성에 대한 평가의 공감대가 널리 확산되고 깊게 자리 잡는 것을 따라 「장마」는 마침내 제도교육의 장 안으로 진입하게 되었다. 6차 교육과정에 따른 검인정 고등학교 문학 교과서(1종)에 수록된 것을 시작으로, 7차 교육과정에 따른 국정 고등학교 국어 교과서, 7차 교육과정에 따른 검인정 고등학교 문학 교과서(7종), 개정 교육과정에 따른 검인정 고등학교 국어 교과서(1종) 등에 수록되었다.

이처럼 무려 8종의, 고등학교 국어 교과서와 문학 교과서에 「장마」가 실렸다는 것은 이 작품의 우수성을 새삼 말해주는 것이다. 교과서에 좋은 작품을 찾아 실어야 하는 것은 다시 말할 필요도 없이 당연하고 중요한 일이다. 이와 함께, 못지않게 중요한 것은 그 작품을 바로 해석하는 일이다. 그러나 문학 교육의 장에서 이루어져 온 「장마」에 대한 해석은 작품의 실제에 부합하는 객관적 정합성을 잃고 있다는 게 필자의 판단이다. 중고등학교 문학 교육의 장에서 손꼽히는 몇 작품 가운데 하나로 자리 잡은 작품에 대한 해석이 객관적 정합성을 확보하지 못한 것은 큰 문제이니 세밀한 검토가 반드시 필요하다.

이 논문에서 필자는 문학 교육의 장에서 이루어지고 있는 「장마」에 대한 해석을 비판적으로 검토하고, 나아가 「장마」에 대한 새로운 해석을 시도하고자 한다. 문학 교육의 장에서 이루어지고 있는 해석을 문제 삼지만, 교과서, 지도서, 참고서 등만을 다루지는 않는다. 필요에 따라, 문학 교육의 장에서 이루어지고 있는 「장마」 해석에 관련된 것으로 판단되는 논문과 비평문도 함께 검토한다. 「장마」가 주된 분석 대상이지만 윤흥길의 다른 작품들도 필요한 경우 함께 다룬다. 그리하여 이 논문은 한편으로는 '윤흥길론'이고자 한다.

2. 「장마」의 해석에 대한 비판적 검토

문학 교육의 장에서 이루어지고 있는 「장마」에 대한 해석은 일반적으로 다음 네 가지 내용을 담고 있는 것으로 보인다.

> 1) 주인공이자 서술자인 아홉 살 소년 동만의 친가와 외가 사이의 대립은 이념 대립의 성격의 지니고 있다.
> 2) 친가와 외가 사이의 대립은 남북한의 이념적 대립에 대응한다.
> 3) 동만의 친할머니와 외할머니 사이에 형성된 갈등이 해소되는 과정을 통해 이 작품은 "분단 극복의 의지"[2]를 드러내었다.(3장에서 자세하게 다룸)
> 4) 이 작품은 6·25전쟁을 불러일으킨 이념의 대립을 민족이 공유하고 있는 "보편적 정서의 환기"[3], 샤머니즘과 같은 "전통적 문화가치"[4]를 통해 극복할 수 있다는 전언을 담고 있다.[5]

2.1. 이념 대립의 문제

먼저 1)부터 검토해 보기로 한다. 동만의 친삼촌이 빨치산이고 외삼촌

---

2 오세영 외, 『문학』 상, 대한교과서주식회사, 2003, 219쪽.
3 강진호, 「교과서 · 문학 교육 · 교사」, 『문학교육학』 9호, 한국문학교육학회, 2002, 49쪽.
4 이재선, 『현대 한국 소설사』, 민음사, 1991, 93쪽.
5 이 작품을 수록하고 있는 문학 교과서에서는 대체로, "민족이 공유하는 정서"와 "전통적 문화가치"를 구분하지 않고 있는데, 이로 인해 이 작품 속 중심 갈등의 당사자인 두 안노인의 의식을 지배하는 샤머니즘을 "민족이 공유하는 정서"로 이해하는 경우도 있다.

이 국군이라는 사실, 두 안노인이 갈등하게 된 직접적인 원인이 외할머니가 자식이 전사했다는 소식을 듣고 이성을 잃은 나머지 "더 쏟아져라! 어서 한 번 더 쏟아져서 바웃새에 숨은 뽈갱이 마자 다 씰어가그라! 나무 틈새기에 엎딘 뽈갱이 숯뎅이같이 싹싹 끄실려라! 한 번 더, 한 번 더! 옳지! 하늘님, 고오맙습니다!"[6]라는 저주를 퍼부었다는 것 등을 생각하면 이 같은 해석은 언뜻 맞는 것 같다. 그러나 좀 더 자세히 살피면, 작품의 실제에서 벗어난 해석임을 알 수 있다.

동만의 외삼촌 권길준은 대학 시절 우익 활동에 적극적이었으며 그 연장선상에서 장교 후보생에 자원하여 국군 장교가 된 사람이다. 이 점에서 그의 행로는 자신의 이념적 판단에 근거한 이념적인 성격의 것이다. 그러나 동만의 친삼촌 김순철의 경우는 크게 다르다. 그는 해방 직후의 시류에 휩쓸려 "자기도 모르게" 좌익 활동을 하게 되었고 마침내는 전쟁의 소용돌이 속에서 빨치산이 되어 산중으로 들어가고 말았다. 요컨대 그의 행로는 주체적인 선택이 이끈 이념적인 성격의 것이 아니다.

> 두 사람의 성격은 아주 대조적이었다. 성격뿐만이 아니라 모든 면이 다 그랬다. 삼촌의 부역 행위가 술김에 최 주사네 담을 넘는 거와 한가지 경우로, 어떤 외부적 자극이 타고난 맹목성을 부채질하여 자기도 모르게 휩쓸려 들어간 시간의 소용돌이 속에서 마냥 흥청거려 본 것이라면, 외삼촌의 우익 활동이나 그 후의 장교 후보생 자원은 움직일 수 없는 주의주장 밑에 치밀한 계산과 검토를 거쳐 이루어진 결과였다.[7]

두 사람의 이런 차이는 '붉은 완장'[8]을 차고 김순철이 했던 행위를 소

---

6 「장마」, 『황혼의 집』(개정판), 문학과 지성사, 2007, 79쪽.

7 같은 책, 111쪽.

8 같은 곳.

개하고 있는 삽화 두 가지를 보면 더욱 뚜렷하게 드러난다. 그는 전쟁 전에 '밀주나 밀도살' 단속을 심하게 했던 단속반원을 붙잡아서는 '맹물을 한정없이 들어켜'게 한 뒤 "나는 누룩이 손자요! 나는 짐승 새끼요! 우리 아버지는 소요! 돼지가 우리 어머니요!"라고 외치게 하고, "노래란 노래는 아무거나 죄 부르게" 하는 '희한한 벌' 9)을 주었다. 또 김순철은 짝사랑했던 처녀의 집 담을 넘었다고 그를 혼낸 소지주에게 복수하고자 이미 결혼한 그 여성과 '엉터리 결혼식'을 올리고, 그 소지주를 장인으로 부르며 "넙치가 되도록" 두들겨 패서 기절하게 만들었다. 서술자의 말대로 그의 그런 행위는 '영락없는 어린애' 10)의 그것이었다. 그가 자기 집 뒤에 땅굴을 파고 숨어 지내는 서술자의 외삼촌 권길준에게 "붉은 완장을 차는 건 못 배우고 가난하게 큰 자기 같은 사람이나 할 짓"11)이라고 말하는 것도 그의 좌익 활동을 이념적 선택이라고 할 수 없는 근거이다.

이 같은 김순철은 장편 『완장』의 주인공 임종술의 아버지와 동류이다. 임종술의 아버지는 전쟁이 일어난 후 '붉은 완장'을 차고 "빨갛게 핏발선 눈으로 아무나 노려봐 가며 한 세상 요란하게 몹쓸짓 도맡아 저지르"다가 수복 직전에 입산, "토벌대에 쫓기면서 밤마다 지리산을 탄다는 풍문"12)만 남기고 사라져 버렸다. 그의 팔뚝에 붉은 완장을 차게 하고 마침내는 그를 그 완장의 노예13)로 만든 요인은 여러 가지일 테지

---

9 같은 책, 110쪽.

10 같은 곳.

11 같은 책, 111쪽.

12 윤흥길, 『완장』(베스트셀러소설선집 14), 중앙일보사, 1985, 258면.

13 '사람 아닌 완장이 시켜서 하는 패악질', "없어진 남편 대신 남편을 꼭 닮은, 남편만한 크기의 붉은 완장만이 덩그렇게 남아 있었다."(같은 책, 257쪽) 등의 지문은 이와 관련된 것이다.

만, 작품을 통해 알 수 있는 가장 크고 분명한 이유는 김순철의 경우와 마찬가지로 개인적인 원한과 복수심이었다. 붉은 완장을 차고 날뛰다 사라진 그의 광란의 행로를 이끈 것은 해방 전, 자신의 곡식 은닉을 헌병대에 밀고한 조선인 헌병보조원 박가에 대한 원한과 복수심이었던 것이다. 개인적인 원한과 복수심에 이끌린 좌익 활동을 이념적인 선택이라 할 수 없는 것은 자명하다. 이러한 사실은 윤흥길이 이념 선택의 문제에는 큰 관심을 기울이지 않은 작가임을 알게 한다. 3장에서 자세히 살피겠지만 윤흥길 문학은 6·25전쟁을 낳았으며 그 전쟁 과정에서 피보라 광풍을 일으킨 이념 또는 이념 대립의 문제보다는 그 피보라 광풍의 현실과 그것에서 생겨난 무더기 슬픔에 대해 더 큰 관심을 갖고 증언하고자 한 문학이다.

이렇게 살피면 사돈 사이인 권길준과 김순철이 각각 국군과 빨치산으로 설정되어 있다고 하여 그들의 관계를 이념 대립의 관계라 할 수 없는 것은 자명하다.[14] 그렇다면 각각 국군과 빨치산 아들을 둔 두 할머니의 대립관계는 이념 대립의 관계라 할 수 있는가? 미리 밝히자면 이 또한 이념 대립의 관계라 말할 수 없다.

두 안노인의 관계를 이해하기 위해서는 섬세한 읽기가 필요하다. 이런저런 이유[15]로 불화하게 되기 전까지 두 사람은 의좋은 사돈 사이로

---

14 김순철은 "인공 치하가 물러가던 저 광란의 날 새벽에 사람들을 시켜 땅굴을 덮치게 했다."(112쪽) 그가 무엇 때문에 돌변하여 이런 짓을 저질렀는지 작품은 어떤 정보도 제공하지 않는다. 당연하게도 그의 이런 행위를 강조하여 두 사람의 관계를 이념적 대립의 관계라 해석하는 것은 설득력이 없다.

15 두 노인이 불화하게 된 직접 이유는 두 가지이다. 하나는 삼촌의 행방을 좇는 사람의 꾐에 넘어가 삼촌이 집에 다녀간 사실을 털어놓았다고 친할머니의 노여움을 산 서술자를 외할머니가 '감싸고 역성'(79쪽) 들었기 때문이다. 다른 하나는 앞에서 언급한 외

"말다툼 한 번 없이" 잘 지내왔다. "난리가 끝나는 날까지 늙은이들끼리 서로 의지하며 살자"는 말에서 알 수 있듯 그들은 서로에게 의지하며 힘든 세월을 견디고자 하였다. 그들의 그런 관계는 "수복이 되어 완장을 차고 설치던 삼촌이 인민군을 따라 어디론지 쫓겨 가 버리고, 그때까지 대밭 속에 굴을 파고 숨어 의용군을 피하던 외삼촌이 국군에 입대하게 되어 양면에 다 각기 입장을 달리하는 근심거리가 생긴 뒤로도 겉에 두드러진 변화는 없었다."[16] 말하자면 두 사람에게 그녀들의 아들들을 죽음의 길로 내몬 전쟁의 뒤에 버티고 있는 이념 대립의 현실, 그런 현실을 구축하는 이념들은 관심의 대상이 아니었던 것이다. 아들의 죽음을 알게 된 외할머니가 산 속에 숨은 빨치산에게 저주의 말을 퍼붓는 것을 두고 이념적인 성격을 띤 것이라 할 수는 있을 것이다. 그러나 그것에 대한 친할머니의 반응을 보면 그것이 지닌 이념적 성격은 크게 희석되고 만다는 것을 알 수 있다.

> 인명은 재천이랬다고, 다아 저 타고난 명대로 살다 가는 게여. 그리고 자석이 부모보담 먼처 가는 것은 부모 죄여. 부모들이 전생에 죄가 많았기 땜시 자석놈을 앞시워놓고는 뒤에 남어서 그 고통을 다아 감당허게 맹근 게여. 애시당초 자기 팔자소관이 그런 걸 가지고 누구를 탓허고 마잘 것도 없어. 낫살이 저만치 예순줄에 앉어 있음시나 조께 부끄런 종도 알어야지.[17]

친할머니에게 사돈총각의 죽음은 '인명재천' '부모의 죄' '부모의 부끄러움'과 관련된 것으로 이해될 뿐, 이념 또는 이념 대립과 관련된 것

할머니의 저주 때문이다.
16 「장마」, 앞의 책, 78쪽.
17 같은 책, 80쪽.

으로 이해되지 않는다. 그렇다면 두 노인의 대립을 이념 대립과 관련짓는 종래의 일반적인 해석은 설득력을 가진 것이라 할 수 없을 것이다. 3장에서 자세하게 살피겠지만 두 노인의 대립은 자신의 슬픔을 못 이긴 나머지 상대방의 슬픔을 고려하지 못한 배려심의 부족 때문에 발생한 것으로 이념적 대립과는 거의 관계없는 것으로 파악된다.

2.2. 남북한 이념 대립의 문제

친가와 외가 두 집안의 대립을 이념 대립이라 할 수 없다면, 당연하게도 '친가와 외가 사이의 대립은 남북한의 이념적 대립에 대응한다.'라는 진술은 성립하지 않는다. 다음은 문학 교육의 현장에서 「장마」를 가르칠 때 의심 없는 사실로 널리 받아들여지고 있는 도식의 하나인데, 작품의 실제를 왜곡하는 대단히 단순하고 거친 도식이다.

「장마」에 나타난 의사소통 상황을 다음과 같이 정리할 때, □ 안을 채우시오.

18)

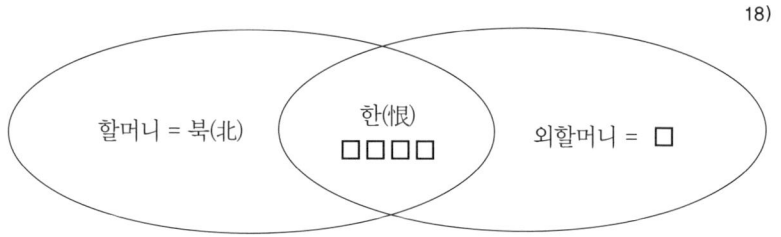

경기도교육연구정보원에서 펴낸 가운데 『제7차 교육과정 고등학교

18 경기도교육연구정보원, 『제7차 교육과정 고등학교 교수-학습 자료 국어(상)』, 2002, 369쪽.

교수-학습 자료 국어(상)』에 실린 학습문제의 하나인데 '한(恨)' 아래 네모 칸에는 '토속 신앙' 이, '외할머니' 옆 네모 칸에는 '남' 이 정답이라고 하였다. '한(恨)' 을 '토속 신앙' 과 관련짓는 것이 부당하다는 사실은 새삼 재언할 필요조차 없으며 여기서 우리가 논의하고자 하는 데서 벗어난 것이니 지나치기로 한다. 문제는 '할머니-북' / '외할머니-남' 이라는 거칠고 단순한 도식적 이해인데, 앞에서 자세히 검토했듯이, 두 노인의 사고와 언행이 이념적 성격과는 거의 무관하므로 이는 작품의 실제에서 크게 벗어난 것이다.

마찬가지 이유에서 두 집안(안노인)의 대립을 '70년대의 냉전적 상황을 암시' 하는 것으로, 또는 '냉전 체제하의 남북한의 현실과 흡사' 하다고 확대 해석하는 것 또한 지나치게 나아간 것으로 작품의 실제에서 벗어난 것이다.

> 외할머니는 자식을 근심하는 마음에서 어서 빨치산이 토벌되었으면 하고 바라지만, 빨치산 아들을 둔 할머니는 그것을 자식이 죽기를 바라는 저주로 받아들이는 아이러니한 상황이 발생한다. 자식에 대한 본능적인 모성에서 두 할머니는 상대를 배려할 여유를 갖지 못한 것이고, 이를 통해서 작가는 화해와 관용보다는 어느 하나를 부정할 수밖에 없었던 70년대의 냉전적 상황을 암시한다.[19]

> 삼촌이 죽은 것으로 암시된 데서 알 수 있듯이 어느 하나가 부정되어야만 다른 한면이 살 수 있고, 그것은 어쩌면 냉전 체제하의 남북한의 현실과 흡사한 형국이다.[20]

---

19 강진호, 앞의 책, 48쪽.
20 같은 곳.

이처럼 거칠고 단순한 도식적 이해에서 벗어나기 위해서는 사돈 사이인 두 노인의 아들이 각각 국군과 빨치산으로 나뉘어져 있는 설정이 이 작품에서 어떤 역할을 수행하는가를 살펴야 한다.

이 같은 설정은 먼저, 어느 한 편의 이념이나 체제에 치우치지 않고 객관적으로 죽음의 기운으로 가득 차 있는 상황 속에 들어 있는 작중인물들의 현실을 드러내는 데 효과적으로 기능한다. 어느 면에 서 있든지 그들의 목숨을 노리는 저 죽음의 기운에서 벗어날 수는 없다는 것, 그들을 죽음의 구렁으로 떠밀어 굴러 떨어지게 하는 것은 온 땅과 하늘을 가득 채우고 있는 반대 면의 폭력적 살상력이 아니라 그 죽음의 기운이라는 것을 객관적으로 드러내는 역할을 수행하는 것이다. 만약 두 청년이 모두 같은 면에 서 있다면 그들을 죽음으로 떠미는 반대 면 세력의 작용을 그리지 않을 수 없을 것이고, 그렇다면 종내에는 죽음에 이르는 그들의 현실을 통해 죽음의 기운으로 가득 차 있는 상황 속에 들어 고통 받는 그들의 현실을 치우침 없이 객관적으로 드러내는 것은 크게 제약 받았을 것이다.

한편 이 같은 설정은 '상호 의지-갈등-화해'의 과정을 밟는 두 안노인의 관계 변화를 극적으로 부각함으로써 배려와 연민이란, 이 작품의 여러 주제 가운데 두 개를 효과적으로 드러내는 역할을 수행한다. 만약 두 청년이 모두 같은 면에 서 있다고 설정되었다면, 서로의 가슴에 총을 겨눈 적이라는 현실적인 조건을 넘어 상대방의 아들을 염려하고, 그 죽음을 깊이 슬퍼하며, 아들의 죽음 때문에 깊은 슬픔에 빠진 상대방을 배려하고 연민하는 두 안노인의 마음을 제대로 드러낼 수 없었을 것이다.

2.3. 분단 극복과 샤머니즘의 문제

앞의 두 절, 2.1.과 2.2.에서 우리는 두 집안의 대립을 이념 대립이라할 수 없으며, 남북한의 대립에 대응한다고 해석할 수 없다는 것을 살폈다. 그렇다면 "동만의 친할머니와 외할머니 사이에 형성된 갈등이 해소되는 과정을 통해 이 작품은 분단 극복의 의지를 드러내었다."라는 해석또한 자연히 설득력을 상실한다.

마지막으로 남은 것은 "이 작품은 6 · 25전쟁을 불러일으킨 이념의 대립을 민족이 공유하고 있는 '보편적 정서의 환기', 샤머니즘과 같은 '전통적 문화가치'를 통해 극복할 수 있다는 전언을 담고 있다."는 해석이다.

> (ㄱ) 민족 보편의 정서를 환기함으로써 작가는 외래적인 이데올로기를 넘어서는 근원적인 공감대를 마련하고, 궁극적으로 분열된 민족이 통일될 수 있다는 믿음을 제시하는 것이다. 「장마」의 문제성은 이처럼 민족 고유의 정서를 통해서 외래적인 이데올로기를 극복하고 민족 통합의 길을 제시한 데 있다.[21]

> (ㄴ) 여기서 '구렁이'는 한국적인 한이 서린 실체로서 동족상잔의 비극을 표상한다고 볼 수 있다. 같은 민족이면서 이데올로기가 다르다는 이유로 상대에게 총부리를 겨누어야 했던 우리 민족의 한을 잘 집약하고 있는 것이다. 비록 이념적으로는 달라 서로 이질화의 길을 걷고 있다고 하지만, 의식의 심층 구조에서는 모두 동일한 한 민족이며, 이것이 민족의 상처를 치유할 수 있는 길임을 작가는 보여 주고 있다.[22]

---

21 강진호, 앞의 책, 49쪽.
22 서울대학교 국어교육연구소, 『고등학교 교사용 지도서 "국어" 상』, 두산, 2002, 331쪽. '의식의 심층 구조에서는 모두 동일한 한 민족'이라는 진술은 작가가 말하는 "남북한의 동질성"이라는 구절과 의미상 통하는 것으로 파악된다. "다만 한 가지, 이 작품의 중심에 놓여 있는 샤머니즘에 대한 비판에는 수긍할 수 없다는 것을 분명히 밝히고 싶

(ㄱ)은 「장마」가 '민족 보편의 정서를 환기' 하였다고 했는데, 이 경우 문제는 '민족 보편의 정서' 가 무엇인가 하는 점이다. 인용문의 바로 앞에 '민족의 전통 정서인 뱀으로 상징된 주술' 23)이라는 말이 나오는 것으로 미루어 '민족 보편의 정서' 란 샤머니즘을 가리키는 것이라 볼 수 있겠다. 샤머니즘이란 초자연적 존재가 실재하며 초자연적 존재와의 소통이 가능하다고 믿는 종교 또는 그런 믿음을 뜻하므로 이를 '정서' 라 일컫는 것은 잘못된 것이다. 따라서 「장마」를 '민족 보편의 정서를 환기' 하는 작품이라는 해석은 성립하지 않는다. 그렇다면 남는 것은 샤머니즘이 '외래적인 이데올로기를 넘어서는 근원적인 공감대를 마련' 한다는 진술의 타당성 문제이다. 이 진술은 인용문 (ㄴ)과 각주 22)가 공유하고 있는 내용인, 샤머니즘이 '민족의 동질성' 에 해당하는 것이라는 생각과 의미상 겹친다. 과연 샤머니즘은 남북한이 공유하고 있는 '민족의 동질성' 에 해당하는 것인가?

"샤머니즘은 남북한이 공유하고 있는 민족의 동질성에 해당한다."라는 진술이 성립하기 위해서는 한국인 대부분이 샤머니즘을 믿고 있으며, 한국 문화의 대표적 특질로 샤머니즘적인 것을 들 수 있을 정도로 한국 문화의 바탕에 샤머니즘이 깊이 뿌리 내리고 있어야 한다는 사실이 전제되어야 한다. 한국인 대부분이 샤머니즘을 믿고 있다는 것은 물

습니다. 분단 현실을 샤머니즘이란 전근대적 신앙의 힘으로 해결할 수 있다는 발상이 지나치게 비이성적, 비합리적이라는 비판인데, 그런 비판은 샤머니즘이 목적이 아닌 수단으로 차용된 것이라는 점, 즉 남북한의 동질성을 나타내기 위한 수단으로 소설 속에 들어온 것이라는 점을 이해하지 못한 데서 오는 결과인 것 같습니다."(윤흥길 · 정호웅 대담, 「한국 소설을 한 단계 끌어올린 미학의 작가, 윤흥길」, 『문학의 문학』(2010. 겨울), 52쪽).

23 강진호, 앞의 책, 같은 곳.

을 것도 없이 성립하지 않는다. 이 작품의 시간 배경인 1950년대 초반, 이 작품이 발표된 1970년대 초반 남북한에 살고 있던 한국인들 가운데 샤머니즘을 신봉한 사람은 그렇게 많지 않았다. 한국 사회는 오랜 세월 유교 이데올로기의 지배를 받아왔으며, 20세기 들어서며 급속한 근대화 과정을 밟아 왔기 때문이다. 마찬가지 이유로 한국 문화의 바탕에 샤머니즘이 깊이 뿌리 내려 한국 문화의 대표적인 특질로 샤머니즘적인 것을 들 수 있다는 진술도 성립하지 않는다. 샤머니즘적인 것은 한국 문화의 중심에 진입하지 못하고 주변부에 머물렀을 뿐이다.

마지막으로 "이념의 대립을 샤머니즘과 같은 전통적 문화가치를 통해 극복할 수 있다."는 진술을 검토해 보기로 하자. 이와 관련된 대표적인 해석으로 아래 인용을 들 수 있다.

(ㄱ) 작가가 무속, 즉 우리의 것을 갈등의 해결 원리로 제시하기까지에는 대단한 용기가 필요했으리라 생각된다. 그는 꿈, 점쟁이, 두꺼비, 구렁이 등 한국 농촌에 토착적으로 깔린 샤머니즘을 서구에서 도입된 이데올로기에 맞서는 이념으로 도입하였다. 작가는 토착적인 샤머니즘을 서구 이데올로기와 대결할 수 있는 우리들의 유수한 무기의 하나로 생각한 듯하다. 결국 「장마」에서 무속은 외래 이데올로기에 의한 한국 전쟁의 상처 해결을 극복하는 대안으로서 오롯이 자리매김을 하게 된 것이다.[24]

문학 교육의 장에서 사용되거나 활용되고 있는 책의 곳곳에서 이와 비슷한 내용을 확인할 수 있다. 이 작품의 해석과 관련하여 샤머니즘이 문제 되는 이유는 그것이 이념 대립을 넘어설 수 있는 힘을 지니고 있다

---

24 노진한, 「'장마' 론」, 『선청어문』 23집, 서울대 사범대학 국어교육과, 1995, 502쪽.

는 판단이 전제되었기 때문이므로, 샤머니즘이 그런 힘을 지니고 있다는 것이 객관적으로 밝혀져야만 이런 해석의 타당성이 확보된다. 과연 샤머니즘은 그런 힘을 지니고 있는가?

샤머니즘은 중개자인 샤먼의 중개를 통해 초자연적인 존재와 소통할 수 있다는 믿음 또는 그것에 근거한 종교이다. 합리성에 근거하는 근대적인 과학과는 양립할 수 없는 비합리성의 믿음 또는 종교인 것이다. 이재선의 지적대로 "이러한 토속적 무속신앙에 내재하고 있는 자연신론 내지 환생관에의 귀의가 현대적인 전쟁과 이념에 대응하는 합리적인 응전력을 갖고 있으리라고는 아무도 믿지 않을 것이"[25]니 샤머니즘에 마침내 전쟁으로 폭발한 이념 대립을 넘어설 수 있는 힘이 들어 있다고 할 수 없다는 것은 당연하다. 다음과 같은 비판이 성립할 수 있는 것도 이 때문이다.

> 이러한 근대적, 원근법의 시각에서 보면 두 할머니의 화해는 이데올로기와는 전혀 무관한 것에 지나지 않는다. 따라서 이데올로기의 극복이 아니라, 그것의 잠정적인 화 〈없앰〉 이거나, 혹은 아무런 해결도 화해도 아닌 일시적인 눈가림이라 할 수 있다.[26]

3. 「장마」에 대한 새로운 해석을 향하여

지금까지의 비판적 검토를 통해 우리는 문학 교육의 장에서 널리 받아들여지고 있는, 「장마」에 대한 몇 가지 해석이 타당하지 않다는 사실

---

25 이재선, 앞의 책, 98쪽.
26 김윤식, 「우리 문학의 샤머니즘적 체질 비판」, 『우리 소설과의 만남』, 민음사, 1986, 308쪽.

을 밝히고자 하였다. 여기서 멈춘다면 대안의 제시 없는 비판에 머물렀다는 비난을 벗어날 수 없을 것이다. 이 장에서는 앞 장에서 힘주어 비판했던 몇 가지 사항과 관련된 작품 내용을 어떻게 해석하는 것이 타당한지를 살펴 이 같은 비난을 피하고자 한다. 여기서 검토하고자 하는 것은 다음 세 가지이다. 1) 두 노인의 아들이 각각 국군과 빨치산으로 설정되어 있는 것이 어떤 역할을 수행하는가? 2) 샤머니즘은 이 작품에서 어떤 의미를 지니는가?

3.1. '국군 – 빨치산'의 작품 내 역할

먼저, 두 노인의 아들이 각각 국군과 빨치산으로 설정되어 있는 것이 어떤 역할을 수행하는가를 살펴야 한다. '왜 그렇게 설정했는가'라는 작가의 의도가 아니라 그런 설정이 이 작품에서 어떤 역할을 수행하는가가 중요하다. 그럴 때 우리는 그 같은 설정이 남북한의 이념 대립 현실을 구조적으로 반영하는 것이라는 거칠고 단순한 도식적 이해에서 벗어날 수 있다.

이 같은 설정은 먼저, 어느 한 편의 이념이나 체제에 치우치지 않고 객관적으로 죽음의 기운으로 가득 차 있는 상황 속에 들어 있는 작중인물들의 현실을 드러내는 데 효과적으로 기능한다. 어느 편에 서 있든지 그들의 목숨을 노리는 저 죽음의 기운에서 벗어날 수는 없다는 것, 그들을 죽음의 구렁으로 떠밀어 굴러 떨어지게 하는 것은 온 땅과 하늘을 가득 채우고 있는 반대 면의 폭력적 살상력이 아니라 그 죽음의 기운이라는 것을 객관적으로 드러내는 역할을 수행하는 것이다. 만약 두 청년이 모두 같은 편에 서 있다면 그들을 죽음으로 떠미는 반대 면 세력의 작용을 그리지 않을 수 없을 것이고, 그렇다면 종내에는 죽음에 이르는 그들의 현실을 통해 죽음의 기운으로 가득 차 있는 상황 속에 들어 고통 받는 그들의 현실을 치우침 없이 객관적으로 드러내는 것은 크게 제약 받았을 것이다.

한편 이 같은 설정은 '상호 의지－갈등－화해'의 과정을 밟는 두 안노인의 관계 변화를 극적으로 부각함으로써 배려와 연민이란 이 작품의 주제 가운데 두 개를 효과적으로 드러내는 역할을 수행한다. 만약 두 청년이 모두 같은 편에 서 있다고 설정되었다면, 서로의 가슴에 총을 겨눈 적이라는 현실적인 조건을 넘어 상대방의 아들을 염려하고, 그 죽음을 깊이 슬퍼하며, 아들의 죽음 때문에 깊은 슬픔에 빠진 상대방을 배려하고 연민하는 두 안노인의 마음을 제대로 드러낼 수 없었을 것이다.

3.2. 샤머니즘의 작품 내 역할

다음 검토할 것은 샤머니즘은 이 작품에서 어떤 의미를 지니는가? 라는 질문이다. 이 질문에 답하기 위해서는 무엇보다도 논의 대상인 어떤 작품에 특별한 의미를 부여함으로써 그 작품이, 그 작품을 분석하고 평가하는 자신의 글이 다른 작품이나 글과는 구별되는 차이점을 갖고 있다는 점을 애써 내세우고자 하는 연구자 일반의 심리적 경향성을 적절히 통제할 필요가 있다. 이 같은 심리적 경향성은 대상인 작품의 실제에서 벗어난 해석으로 이끌 위험성을 지니기 때문이다. 이와 함께 소설을 구성하는 모든 요소가 작가의 특정한 의도를 실현하기 위해 구상된 것이라는 선입견에 갇히지 않는 것도 중요하다. 소설을 구성하는 요소 가운데는 작가가 자신의 특정 의도를 실현하기 위해 설정한 것도 있지만 그렇지 않은 경우도 있기 때문이다. 예를 들면 어떤 인물, 상황, 사건의 현실성 확보를 위해 작가는 그 인물, 상황, 사건의 실제를 반영할 수밖에 없는데 그때 그 실제를 구성하는 여러 요소는 미리 주어져 있는 것으로 작가의 특정 의도와는 무관하다.

이런 점을 염두에 두고 두 안노인이 샤머니즘 신봉자로 설정되어 있다는 것을 바라볼 때 우리는 그것이 "서구 이데올로기와 대결할 수 있는 우리들의 유수한 무기의 하나로" 설정된 것이라는 식의 과잉 해석에 빠지지 않고, 현실의 반영임을 바로 볼 수 있다. 그 시기 한국의 늙은 여성 대부분이 그러하였듯 두 안노인이 샤머니즘 신봉자라는 현실이 그대로 작품에 반영되었던 것이다. 이런 해석의 타당성은 이 작품의 창작 배경을 살피면 좀 더 뚜렷해진다. 작가는 「장마」가 그의 친구인 시인 정양(鄭洋)의 아버지 이야기를 바탕으로 태어난 것임을 밝히고 있는데, 정양 시인의 아버지[27]는 "6·25 직전 콩깍지가 콩을 삶는 저 비극적인 혼란의 와중에서 좌우익의 사상 싸움에 쫓기다가 끝내 실종되고" 말았다는 것, 행방불명된 그가 "살아서 돌아올 거라고 점쟁이가 예언한 그날 그의 시골집 마당으로" 그 "대신 커다란 구렁이 한 마리가 기어"[28]들었다는 것이 그 이야기의 골자이다. 정양 시인은 그 충격적인 체험을 시 「내 살던 뒤안에」에 담았다.

참새떼가 요란스럽게 지저귀고 있었다

아이들이 모여들고 감꽃들이
새소리처럼 깔려 있었다

---

27 정양 시인의 아버지 정을(鄭乙)은 전북 김제의 사회사업가였다.(오창렬, 「평등한 세상을 꿈꾸는 뒤안—정양 시인을 찾아서」, 『시안』 46호(2009. 12), 86쪽).

28 윤흥길, 「기린의 목이 길어」, 『문학동네 그 옆 동네』, 전예원, 1983, 21쪽.

아이들의 손가락질 사이로
숨죽이는 환성들이 부딪치고
감나무 가지 끝에서 구렁이가
햇빛을 감고 있었다

아이들의 팔매질이 날고
새소리가 감꽃처럼 털리고 있었다
햇빛이 치잉칭 풀리고 있었다
햇살 같은 환성들이
비늘마다 부서지고 있었다

아아, 그 때 나는 두근거리며
팔매질당하는 한 마리
구렁이가 되고 싶었던가
꿈자리마다 사나운
몰매 내리던 내 청춘을
몰매 속 몰매 속 눈 감는 틈을
구렁이가 사라지고 있었다
햇살이, 빛나는 머언 실개울이 환성들이
감꽃처럼 털리고 있었다

햇빛이 익는 흙담을 끼고
구렁이가 사라지고 있었다
가뭄타는 보리밭 둔덕길을 허물며
팔매질하며 아이들이 따라가고 있었다

감나무 푸른 잎새 사이로
두근거리며 감꽃들이 피어 있었다[29]

---

29 정양, 『까마귀떼』, 문학동네, 1999.

점쟁이의 점괘를 믿고, 억울하게 죽은 원혼이 구렁이로 환생해서 찾아온다는 것을 믿는 사람들이 살고 있는 샤머니즘의 공간이 떠오른다. 성인이 되어 그 장면을 되돌아보는 시인이 샤머니즘을 믿는가 그렇지 않은가는 문제되지 않는다. 그런 일이 실제로 있었는데 그때 그 공간 속 사람들은 그렇게 믿었다는 것이 중요하다. 그러므로 이 시에 등장하는 그때 그 사람들의 샤머니즘은 그들의 정체성을 이루는 요소 가운데 하나로서 작품 속에 반영된 것이다. 실재했던 객관 현실의 반영인 것인데, 이로써 이 괴기한 이야기는 현실성을 확보할 수 있었고 그 비극적인 상황을 효과적으로 담아낼 수 있었다.

「장마」는 점쟁이의 점괘, 구렁이의 출현, 그것을 믿는 사람들이라는, 이 시의 바탕 이야기를 구성하는 세 핵심 요소를 그대로 담고 있는데 샤머니즘적 믿음과 관련된 이 세 요소를 모두 담음으로써 「장마」는 정양의 시 「내 살던 뒤안에」와 마찬가지로 현실성을 확보할 수 있었으며 그 비극적인 상황을 강렬하게 드러낼 수 있었다. 이렇게 본다면 「장마」의 샤머니즘은 작가의 특정한 의도를 실현하기 위한 설정이 아니라 현실의 반영인 것이고, 이 작품이 확보한 현실성의 핵심 근거인 것이다.

3.3. 샤머니즘과 주제의 관계

이와 함께 샤머니즘은 이 작품의 주제들을 효과적으로 드러내는 매개물로 기능한다. 3.1에서 우리는 「장마」의 주제 가운데 배려와 연민에 대해 언급한 바 있는데 「장마」는 이것들 말고도 전쟁의 비극성, 절대의 모성, 견딤의 자세 등의 주제를 품고 있다. 이처럼 많은 주제를 안에 품고 있어 웅숭깊은 작품인 「장마」의 여러 주제를 효과적으로 드러내는 매개물이 바로 샤머니즘이다. 샤머니즘의 매개를 통해 전쟁의 비극성이 효과적으로 드러날 수 있었다는 것은 위에서 충분히 검토하였으므로 여기서는 배려, 연민, 절대의 모성과 샤머니즘의 관계에 대해서 살피기로 한다.

이 작품의 중심 갈등의 두 당사자인 두 안노인은 서로의 슬픔을 깊이 이해하고 배려하는 마음을 갖고 있는 사람들이다. 그 배려의 마음이 무너질 때 해서는 안 될 말과 행동을 하게 되고 두 사람 사이에 갈등이 생겨난다. 이처럼 두 사람의 관계에서 중요한 역할을 하는 서로에 대한 배려의 마음이 잘 드러나는 것은 구렁이를 달래는 장면에서이다.

> 바로 머리 위에서 불티처럼 박힌 앙증스런 눈깔을 요모조모로 빛내면서 자꾸 대가리를 숙여 꺼뜩꺼뜩 위협을 주는 커다란 구렁이를 보고도 외할머니는 조금도 두려워하지 않았다. 외할머니는 두 손을 천천히 가슴 앞으로 모아 합장했다.
>
> "에구 이 사람아, 집안일이 못 잊어서 이렇게 먼 질을 찾어왔능가?"
>
> 꼭 울어 보채는 아이한테 자장가라도 불러 주는 투로 조용히 속삭이는 그 말을 듣고 누군가 큰 소리로 웃는 사람이 있었다. 그러자 외할머니의 눈이 단박에 세모꼴로 변했다.
>
> "어떤 창사구 빠진 잡놈이 그렇게 히득거리고 섰냐. 누구냐, 어서 이리 썩 나오니라. 주리댈 놈!"
>
> 외할머니의 대갈호령에 사람들은 쥐죽은 소리도 못 했다. 외할머니는 몸을 돌려 다시 구렁이를 상대로 했다.
>
> "자네 보다시피 노친께서는 기력이 여전허시고 따른 식구덜도 모다덜 잘 지내고 있네. 그러니께 집안일일랑 아모 염려 말고 어서어서 자네 가야 헐 디로 가소."
>
> 구렁이는 움쩍도 하지 않았다. 철사 토막 같은 혓바닥을 날름거리면서 대가리만 두어 번 들었다 놓았다 했다.
>
> "가야 헐 디가 보통 먼 질이 아닌디 여그서 이러고 충그리고만 있어서야 되겠능가. 자꼬 이러며는 못쓰네, 못써. 자네 심정은 내 짐작을 허겄네만 집안 식구덜 생각도 혀야지. 자네 노친양반께서 자네가 이러고 있는 꼴을 보

면 얼매나 가슴이 미여지겠능가."[30]

실신하여 방에 누워 있는 사돈을 배려하는 마음이 외할머니로 하여금 구렁이를 달래는 '그 험헌 일'[31]에 나서도록 하였음은 물론이다. 할머니가 그녀의 그 같은 배려의 마음을 헤아렸기에 그녀에 대한 미움을 거두고 먼저 화해의 손을 내밀게 하였다. 이처럼 샤머니즘의 매개에 힘입어 배려의 마음이란 이 작품의 주제 하나가 효과적으로 드러날 수 있었던 것이다.

위 인용은 이 작품의 주제 가운데 하나인 연민의 마음을 또한 효과적으로 드러내는 부분이다. 온 세상을 가득 채우고 있는 죽음의 기운에 휩쓸려 비명에 죽은 사돈총각을 깊이 연민하는 노인의 마음이 저처럼 간절한 온 정성을 다한 달래기의 말과 행동으로 표현되었다.[32] 이에 이르면 우리는 샤머니즘이 이 작품의 주제 가운데 하나인 연민의 마음을 효과적으로 드러내는 데 매개적인 역할을 수행한다는 사실을 분명히 확인할 수 있다.

샤머니즘은 또한 이 작품의 주제 가운데 하나인 절대의 모성을 효과적으로 드러내는 매개물이기도 하다. 이를 확인하기 위해서는 자식의 죽음 또는 자식이 죽(었)을지도 모른다는 마음 속 불안에 대한 두 안노

---

30 「장마」, 앞의 책, 131~132쪽.
31 같은 책, 136쪽.
32 물론 이 같은 연민의 마음은 이 장면에만 국한되는 것이 아니고, 구렁이가 되어 나타났다고 사람들이 믿는 '삼촌'만을 향하는 것이 아니다. 작품의 모든 장면에 이 같은 연민의 마음이 드러나 있으며, 그 연민의 마음은 작품에 등장하는 모든 인물들을 향하고 있다.

인의 독특한 대처방식을 살펴야 한다.

(ㄱ) 나사 뭐 암시랑토 않다. 오널 아니면 니알 중으로 틀림없이 무신 기별이 올 종 알고 있었으니께, 진즉부터 알고 있었으니께, 나사 뭐 암시랑토 않다.[33]

(ㄴ) 할머니의 긴 일생 가운데서, 어떻게 생각하면, 잠도 안 자고 먹지도 않고, 그리고도 놀라운 기력으로 며칠 동안이나 식구들을 들볶아 대면서 삼촌을 기다리던 그 짤막한 기간이 사실은 꺼지기 직전에 마지막 한순간을 확 타오르는 촛불의 찬란함과 맞먹는, 할머니에겐 가장 자랑스럽고 행복에 넘치던 시간이었었나 보다.[34]

(ㄱ)은 외할머니가 자식의 죽음에 대처하는 방식을 잘 보여 준다. 그녀의 대처방식은 "믿음 속에 자신을 가두고, 그 믿음을 무너뜨리려는 자기 내부의 회의와 타인들의 불신에 맞서 그 믿음을 지키고자 하는 과정에 스스로를 묶음으로써, 자식의 죽음으로부터 거리를 확보하는"[35] 것이다. 그것은 "자식의 죽음을 객관적 앎의 대상으로 전환함으로써 충격을 완화"[36]하고자 하는 방식이라고 할 수도 있다.

(ㄴ)은 할머니의 대처방식을 잘 보여 준다. 빨치산이 되어 산 속으로 숨어든 아들이 절대 죽지 않을 것이라 믿음, 곧 집으로 돌아올 것이라는 점쟁이의 점괘에 대한 절대적인 믿음에 자신을 가두고 아들 맞는 준비

---

33 「장마」, 앞의 책, 321쪽.
34 같은 책, 137쪽.
35 정호웅, 「발견의 형식, 비판의 형식」, 『황혼의 집』 개정판 해설, 문학과 지성사, 2007, 321쪽.
36 같은 곳.

에 온 정성을 다함으로써 자식이 죽(었)을지도 모른다는 마음 속 불안을 다스리고자 하는 것이다.

　두 안노인의 이처럼 독특한 대처방식은 "저마다의 믿음에 스스로를 가둠으로써 감당하기 어려운 상황과 거리를 두는 것"[37]이라는 점에서 동질적이다. 자식이 죽을지도 모른다는 극도의 공포[38], 자식의 죽음을 안 데서 생긴 깊은 슬픔과 상실감이 그녀들로 하여금 이처럼 독특한 대처방식을 택하도록 하였다. 자식을 염려하고 자식의 목숨을 지키고자 하는 그녀들의 모성은 그녀들이 자식을 죽음을 알자마자 한꺼번에 늙어 폭삭 무너지거나 죽는 데서 분명하듯이 절대적이다. 샤머니즘이 그 절대적 모성을 드러내는 매개물로 기능하고 있음은 새삼 말할 것도 없다.

　한편, 위 인용 (ㄱ)에 잘 드러나 있는 외할머니의 대처방식은 "온통 죽음의 기운으로 가득 차 자식의 목숨을 지킬 수 있는 가능성이 거의 없는 현실[39], 자신의 목숨과도 같이 소중한 자식이 죽었다는 것이 분명해진 상황에 대응하여 만들어낸 것으로 '견딤의 자세'를 보여준다. 자식이 죽을지도 모른다는 마음 속 공포와 싸우며 한사코 자기 자식은 살아 있다고 믿었지만((ㄴ)) 종내에는 할머니 역시 아들의 죽음을 인정하고 받아들이게 되는데, 이때 그녀가 보여주는 자세 또한 외할머니의 그것과

37　같은 책, 323쪽.
38　「장마」의 첫머리에는 '두려움의 결정체'라는 비유가 걸려 있는데 이는 「장마」의 작품 공간을 처음부터 끝까지 적시고 있는 '장마' 상징의 핵심이 두려움(공포)임을 말하는 것이다.
39　같은 책, 321쪽. 「장마」와 짝을 이루는 작품이라 할 수 있는 단편 「묘지 근처」의 안노인은 군에 간 아들의 목숨을 지키기 위해 '저승사자'와 상상 속 혈투를 벌이는데 이 또한 윤흥길이 만들어낸 독특한 대처방식이라 할 것이다. 이에 대해서는 정호웅, 「원혼의 한을 푸는 신성(神性)의 언어」, 『소라단 가는 길』(창작과 비평사, 2001) 참조.

마찬가지로 '견딤의 자세' 이다. 이미 어쩔 수 없으므로 수용하여 견딜 수밖에 없는 것이다.

윤흥길 소설 속 여성들은 일반적으로 「장마」의 두 안노인과 마찬가지로 '견딤의 자세'로 그들이 감당하기 어려운 현실에 대처하는 특성을 지니고 있다. 예를 들면 『에미』의 어머니, 『묵시의 바다』의 금순네 등이 대표적이다. 『에미』의 주인공은 세상의 적대와 싸우며 자신과 자식들을 지키고자 하는 '여신' 40)인 어머니인데 그녀는 다른 한편 악신이라 할 수 있는 '아비'의 횡포를 어쩔 수 없는 것으로 인식하여 감내하는 '견딤의 자세'를 지니고 있는 인물이다. 『묵시의 바다』의 금순네는 전체주의적 권력이 빈틈없이 지배하는 공동체의 이방인으로서 분리/배제의 대상이 되어 소외당하지만 그런 소외의 현실을 묵묵히 견딘다.41)

윤흥길 문학 속 여성들이 보여주는 이 같은 '견딤의 자세'는 윤흥길 문학이 폭력적인 역사 전개에 다쳐 상처 입고 소외된 사람들의 고통과 슬픔을 그리고자 하였음을 말해 준다. 6 · 25전쟁을 중심 대상으로 삼았음에도 윤흥길 문학이 이념 대립의 현실, 정치적 투쟁의 현실 등을 벗어나 있는 것은 이와 관련된 것으로 이해된다. 윤흥길의 창작방법은 폭력적인 역사 전개에 다치고 소외된 사람들의 고통과 슬픔을 구체적으로 세밀하게 그리는 것이다. 조금씩 양상은 다르지만 그러나 하나같이 폭력적

---

40 김만수, 「남신과 여신이 공존하는 환유의 무대 – 윤흥길의 『에미』」, 『문학정신』(1992. 12), 196쪽.

41 이 점에서 윤흥길 소설의 인물들이 지니고 있는 공통점을 '동참의 의식'을 지니고 있다는 데서 찾은 정과리의 의견은 제한적이다.(정과리, 「타인 안에서 나를 살다 – 윤흥길의 단편소설들」, 『작가세계』 17호, 1993, 88쪽). 이와 관련하여 윤흥길 문학의 핵심 특성을 '여성적 화해의 세계'로 이해한 김병덕의 논문(김병덕, 「불모의 현실과 여성적 화해의 세계 – 윤흥길론」, 『비평문학』 39, 1993)을 참고할 만하다.

인 역사 전개에 다치고 소외된 사람들의 그것들이라는 점에서는 동질적인 고통과 슬픔을 거듭 그리는 것도 이와 관련된 것으로 이해된다.[42]

「장마」의 두 안노인이 죽음에 이르기까지 굳게 지키는 이 같은 견딤의 자세를 드러내는 데 샤머니즘이 매개적인 역할을 수행한다. 구렁이를 죽은 아들의 화신이라 믿고, 그 구렁이가 집에 머물며 집과 가족을 지키는 지킴이가 될 것이라 믿어 아들의 죽음에서 생겨난 깊은 슬픔과 상실감을 다스림으로써 아들이 죽었다는 현실을 견디고자 하는 것이다.

4. 맺음말

지금까지의 논의를 통해 우리는 문학 교육의 장에서 널리 받아들여지고 있는 「장마」에 대한 해석 내용(통설)의 대부분이 작품의 실제에서 벗어난 것으로 타당성을 인정하기 어렵다는 사실을 확인하였다. 우리가 그 타당성을 인정할 수 없다고 판단한 그 해석 내용(통설)은 다음 네 가지이다. 1)주인공이자 서술자인 아홉 살 소년 동만의 친가와 외가 사이의 대립은 이념 대립의 성격의 지니고 있다. 2)친가와 외가 사이의 대립은 남북한의 이념적 대립에 대응한다. 3)동만의 친할머니와 외할머니 사이에 형성된 갈등이 해소되는 과정을 통해 이 작품은 '분단 극복의 의

---

42 가설에 지나지 않는 것이지만 이 같은 윤흥길의 창작방법은 오랜 세월 작가의 머릿속에 "언제나 노기를 가득 띠고 있는" "말이 없는" "어쩌다 입을 열면 호된 꾸지람만 늘어놓는 분"으로 새겨져 있었던 "진노하시는 하느님"(「텁석부리 하느님」, 『텁석부리 하느님』, 문학동네, 1993, 43~44쪽)의 이미지와 관련된 것일 수도 있다. 그 하느님은 '아버지', 지배 권력 등과 같은 내포를 갖는 상징적 존재일 터인데 그런 존재들에 상처 입은 존재에 대한 연민이 '견딤의 자세'로 살아가는 여성들을 주된 관심의 대상으로 삼았던 것으로 보는 가설이다.

지'를 드러내었다. 4)이 작품은 6 · 25전쟁을 불러일으킨 이념의 대립을 민족이 공유하고 있는 '보편적 정서의 환기', 샤머니즘과 같은 '전통적 문화가치'를 통해 극복할 수 있다는 전언을 담고 있다.

이 같은 비판적 검토를 딛고 우리는 「장마」에 대한 새로운 해석으로 나아가고자 하였다. 여기서 문제 삼고자 한 것은 다음 두 가지이다. 1)두 노인의 아들이 각각 국군과 빨치산으로 설정되어 있는 것이 어떤 역할을 수행하는가? 2)샤머니즘은 이 작품에서 어떤 의미를 지니는가? 질문 1)에 대한 우리의 답은 두 가지이다. 하나는 이 같은 설정은 먼저, 어느 한 편의 이념이나 체제에 치우치지 않고 객관적으로 죽음의 기운으로 가득 차 있는 상황 속에 들어 있는 작중인물들의 현실을 드러내는 데 효과적으로 기능한다는 것이다. 다른 하나는 이 같은 설정은 '상호 의지 – 갈등–화해'의 과정을 밟는 두 안노인의 관계 변화를 극적으로 부각함으로써 배려와 연민이란 이 작품의 주제 가운데 두 개를 효과적으로 드러내는 역할을 수행한다는 것이다. 질문 2)에 대한 우리의 답은 두 가지이다. 하나는 「장마」의 샤머니즘은 작가의 특정한 의도를 실현하기 위한 설정이 아니라 현실의 반영인 것이고, 이 작품이 확보한 현실성의 핵심 근거라는 것이다. 다른 하나는 샤머니즘은 이 배려와 연민의 마음, 전쟁의 비극성, 절대의 모성, 견딤의 자세 등 이 작품의 주제들을 효과적으로 드러내는 매개물로 기능한다는 것이다.

문학 교육의 장에서 널리 받아들여지고 있는 문학작품에 대한 해석은 작품의 실제에서 멀리 벗어난 경우가 많다. 이런 위험을 줄이기 위해서는 대상 작품을 꼼꼼하게 읽고 그것을 바탕으로 작품 해석에 나아가고자 하는 태도가 무엇보다 중요하다.

시와 함께하는 산책길

　고등학교 교육과정의 중요한 한 영역으로 「문학」이 설정되어 있어 많은 문학작품을 접한다. 그런데 왠지 어렵다는 선입견 때문에 쉽게 다가가지 못하는 학생이 대부분이다. 특히 시를 어렵다고 느낀다.

　왜 그럴까? 몇 가지 이유를 생각해 볼 수 있다. 먼저 시 언어의 특수성. 시에서 사용되는 말은 사전에 설명되어 있는 의미를 벗어나는 경우가 많다. 예를 들어 보자. 장미는 국어사전에 "장미과 장미속에 딸린 떨기나무의 통틀어 일컬음. 높이 2~3미터이고 대체로 가지와 가시가 많음. 잎은 어긋맞게 나며, 깃꼴곁잎이고 턱잎이 입꼭지에 붙어 있음. 5~6월에 암홍색·담자색·백색 등의 꽃이 아름답고 탐스럽게 피고 흔히 암술이 병 모양의 꽃받기 안에 숨어 있음"이라고 설명되어 있다. 실재하는 장미에 대한 객관적 설명이다. 어떤 시 작품에 등장하는 장미는 이런 의미의 장미이면서 동시에 이를 벗어나는 경우가 대부분이다. 상투적으로는 예쁜 여인이나 불타는 정열의 비유이기도 하고 경우에 따라서는 화려한 꽃핌을 지나 질 때의 참혹함을 강조하여 모든 화려함 뒤에 숨어 있는 전락의 운명과 그 허망함을 드러내는 비유로도, 또 경우에 따라서는 장미의 선홍색 주변을 어둡게 에워싸는 검은 색조를 강조하여 인간 내면에 도사린 삿된 정념을 나타내는 비유로도 쓰인다. 사전적 의미를 벗어나는 시어의 의미를 정확하게 해독하기 위해서는 시 언어의 이 같은 특수성을 알아야 하고 그것에 익숙해져야 한다.

시가 어렵게 느껴지는 또 하나의 이유는 자세하게 설명하지 않는 시의 특성 때문이다. 은유나 직유 또는 상징과 같은 비유를 통해 진술하고자 하는 의미를 압축하거나 은폐하며 자연스러운 연결을 끊는 비약을 일삼는다. 말하자면 시는 친절하지 않다. 그 불친절한 시의 안쪽으로 나아가기 위해서는 끈기를 지녀야 하고 무엇보다도 그 같은 시의 특성에 익숙해져야 한다. 끈기 있게 무엇인가를 오래 붙잡고 있어야 하는 것은 힘들고 짜증나는 일이다. 그러나 세상일 모든 것이 그런 것처럼 그 어려움을 견디고 나면 그만큼 큰 기쁨을 맛볼 수 있다. 자세하게 설명하지 않는 시의 특성에 익숙해지기는 끈기 있게 시와 씨름해야 하는 것보다 더 어렵다. 많은 시를 읽어야만 하기 때문이다. 그러나 그 무엇이라도 노력하지 않고 그것에 쉽게 익숙해지는 경우는 하나도 없다. 학생들이 좋아하는 음악이나 영화도 그 나름의 특성을 지니고 있어 많이 듣거나 보고 알고자 하는 노력을 기울이지 않는다면 절대로 깊은 이해에 도달할 수 없는 것처럼 말이다.

나는 우리 학생들이 시란 어려운 것이란 선입견 때문에 지레 겁먹고 아예 시를 멀리하거나 싫어하는 경향을 갖고 있음을 잘 알고 있다. 내가 좋아하는 우리의 명시 몇 편을 여기서 내 나름대로 해석해 보고자 하는 것은 알고 보면 시란 그렇게 어려운 것은 아니라는 것, 조금만 그 안쪽

으로 들어가 보면 큰 즐거움을 맛볼 수 있다는 것을 보여주기 위해서이
다. 나와 함께 시의 산책로를 따라 걸어가 보자.

1. 정중동(靜中動)의 미학

「청노루」

박목월

머언 산 靑雲寺(청운사)
낡은 기와집

산은 紫霞山(자하산)
봄눈 녹으면

느릅나무
속잎 피어가는 열두 굽이를

청노루
맑은 눈에

도는
구름

지난 78년에 타계한 박목월 시인의 절창 「청노루」이다. 이 시에서 가
장 내 마음 속 감성줄을 크게 울린 것은 제3연 "느릅나무 속잎 피어가는
열두 굽이를"이다. 굽이굽이 휘어돌아 산 속으로 깊이 숨어드는 산길
가, 바람도 일지 않는 적막한 고요 한가운데 신생(新生)의 기운이 살아
움직인다. 볼 수도 들을 수도 없는 그 기운의 움직임을 예민한 시인은
감지하고 몇 마디 말을 엮어 생생하게 드러내었다. 이 시구를 가만히 되

새기면 겨울 끝머리, 봄의 문턱에 서서 안으로 안으로 부풀어오르는 삼월의 산하가 아지랑이 속으로 떠오른다. 얼었던 땅이 풀리고 눈이 녹아 흐르고, 햇볕 바른 곳에는 어느덧 새싹들이 고개를 내밀고, 산 아랫자락은 서서히 서서히 연한 녹색으로 물들기 시작했다. 살그머니 다가가 조심스럽게 쓰다듬고 싶은 부드러운 색, 연한 녹색.

"느릅나무 속잎 피는"이라는 시구 속에 담긴 신생의 기운은 이제 곧, 조용히 그러나 빠른 속도로 퍼져 나가 천지를 가득 채울 것이다. 무릇 생명 가진 모든 존재의 피 속으로 맥박 속으로도 스며들어 그것들을 새로운 존재로 서게 할 것이다. 이 시구에는 그런 기운의 움직임도 이미 들어 있다.

겉보기에는 아무런 움직임도 없는 듯하지만 안으로 생동하는 생명의 약동을 감지하고 드러낸 것을 문학용어로 '정중동(靜中動)의 미학'이라 한다. 한국 한시의 미학적 특성 가운데 하나라 해도 틀림없을 만큼, 선인(先人)들이 남긴 한시에는 안으로 생동하는 생명의 약동을 노래한 작품이 엄청나게 많다. 한 예를 들어 보자.

「동짓날 매화를 읊다(至日詠梅)」

김종직

우물 밑에 숨은 양이 칠일에 회복하여	井底潛陽七日回
가장 처음 소식이 찬 매화에 통하니	一元消息透寒梅
하늘 마음은 환하게 가지 가득 움직이고	天心昭灼盈枝動
봄소식 성대히 전해져 아주 흐뭇하구려	春信丰茸滿意開
향기 그림자는 그윽히 책상을 침범하고	香影微微侵棐几
정신은 자주자주 금술잔에 잠기노니	精神故故蘸金杯
이로부터 생생의 이치 연구해야 하는데	從玆細翫生生理
주역 부연할 재주 없는 게 한이로다	只恨曾無演易才

조선 초기의 대시인인 점필제 김종직의 칠언 율시로 동지에 피는 매화를 두고 읊은 시이다. 음기운이 극도에 이른 나머지 도리어 양기운이 움트기 시작한다는 동짓날, 차가운 날씨에도 의연하게 버티고 있는 매화를 보고 봄날의 개화를 미리 상상하는 내용이다. 꽃눈 속에 감춰져 있는 꽃핌의 염원, 찬 겨울 속에서도 안으로는 봄을 키우는 성대한 자연의 섭리를 꿰뚫어 보면서 어느새 책상머리를 엄습해 오는 매화 향기를 상상하고, 자연 이치의 질서 정연함에 엄숙히 맑아지는 정신을 말하였다.

한시뿐이랴. 정중동의 미학을 내보이는 작품은 우리 현대시사 어디를 들추든 만날 수 있다. 시인들은 생명의 신비로움을 거듭 확인하고 되새김으로써 힘들고 고통스러운 현재를 이겨내는 힘을 자신의 안쪽에서 길어 올렸던 것이다.

2. 십리 벌판 한가운데 선 젊은 영혼의 외로움

「압천(鴨川)」
　　　　　　　　　정지용

압천 십리ㅅ벌에
해는 저물어…저물어…

날이 날마다 님 보내기
목이 자졌다…여울 물소리

찬 모래알 쥐어짜는 찬 사람의 마음,
쥐어짜라, 부수어라, 시원치도 않아라.

여뀌풀 우거진 보금자리
뜸부기 홀어멈 울음 울고

제비 한 쌍 떴다,
비마지 춤을 추어.

수박 냄새 품어오는 저녁 물바람,
오렌지 껍질 씹는 젊은 나그네의 시름.

압천 십리ㅅ벌에
해가 저물어…저물어…

「압천」의 시인 정지용은 일본 경도에 있는 동지사대학 영문학과에서 공부하였다. 우리 모두 잘 아는 윤동주 시인도 약 20년 뒤 이곳에서 수학하였다. 동지사대학 영문학과에는 이 두 뛰어난 동문 시인을 기려 큰 사진을 나란히 걸어 놓고 있다 한다.

이 작품은 시인이 동지사대학을 다니던 때에 지은 것으로 보인다. '압천'은 경도 교외를 흐르는 강이다. 해는 저물고, 님 보내는 슬픔 때문에 목이 쉰 듯한 여울 물소리 슬픈데 짝을 잃은 뜸부기 홀어멈 울음 애처롭다. 비가 오려는지 제비는 낮게 날아 비마지 춤을 추고 젊은 나그네는 시름을 못 견뎌 오렌지 껍질을 질근질근 씹는다. 그 나그네는 스스로를 '찬 사람'이라 일컫는다.

곧 비가 내릴 듯 우중충한 하늘이 무겁게 드리운, 날 저문 십리 벌판의 한가운데 선 한 식민지 청년의 외로움과 고뇌가 읽는 이의 가슴을 친다. 무엇이 청춘의 활기로 빛나야 할 젊은 그를 스스로 '찬 사람'이라 부르게 하고, 그의 발길을 황량한 압천 벌판 가운데로 이끌었을까?

식민지 한국의 청년 정지용이 식민본국인 일본에 유학 와 영문학을 공부하고 있다. 지배자의 나라에서 공부하는 식민지 지식청년의 마음이 울분과 서글픔으로 가득 찼을 것임은 물론이다. 정지용은 가난한 집안의 장남이었으니 학비 마련하느라 고생하는 부모님에 대한 죄송함 때문에 늘 마음이 편치 않았을 것이다. 어쩌면 시인은 실연의 아픔 때문에 더욱 외롭고 괴로웠는지도 모른다.

정지용이 비슷한 시기에 발표한 작품들을 살피면 우리의 이런 추측이 억측은 아니라는 사실을 알 수 있다. 일본에 유학 갔던 식민지 청년 정지용은 외롭고 괴로웠던 것이다. 널리 알려진 「향수」를 통해서도 그런 사정을 조금 엿볼 수 있다. 「향수」의 마지막 부분을 읽어 보자.

전설바다에 춤추는 밤물결 같은
검은 귀밑머리 날리는 어린 누이와
아무러치도 않고 예쁠 것도 없는
사철 발 벗은 아내가
따가운 햇살을 등에 지고 이삭 줍던 곳,

─그곳이 차마 꿈엔들 잊힐 리야.

하늘에는 석근 별
알 수도 없는 모래성으로 발을 옮기고,
서리 까마귀 우지짖고 지나가는 초라한 지붕,
흐릿한 불빛에 돌아앉아 도란도란거리는 곳,

─그곳이 차마 꿈엔들 잊힐 리야.

그 고향은 밤이면 흐릿한 불빛 아래 모여 정겹게 도란도란거리는 가족들의 소박한 행복이 있는 곳이지만 "사철 발 벗은 아내가 따가운 햇살을 등에 지고 이삭"을 줍고 '초라한 지붕' 아래 가족들이 살고 있는 곳이니 가난과 남루의 공간이다. 생각해 보면 특별할 것 하나 없는 그 고향을 그런데 시인은 너무나 그리워 "그곳이 차마 꿈엔들 잊힐 리야"라고 거듭 외치고 있다.

무엇이 이 남루하고 가난한 고향을 그토록 그리워하게 만든 것일까? 생각해 보자. 부족함 하나 없이 모든 것이 넉넉하게 갖추어져 있고 마음 또한 편안하다면 그 무엇인가를 이토록 간절하게 그리워하지는 않을 것이다. 그 무엇인가를 이토록 간절하게 그리워한다는 것은 그의 현재가 무엇인가의 결여로 말미암아 외롭고 고통스럽다는 것을 말해 준다. 「향수」의 시인은 지금 외롭고 고통스러운 것이다. 이렇게 읽으면 「향수」는 매우 슬픈 시임을 알 수 있다. 가곡 〈향수〉를 부를 때, 밝고 힘차게 부르는 것은 이 작품의 뒤에 서려 있는 그 슬픔을 이해하지 못하였기 때문이다.

그 외로움과 고통스러움의 구체적 내용이 무엇인지 물론 정확하게 알 수는 없다. 그러나 식민본국 일본에 공부하러 온 식민지 지식청년의 처지와 관련된 것임은 틀림없다. 손꼽히는 명문 대학의 영문학과에 유학와 있었지만 식민지 지식청년 정지용은 외롭고 고통스러웠던 것이고 그 외로움과 고통스러움이 두고 온 고향, 그 남루하고 가난한 공간을 그토록 간절하게 그리워하도록 만들었던 것이다.

3. 죽음에 맞서는 굳센 의지

「喬木(교목)」

이육사

푸른 하늘에 닿을 듯이
세월에 불타고 우뚝 남아 서서
차라리 봄도 꽃 피진 말아라

낡은 거미집 휘두르고

끝없는 꿈길에 혼자 설레이는
마음은 아예 뉘우침 아니라

검은 그림자 쓸쓸하면
마침내 호수 속 깊이 거꾸러져
차마 바람도 흔들진 못해라

　일본 헌병과 순사들, 그들의 앞잡이가 되어 동족을 뒤쫓던 밀정들의 감시 그물 사이를 누비며 조국 독립을 위해 분투하다 붙잡혀 원통하게 옥사한 이육사의 굳센 의지가 푸른 하늘에 우뚝한 '교목'을 빌어 잘 드러난 작품이다.

　고난에 찬 삶을 살아오느라 시인은 "세월에 불타고 우뚝 남아" 선 교목과 같이 되었다. 그러나 후회하지도 부러워하지도 않는다. 봄을 맞은 나무에 꽃이 피어나듯 잠시나마 환하고 안락한 생활을 꿈꿀 만도 하건만 시인은 "차라리 봄도 꽃 피진 말아라"라고 하여 고통스러운 현재를 기꺼이 견디고자 한다.

　불탄 교목에 거미줄이 휘감기듯 그의 삶도 그처럼 남루하게 되었지만 그러나 뉘우침은 없다. 그 남루함 안쪽에는 좋은 세상을 꿈꾸는 희망의 설레임이 꿈틀대고 있기 때문이다.

　그러므로 시인은 끝끝내 자신을 지켜 굴복하지 않는다. 차라리 호수 속 깊이 거꾸러지는 나무처럼 패배해 나뒹군다 하더라도 정신만은 꺾이지 않는다는 것이다.

　죽음에 이른다 하더라도 정신만은 절대로 지킨다는 이 굳은 의지는 곳곳에 변절의 기억을 상처처럼 안고 지나온 우리의 어두운 현대사에 드물게 빛나는 밝은 등불이다. 인간이란 눈앞의 부귀영화를 좇아 쉽게 변하는 허약한 존재이지만 이 같은 굳은 의지 앞에 새삼 자신을 가다듬게 되는 것이다.

4. 시는 물음을 던진다

「겨울—나무로부터 봄—나무에로」

황지우

나무는 자기 몸으로
나무이다
자기 온몸으로 나무는 나무가 된다
자기 온몸으로 헐벗고 영하 십삼 도
영하 이십 도 지상에
온몸을 뿌리박고 대가리 쳐들고
무방비의 나목으로 서서
두 손 벌리고 벌받는 자세로 서서
아 벌 받은 몸으로, 벌 받는 목숨으로 기립하여, 그러나
이게 아닌데 이게 아닌데
온 혼으로 애타면서 속으로 몸속으로 불타면서
버티면서 거부하면서 영하에서
영상으로 영상 오 도 영상 십삼 도 지상으로
밀고 간다, 막 밀고 올라간다
온몸이 으스러지도록
으스러지도록 부르터지면서
터지면서 자기의 뜨거운 혀로 싹을 내밀고
천천히, 서서히, 문득, 푸른 잎이 되고
푸르른 사월 하늘 들이받으면서
나무는 자기의 온몸으로 나무가 된다
아아, 마침내, 끝끝내
꽃피는 나무는 자기 몸으로
꽃피는 나무이다

내가 마지막으로 학생들과 함께 읽어 보고 싶은 작품은 황지우의 「겨울-나무로부터 봄-나무에로」이다. 앙상한 겨울 나무가 꽃을 피우기까지의 과정을 그린 작품인데 그 개화에 이르는 과정의 힘참이 젊은 학생들의 활기참과 잘 어울리기 때문에 그러한지 대학 주변에 자리한 카페 가운데 이 시 제목을 상호로 내건 경우를 여럿 보았다.

이 시가 우리에게 전달하는 내용은 다음 몇 가지로 간추릴 수 있다. 나무는 1) '이게 아닌데 이게 아닌데' 말하자면 자기 부정을 통해서 2) '온몸이 으스러지도록 부르터지면서' 말하자면 치열한 전력투구를 거쳐 3) '자기의 온몸으로' 말하자면 타자의 강제나 도움에 의하지 않고 자신의 노력에 의해 비로소 나무가 된다.

이를 뒤집으면 이런 진술이 성립한다. 이런 과정을 거치지 않는다면 그 나무는 진정한 의미에서의 나무라 할 수가 없다. 이런 과정을 거치지 않는다고 해서 나무가 아닌 것은 아니지만 그 나무는 아름답지 못한, 선하지 못한, 진실되지 못한 나무이다. 마찬가지로 이런 과정을 거치지 않고 꽃핀 꽃나무는 진정한 의미에서의 꽃나무라 할 수 없다. '나무는 온몸으로 나무가 된다'와 '꽃피는 나무는 자기 몸으로 꽃피는 나무이다'란 진술에 담긴 의미는 이것이다.

인간의 경우는 어떠할까? 우리가 일구고자 하는 진선미의 인생은 이 시 속의 나무처럼 자기부정과 치열한 전력투구의 노력과 스스로의 요구를 좇아 나아가려는 의지 없이는 꽃피울 수 없는 것이 아닐까? '그렇다'라고 단언할 수는 없지만 이 시는 그런 물음을 우리에게 던진다. 그 물음에 대한 답은 물론 각자가 찾아야만 한다. 시는 정답을 가르치지 않고 물음을 던진다.

강경애 저, 이상경 편, 『강경애 전집』, 소명, 1999.

강경애, 『인간문제』, 『한국소설문학대계 1』, 동아출판사, 1996.

강진호, 「교과서 · 문학 교육 · 교사」, 『문학교육학』 9호, 한국문학교육학회.

경기도교육연구정보원, 『제7차 교육과정고등학교 교수-학습 자료 국어(상)』, 2002.

교육인적자원부, 『고등학교 교육과정 해설-국어』, 1997.

_____, 『고등학교 교육과정 해설-국어』, 2007.

금성출판사, 『문학』(상).

김광주, 「상해와 그 여자」, 『조선일보』(1932. 3. 4, 1932. 4. 3).

_____, 「포도의 우울」, 『신동아』(1934. 2).

_____, 「북평서 온 영감」, 『신동아』(1935. 2).

김남일, 「조금은 특별한 풍경」, 『작가』(2004. 봄).

김동리, 「두꺼비」, 『조광』(1939. 8).

_____, 「신세대의 정신」, 『문장』(1940. 5).

_____, 「당고개 무당」, 『등신불』(5판), 정음사, 1967.

_____, 『고독과 인생』, 백만사, 1977.

_____, 「염주」, 『꽃이 지는 이야기』, 태창, 1978.

_____, 「自傳記」, 『취미와 인생』, 문예창작사, 1978.

_____, 「화갯골의 물고기 회」, 『瞑想의 늪가에서』, 행림출판사, 1980.

_____, 「저승새」, 『김동리 전집 4』, 민음사, 1995.

김동인, 「감자」, 『조선문단』(1925. 1).

김만수, 「남신과 여신이 공존하는 환유의 무대-윤흥길의 『에미』」, 『문학정신』(1992. 12).

김병덕, 「불모의 현실과 여성적 화해의 세계-윤흥길론」, 『비평문학』 39, 1993.

김병익, 「자연에의 친화와 귀의」, 이재선 편, 『김동리』, 서강대 출판부, 1995.

김순석, 「항일비밀결사 만당의 결성과 활동」, 『근현대불교사 1』, http://blog.
daum.net/okmoney.

김연수, 『밤은 노래한다』, 문학과 지성사, 2008.

김영범, 『한국 근대 민족운동과 의열단』, 창작과 비평사, 1997.

김용덕, 「불교 설화의 상징체계 연구」, 『비교민속학』 15집, 비교민속학회, 1998.

김원일, 『바람과 강』, 문학과 지성사, 1986; 강, 2009.

_____, 『늘푸른 소나무 (중)』, 이레, 2002.

김윤식, 「4・19와 한국문학 – 무엇이 말해지지 않았는가」, 『사상계』(1970. 4).

_____, 『한국현대문학사』, 일지사, 1979.

_____, 「전향소설의 한국적 양상」, 『한국근대문학사상사』, 한길사, 1984.

_____, 「우리 문학의 샤머니즘적 체질 비판」, 『우리 소설과의 만남』, 민음사, 1986.

_____, 『염상섭 연구』, 서울대 출판부, 1987.

_____, 『해방공간 문단의 내면풍경』, 민음사, 1996.

_____, 『이광수와 그의 시대 2』, 솔, 1999.

_____, 『미당의 어법과 김동리의 문법』, 서울대 출판부, 2002.

_____, 『일제말기 한국작가의 일본어 글쓰기론』, 서울대 출판부, 2003.

_____ ・ 정호웅, 『한국소설사』, 문학동네, 2012.

김인환, 「파국의 의미」, 『비평의 원리』, 나남출판사, 1994.

김재용, 「8・15 이후 염상섭의 활동과 '효풍'의 문학사적 의미」, 염상섭, 『효풍』, 실
    천문학사, 1998.

_____ 외 편역, 『식민주의와 비협력의 저항』, 역락, 2003.

_____ 외, 『친일문학의 내적 논리』, 역락, 2003.

_____, 「'대륙'과 우회적 글쓰기」, 『협력과 저항』, 소명출판, 2004.

_____, 곽형덕 편역, 『김사량, 작품과 연구 1』, 역락, 2008.

김정숙, 『김동리 삶과 문학』, 집문당, 1996.

김 철 외, 『한국문학과 파시즘』, 삼인, 2001.

김 현, 「사랑의 재확인」, 『광장/구운몽』, 문학과 지성사, 1976.

_____, 「표지 해설」, 『광장/구운몽』, 문학과 지성사, 1976.

김혜영, 「소설 창작교육의 방향」, 『문학교육학』 30호, 한국문학교육학회, 2009.

김호웅, 「1920~30년대 한국문학과 상해」, 『현대문학의 연구』 23집, 한국문학연구학
    회, 2004.

노진한, 「'장마' 론」, 『선청어문』 23집, 서울대 사범대학 국어교육과, 1995.

디딤돌, 『문학』(상) 『교사용지도서』.

리어우판 저, 장동천 외 역, 『상하이 모던』, 고려대 출판부, 2006.

박경리, 『토지 4』, 솔, 1994.

박계주 외, 『춘원 이광수』, 삼중당, 1962.

_____, 「육표(肉票)」, 『처녀지(處女地)』, 박문출판사, 1948.

박상란, 「조선시대 문헌 소재 불교 설화의 양상과 의미」, 『불교학보』 43집, 동국대
　　　　불교문화연구원, 2005.

박영목, 「작문 지도 모형과 전략」, 『작문교육론』, 역락, 2008.

박영준, 「밀림의 여인」, 신형철 편, 『싹트는 대지』, 만선일보사출판부, 1941.

_____, 「최인훈의 『광장』에서 '광장'의 의미 층위에 대한 연구」, 『어문논집』 46, 민
　　　　족어문학회, 2002.

박완서, 『목마른 계절』, 수문서관, 1978.

_____, 『그 산이 정말 거기 있었을까』, 웅진출판사, 1995.

박정신, 『근대 한국과 기독교』, 민영사, 1997.

박태순, 「무너진 극장」, 『무너진 극장』, 정음사, 1972.

_____, 「벌거숭이산의 하룻밤」, 『한국소설문학대계 50』, 동아출판사, 1995.

_____, 「환상에 대하여」, 『한국소설문학대계 50』, 동아출판사, 1995.

방민화, (「김동리의 「원왕생가(願往生歌)」에 나타난 원효의 정토사상(淨土思想) 연
　　　　구」, 『문학과 종교』 11권 2호, 한국문학과종교학회, 2006」.

서울대학교 국어교육연구소, 『고등학교 교사용 지도서 『국어』 상』, 두산, 2002.

성기열 편, 『한국구비문학대계1-8』(경기도 인천시, 옹진군 편), 한국정신문화연구
　　　　원, 1984.

손과지, 『상해한인사회사』, 한울, 2001.

송기숙, 『녹두장군 3』, 창작과 비평사, 1994.

신경숙, 「부석사」, 신경숙 외, 『부석사』, 문학사상사, 2001.

심　훈, 『그날이 오면』, 한성도서주식회사, 1949.

_____, 『동방의 애인』, 『심훈 문학전집 2』, 탐구당, 1967.

안수길, 『북원(北原)』, 예문당, 1944.

_____, 『북향보』, 문학출판공사, 1987.

안화산, 「상해의 교훈」, 『신계단』(1933. 5).

염상섭, 「횡보 문단회상기 2」, 『사상계』(1962. 12).

_____, 『驟雨 · 花冠』, 민음사, 1987.

_____, 「만세전」, 『염상섭전집 1』, 민음사, 1987.

_____, 「암야」, 『염상섭 전집 9』, 민음사, 1987.

_____, 「제야」, 『염상섭 전집 9』, 민음사, 1987.

_____, 『효풍』, 실천문학사, 1988.

_____, 『삼대』, 두산동아, 1997; 문학과 지성사, 2004.

오세영 외, 『문학』(상), 대한교과서주식회사, 2003.

오양호, 『한국문학과 간도』, 문예출판사, 1988.

오창렬, 「평등한 세상을 꿈꾸는 뒤안-정양 시인을 찾아서」, 『시안』 46호(2009. 12).

요코미쓰 리이치 저, 김옥희 옮김, 『상하이』, 소화, 1999.

유종호, 「소설과 정치적 함축」, 『세계의 문학』(1979. 가을).

유진오, 「상해의 기억」, 『창랑정기』, 정음사, 1963.

_____, 「夏」, 『文藝』(1940. 7).

유치환, 「曠野에 와서」, 『인문평론』(1940. 7).

윤흥길, 「기린의 목이 길어」, 『문학동네 그 옆 동네』, 전예원, 1983.

_____, 『완장』, 중앙일보사, 1985.

_____, 「텁석부리 하느님」, 『텁석부리 하느님』, 문학동네, 1993.

_____, 「장마」, 『황혼의 집』(개정판), 문학과 지성사, 2007.

_____ · 정호웅 대담, 「한국 소설을 한 단계 끌어올린 미학의 작가, 윤흥길」, 『문학
의 문학』(2010. 겨울).

이강옥, 「『삼국유사』 출가 득도담 및 출가 성불담의 초세속 지향 양상」, 『고전문학연
구』 30집, 고전문학회, 2006.

이경훈 편역, 『한국 근대 일본어 소설선』, 역락, 2007.

이광수, 「무명」, 『문장』(1939. 2).

_____, 「행자」, 『문학계』(1941. 3).

_____, 「가가와 교장」, 『국민문학』(1943. 10).

_____, 『사랑』, 『이광수 전집 6』, 삼중당, 1971.

이광호, 「4 · 19의 '미래'와 또 다른 현대성」, 『4 · 19와 모더니티』, 문학과지성사, 2010.

이기영, 『대지의 아들』, 『조선일보』(1939. 10. 19, 1940. 5. 28).

이문구, 「한 켤레 구두로 산 사내」, 『제3세대 한국문학 4』, 삼성출판사, 1984.

이병주, 『관부연락선』, 경미문화사, 1979.

_____, 「변명」, 『마술사』, 한길사, 2006.

이석훈, 「夜-고요한 폭풍 2부」, 『국민문학』(1942. 6).

_____, 「고요한 폭풍 3부」, 『녹기』(1942. 12).

이수형, 「'광장'에 나타난 해방공간의 나라 만들기와 가족로망스」, 『현대소설연구』 38호, 한국현대소설학회, 2008.

_____, 「박태순 소설에 나타난 '이동성'의 의미」, 『민족문학사연구』 38호, 민족문학사학회, 2008.

이원규, 『약산 김원봉』, 실천문학사, 2005.

이재선, 「일제의 검열과 '만세전'의 개작」, 『문학사상』(1979. 11).

_____, 『현대한국소설사』, 민음사, 1991.

이태준, 「농군」, 『문장』(1939, 7).

이효석, 「메밀꽃 필 무렵」, 『이효석 전집 2』, 창미사, 1990.

_____, 「은은한 빛」, 『이효석전집 3』, 창미사, 1990.

_____, 「메밀꽃 필 무렵」, 『이효석 전집 2』, 창미사, 1990.

_____, 『벽공무한』, 『이효석 전집 5』, 창미, 1990.

_____, 『푸른 탑』, 창미사, 2003.

장덕순, 『한국설화문학연구』, 박이정, 1995.

정과리, 「타인 안에서 나를 살다―윤흥길의 단편소설들」, 『작가세계』(1993. 여름).

정규웅, 『글동네에서 생긴 일』, 문학세계사, 1999.

정 양, 『까마귀떼』, 문학동네, 1999.

정호웅, 「'광장'론―자기처벌의 행로」, 『시학과 언어학』 1호, 시학과 언어학회, 2001.

_____, 「'만세전', 한국 근대소설의 기점」, 『우리 소설이 걸어온 길』, 솔, 1994.

_____, 「강한 주체, 근본의 문학―김동리의 문학세계」, 『작가세계』(2005. 겨울).

_____, 「강한 주체, 근본의 문학」, 곽상순 외, 『김동리 문학의 원점과 그 변주』, 계간문예, 2006.

_____, 「김동리 소설과 화개―「역마(驛馬)」에 대한 새로운 해석을 중심으로」, 『문학교육학』 30호, 한국문학교육학회, 2009.

_____, 「다시 읽는 김원일 문학」, 『한국예술총집 문학편 Ⅵ (韓國藝術總集 文學篇 Ⅵ)』, 대한민국예술원, 2009.

_____, 「망명의 사상」, 이병주, 『마술사』, 한길사, 2006.

_____, 「발견의 형식, 비판의 형식」, 윤흥길, 『황혼의 집』, 문학과 지성사, 2007.

_____, 「새로운 형식의 창출」, 『한국문학의 근본주의적 상상력』, 프레스21, 2000.

_____, 「손창섭 소설의 인물성격과 형식」, 『작가연구 1』, 새미, 1996.

_____, 「식민지 현실의 소설화와 역사의식 – 염상섭의 『사랑과 죄』」, 『세계의 문학』 41호, 민음사, 1986.

_____, 「아리랑론」, 『조정래 문학 연구』, 해냄, 1998.

_____, 「원혼의 한을 푸는 신성(神性)의 언어」, 『소라단 가는 길』, 창작과 비평사, 2001.

_____, 「이효석론」, 대한민국 예술원, 『예술원보』, 2003.

_____, 「인간 통찰의 빛남 – 한승원의 '해변의 길손'」, 『한국문학의 근본주의적 상상력』, 프레스21, 2000.

_____, 「일제 말 소설의 창작방법」, 『현대소설연구』 43호, 한국현대소설학회, 2010.

_____, 「존재 전이의 서사 – 최인훈의 『태풍』」, 최인훈, 『태풍』, 문학과 지성사, 2009.

_____, 「채만식의 허무주의와 역사담당 주체의 문제」, 『외국문학』(1989. 봄), 열음사

_____, 「초기 경향소설의 성격」, 『한국현대소설사론』, 새미, 1996.

_____, 「표현할 수 없는 것을 표현하고자 – 김연수의 『나는 유령작가입니다』」, 『대산문화』(2005. 겨울), 대산문화재단.

_____, 「한국 근대소설과 자기반성의 정신」, 문학사와비평연구회 편, 『염상섭 문학의 재조명』, 새미, 1998.

_____, 「한국 역사소설의 미학적 특질 연구」, 『문학사와 비평』 6집, 국학자료원, 1999.

_____, 「한국 현대소설과 만주 공간」, 『문학교육학』 7호, 한국문학교육학회, 2001.

_____, 「한국 현대소설에서의 감옥체험 양상」, 『문학사와 비평』 4집, 문학사와비평연구회, 1997.

_____, 「현대소설의 불교 설화 수용 양상 – 주제별 수용 양상을 중심으로」, 『우리말글』 45집, 우리말글학회, 2009.

_____, 「황순원 소설의 인물 성격 연구」, 『독서연구』 6호, 한국독서학회, 2001.

_____, 『한국문학과 극단의 상상력』, 프레스21, 2000.

_____, 『한국의 역사소설』, 역락, 2006.

조벽암, 「불멸의 노래」, 『조선일보』(1934. 10. 27, 1934. 10. 30).

조연현, 「허무에의 의지」, 『문학과 사상』, 세계문학사, 1949.

조정래, 『태백산맥 3』, 한길사, 1986.

_____, 『태백산맥 2』, 한길사, 1986.

_____, 「내 영혼 속의 만해와 철운」, 『누구나 홀로 선 나무』, 문학동네, 2002.

주요섭, 「인력거꾼」, 『개벽』(1925. 6).

지그문트 프로이트 저, 박찬부 옮김, 『쾌락원칙을 넘어서』, 열린책들, 1997.

천재문학, 『문학』(상) 『교사용 지도서』.

천재출판사, 『해법문학』 4, 2006.

최래옥, 「한국 불교 설화의 양상」, 『한국문화연구』 3, 경희대 민속학연구소, 2000.

최명익, 『심문』, 『문장』(1939. 6).

최서해, 「탈출기」, 『조선문단』(1925. 3).

최시한, 『소설의 해석과 교육』, 문학과 지성사, 2005.

최영희, 『격동의 해방 3년』, 한림대학교 아시아문제연구소, 1996.

최인훈, 「작자소감 '風聞'」, 『새벽』(1960. 11).

_____, 『광장』, 정향사, 1961.

_____, 「이명준의 진혼을 위하여」, 『광장 외』, 민음사, 1973.

_____, 『광장/구운몽』, 문학과 지성사, 2009.

_____, 『태풍』, 문학과 지성사, 2009.

_____, 김치수 대담, 「4·19 정신의 정원을 함께 걷다」, 『4·19와 모더니티』, 문학
        과 지성사, 2010.

크리스토퍼 뉴 저, 이경민 옮김, 『버려진 자들의 천국 상해 1』, 삼성서적, 1994.

태성, 『문학』(하).

표언복, 「일제하 상해 지역 소설연구」, 『어문연구』 41, 어문연구학회, 2003.

한국불교연구원, 『부석사』, 일지사, 1993.

한국영상자료원 한국영화 데이터베이스, http://www.kmdb.or.kr/movie/
        md_basic.asp? nation=K&p_dataid=01508&keyword=역마.

한국정신문화연구원 어문학연구실, 『한국구비문학대계』, 한국정신문화연구원, 1980.

한 기, 「'광장'의 원형성, 대화적 역사성, 그리고 현재성」, 『작가세계』 4호 (1990. 봄).

한무숙, 「돌」, 『감정이 있는 심연』, 을유문화사, 1992.

한용운, 『흑풍』, 『조선일보』(1936. 2. 4).

한중수, 「十二殺論」, 『달마조사의 당사주 비전 역학총람』(동반인, 2003).

현경준, 「문학풍토기」, 『인문평론』(1940. 7).

_____, 「유맹」, 『인문평론』(1940. 8).

현기영, 「마지막 테우리」, 『순이삼촌』, 동아출판사, 1996.

현진건, 『무영탑』, 동아출판사, 1996.

황 건, 「제화」, 신형철 편, 『싹트는 대지』, 만선일보사출판부, 1941.

황순원, 『나무들 비탈에 서다-황순원 전집 7』, 문학과 지성사, 1997.